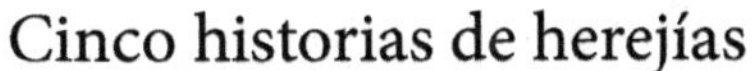

Cinco historias de herejías

Miguel Antonio Montero

Cinco historias de herejías

Volumen 1

SANTUARIO

Cinco historias de herejías
Miguel Antonio Montero
ISBN: 978-9945-9490-9-4

Diagramación y diseño de portada:
Amado Santana (amado_alexiss@yahoo.com)
(809) 477-5602

Índice

Miguel Antonio Montero

Prólogo

Salvo por el obvio contenido indispensable que lo informa —la herejía—, el visceral tema central de este libro es el albe- drío y la negación más categórica del albedrío. No comporta ser empero el determinista espíritu que lo rige un coto cerra- do o absoluto. Demás no estará denotar que esta obra, y cada particular historia de esta obra, pese a en algún caso articular su febril arquitectura a partir de hechos históricos no siempre bien establecidos ni del todo aclarados, no constituyen más que una expansiva colección de ficciones flagrantes. La inacallable verdad que pervive no obstante en cada una nos escrupuliza e inquieta. La herejía, en tanto peligrosa, execrada y crimina- lizada arritmia respecto de los creados intereses y opiniones formadas, gestados a la artificiosa umbría del dogma intransi- gente y tribal, empedernido y estantío, ha irruido y trascendido los más diversos aspectos de la actividad humana, escapando incluso a su mero religioso ámbito originario.

He pretendido captar en estas *Cinco historias de herejías* el proscrito espíritu de esta tumultuosa diversidad acuciado por aquella decisiva transversalidad por la que fragua en todo caso en cada una alguna especie de trascendental denuncia de aquella falsa noción del albedrío que de algún modo la corona y singulariza. Consecuencia comprensible de estos fuegos, el "hereje" o tema herético en cualquier caso enjuiciado se acoge a esta singularísima coronación en arreglo a cierto particular destello que lo vindica o aspira a vindicar en justicia más allá de las usuales nociones de castigo o recompensa, que inflaman aquellas contestatariedades perennes y ponen en clara tela de juicio el indeterminismo y el albedrío. Mas aquella bendita vindicación, esta radical negación o cuestionamiento, transitan en cada relato al albur de un rasgo como exclusivo de su objeto.

Así, en la pieza titulada "Alguna literaria heterodoxia", he puesto especial hincapié en ese hecho inexplicable y desdeñado del *Llamado*, al que no todos por supuesto venimos a este mundo facultado o señalado, y que en pocos ámbitos como el de la literatura se hace más abrumadoramente evidente. Me serví de "Viviendo la conspiración" como pretexto a incursionar a partir de esos obvios monipodios de los asesinatos de Lincoln y Kennedy en una suerte de teoría como fantástica de la conspiración que trasciende el mero orden de lo terrenal o humano, no sin aferrarme a alguna presunta especie de insinuante teoría de la historia que serviría tal vez a explicarnos en un estricto plano humano aquellos abominables asesinatos. En "Revelación y gnosis de los Cuatro Ángeles del Éufrates", desde la conflictiva historiación y enfoque de un contestatario libro imaginario, reviste tal crucial colocación en entredicho del albedrío la fría tonalidad de un desconocimiento brutal del ordenamiento judeocristiano y la civilización acaso general del hombre, fundado en el villano ocultamiento y persecución de la genuina espiritualidad y verdad históricas de los que apuntan ser por omisión y por emisión dicho ordenamiento y civilización responsables. De alguna manera soy convicto con la "Historia de Leyenda Gil" de la mera extracción o rescate del utópico Superhombre de aquella pútrida ciénaga

                                  Miguel Antonio Montero

de aberración y trivialidad urdida sólo en ley del financiero beneficio y tendenciosos intereses del descarnado Hollywood, y el paraliterario tebeo: me significa no obstante esta visión exorcizada e inaudita del *Übermensch*, deliberadamente "aparecido" o situado en un inesperado y desmerecido porvenir de inconcebible horror, subdesarrollo y atraso, un franco desentono o desencuentro con su muy ilustre creador, desarreglo especialmente marcado por el como contradictorio carácter de su propia sorprendente creación, que a sí misma se justifica en cada inevitable desviación o "desliz", tanto como justifica a su padre espiritual en cualquier extraviado derrotero que al presente se le achaque o endilgue. Finalmente, propone "Apocalipsis II o De la iniciación de Marcel Rigney" alguna suerte de épica renovada del espíritu en estos turbulentos tiempos tan prosaicos, oscuros y descreídos, matizada sobre todo por otra suerte de razón vital que cuaja en una extraña y como descabellada Epopeya del Ser, que aun acaso perfectamente entendible desde la angustiosa degeneración cada vez más progresiva acusada por nuestra época, fija aquel sino cual ambiguo de sus dos principales protagonistas; comoquiera fiel al ortodoxo requerimiento del drama, mi Cid, mi Aquiles, mi Roland o mi Sigfried, cristalizan tal vez igual de irrecusables a través de la misteriosa síntesis Marcel Rigney-Erwin Rommel, armonizada confluencia de las naturalezas contemplativa y activa.

En esencia, conjuga la cósmica índole que me signa un poeta y un literato, es decir, el rendido devoto y adepto de cierta insinuada fe presentida en la magia de alguna cual extraña forma de religión lo mismo irrevelada que informulada, discordante en sí por su ejercicio irrefragable de la nobleza y libertad que su anheloso campo postula de las dos infatuadas *proclividades* que señalan el aberrado rumbo de los abrumados asuntos humanos: el Cruento Dogma aprisionador y el descarado Pragmatismo Cientificista o Político. Adictos practicantes de esta y otras formas de la eterna e inconformista herejía, innumerables han sido los que a lo largo de la historia cifraron en la íntegra e indomable entrega a estos denuedos las leales embriagadoras vislumbres de otros muy exuberantes mundos, de otra risueña y cantarina esperanza. Nada me halagaría más sirviera siquiera este libro a fungir de humilde faro a la consecución iluminada de tales esclarecidos e intrépidos. Puesto que a lúcido adelanto de conclusiones, este libro no es sólo un persuadido y atrevido culto al librepensamiento: Es mi tendida mano al efusivo calor de los completos abrazos fraternos a todo espíritu libre.

M. A. M.

Alguna literaria heterodoxia

A estas alturas de la tan divulgada democracia no sabe aún mi anticuado paracronismo determinar si *libertad de prensa* y *derecho de prensa* comporten de alguna forma expresiones sinónimas. O si bien considerados los recurrentes abusos que de ellos lo mismo hasta hoy han hecho el plantel innúmero de borricos que la desubicada pedantería de pseudofilólogos y eruditos, arrogantemente instalados la mayor parte de las veces en aquel falso pedestal de la pretendida intelectual suficiencia, no habrán hecho asimismo a los fines de la historia propender en verdad a más males que bondades la portentosa y ya asaz vulgarizada invención perfeccionada en Estrasburgo por Johannes Gensfleisch Gutenberg. Establezcámoslo de una vez: el ejercicio de la literatura no es cuestión de capricho o de puro gusto, y ni siquiera de aquel torpe atisbar irreflexivo que, puesto sólo los ojos en sí mismo, pretende incluso hacer de ella culto de egos presumidos y subidos, no; ministerio sigiloso de la inspiración y del misterio, se nos arraiga y entrecruza más bien en los profundos laberintos del abismal pesar humano y del dolor, y de una cierta inexpresable trascendencia que nos redime y eleva. Es decir, que todo el destino humano desde Adán hasta las propias atribuladas peripecias en que se hallan por lo demás de tan desesperado modo sumidos los angustiados hombres de hoy, no constituyen en verdad más que su genuina materia y su motivo. En cierto modo, componer o escribir un libro es añadir algún nuevo evangelio a la Biblia; transcribir otra suerte de aleccionador targum; dotar al cabo de alguna nueva sección al Bhagavad-Gita; enriquecer aun la acabada gloria del Corán a partir de insospechadas suras y desconocidas aleyas hasta entonces como escondidas o secretas. Dicha solemnidad y gravedad, este carácter tan eminentemente sagrado, es el meollo sustancial de todo quehacer literario en sí sentida y honestamente considerado. De ahí el que incluso cierto gran libro de evidente intención humorística dé al par con igualmente arrasarnos a vuelta de cada una de sus páginas en lágrimas, cual si de alguna transida epopeya o algún trepidante drama no sino en última instancia se tratase. De ahí el que la poesía no constituya únicamente el fulgurante ideal expresivo a que tiende en buenos términos toda literatura o concepción literaria, sino además el auténtico sentido y aspiración no escritos de toda humana actividad y aun de la vida misma.

Podríamos ahora en esta línea de pensamiento permitirnos descreer que Mahoma subiera al Cielo y que por mediación de san Gabriel recibiera del propio Allah los preciosos y piadosos fundamentos de su dogma, como bien reza el islam, ¿pero acaso no constituye igual o mayor milagro el que un agreste hijo del desierto, conductor de caravanas e iletrado, haya escrito aquel poético y singular libro sagrado por el que se orientan las vidas de tantos y tantos millones de fieles? Podríamos renegar asimismo de la ascesis y enseñanzas preconizadas por el judaísmo, ¿pero quién escatimaría a Moisés hallarse bajo influjo de alguna inspiración divina en cada uno de los momentos de pulsante y relevante redacción del Pentateuco? ¿O es que precisaron al

                                    Miguel Antonio Montero

efecto ellos de algún resonante doctorado en Cambridge, de cierta mención o nominación al Nobel, de alguna prestigiada cátedra en Harvard, de otro mero decanato de por vida aclimatado al uso y tradición reverberante de la Sorbona? Desde el humilde poblado campesino de Ayrshire, Robert Burns se erigió en notable y preclaro poeta de Inglaterra con meramente extraer de su dialecto escocés rústico pura y sincera melodía. Y tanto sabe todo el mundo que Rimbaud frisaba apenas los quince años cuando puso ante Verlaine los hoy consagrados poemas de *El barco ebrio*, como que nada menos que a los veinte daría incluso por concluida aquella tan precoz y significativa entrega al libérrimo ejercicio de sus *comprometidas* labores literarias. ¿Deberemos ver sencillamente en todo esto la sorna y sorda ejecución de algún truhanesco azar? Ahorrémonos por nuestro bien caer en tan ridículo gazapo. En cierto ensayo preliminar hecho a una antología de John Keats, Matthew Arnold le enrostra sin ambages al poeta (a propósito del contenido de cierta carta de éste a su amada Fanny Brawne), el enojoso sensualismo y desbordada pasión que a juicio del escandalizado ensayista pone aun a contribución el gran romántico inglés en tales francas o abiertas declaraciones y requiebros tan reiterados de su amor. No pareciera sino que moldeado en la flema y al calor de los rígidos conductuales convencionalismos a la inglesa, Arnold nada menos se propusiera que Keats viviera a través de la particular experiencia vital de Matthew Arnold las propias vitales vicisitudes y experiencias del individuo John Keats. Sea como fuere, sorprende en alguien de las luces y calibre intelectual de Arnold el que en alguna medida desconozca que precisamente este carácter de su sensualismo y su pasión (aunado desde luego a su evidente virtud y a su talento poético probado), es lo que en suma ha labrado el camino a la grandeza del vibrante autor de *Endimión* y de *Oda a un ruiseñor*. Pero ¿podría Arnold o cualquier otro determinar las ocultas fuentes de que provienen en todo caso tales amables vislumbres divinas?

Por mi parte, prefiero acogerme en este aspecto con total e inconmovible convicción al sentido hoy por desgracia poco afecto de *misión*. Hitler, y acaso en todo caso el propio Napoleón, cargarán con las mayores dosis de culpa del moderno desprestigio que a todo albur ha corrido tal "equívoca" expresión a esta precisa hora del devenir; sin embargo, ¿no se siente cual latente un cierto llamado por predestinación, por ungida e insinuante predilección al cumplimiento irrefragable de algún recóndito designio divino, en la carrera y ministerio de todos los grandes poetas y literatos? Diríase que estoy siendo excesivo, ridículo y hasta parcializado en mis juicios. Pero incluso los que no hacemos la historia vivimos también inmersos en la historia. Sentido de misión es lo que sin duda orientó a todo lo largo de su vida a Orígenes. Sentido de misión lo que impelió a san Agustín a escribir las *Confesiones*. Sentido de misión aquello que en Nietzsche produjo los espléndidos fuegos del *Zarathustra*. Sentido de misión tanto en aquel *Sherlock Holmes* de Conan Doyle, como en las propias afamadas *Historias del padre Brown* de Chesterton... A todo lo cual no representa en función de su muy misteriosa finalidad el menor inconveniente si es que de ello se tuviera consciencia como si no: no en balde son inescrutables los caminos del Señor. De Quincey supo desde antes de escribir una sola línea (del mismo modo que con el andar del tiempo lo sabrían también en su momento Borges y tantos otros) que su destino sería literario. Otros no suelen más que acceder en apariencia por mero "accidente" a su aplicado y como entonces perentorio ejercicio. Empero, se me podrá argumentar que así entendido no es meramente

Miguel Antonio Montero

privativo de la literatura tal ufano sentido de misión, y que mal harían en reducírsenos la vida y la historia a sólo un ciego ingeniárselas de sintaxis y metáforas. Y tienen razón. Pero si todos nacemos predestinados, o predeterminados en todo caso para esto o para aquello, ¿en qué medida es valedero realmente nuestro albedrío, y hasta qué punto nos es de cualquier manera dado penetrar los sibilinos vericuetos del Acaso? ¿Entraña en el fondo ser el Omnipotente sólo un vate caprichoso, cuyo designio enrevesado solamente se adivina —en ausencia de toda justicia poética— a través de un bien logrado tratado literario, o todavía de alguna lúcida y bien sopesada novela?

Carente de la necesaria luz y la templanza que en buena lid me potencien a responderme estas cuestiones, ignoro pues a este propósito los infalibles móviles del Omnisciente; ignoro a qué credo e inéditos principios se nos adscriban y propendan sus literarias opiniones; ignoro a cuáles esotéricas metas han atendido incluso en la inconclusa historia, digamos, el *Sturm und Drang* o el neoclasicismo; ignoro en realidad aquellos lineamientos metafísicos irrefutables por los que se significan y apuntalan las meras cósmicas implicaciones de la causalidad y del sino. Mas incluso bajo el pobre y tan patético expediente de toda esta irremediable ignorancia ¿a quién se le ocurriría negar algún cierto portentoso y determinante concurso de la divina mente absoluta (con aquella preferencia de su obrar siempre modesto e imperceptible tras bastidores), en toda esa perfecta y biunívoca avenencia —por lo demás tan misteriosa— que existe entre el autor y la pertinente obra, o del incontrastable hecho con aquel preciso marco que aporta su momento o circunstancia histórico innegable? Convengamos en que la Revolución Francesa nada más pudo habérsenos producido en París, y no en Londres o en Berlín. Convengamos en que justamente

Bolívar (y en modo alguno alguien más) pudo haber barrido con la oprobiosa dominación de los españoles en América. Puesto que precisamente este carácter peculiar de lo elegido es lo que incluso a perfección se nos amolda y adecúa, como los ciclos solares a la anual determinación siempre exacta de las estaciones, a ese clamor reconcentrado inequívoco de aquello que aún motiva y trae a cuento su elección. ¿Es que podría en verdad ser de otro modo? No me imagino a Cervantes, en todo su cual santo y elevado contrapunto de realidad e ideal, entregado a la escabrosa y descarnada arquitectura de algún crujiente y modélico exponente del *Dirty Realism*. Con todo, esa suma abrumadora de problemas a que en los terrenos poético y literario se ha todavía de enfrentar aquel sentido harto sagrado y necesario de misión, no se reduce ahora por desgracia a una simple cuestión técnica de cínica y relajada facilidad para la estampa, o a su viciosa licencia.

En el discurso titulado *De los hombres sublimes*, Zarathustra dice. "No es en la sociedad ciertamente donde debe callar y sumergirse su deseo, sino en la belleza. La gracia forma parte de la generosidad de los que piensan con elevación". Spengler por su parte nos enumera y denuncia los esenciales elementos de toda democracia, a saber, el dinero, el sufragio universal, la opinión pública y la libertad de prensa. Pero atiéndase por favor a que he dicho "*elementos* de toda democracia", y no sus "males" ni sus "defectos". Ya que la democracia constituye de por sí una *anomalía*, así como sendas anomalías no son también sino en efecto el fascismo y el comunismo, puesto que todos por lo absurdo se postulan al gobierno de individuos pretendidamente *racionales* (esto es, capaces al menos sobre el papel de todavía gobernarse en buena ley a sí propios) y, en suma lo mismo todos (llevada a su extremo lógico aquella *contranatural* y harto inhumana función ora exacerbada del gobernar), a la pura despiadada represión del perplejo colectivo humano indefenso. Y así la mera noción de libertad, por más liberal de que presuma y se las eche en cualquier caso el sistema, nos viene ya de pura entrada desde sus mismas raíces coartada. Pero incluso la propia acracia con su ausencia total e inveterada de gobierno entraña en sí al trasfondo humano una soberana e irreverente aberración, por cuanto presupone la intolerancia de aquella forma de disidencia manifestada en la *libre* y *autodeterminada* adopción de cualquier forma deseada de gobierno, por parte de cualquier grupo o colectivo social determinado. De ahí por tanto que con no extremar un régimen de fuerza por la izquierda (comunismo), o bien un régimen de fuerza por la derecha (fascismo), sino que hasta cierto punto es en ella en todo caso tolerada alguna suerte de *saludable* y equipotente disensión, resulte tal *contante* y *sonante* democracia la cual indicada o menos anómala de todas estas sobadas y manidas anomalías al presente. Basta, con todo, añadir a esta babélica macedonia del dinero y del universal sufragio, de la opinión pública y la prensa, aquella aguda observación de Nietzsche de no atenderse sino en ella a ser *inteligente con arreglo a la opinión de los demás*, para que meridianamente obtengamos el proceder ajustado a la medida perfecta de nuestras ilustres sociedades modernas, como sórdidos veneros y afinados conventículos del cálculo, la rapacidad, la mendacidad y la mezquindad. Tal repelente y degenerativa "turbiedad" se hace especialmente notable en los soberanos usos de todo conglomerado o sociedad, y, sobre todo, en sus tratos en materia intelectual y literaria.

Me prestaré al examen de esta falencia universal a partir de dos enfoques que a la luz de mi criterio nos la retratan o reflejan perfectamente. A uno me permitiré nombrarlo el Gaznápiro

Prejuicio del Empecinado Estereotipo; al otro, el Puro General Complejo de Superioridad Intelectual. Estos plagan o definen de lo más sutilmente como veremos, por de alguna manera expresarlo, los más usuales e insospechados modos de proceder y conducirse del como alucinado colectivo humano de nuestros días, casi inclusive en términos condicionadamente patológicos y, en muchos casos, imperceptiblemente subliminales.

No veo manera de arrancar en el primer caso como no sea de una telúrica y forzosa reformulación del tipo del erudito, del intelectual y en lo especial del literato o del poeta, en cuya horrible y odiosa simplificación se place esta sociedad como alienada de hoy día. Ellos pues no pasan al grado en que se han ido tornando las cosas de inoperantes fantasmas, de descabaladas entidades poco menos que obliteradas bajo la tosca y falsa efigie —aquí subestimadora, allá sobrestimadora— de los estrechos de miras. ¿Pero a qué atiende en realidad tal alarmante debacle y desmejora? ¿Qué quieren y pretenden de la poesía y del literato estos miopes? Al parecer nada menos que su genérico sucedáneo y no otra cosa; no más que un cursi ser a imagen y semejanza copiado de la generalidad dudosa, fiel más que nada a *ella misma*, fiel aun en todo al simplificado patrón que la sociedad ya inconteniblemente vocinglera, en su esmerada vulgaridad y desidia, bostezando indiferente con el paso de los tiempos se ha forjado. No importa que a tan horrenda y desalentadora visión no responda ya ni en grande o menor medida la imagen egregia y estremecida de un Hölderlin, de un Burns, de un Baudelaire, de un Samuel Johnson o de un Kafka, todos ora terriblemente comprimidos dentro del cerrado puño de la tirana fatalidad y desgarradora miseria en que hundidos en sus sórdidos y olvidados gabinetes... indefectiblemente se consumen. Bestias más nobles y acordes con

   Miguel Antonio Montero

la prosperidad y el boato exige más bien, a la altura y dignidad de nuestros tiempos, la Moderna Sociedad del Conocimiento y del Progreso. No un ardiente Rousseau mordido a cada paso en su desastrada buhardilla por los temidos demonios de las privaciones y el hambre, y a la menor ocasión ya iracunda e insensatamente destemplándose contra el infortunado que en tan importuna hora acertara ahora por casualidad a visitarle, por mucha genialidad y grandeza a que todavía se nos encumbre el grandioso literato y filósofo social; más bien se lo imaginan un Talleyrand-Périgord, príncipe de Benevento, entregado en el ampuloso amaño de su simulado trato y todo aquel artificioso artesonado y ajedrez de aquella alta sociedad y la política de su tiempo al departir no exento de sutileza y de malicia con los meros depurados y estirados *cuellos blancos* de la selecta diplomacia y la afectada fineza europeas... Y así y no de otra manera prestos estamos todos a rodar y dar de bruces en los mismos viejos y desempolvados clichés, en las ruines y engañosas apreciaciones absurdas, en las ínfulas ridículas y contemporizaciones burdas, y aun en todas esas frases flagrante y grotescamente hechas todo no más que en perjuicio de la creatividad y el ingenio. En fin, que siempre enclavados en los mismos tercos y rudimentarios estereotipos, la misma fea y prejuiciosa estupidez nunca jamás prescribe ni ha de prestar mucho menos el engreído brazo a torcer.

Bajo el segundo enfoque del Intelectual Complejo de Superioridad se nos presentan las cruciales capacidades de la intuición y el instinto como disminuidas y embotadas, desprestigiadas y en todo caso de manera descarada arrolladas por la sociedad del dinero y la medida sobrevaluada del éxito, a cuyo arbitrario compás —nunca lo olvides— debes sin más apresurarte a marchar. Bien se cuidó ya desde 1789 la pronto hegemónica burguesía en procurarse el adecuado fondo científico racionalista que barriera de una vez con cualquier forma adoptada por la "superchería y superstición" sus enemigas, tan contrarias de suyo a sus aspiraciones y propósitos. Y, por supuesto —¿cómo omitírselo?— del "glorioso" surgimiento además de la democracia, del ruidoso advenimiento de la descualificada masa (y aun según aquello con tanto acierto *previsto* en *La rebelión de las masas* por el incisivo Ortega) a la política dirección. No el "tú sabes", no el "tú puedes porque en la medida cierta de tus capacidades tu entrega y aplicación laboriosas de lo más legítimas te llaman al indicado usufructo del elevado puesto y la regencia", no, sino el "todos sabemos y todos podemos porque somos el pueblo, y no más que al pueblo en buena ley pertenecen la soberanía y el saber", es lo que aún sienta y señala hacia doquiera se mire compulsivamente la tónica. Así que ¿a qué ha de extrañarnos que a más de un eterno emperador aspirante sea cada uno además su propio Dios? Pugilísticas, paroxísticas, apocalípticas, la discriminación y la inequidad se calzan entonces a la medida sus galas. Por todas partes se echa de menos el equilibrio y el buen juicio: a todos y cada uno nos han ya abandonado para siempre. "¿Puede haber alguien acaso mejor en buena ley que yo mismo?", ya enfermos de infatuación nada menos que a sí mismos se persuaden, sin detenerse a ver si son en lo adecuado aptos al honroso desempeño de la aspirada plaza o si no. Y ora en cada círculo se convierten en el clásico contertulio embarazador o molesto, acaparando al punto con la pompa vacía de su ignorancia y la evidente puerilidad intelectual de sus opiniones la hasta hacía poco general animada conversación con hacer todavía de ella el más desconsiderado y egocéntrico usufructo, y no dejando de tal manera a ningún otro meter baza como no sea para el vil y

    Miguel Antonio Montero

servil contemporizar con sus opiniones infecundas. Hasta que todo este largo y fastidioso pontificar desemboca de ordinario en todas aquellas ínfulas especialmente pedantes de interrogar aún a alguien sobre tal o cual tendencia política o intelectual, o acerca del contenido de alguna obra artística y en lo especial literaria que alguno cualquiera de los presentes se traiga ahora por reciente producción de sus talentos, o bien incluso en su defecto de incipiente ejecución todavía en ciernes, cosa a la verdad esta última que a mí en lo personal me disgusta.

Porque nada podría encontrarme ni más necio ni más estúpido que aquella suerte de compulsiva instancia cual la que suelen muchos por lo habitual empeñar en que se exponga el argumento de una determinada ficción u obra o asunto de evidente ingenio, como sin duda lo son por sobre cualesquiera los literarios, en el curso digamos de los escasos minutos de algún encuentro casual o incidental, como si de algún crudo manifiesto político o un potable manual de etnografía no sino en su ridícula simpleza se tratase, y no en verdad a lo sumo de un puro exaltado *hijo* inexplicablemente originado en aquellas sensibles fuentes de la intuición misteriosa. Haciendo entonces tabla rasa de la inspiración y del instinto, echando incluso por la borda aquel sagrado sentido de misión, de sublime propósito divino inexorable e inescrutable, pretende al punto el grueso hatajo de intelectualoides insignes, de estulta y pulcra crema y nata en estridente prohombría de aquella ruin pseudocultura que al cabo plaga en estos días nuestras altivas sociedades, que Cervantes se nos levantó un buen día con el Quijote ya encuadrado y al dedillo aclimatado perfectamente en la memoria; que Shylock, Hamlet o Leal no requirieron de Shakespeare más que lo que en buenos términos precisa aún de su proveedor en su acudida tienda el abarrotero; que la dicotómica eminencia formada por el correcto y exotérico Jekyll y aquel clandestino y diabólico Hyde no le exigió a Stevenson más que la *exterior* y frívola aplicación que de seguro no faltará quien ingeniosamente le suponga; que al simpar, eximio y preeminente genio de Goethe bastaría poco menos que un santiamén a delinear los encontrados y grandiosos caracteres de Fausto, Gretchen y Mefistófeles, puesto que meramente de balde no sería en todo caso él según lo que le atribuimos un genio; que los Karamazov y Raskólnikov no le provinieron en cualquier caso a Dostoievski más que de su buena fortuna en el aleatorio juego de alguna caprichosa ruleta. Ignoran o están en todo caso a años luz todos estos superficiales y torpes de la verdadera génesis de la creación artística y literaria, de aquel más necesario, grandioso y divinísimo caos (pero caos comoquiera en rigor) que anticipó el nacimiento de cada una de aquellas excelsas y singulares criaturas. De suerte tal que Fausto, Hamlet o Don Quijote, mal pudieran en verdad avenírsenos a ser simples devaneos o elucubraciones *casuales* del puro genio o intelecto humanos, nada menos que al punto desperezando ahora a gusto entre bostezos y airosas frivolidades el ocio, sino que, asumiendo aun con ello riesgo de que se me acuse en rigor de retrógrado e innatista, todos nos vienen de íntimo modo enraizados e indisolublemente fusionados desde el nacimiento mismo con aquel excepcional y peculiar temperamento, la personalidad y el carácter de sus respectivos autores. Y esto especialmente valorado a partir de que en toda auténtica creación literaria, de que en toda auténtica creación artística o de genio, es el personaje el que lleva de la mano a su autor y no al revés.

Consideremos aquello además de la sostenida superación o inherente sublimación del autor a través de esa hipóstasis por siempre misteriosa que subyace en el conjunto magnífico de la

Miguel Antonio Montero

obra, y que fundamentalmente se produce a partir de aquella fuerza y tensión tan necesarias provenientes sin rodeos de esta especie de milagro como imponente y oculto en que ya se nos traduce a verdadera maravilla el personaje. Esta *superación* del personaje sobre el autor no podría ser, en efecto, en ningún caso más vital: aquél habita en la heroida tan ensoñadora como mágica de la ficción permisiva que lo valida y ensalza; éste vive acuciado de continuo en el trasfondo macabro de esta realidad atroz que nos esclaviza y denigra, motivo por el cual urge de la redención premiosa de su auspicioso y celestial *alter ego*. Pero tal acto supremo literario de rescate arranca de dos vertientes a mi manera de ver también cruciales al espíritu, cuyo desglose y aventurado desbaste arriesgaré yo asumir con el permiso respetuoso de Cervantes a través de alguna andanza y elucubrar quizás irresponsable alrededor del *Quijote*. Ninguna obra como la del genio español para ilustrar y establecer mi punto.

Me exige antes que nada la tortuosa disquisición de la primera vertiente el que la designe aún con más o menos pertinencia *Tajante Desopresión del Tiránico Orden de lo Reinante*, comoquiera esencial a desentrañar aquel enigma nunca lo suficientemente desbastado el cual se expresa a través de esa relación inexplicable y que en mancorna indisoluble estrechan entre sí personaje y autor. Dicha relación potencia de ineluctable guisa la única suerte plausible de redención o de victoria sobre el oprobioso orden en torno al cual articula toda esta absurda realidad en que ora contrariados habitamos, y que de una u otra forma condiciona nuestro ser y acontecer ordinarios de humanos. Veamos pues a lo que con aperiódica exactitud y sin atender a menores contemplaciones ilustrativamente me refiero: Incurre un día cualquiera en la aún aldeana España de pleno siglo XVI Alonso Quijano en creerse puntual caballero

andante, y ello en fuerza del algo menos que insano régimen
lector tan voraz de aquellos mal vistos libros de la antigua caballería que él a sí mismo se ha impuesto y, aun sin equívoco
alguno, apasionadamente prescrito. Y pese a toda la insuperable hilaridad y la más profunda lacrimal conmiseración que
en unas u otras ocasiones (conforme oscilen de lo ridículo a
lo patético con las cambiantes situaciones los lances) el paracrónico recién ordenado caballero con sus salidas a cada paso
inevitablemente nos provoca, la médula sustancial del más
ingenioso de los relatos, del más genial de los ponderados relatos que el acabado censo de la literatura registra, sólo en vano
se daría mañas en ocultar que detrás de la singular locura de
este descomunal Don Quijote siempre a la caza inveterada y
verbigerante de entuertos, de hazañas y de molinos de viento
traidoramente encubiertos detrás de la fea y ruinosa catadura de
los más desaforados gigantes, reside en todo caso la subyacente
protesta subliminal y callada (amordazada, más bien, diría yo)
del atribulado autor contra aquel vil ordenamiento conspirativo y atroz y despótico de las cosas al cual en síntesis responde
nuestra realidad ordinaria, y al que todavía en nombre de la
civilizada convivencia de niños ya domesticadamente se nos
pliega en estricta observación de la tradición y las costumbres,
pero al cual sin embargo triunfante se superpone servido de la
manera más conveniente a estos fines la tan desinhibida entidad
del personaje, cuya así realizada y anhelada liberación en modo
alguno podría su creador permitirse como no fuera a través de
este bendito *alter ego* del que todavía a paso firme de cualquier
modo se sirve, bajo pretexto no más que disfrazado o fingido
de esta obra que al efecto grandiosamente le asiste. A ello poco
importa que él ahora parezca delante de su propia creación
disminuido, de cualquier forma también él sin otra remisión

     Miguel Antonio Montero

encadenado a ese pretendido orden de cordura y buen sentido por el que todavía entroniza este cruel y enrevesado régimen de las cosas, en el cual sin distingos de épocas ni latitudes todos bajo cuño de la fatalidad coexistimos.

Parecidos tenor y cariz a su vez presenta la *Procera Super-dotación Catártica*, la restante de aquellas aludidas vertientes. Pero en ésta el proceso cada vez más pronunciado de auto-superación se va ahora de manera gradual apropiando cierto admirable carácter de *consolidación por lo sublime*, meollo en todo caso sustancial de la incansable busca de justificación y elevación por la que el escritor introspectivo cifra asimismo en su obra las mayores expectativas y esperanzas, y por el que a un cierto nivel todavía más inconsciente perseguirá inclusive el logro —siempre a través del emancipador personaje— de aquello que bien pudiéramos significar por *sus móviles*: el legítimo reconocimiento e integral aceptación en su persona anónima del hombre y el artista. Nuestro protagonista entonces (el personaje esencial, poco importa si trasciende en héroe o en antihéroe) cuaja idealmente así en lo que no sin propiedad hemos de consagrar como el *Non Plus Ultra* imposible, o algún sumo bienandante Último Grande: aquella hipóstasis ines-crutable, cuya increíble realidad divinalmente cristaliza en tal vivificada y maravillosa plastilina la cual en sí no anima en un mezquino y deleznable mortal de carne y hueso, no, sino en un cierto bruñido y gallardo y excelso y jovial arquetipo en cuyo vibrante ser, todavía sujeto a un cierto humano patrón psicoló-gico definido, se resumen inconcebiblemente toda perfección y bondad, toda justicia y razón, toda perspicacia y verdad, no más que al conjuro sobremanera fiel de aquel divinal e inase-quible Microcosmos a que nos atienden ya de inmemorial las leyendas. Así sobre nuestras ilustres miserias terrenas, sobre el pobre y triste fondo en que respiran y enmarcan nuestras falibles acciones humanas, se sobrepone la siempre justificada razón de sus palabras y sus actos, los cuales desbordan y trascienden todo mezquino contexto u ordenamiento terreno. No se le resistirá por consiguiente aquella realidad inexorable de su autor, como tampoco le contendrá ni limitará a la postre su más fingida realidad de personaje: Por encima de todo el antojadizo tropel de los sensatos bachilleres, de la gitanería taimada, de los idílicos pastores, de los refinados duques, de los impenitentes galeotes y toda suerte de santos y redomados pícaros aquí venidos y traídos del modo más apropiado a cuento, nadie mejor centrado en aquella acendrada y curiosa circunspección y todavía más paradójica razonabilidad de sus actos, de sus discursos y argumentos (si es que indulgentes nos calzamos no sin cierta imparcialidad las justicieras calzas de su locura, continuamente atendiendo a reparar los *entuertos* que su ofuscado juicio de la realidad alcanza) que precisamente Don Quijote. Y ello no solamente cuando con aquella lúcida e inmejorable sabiduría aconseja él a Sancho poco antes de asumir su tan crédulo escudero el prometido gobierno de la ínsula Barataria, sino que a todo lo largo de la cervantina obra, y ello siempre que nos situemos (reitero) en aquel tan libre y acrisolado contexto de su irreparable insania, no deja en cualquier caso de sorprendernos la discreción y el donaire con que se nos despacha y habla nuestro simpar Caballero de la Triste Figura, en atención a cada particular matiz de la precisa circunstancia a que curiosamente atiende toda la lamentable distorsión de su *desjuicio*.

Preciso ahora hacerme a un lado y revisar de arriba abajo mis conclusiones. No dudo que en una u otra pueda quienquiera toparse cualquier torpe y execrable anomalía: aquí un deje

Miguel Antonio Montero

ampuloso y petulante, allá alguna entonación pedante, aculá esa misma miopía y carencia cultivada de talento que de lo más profusa y acrimoniosamente critico. Claro que en forma alguna me gustaría que pesaran en mi contra tales vicios; me requieren no obstante la buena fama y rescate de la literatura y del arte el que a todo trance empeñe lanza en ristre su defensa desde la imparcialidad más indoblegable y ecuánime. Pues empedernirnos digamos en el uso del expletivo, frangollar el ciego abuso de énclisis y privativos, incurrir en excesivas construcciones perifrásticas, trastornar incluso con una oscura sintaxis la pureza y requisito indispensables de las letras, no atañen en el fondo más que a puros aspectos superficiales que nada tienen que ver con la raigambre verdadera del problema que llevados a atrevido proejar nos ocupa: la mera cósmica, profunda, indescifrable trascendencia de la literatura y la poesía que, con impar filisteísmo e inédito cinismo, de lo más bárbara desconoce la descreída sociedad moderna. Mas porque cerremos reacios a su destello los ojos... no han de dejar de brillar a alturas del firmamento las estrellas. ¿Acaso no declaró alguna vez Stevenson haber de más de un sueño recibido la inspiración y el argumento de alguna que otra de sus obras? ¿O no alude todavía Borges en cierto lugar de *Historia de la eternidad* a Nietzsche bajo aquel muy ocurrente y novedoso remoquete de *Friedrich Zarathustra*, cuya intención casi enseguida todos sin menor duda asimilamos en esa clara u obvia identificación de personaje y autor a la que yo en estas páginas con tanto ahínco me suscribo? Negar o poner en entredicho la realidad y relevancia misteriosa —y hasta sobrenatural y mística— de la poesía y de las letras, equivale a desconocer torpemente los muy latentes arcanos del orden superior y el infinito. ¿Quién ignora que habiéndose dispuesto cierto día Dostoievski a meramente redactar algún sobrio manifiesto en contra del alcoholismo, de tal somera tesitura distinta cosa no surgió que aquel espléndido horadar en los siniestros fondos de la psicología humana que, al consenso acreditado de los entendidos, a todas luces resultara *Crimen y castigo*?

Por último, a pesar de considerar en mi particular concepto (no sin alguna repercusión agustiniana quizás de aquella vieja doctrina de la predestinación) innatas e impostergables por lo tanto en sí mismas toda obra y concepción literarias, toda gran ficción nace y reacciona a este puro choque necesariamente brutal de aquella reviviscente y acaso cándida idea que se va desde un principio progresivamente haciendo nuestro autor todavía en ciernes de las cosas, puesto un día cualquiera de golpe frente a toda la fría y desconcertante consciencia de esta absurda realidad que postula sordamente en la existencia, y que ahora para siempre cual gravidez más penosa de infernal forma lo agobia. No veo manera (lo confieso) de que se pueda compaginar esta contradicción aparente (la misma vieja y tan traída controversia acerca del albedrío y la gracia que en algún otro recodo imprescindible de la historia alguna vez ya animó entre molinistas y jansenistas); pero lo cierto es que sólo a partir de entonces todo el sublime y ya depurado *así debiera ser* del ulterior escritor se para firme y desafiante de golpe frente al tan prosaico rumbo nada justo de las cosas. Con cierta llamativa frecuencia se le suele la fatalidad por lo demás ensañar con trasuntos engañosos de turbio azar y de suerte.

Esto, por lo particular, no pudiera ser en otro ni más cierto ni más dramático que en Cervantes, al que no habrá faltado quien con desdén dispensara la pura inconsiderada desestima de simple *ingenio casual* y hasta de *lego*. Prisionero por algún tiempo en Argel, herido en la batalla de Lepanto (desgracia

Miguel Antonio Montero

que le acarreó la pérdida de la mano izquierda), proveedor de víveres de la Armada Invencible, aquí encarcelado, allá excomulgado, ominosamente pasible de algún sórdido asunto u obscuramente involucrado en cierta intrincada cuestión de homicidio, ¿no comporta y se adivina sin menor dificultad en tal línea estremecida de vida toda la precisada madurez y conmovida experiencia de aquel sino a todas luces iluminadamente sobrecogedor, a cuyo honor cabe merecidamente la gloria de aquella divina y más elevada ficción que literatura alguna en cualquier tiempo recuerde? De cualquier suerte, he de examinar ahora hasta qué punto pudiera a la verdad traérsenos cual enquistado u oculto todo el elogio puesto inclusive en mis palabras algún nefando sacrilegio, o alguna que otra propensión imperceptible a la blasfemia. No puedo menos que traer esto a cuento como no sea a propósito de mi expuesta concepción de la literatura y el arte como sagrado ministerio o sacerdocio. Me horroriza pensar que al donaire de una crítica por lo demás entusiasta y mejor intencionada de Shakespeare, o al terso meliorativo estudio de cualquier puro pasaje enaltecedor de la *Ilíada*, me fustigue ahora de buenas a primeras el censor invocando todavía por jamás bien merecida contra mí la mera sumaria furia de todos los conjurados infiernos. Envuelto en toda esta ambigua, contumeliosa trama desde Adán, acaso motivos de inocencia y de culpa en modo alguno me falten. A este respecto, lector, de ti solamente solicito tu amable y comprensiva indulgencia; por lo que hace en el mejor de los entendimientos al Cielo y a la lengua y gramática españolas, que Dios y Cervantes me perdonen.

Mayo-junio, 2016

VIVIENDO LA CONSPIRACIÓN

Pero en la realidad histórica no existen ideales, sino sólo hechos. No existen verdades, sino sólo hechos. No existen razones, no existe justicia, no existe armonía, no existe finalidad última, sino sólo hechos. Quien no comprenda esto, que escriba libros de política, pero no *haga* política. En el mundo real no hay Estados construidos según ideales, sino Estados que han *crecido* y que no son otra cosa que pueblos vivos "en forma".

SPENGLER: *La decadencia de Occidente*

I
ENTRE LA SENSACIÓN Y EL ENIGMA

Ninguno jamás habrá expresado tan categórico descreimiento en las casualidades como el que apronta Sábato en *Sobre héroes y tumbas*. Nunca como hoy había yo tan en carne viva experimentado toda la leal y pasional radicalidad que subyace o pervive en tal febril *estado de ánimo*, en tal harto irrecusable e inapelable sentimiento, nada menos que a propósito de cierto chocante e impensable descubrimiento (hecho a la verdad sin proponérmelo) entre los curiosos y estrambóticos acopios de estas las llamadas redes informáticas o sociales, cuyo uso se nos hace cada vez más familiar o extendido en estos días, pero a las cuales sin embargo nunca he podido ser yo de ninguna manera afecto. A primera vista la vieja asidua truculencia sensacionalista de los medios nos va dejando el mismo clásico resabio amarillista en el paladar y en los labios, hasta que pronto caemos agudamente en distinguir debajo de la engorrosa balumba aquel hilo virgen o cual intocado del enigma, capaz incluso de dejarnos en puro shock del estupor. La implicación es ante todo notoria cuando ella emparenta del modo más inobjetable ciertos extraños y como coincidenciales elementos gravitando todavía de manera misteriosa en torno de aquellos repulsivos asesinatos de los ilustres presidentes Lincoln y Kennedy, estableciendo ahora unas que otras inverosímiles aunque innegables correspondencias —no sin un cierto apto e insospechado paralelismo— alrededor de las vidas y de las presidencias de ambos.

"Los dos presidentes norteamericanos, Abraham Lincoln y John Fitzgerald Kennedy —nos contextúa a la sazón sensacional el internet—, fueron designados congresistas en 1847 y 1947 respectivamente. Lincoln fue elegido presidente en 1860; justo cien años después, en 1960, fue elegido presidente Kennedy. Medían 1,83 metros y sus apellidos tenían siete letras. Los dos presagiaron sus muertes ya que fueron vaticinadas por varios videntes. Además el secretario de Lincoln, apellidado Kennedy, y el de Kennedy, apellidado Lincoln, recomendaron no acudir a los lugares donde morirían. Fueron asesinados en viernes, por balazos en sus cabezas, disparados desde atrás y delante de sus mujeres; mujeres con las que perdieron un hijo durante su estancia en la Casa Blanca. Booth disparó a Lincoln en el teatro Ford y se refugió en un almacén; Oswald disparó a Kennedy —que viajaba en un coche Lincoln de la casa Ford— desde un almacén y se ocultó en un teatro. Los nombres completos de sus presuntos asesinos, nacidos en 1839 y 1939, suman quince letras cada uno, eran sureños y fueron asesinados horas después de los asesinatos —sin haber confesado su culpabilidad— por dos vengadores; denunciándose en los dos casos la existencia de conspiraciones que implicaban a personajes norteamericanos muy influyentes. Sus sucesores Andrew Johnson y Lyndon Johnson (nombres de seis letras) eran senadores, demócratas del Sur y nacieron, el primero, en 1808 y, el segundo, en 1908".

Descartando el sensacionalismo evidente (o inherente más bien) que a ojos vistas resalta en la intención del apunte,

Miguel Antonio Montero

conviene en todo caso no tomarlo a la ligera ni mucho menos darlo frívolamente de lado lo mismo que otro objeto de banal distracción o algún otro anodino pasatiempo del día (cosa o tendencia por lo demás demasiado habitual en las redes), y esto no tanto por de suyo involucrar de lo más serio el asunto la cobarde y traidora eliminación sin más de dos sobresalientes figuras de la historia, o bien al menos de dos muy destacados presidentes, —lo cual a fin de cuentas no implica mayor cosa a las sucias conveniencias del *pragmático* juego de la política que la desenfadada deportiva supresión de otra incómoda y gravosa ficha en el damero—, sino en cuanto todo asesinato entraña en última razón la flagrante muerte o supresión de otra vida humana siempre valiosa, por más insignificante o indistinta que se la considere o juzgue: la vida de *alguien* que comía y que bebía y que era incluso pasible de ser querido u odiado, pero que también albergaba en algún rincón del alma alguna recóndita e ilusionada esperanza. Ello no es cosa entonces que pueda soslayarse o tomarse de algún modo a la ligera. No es algo así digamos como la desenvuelta charada o pasatiempo infantil que, a cosa de simple entretenimiento o de chanza, ahora jovialmente se proponga más o menos diciéndosenos: "¿Cuál es el único número o expresión matemática cuya palabra o expresión lingüística que lo nomina comporta tener idéntica cantidad de letras que cifras lo connumeran en su irisada va-loración absoluta?" El que para todo efecto certeramente me respondáis que es el cinco (pues cinco en verdad son sus letras en tanto expresión gramatical, como cinco asimismo sus cifras en cuanto valor absoluto que representa y encarna) me ha de recomendar, en los términos más elogiosos, vuestra muy viva o extraordinaria agudeza. Pero ¿en cuánto de veras podría eso importar a la cuestión y relevancia del caso que nos ocupa?

Salvo por la somera pero acaso descarada imprecisión de hacer figurar en el mismo partido a los vicepresidentes Andrew y Lyndon Johnson (éste ciertamente era demócrata, mas no lo era ni podía serlo por simple cuestión de lógica aquél, puesto que habiendo postulado por el Partido Republicano a la presidencia Lincoln, mal haría desde luego en inconsecuente procurarse por compañero de fórmula a alguno quienquiera del partido rival), tal cabalístico, insólito y sugerente ejercicio de simetrías pudiera en modo alguno resultar caprichoso. Lincoln y Kennedy congresistas en 1847 y 1947; Lincoln y Kennedy presidentes en 1860 y 1960; Lincoln y Kennedy igual midiendo 1,83 que siete letras constando de algún implicatorio modo en sus apellidos; Lincoln y Kennedy asesinados por caliginosa extrañeza de sus destinos en viernes (Lincoln, específicamente, en Viernes Santo de 1865); Lincoln y Kennedy... mientras que el *supuesto* asesino de uno le disparo *supuestamente* (la redundancia y las cursivas no pueden ser más necesarias, puesto que de lo más rotunda nos categoriza en cierto lugar la nota que "Oswald disparó a Kennedy", si bien en otro se lo incluye dentro de la aseveración más aceptable de "sus presuntos asesinos") desde un almacén y se ocultó en un teatro, el otro disparo a su víctima en un teatro y se refugió en un almacén: ¿hemos de insistir todavía en echar tierra o rechazar, en nombre del Conocimiento Racional y la Verdad, como pura sarta de "apestosas paparruchas y patrañas", de "escabrosas supersticiones inútiles", la evidencia de *aquello* que se nos quiere inclusive meter por entre los ojos? Kennedy prevenido por un su secretario Lincoln, Lincoln advertido por un su secretario Kennedy: ¡cómo si no fuese ya suficiente maravilla el que al elenco sorprendente de las curiosidades históricas Lincoln hubiese todavía a menester el agüerío sombrío de algún cierto imprescindible secretario *Kennedy*, y Kennedy a su vez, contra

Miguel Antonio Montero

todo esfuerzo de análogo modo arrastrado en el mismo oscuro e inapelable torbellino, nada menos que el de otro precisamente apellidado para su obvio y desconcertante infortunio *Lincoln*! ¿Cuál harto hermética, solapada y suma inadvertida trama, insinuada en su raigambre tan monstruosa como omnímoda en el desborde alucinante de las tan lábiles condiciones de nuestra despótica realidad cotidiana, precipita tan sañuda como hosca en el terror de las sordas confabulaciones inescrutables todo aquel puro metafísico proceder arraigado siempre en sus intenciones anónimas, enclavado eternamente en sus propósitos ocultos?

Al abrupto y distendido alivio de final de la crisis de los misiles en 1962, es certeza absoluta e incontrovertible que Kennedy entonces expresó: *Esta noche debería ir al teatro*, a modo de críptica caja de resonancia de aquella misma frase pronunciada por un feliz Lincoln al enterarse del fin de la guerra con la victoria unionista en 1865. Recogido o no el sentido extraño de la ironía, la historia sabe lo que sucedió esa noche en el teatro Ford. En la prefiguración fatídica que la tragedia del emulado inexorablemente le extendía, el Kennedy presidente, oficial propietario titular de un coche modelo *Lincoln* manufacturado sin mayores formalidades por la célebre casa *Ford*, no necesitaba a los fines macabros de la historia ir o hacerse presente de cualquier manera en el teatro. Igualmente, el impenetrable signo de Jacqueline Bouvier y Mary Todd perdiendo sendos hijos durante su inquilinato en la Casa Blanca, y entregadas ambas no sin idéntica crudeza al horror de tener además que presenciar las despiadadas occisiones de sus esposos, ¿no se erige por suficiente elemento de suspicacia respecto de estas formas en que afecta la realidad de habitual presentársenos, por lo ordinario mezquinas y engañosas, pero rara vez por lo demás tan *directas*? Los nombres John Wilkes Booth y Lee Harvey Oswald con sus enigmáticas quince letras, sus dueños tan sureños como los campos de Virginia o los sombreros vaqueros de Texas, y urdidos de lo más crípticamente sus nacimientos bajo la misma sorda y fuliginosa simetría de los años 1839 y 1939: ¿de dedos de qué inconfesable numen —acá tan todopoderoso como frío, acá tan invisible como incógnito, tejiendo de lo más cuidadosamente su telaraña desde su impune bastión inexpugnable tras bastidores— pendieron en realidad los hilos sigilosos y siniestros de aquella compleja urdimbre merced todavía a la cual, pensándose acaso los dos agentes nobles y justicieros al servicio pulcro de una causa, no hicieron más que en todo caso servir, nada menos que sin saberlo, a alguna cósmica y tenebrosa función de títeres que, sencillamente, sobrepasaba nuestras endebles capacidades de juicio? ¿Puede alguno desvirtuar aquel genetlíaco signo que fatalista gravitaba sobre ellos desde antes incluso de sus nacimientos? Sin abandono ni un segundo del mismo sensacionalista furor, remarca de análogo modo la nota el que los también sureños vicepresidentes Andrew Johnson y Lyndon Johnson, sujetas asimismo de congruente manera sus suertes a este tan curioso frenesí simétrico, vinieran sin más contemplaciones al mundo al sombrío paralelismo de los años 1808 y 1908, y que sus nombres de pila sumaran de la misma indescifrable suerte seis letras. ¿Por qué no haber denotado asimismo que adicionadas éstas a esos siete deliberados caracteres que conjugan sus idénticos apellidos de tal inopinada combinación no cabía sino resultar aquel fatal agüero del trece, —del tan grimoso número trece—, del que incluso los más cínicos todavía de lo más disimulados se cuidan?

En síntesis, ¿qué obscura, abstrusa, suprema e incontenible simbología de incisivo modo anima en tales cíclicas e irreductibles reiteraciones, hablándonos pese a todo en su cavernoso lenguaje de más cruciales sugestiones veladas? ¿A cuáles potencias

                                    Miguel Antonio Montero

sobrenaturales ocultas, sean propicias, sean funestas, responden en última instancia los hilos del destino y nuestras vidas? Al veraz pero disimulado influjo de aquellas Ocasionales Causas —de venturosa suerte tal vez sólo vagamente *presentidas* por Malebranche—, ¿podía haber rehuido Lincoln la ominosa presidencial luneta que indiferente le aguardaba allí en el teatro Ford, o habernos Kennedy eludido apurar el artero trago amargo de su cita de Dallas, mediando de seguro preexistentes a la formación incluso del mundo y sus nacimientos aquella *necesidad y determinación irrevocables* gravitando de manera irrefragable en las urdidas sendas de sus personales destinos (vaya a saberse en atención a qué secreto lenguaje de su simbología particular inextricablemente entrelazados), no más que por el decreto invisible de fuerzas a todas luces incontrastables y omnímodas? He de situarme, por consiguiente, más allá de toda controversia o contencioso pragmatismo empiriocrítico.

Puesto que yo, Miguel Antonio Montero, proclamo ahora desde la decisiva convicción que sólo aportan las pétreas e inobjetables seguridades que aquello acontecido al tenebroso auspicio de sino tan aciago a ambos presidentes entra de lleno en los insospechables ámbitos de una como mayor unívoca conjura, comoquiera todavía ni por asomo concluida. No aludo meramente a una ciega y mezquina conspiración mundana de hombres (como no fuera solamente en apariencia llevada por torpes e insignificantes mortales), la que a pesar de su pero-grullesca obviedad resulta a todas luces irrelevante e irrisoria, sino a aquella sobrecogedora trama de las encubiertas potencias cósmicas, frente a las cuales menos que vanos resultan los torpes empeños humanos. ¿Qué mejor por lo tanto a tales solapados fines que servirse de la conocida propensión a la maldad e ini-quidad de los hombres? Ya me adivino el despreciativo mohín frente a mi nada pragmática y menos redituable *superstición*. A mí con todo se me trasluce indudable la inequívoca mano invisible alentando detrás de la horrorosa *civil war* de confederados y nordistas, azuzando cada sórdida y rencorosa tratativa de los conspiradores afrentosos, precipitando ahora atroz por encima de la platea y las candilejas... el abominable magnicidio. Y todavía alrededor de un siglo después siniestramente apremiando a los mismos velados y descompuestos complotados, ora entendiéndose en los lóbregos y camorristas pabellones del Pentágono, ora concertados en los fríos oficinescos entornos de Langley, ora convenidos incluso en cualquier discreto apartado de otro cualquiera precavido miembro del *establishment*... hasta llevarles por fin paulatinamente a retomar aquellos para entonces como arraigados modos, y de unos a otros ya confirmados en la ruindad y la infamia de sus tan maquinados propósitos con total desenfado aún decirse, "En Dallas le desviaremos de su originaria ruta de la Main Street hasta hacerle ingenuamente caer en la Houston Street, y de aquí, finalmente, a esa como ideal triangulación más estratégica de tiro a que tan envidiable se nos presta la Elm Street en la Dealey Plaza..." Y ello acaso ya del todo grotescamente engreídos en aquella vil aunque risible pretensión de haber aún por ellos mismos de magistral modo fraguado el brutal golpe simpar de su traición, mientras la pérfida de Morta en las sombras se nos burla de toda la absurda ceguera y presunción tan puerilmente arraigadas en el corazón del hombre.

Así, ante la pobre y calumniosa imputación de "fantástico y ridículo delirio de una mente aficionada a las ficciones histéricas, a las apocalípticas quimeras", a mí acaso por cualquiera torpemente levantada, traslado el viejo orgullo de portentosa *aldea global* en que fundándose a anchurosos niveles de jactancia

                                        Miguel Antonio Montero

en la asombrosa eficiencia de sus medios de comunicación de masas se regodea la sociedad contemporánea, a esta noción sin duda cierta de mi arraigada certidumbre (y ya en modo alguno teoría) de la universal conspiración. Nada en tal sentido más ilustrativo que Baudelaire denunciándonos bajo el estigma de su bendito decadentismo el triunfo irremisible de los caminos del diablo y aquella mera victoria como predestinada del mal, para extendernos sin más la medida perfecta de cuán ora involuntaria o deliberadamente no nos hallamos sino todos viviendo de consuno la conspiración:

En la almohada del mal es Satán Trimegisto
el que sabe mecer y embrujar nuestra alma,
y el precioso metal de nuestra voluntad
evaporar su mano químicamente sabia.

Pero ni siquiera el diablo, ni mucho menos Baudelaire, nos la divisan o abarcan en toda su exorbitante y aterradora perspectiva. La extraña forma de esta mañana agarrar al desayuno la cuchara, el inopinado cambio del rutinario Hola jovial a un seco Qué Tal al cruzarte hoy con el conocido de siempre, el mero suspicaz escudriñar a transparencia del ordinario billete en la transacción pagado en busca de la legítima filigrana de Duarte, ¿no urdirán acaso el detonante incontrastable y secreto de toda una infausta concatenación de males? El chico que a menudo acarrea hasta tu puerta el periódico, los manifestantes que la emprenden contra la imparidad de los géneros o el aborto, yo mismo escribiendo con inepcia y palpable indolencia estas líneas, ¿no servimos de algún inimaginable modo los insidiosos hilos de este ecuménico retablo incognoscible? Empero, ¿ha de olvidarse que presupone el espíritu de toda conjura una víctima y, antes que nada aun en ésta, aquella cierta especie de sortilegio subconsciente irresistible por el cual ahora en rigor en última instancia infranqueable sin menor misericordia se la *programa* o se la *prepara*, se la dispone oscuramente para el golpe tan aleve como brutal de la cuchilla?

En un primer momento imperceptible, dicho sortilegio gradualmente se le *incuba*. Luego de pronto cual consciente de alguna alcanzada premeditada impunidad, en todo zumbón y mazorral desparpajo se nos muestra en cuanto encierra y significa realmente. Nada empero ha de temerse: los ojos, los oídos, el tacto, el antiguo fino olfato, yacen ya como anulados y muertos. ¿Quién así discierne detrás del mal presagió la intención nefanda? ¿Quién así interpreta en las volutas claras que aún le extiende el viento aquel visceral desfavor del hado? Es a lo que llamo *Indispensable Sonambúlica Determinación Fatal de la Conjura*, sin el menor defecto descorazonador nudo común siempre rastreable y observable en cada una de estas tramas. No es más que el irrompible hilo inexorable y misterioso gracias todavía al cual se afirma, confirma y reconfirma en su férrea, sobrehumana resolución el inmarcesible plan maestro de aquellas las herméticas potencias cósmicas, no tanto por el celo y sigilosa actividad de la cáfila insidiosa a través de la cual ahora ya terrenalmente y por cualesquiera signos manifiestamente se lo transparenta y esgrime, como por la increíble ingenuidad y obcecación fatal de la víctima de tal harto desleal colusión y componenda que ahora ya por todas partes indefectiblemente la envuelve. Es por dicha *Sonambúlica Determinación Fatal* por la que de algún lógico o razonable modo se explica el que la entonces víctima y centro primordial de estas oscuras maquinaciones superlativas, personalidad siempre de suyo tan perspicaz como perceptiva, y hasta hace poco apenas un encomiástico prodigio de discreción y clarividencia, embotados entonces de inexplicable forma los sentidos, obnubilada o desterrada

   Miguel Antonio Montero

de pronto toda luz o facultad espiritual, e incapaz a la postre de poner ya inclusive en real funcionamiento los usuales mecanismos de previsión y voluntad, dé aquí en marchar como zombi o en trasunto incomprensible de autómata y propiciatorio capro hacia la ara a estas alturas apenas disimulable del sacrificio. ¿A qué grado habría de trascender esto a extremo aun de constituírsenos en nefasto rasgo común de todas las grandes conspiraciones y magnicidios? Acaso los ejemplos ominosos del de César y de alguno cualquiera de los otros sirvan a fin de arrojar luz a este punto, al mismo tiempo delicado y escabroso.

II
TU QUOQUE, BRUTE, FILI MI

Convengamos en lo de la furiosa indispensabilidad por lo demás inestimable de la figura histórica de César no al ámbito de las corrientes nociones de lo bueno y de lo malo defendidas tendenciosa y gazmoñamente por los corrientes historiadores, sino al de aquel imperativo de estricta e inequívoca necesidad a que en algún cierto trascendental plano lo mismo histórico que metafísico el simple individuo humano Cayo Julio César de alguna implícita suerte humildemente se nos pliega. ¿Qué símbolo concitó su trágico paso por la vida? ¿Cuál peculiarísima disposición de las estrellas ensamblaría y regiría los premonitorios signos de su nacimiento? ¿Por qué inscribió acerbo el hado tal trazo de fea fatalidad en su destino? ¿Obedeció tal sino a un sibilino arrojar ocasional de los dados por parte de las veladas entidades sobrenaturales en la gran mesa de las apuestas cósmica, o respondió en líneas maestras al diseño inescrutable de un plan tan minucioso como inviolable frente al cual poco o nada puede ya sin más ambages el ciego y simple mortal? He aquí la enrevesada envergadura de las complejas cuestiones a las que ahora nos enfrentamos. Paradojalmente, no fue así y todo Julio César el desaforado tirano que la tradición y la historia sospechosamente unánimes nos pintan: no constituyó él en verdad sino el esclarecido aunque importuno agente de la democracia, mal visto por lo tanto con total criminal ojeriza por los poderosos grupos oligárquicos de Roma (los cuales tampoco le perdonaban haber triunfado a su despecho). Le temían no obstante éstos, y precisamente porque le temían urdieron deshacerse de él de la forma cruel y abominable en que lo hicieron. Pero la cuestión es en qué punto, en qué preciso instante de todas estas turbias maquinaciones y conjuras el hasta hacía poco infalible zahorí, el increíble prodigio de la incisividad y el instinto, el sismográfico don del cálculo político y esa suspensiva luz del olfato y la intuición que era César, es ya incapaz inexplicablemente de olerse los signos demasiado patentes de la sucia intriga que por todas partes alrededor suyo se adivinaba y cernía.

Verdad es que hablamos mayormente aquí de ciertos indicios sobrenaturales e impalpables, y, acaso por lo mismo, como incontrastables e inasibles. Pero es indudable que ante el conquistador de las Galias se abrieron y ofrecieron con harta prodigalidad y en todo momento casi hasta su misma culminación trágica. Solemos por lo corriente citar a Bruto, a Casio y a Casca a la cabeza de la cuadrilla de los conspiradores detestables, pero ¿qué oscuro metafísico entramado de razones y circunstancias, a todos omnipotente persiguiéndonos desde las oscuras eras insospechadas e inmemoriales, puso allí de manera incontrariable en las manos convenidas los puñales? Justamente el que no fuera supersticioso César aporta a mi

   Miguel Antonio Montero

entender la clave de esa frecuencia e importancia arcana que habían ido cobrando en su ascendente gradualidad los portentos, cuyo presagio o anuncio *evidente*, si bien incluso capaz de escandalizar a los menos reputados arúspices y augures, ni en un ápice había logrado conmover a su conspicuo destinatario: Plutarco enumera fuego y extraños resplandores en el cielo, inquietantes ruidos y visiones nocturnos, aves solitarias volando "por la plaza", haberse ni más ni menos divisado "muchos hombres de fuego" corriendo "por el aire", y esto conforme al muy acreditable testimonio del filósofo Estrabón.

En un plano tal vez de mayor envergadura premonitoria, aseveraba también el filósofo (sigue diciéndonos Plutarco) que "el esclavo de un soldado arrojó de la mano mucha llama, de modo que los que lo veían juzgaban que se estaba abrasando, y cuando cesó la llama se halló que no tenía la menor lesión". Al realizar cierto día un sacrificio César, se tuvo por evento de todo punto ominoso el no encontrarse en la víctima corazón, ya que de cierto "por naturaleza ningún animal puede existir sin corazón". Además, lo mismo que con su antepasado Iulo —que había escapado de Troya al lado de su padre Eneas—, fuego solía precipitarse del firmamento a la tierra sin provocar daño alguno y sin ninguna razón aparente. Y otra vez en cierta parte meridional de Italia, ahora fuera o alejada relativamente de Roma, se produjo el inusitado hallazgo de una misteriosa tablilla en que lúgubremente se prometía que cuando fueran encontrados los huesos que contenía, había de ser asesinado un hijo de Troya. Todo esto por lo demás sin contar lo de uno que algún otro adivino o agorero, entre los cuales al menos uno se había leído aquel terrible y sombrío designio de un gran peligro incuestionable para su vida, hacia fecha no tan tardía como los idus de marzo. De cualquier suerte, no obstante, si entre todos estos signos algo verdaderamente entraba en la premiosa categoría de otorgársele toda la ponderación y cuidado, eran los sueños que tanto Calpurnia como el propio César hacia la misma víspera del magnicidio tuvieron.

El que tenga uno algún sueño por el que aún se represente consustancial y maravillosa la fidedigna prognosis de lo que inminentemente no sino del porvenir inapelable le sobreviene, y esto ahora independiente del aterrador agüero con que en un momento dado cargue su psíquico precognitivo equipo los extraños elementos de que tal visión onírica en cualquier caso se sirve, seguramente otra cosa no ha de excitarle en el ánimo que una permanente y vigilante vigilia. ¡Cuánto mayor no habría de ser tal alerta si su propia consorte a su lado da en la ruda y vehemente equivalencia de otro alarmante sueño relacionado o análogo! Soñó César que habiendo él tomado sencillamente altura de inopinado modo entre las nubes, era acogido en el Cielo inesperadamente por Júpiter, al cabo en todo caso de lo cual había él tornado a despertar siendo todavía de noche. Observó entonces, en esa seductora penumbra urdida a la clara luz de la luna, dormir profundamente a Calpurnia, cuyo cuerpo empezara con alguna violencia a agitarse al tiempo que incurría en entrecortados sollozos e ininteligibles palabras o balbuceos, lo propio que si ahora errara en algún tenebroso mar de desazón y atropello. Al ser por consiguiente despertada, y sin salir todavía de su horror y sobresalto, la mujer de César relató figurado sin más en su sueño el desprenderse del techo y hacerse añicos cierto simbólico obsequio con el cual por esos días lo había honrado el Senado; pero, sobre cualquier otra cosa, había desconsolado a Calpurnia ver el cuerpo todo ensangrentado de su esposo reposando allí sin vida al peor agüero en sus brazos. A diferencia de cualquier otro sueño,

     Miguel Antonio Montero

la traía entonces especialmente apesadumbrada, habiéndole
hecho más imborrable y como empotrada impresión en éste,
aquel carácter de absurda y opresiva literalidad reconocible
sólo en las tan crudas formas de nuestra realidad ineluctable
y vívida, por lo cual se dio en rogar y conminar a su marido
que no acudiera —al menos por esos días— a atender negocio
alguno ante el Senado.

Cierta muy dominicana y socorrida chuscada, en atención
a esa determinada consumación de las circunstancias frente a
las cuales más que infructuoso resulta entonces presuntuoso
luchar, se regodea en la vieja sabiduría sentenciosa de que *si no
nos mata la bala, nos matará el zumbido*. Cabe a propósito de
tan ínclito fatalismo preguntarnos si el vencedor de Farsalia,
suponiéndole accesible merced a alguna dote de iluminación
suprema el conocimiento acabado de cuanto por lo bajo en su
contra se fraguaba, y ahora de momento afines a esas acomo-
daticias soluciones en retrospectiva a que tan inclinados son los
más de los analistas e historiadores de hoy día, cabe verdaderamente preguntarse si es que incluso de esta suerte podría haber
hallado modo nuestro ilustre interfecto de revertir o sacudirse
aquel influjo funesto y malhadado de su estrella. Puesto que en
aquella sonambúlica tesitura de su espíritu no cabrían entonces
presentarse por más procedentes ni comprensibles tanto el caso
omiso a los fundados apremios de Calpurnia, como su marcha
inevitable por lo demás al Senado (fijada todavía por preexistente a los mismos fundamentos cosmogónicos del mundo).
Sabida cosa es que César (quien habida cuenta de una discusión
suscitada el día anterior entre sus amigos en torno al tópico tan
ocurrente de cuál sería la mejor muerte, se había curiosamente
anticipado a responder: "La no esperada"), encontróse cual por
chasco más irónico del hado en su fatídico trayecto a cierto

hombre Artemidoro el cual le entregó una carta, la que César, sin embargo, no se preocupó en abrir. En la carta estaban todos los pormenores de la conjura, con los precisos nombres de todos los complotados: Artemidoro había vivido por algún tiempo en casa de Bruto. Más adelante en su camino saludó César a la agorera Spurinna, diciéndole incluso no sin algo de sorna: "Ya han llegado los idus de marzo". "Sí; pero no han pasado", le respondió con reposada seguridad la adivina. ¿Es que se necesitaba acaso más? ¿Humana ciertamente era la fuerza que detrás de tan mayúsculas señales alentaba? En la determinación tan fatal como enigmática que lo dominaba y poseía, se allegó finalmente cual inocente cordero nuestro insigne sonámbulo hasta el promontorio sacrificial que indeclinable le aguardaba...

Hacen sus rasgos sobrenaturales esenciales que poco o nada diste este negro conciliábulo de aquel otro orquestado muchos siglos después alrededor de la figura de Francisco Fernando, flamante príncipe real de Hungría y Bohemia, archiduque de Austria y concebido heredero de la monarquía austro-húngara, a pesar de sus marcadas diferencias exteriores. Hemos de rendirnos a la certeza de que cuando el sumo circunspecto obispo de Grosswardein tuvo aquel famoso sueño desconcertante y perturbador a principios del verano de 1914, ni en todo su enervado azoramiento y agitación —azoramiento y agitación que, al despertarse, lo empujaron oscura y maquinalmente a por escrito condensar cada espantoso detalle e indeseada minucia de aquello más inexpresablemente soñado— podía hacerse a la idea o en lo remoto sospechar la raigambre tenebrosa de aquellas más trascendentales fuerzas con las que pudiera cualquiera habérselas, al registro posterior de los consumados hechos. No sé entonces si atribuir a irresponsabilidad o a descaro, a malicia o a torpeza, el que nunca se haya pasado más allá de

   Miguel Antonio Montero

simplemente enjuiciar el caliginoso suceso como "otra asombrosa muestra del grandioso potencial extrasensorio a que es susceptible de elevarse la prodigiosa mente humana, con aquel despampanante precognitivo anuncio del horrendo y ululador detonante de la Primera Gran Guerra", desconociéndose así la verdadera intrínseca sustancia enrevesada y misteriosa o cual oculta de los hechos: su inexplicable, inatajable dimensión metafísica. En todo caso, podemos bien creer en Dios (y por lo tanto en la acción incansable y absoluta de la Causalidad Divina infalible); podemos creer en el Hado o en los Manes, en los Númenes o en la simple mecanicidad monótona de esta la Causalidad Histórica tan celebrada; podemos creer en las hazañas caprichosas del Acaso o en el adusto Destino infranqueable y contrapuesto; podemos creer incluso en toda la jugosa y concatenada conjunción (a la fiesta jamás ni de pasada invitada) de las malavenidas y como interminables Contrariedades y Contingencias, ¿pero quién se ha entregado jamás a pensar, más allá de ninguna aprensión religiosa o ideología postulable cualesquiera, en cierta sutil y armoniosa combinación por lo demás iluminada de todos ellos al servicio primordial de un Único Plan como velado e incomprensible al profano y torpe ojo del mortal, ora anclado en la crasa y engañosa seguridad de este nominal Mundo Real que lo circunda?

Éste fue el sueño de monseñor De Lanyi, sobrevenido en la engañosa paz de aquella noche estival del 27 de junio: hallándose él como cualquier otro día en su biblioteca, nota enseguida que entre las cartas del laborioso escritorio resalta una por su sobre bordeado chocantemente de negro, mas en todo acorde con aquella vieja tradición o usanza observada entonces para indicación del luto. Al abrirla, su lectura da en el galvanizado desaliento parejamente venido con esta nada fáustica notificación hecha por su antiguo alumno Francisco Fernando, el ahora nada menos que archiduque austríaco: *Su eminencia: mi esposa y yo hemos sido víctimas de un crimen político. Nos encomendamos a vuestras oraciones.* La carta presentaba fecha del 28 de junio de 1914, y estas otras precisiones igualmente increíbles de la dirección de Sarajevo y hasta la exacta hora del deplorable acontecimiento: las cuatro ante meridiano. Y enseguida cayó el transido aparato psíquico de nuestro obispo en la célere y conmocionante visión como sobrecogida por mil flashes de los cuerpos ensangrentados del archiduque y la archiduquesa lúgubre y horrendamente yaciendo en un coche descubierto, en tanto tumultuoso se arremolinaba el gentío en torno a la procesión abruptamente detenida. Creyó nunca haber experimentado semejante sensación de atemorizante sobresalto como aquella que oprimía angustiosamente su pecho.

Mas ni pese a haber despertado en el mismo nervioso estado de conmoción más ostensible dejó de entender De Lanyi la importancia de poner precavidamente por escrito el capital asunto de su sueño, mientras fresco lo tenía todavía en la memoria y como incrustado con máquina en su tan excitado aparato psíquico. No solamente cuidó al escribirlo la mera relación tan detallada como escueta de aquello que él había de lo más escalofriantemente soñado; anotó asimismo en el papel las cuatro treinta ante meridiano como la precisa hora en que su avisado ser pertinentemente lo hiciera. Convocados a seguidas los miembros de su familia para la inaudita e inesperada lectura de una intrigante misiva onírica, ninguno pudo reprimir ante su impactante contenido el previsible estupor. Esto ocurría en la mañana; más tarde, en el transcurso de ese mismo día 28 de junio, le fue entregada al clérigo una nota en la que se informaba que su antiguo discípulo Francisco Fernando había sido asesinado con su esposa en Sarajevo. Ni el carácter ni el espíritu del abrumado parte oficial sorprendieron a De Lanyi, que aunque tenía consciencia de las ulteriores repercusiones a buen seguro catastróficas que consigo aparejaba de ineludible forma el hecho, difícilmente pudiera imaginarse consecuencia tan terrible como aquella espantosa conflagración mundial a que por más escarbado pretexto aún condujo. ¿Insistiremos en arrostrar como otra mera casualidad el suceso? ¿Mantendremos cerrados absurdamente los ojos a la acuciante evidencia de que todos nacemos y morimos viviendo incluso de antemano la más indefinible conspiración que nos arropa? Porque sobre todo notaremos al igual que con César también aquí respirarse sin la menor dificultad aquel macabro efluvio de imponente determinismo fatal gravitando sutil, enfadosa y obstinadamente y sin oportunidad alguna de rescate posible sobre un muy otro irreconocible y como sonambulesco Francisco Fernando, a la cruda e incierta luz de aquellos torvos acontecimientos por lo demás enigmáticos de su vida.

Parecieran bajo sello de perdición irremisible del mortal las arteras líneas de tal destino remitir a alguna suerte de frío y desatinado Catálogo de Prefabricados Desaciertos Obvios: la falsa, engañosa promesa aparejada a una niñez demasiado afortunada y en general harto próspera, lo que sólo hacía en verdad disfrazar bajo tan generosa opulencia las vislumbres desgarradas del porvenir más siniestro; el doble suicidio (a él particularmente ominoso) de su primo, el príncipe heredero Rodolfo y la amante de éste en 1889, lo que añadido a la muerte en 1896 de su padre, el también archiduque Carlos Luis, lo situaba en línea dinástica directa por refulgente *Kronprinz* del trono imperial austríaco, sin importar las poco ambiciosas miras que el vanidoso poder mundano le mereciera siempre a Francisco Fernando; su valiente, viril y leal casamiento con la tan mal vista y menospreciada condesa Sofía a quien de veras amaba, y en quien las estiradas ínfulas de la encopetada corte austríaca no veían más que una vil y descarada advenediza, hecha aun al tan innombrable estigma de *otra indigna e insignificante checa*, a pesar del abolengo más ilustre de la condesa cuya línea ancestral incluía los muy suficientes aristocráticos fulgores de los príncipes de Hohenzollern-Hechingen, de Liechtenstein y de Baden, lo propio que de la hermana del emperador Rodolfo I, Elisabeth de Habsburgo, lo que no representó menor impedimento a que la engolada Casa de Austria estigmatizara de morganático aquel matrimonio; la sórdida y soterrada malquerencia que inexplicablemente en amplios círculos de la corte (incluido su propio tío el emperador Francisco José) él ya arrastraba, desde mucho antes incluso de su aborrecido compromiso y su desautorizada boda, a la que no asistió miembro alguno de la familia imperial y ni siquiera sus hermanos. Despertaría pues hasta en un muerto a buen seguro suspicacia la poco acertada petición hecha por el emperador al príncipe heredero algunos años después, esto es, a principios de junio de 1914, para que le supliera e hiciera sus veces en las maniobras militares que habrían de efectuarse apenas en unos días en Bosnia. ¿Quién como Francisco Fernando, que había en lo personal afrontado toda la repulsa y aquel odio homicida y visceral de los nacionalistas eslavos en Dalmacia, en 1906, durante la tan enconada como obstinada y nada simpática guerra de los Balcanes, aquellos siempre caldeados, indomeñables Balcanes, a los que el propio Bismarck poco antes de morir había de forma taxativa denotado como crucial foco de origen de la siguiente guerra europea, para entender en toda su erizada gravedad aquello que ahora en cualquier caso se le pedía? El arriscado archiduque, inconcebiblemente, dijo sin embargo que sí.

                                    Miguel Antonio Montero

Ello no debiera sorprendernos. ¿Por qué tendría a la verdad que extrañarnos que en lugar allí del *arriscado archiduque* no nos hubiera mejor hablado —sopesando entonces cual convenía lúcidamente la situación desde lo más recóndito de aquella otra fase a veces como oculta de esta irrisoria individualidad humana, denominada a los fines de la historia Francisco Fernando— el *muy prudente y circunspecto archiduque* que también solía haber con harta frecuencia en él: el atinado y concienzudo hombre de Estado, capaz de enjuiciar por todo lo que valen y significan las circunstancias, los socorridos embelecos que oculta lo cotidiano, los riesgos y exposición innecesarios al peligro? Circunferidos a pesar nuestro a este tiránico y reducido ámbito de la *realidad* en que desde el principio e incomprensiblemente se nos manipula y coarta, cada paso nos viene meticulosamente predeterminado desde antes ya incluso de que existiéramos. ¿Libre albedrío? ¿Individual elección? ¿Azar o casualidad? Hasta qué punto no son solamente estas cosas más que absurda paparrucha y cantilena, es algo que debiera seriamente preocuparnos. En el nada supersticioso Julio César esta fatal determinación sonambúlica se nos encubre y medra detrás de un irritante aunque también ingenuo descreimiento algo irónico, socarrón, casi cínico, pese a lo cual no puede de todos modos resistirse a aquel llamado incontrovertible de la tragedia que sin ninguna remisión imperturbable le aguarda. En el demasiado (y quizás excesivamente) *creyente* Francisco Fernando, prohijado de fijo su ser por aquel providencialismo resignado y vehemente, tan fatalista visión es inclusive capaz de distinguir a vuelta de la esquina y con alguna claridad la plenipotenciaria desgracia que aviesa y pérfidamente sin mediar acá menor remedio le acecha, pero a la cual no osa —

precisamente porque *no puede*— contrarrestar mínimamente y ni siquiera oponérsele.

Bastarán a fundar esto último uno o dos inconfutables ejemplos. A principios de 1914, durante una cena en el palacio Belvedere, le había él abierto abrumado el corazón a su sobrino Carlos de Habsburgo, confiándole de esta suerte: "Estoy convencido de que voy a ser asesinado. La policía está al corriente". "Tío, eres demasiado pesimista", le replicó Carlos. "Tenemos una policía competente". "Tienes razón", contestó el archiduque, "pero hay asesinatos que no se pueden evitar. Si me matan, querría que te ocuparas de Sofía y de los niños como albacea. Después de mi muerte, mi notario te entregará mi testamento. Ni una palabra delante de Sofía; se preocuparía demasiado". Bien conocía también el conde von Czernin tales paranoides explayamientos de su espíritu, en cuanto ya en el transcurso de 1913 le había hecho aquella desolada confidencia según la cual se *sabía objeto del odio implacable de los masones que le habían condenado a muerte*. Esto abre y nos conduce rectamente al capítulo unánimemente sospechoso y tan esmeradamente poco divulgado del papel perversamente jugado por las organizaciones o sociedades secretas en la subrepticia articulación de esta confabulación suprema contra el ya para entonces demasiado persuadido Francisco Fernando, tanto o más tal vez que en cualquier otra de las siniestras componendas a las que se nos aviene por flagrante cómplice furtiva la historia.

En la caliginosa y sofocante atmósfera que por aquellos días se respiraba, alguien anunció en el número correspondiente a septiembre de la *Revue Internationale des Sociétés Sécrètes* del año 1912, en el cual se resumían los tenebrosos acuerdos a que había arribado la todopoderosa Convención de los masones en

Miguel Antonio Montero

el otoño de 1911, aquel como firme e inapelable decreto de la certera muerte del archiduque, sin otro aparente asidero que la sabida antipatía que el príncipe inspiraba a quienes integraban la logia. Esto acaso fuera por mayor parte del público en cualquier caso tomado como otro frívolo escarceo de alguna publicación o revistilla de moda, enderezado por lo conveniente a captar un mayor número de suscriptores y lectores, sentado el famoso prejuicio de todavía habérselas con una cierta opinión pública a lo sumo demasiado impresionable. Baladí o no el anuncio, cierto miembro del Grand Cénacle y de los Masters of Wisdom (reconocidas sociedades al servicio incondicional de los francmasones), y consejero además en política internacional del presidente Wilson, anticipándose apenas por unos meses al estallido de la guerra, coincidió también en la misma traída y recurrente predicción ora como en boga de su asesinato. Ya antes profetizaba una vidente francesa una muy seria confrontación militar, no sino a causa del crimen que habría de perpetrarse en contra de un príncipe heredero... Producido finalmente este crimen, muertos ya por desgracia a más macabra concreción de los socorridos vaticinios el archiduque y la archiduquesa, ¿no se prestaba a cualquier suspicaz interpretación el que a Francisco José, augustísimo emperador de esa Austria a que en derecho *pertenecía gobernar a todo el universo*, no le hubiera conmovido ni en lo más mínimo apenado en términos de al menos dejar por ellos rodar siquiera una *formal* lágrima, la mera desoladora tragedia de nuestra incomprendida e inaceptada pareja? Y esto sobre todo a partir de que el sentir y opiniones de su infortunado sobrino (como era de público dominio) jamás pudo él allanarse a tragarlos, de la misma llamativa manera que en ningún tiempo habían sido del agrado ni de aliados ni de enemigos.

Pocos pueden empero rendirse a la como inadmisible novedad de que advenido por fin aquel día abominable verificara en última instancia el atentado (el cual no cambió de grandílocua forma al manido prejuicio del consenso la historia, sino que sólo atendió a meramente precipitarla por los mismos previstos y calculados canales que las invisibles potencias sobrenaturales le tenían de inmemorial con la más fría y tranquila antelación preparados) después de una primera alarmante tentativa, al muy fiable y documentado recuento de la factual evidencia. Arrojada poco antes al coche del archiduque una bomba, la había el príncipe no sin sereno arrojo repelido lanzándola en los naturales apremios del lance apresuradamente afuera, debido a lo cual vino a hacer explosión en otro de los coches de la inadvertida comitiva, resultando en consecuencia algunos heridos. Ninguno empero con lesiones graves, ilesos en líneas generales por decirlo de algún modo, el oficial cortejo se acogió incidentalmente al respiro y seguridad del ayuntamiento de la ciudad a la sazón jubilosa y bullente, y cuyas calles ese día peculiarmente presentaban ciertos muy inusuales movimiento y colorido, matizados sobre todo por la afluencia vivaz y extraordinaria de personas. A uno y otro lados de las vías, la gente y toda suerte de animados transeúntes se las habían pasado alegres y festejando a la espera más jovial de los archiduques. Se produjo mientras tanto en el ayuntamiento un inverosímil debate cuyo meollo giraba en torno a si se debía o no proseguir con la archiducal procesión. Aquella vieja maldición o atavismo inconjurables de los Habsburgo de dejársenos a todo trance influir en su indecisión característica por sus cercanos y su séquito, determinaba en esta hora decisiva la suerte del archiduque, quien en la turbia y malsana disposición del zombi no acababa por caer deplorablemente

Miguel Antonio Montero

en la cuenta de siquiera sopesar la situación de su amada Sofía que le acompañaba.

Lo que se sigue entra de lleno en el sombrío y como briago capítulo de esas indecisas y vagas alucinaciones que aun hieráticas entroncan en lo tenido por surrealista o ficticio, y que como indeseable intruso no hacen más que acudir o precipitarse a nuestro encuentro tortuosamente alhajadas de los cual sarcásticos y enceguecedores flashes que aún nutren las más crueles y consternadas instantáneas: el archiduque preguntando al jefe de policía (que también formaba en el desfile) si podía sin otro riesgo reemprenderse el recorrido, cierto barón algo sensato o de seguro algo asustado procurando se variara la entonces aquiescente decisión de las autoridades, un general espetándole severamente al timorato no hallarse lleno Sarajevo de asesinos, el mismo general recomendando a la archiduquesa se mantuviera no obstante al mejor recaudo del ayuntamiento, la ardiente admirable réplica de la resuelta archiduquesa de que en tanto en público se mostrara el archiduque nada la apartaría de su lado, el cambio de la pautada ruta con evitar ahora la populosa calle Francisco José enderezando por el nunca entorpecido muelle Appel, la fatídica marrada de camino del primer coche que terminó por conducir a la completa comitiva a la precisa calle que se quería evitar... Lo demás en todo lo grotesco y morboso ávidamente se resume en las mismas tajantes rugosidades y asperezas, de suyo sórdidas y antes que nada inciviles, sin las cuales no creo que pueda en conclusión pasarse normal y buenamente la historia: Gavrilo Princip, el muy oscuro militante de la conspirativa Mlada Bosna, el casi niño al servicio de la inconfesable Mano Negra y aquella fea y no menos resentida cáfila ultrasediciosa, pudo aquel día finalmente tener como sin proponérselo el más incierto y execrable provecho jamás aunado a una buena caza...

Necesitamos plantearnos de cualquier modo los hechos al verídico y abarcador trasluz de este soberano prisma: nada más vano ni más estéril que las cómodas conclusiones en retrospectiva de los *expertos* y de los *entendidos*, versando en el mismo descreído y despreocupado galimatías de cualquier infatuado pseudohistoriador de hoy. Éste no atiende a sacar el verdadero provecho de las augustas lecciones que nos extiende el fiel misterio singular de cada día. Antes bien encrespándose con blasonante suficiencia sobre el satisfecho fastigio de su petulancia característica, recala en el mismo incalificable culto perpetuamente tendenciado por el trunco y ciego *a posteriori* del momento (según hinchen sobre todo las velas los convenientes vientos de la convención y del poderoso de turno), lo que le proporciona siempre a la medida perfecta la misma utilitaria y pragmática visión de la realidad: *la mera clara y verdadera interpretación, la solución infalible del hecho histórico.* Luego, "si éste no hubiera sido tan impetuoso, otro habría sido de seguro el resultado de su empresa"; o "si aquél se hubiera despojado siquiera un poco de su providencialismo maniático, una mejor constitución conocería nuestra desfallecida ciencia del derecho"; o "si hubieran en año tal más temprano advenido los cruciales rigores del clima, tal o cual general se hubiera hecho con los lauros de la batalla y no el otro"; o "si no hubiera en la hora tal fulminado sobre el infeliz tal desgraciadamente el rayo, tal antaño consagrado santo incuestionablemente que hogaño no lo fuera", puesto que no de otra manera suelen discurrir orgullosos y en todo *más objetivo y desmitificador furor*, según aquello en que de manera pedante de inevitable suerte se precian. Muy otras sin embargo suceden ser las

    Miguel Antonio Montero

circunstancias bajo las que de asiduo veladamente se presenta el plenipotenciario hecho. ¿Alguien olvida la nada alentadora suerte de Gandhi, del incansable, bondadoso integracionista de Gandhi, signado ya por remiso e irrevocable en su estrella a todo opuesto designio el tenebroso ringorrango no sé si *necesario* de su asesinato, a mayor perplejidad y contraste liquidado entonces por un resentido compatriota hindú y no como bien habría podido esperarse por algún separatista pakistaní? ¿O quién puede sacarse de la consciencia a Marat recriminando ásperamente a su celosa ama de llaves por que cesara de una vez de impedirle acceder hasta él en su bañera a aquella desconocida corresponsal suya de Caen, nada menos que la joven Marie-Anne Charlotte Corday d'Armont, en la tina a la postre su desconcertante verdugo?

III
LINCOLN Y LAS MOIRAS

Curiosidad notable del *Macbeth* es que la breve escena del diálogo de las brujas con que inicia potencia de lo más admirable la sobrenatural atmósfera que sirve de decisivo telón de fondo a la inmortal tragedia shakesperiana, y que en modo alguno desentona con el gusto cada vez más intrigado del lector. Me temo haber por mi parte desaprovechado tan inteligente recurso, con postergar de alguna forma hasta esta hora el esencial trasfondo metafísico de mi relato. Con todo, he de decir que signada en los arcanos agüeríos del infinito y las estrellas la indicada hora del nacimiento de Lincoln, alguna leyenda asume haber insinuación tan magna decretado reuniérase el celestial consejo del Omnisciente a iluminada intención de repasar, siempre acorde con las estrictas e inescrutables líneas del infalible plan divino, todo lo concerniente a tan implicatorio y esclarecido suceso. Bien podría haber sencillamente el Señor, omnipotente como es, dejado sólo correr a la pura incontrastable inercia de su gracia y predestinación sagradas el sapientísimo designio a tal propósito invocado por su prodigiosa mente absoluta, y no sino de esta manera, utilizando simplemente la irrefragable sugestión de su divino determinismo irresistible, conducir una vez más al poco dócil Destino a rendirse como siempre a su inalterable voluntad. Plugo en cambio a su presciencia y omnisciencia supremas se hiciera esta vez de otra suerte. Después de empática y bondadosamente confirmar a cada sumisa deidad y sobrenatural entidad en el preciso rol deparado de inmemorial a jugar en el enigmático sino del preeminente mortal llamado entonces por lo inminente a encarnar y nacer, y después de incluso recordarles en la misma línea de afectuoso calor divino los meros lícitos extremos que bien podía permitirse cada uno en el celoso desempeño de su misión particular, el Creador, sin cuya previa discreción y disposición inspiradas —trabajadas como es de todos conocido al amor de su sagrada voluntad— no se mueve ni cae la menor hoja de un árbol, se limitó entonces a escuchar los reverentes pareceres de los rectores con Él de la creación y el universo.

Tomó por consiguiente la palabra el hermoso y prudente serafín ungido por autorizado personero de los nueve coros angélicos, que expuso no sin humildad y más singular piedad que, si bien en líneas generales lucía acaso demasiado pesarosa y amarga la terrenal suerte del ahora esperado nonato, "la sabiduría pertenece al Señor y misteriosos son como no habrá quien desconozca sus caminos". Depusieron después los Amos de la Causalidad y del Fingido Azar, quienes con

                                        Miguel Antonio Montero

solemne unción garantizaron empeñar en el nuevo lance toda su pericia y discreción acostumbradas, no sin desde luego dejar margen a la realización iluminada del confidencial Misterio y el Milagro. Se entregó el Hado al ardiente voto de hasta el final signar en una bruna y confusa macedonia de desazón y suerte varia el enjundioso sino del ser que a su consideración atentamente en esa hora se extendía, sin añadir o quitar ni una mirria a los sacrosantos estipulados a que en tal aspecto le ciñera escrupulosamente el Omnisciente. Por igual o parecido tenor versaron la Incertidumbre, la Esperanza, las tétricas Majestades de la Obscuridad y el Infortunio, los Amos o Señores de la Realidad y los otros. Mas al final entregó Dios en manos sigilosas del Destino o del Hado la determinante ejecución en todo lo primordial de sus comunicados propósitos, encargándoles estrictamente a los demás el prestarse a servirles del mejor grado y en todo y sin todavía reparar ni en cómo ni en cuándo ni en dónde ni en para qué al imprevisible calor de los eventos se los solicitase el atareo infatigable de su arbitrio, sólo con que no olvidara cada celo reservada únicamente para Él —venidos ya por supuesto a los verídicos sagrados de la eternidad— la final retribución, la bien ganada postrimería y la misericordia. Antes no obstante de dar por concluido el cónclave trascendental, les previno todavía el Misericordioso devenir todo lo que en vida aconteciera al novel mortal en prefiguración críptica pero ineluctable de lo que igual tendría que suceder dentro de poco es decir, en transcurso de algo así como unos cien años, a algún otro como él de tan lucida guisa connotado entre sus semejantes. Luego, sin entender o prestar la mayoría la debida atención a estas últimas palabras, todos se despidieron.

Meditó después en la tranquila serenidad de sus dominios el Hado la mejor manera de emprender aquello. A sus órdenes incondicionalmente tenía por decreto soberano del Altísimo todo el formidable arsenal y los recursos que todavía le deparaba el poder ahora a voluntad agenciarse a más legítimos visos el tan envidiable servicio de las innúmeras potencias sobrenaturales y divinas que invisibles medraban en el Cielo y en la tierra, aprontándole esto una prodigiosa visión de conjunto como jamás a la verdad él la tuviera. De pronto viéndose amo y dueño y con todos los resortes en sus manos (guardando por supuesto respecto del Señor la debida y prudencial distancia), era, dentro de lo permisible, circunstancialmente todopoderoso; debía empero reconocer que la suma peliaguda envergadura del sino inusitado y complejísimo con que tendrían dentro de poco que habérselas... rompía toda proporción con aquella deslumbrante omnipotencia. Él, que sí había entendido y prestado a las palabras finales del Supremo toda la atención y prodigiosa facultad de horadante retentiva divinalmente comprendidas en su sobrehumana potencia de juicio, había podido con perspicua certidumbre establecer que eran en vez de uno más bien dos los mortales destinos (separados con alguna estimativa crucialidad de cien años) acá al designio inescrutable en realidad sibilina y extrañamente comprometidos, e inclusive como combinados y entreverados. De manera que siendo uno y otro señaladamente ilustres, entraba en lo más razonable fraguar con excepcional maestría nada menos que un plan a ambos sinos condigno, pero antes que nada lo mismo indescifrable que inextricablemente común, y el cual a idéntico grado los abarcara en una inaudita síntesis de enigma y subrepción impenetrable. ¿Arrostraría él las arduas y enrevesadas implicaciones que le planteaba tal caliginosa dualidad en su tan socorrido ropaje de Destino omnipresente y enigmático, apresurándose de lleno a dar sólo como siempre al traste con los risibles empeños humanos y al

    Miguel Antonio Montero

encomiable cuidado de aquí y allá esparcir siempre de lo más astuto algún tortuoso destello de lógica cínica (por el estilo, digamos, del hundimiento del Titanic o del ruidoso fracaso de la Epopeya Napoleónica), o las asumiría desde aquel viejo conocidísimo papel de *Fatum* cáustico y escueto llamando ahora a la sombría e inexorable desgracia al mero mortal de turno, otra vez a su merced y en atención a lo demás ora insufrible e irremediablemente impotente (algo así cual otro Edipo infernalmente instalado en los horrorosos descampados más absolutos de la tragedia, con relación a la cual nadie alcanza modo plausible de conjurar o de lo más efectivo protegerse)?

Considerado en su intimidante naturaleza el problema, le resultaba evidente que en esta ocasión tendría que emplearse más a fondo. Él, el Hado, a cuyo poderoso influjo ningún negocio humano se resistía ni era ajeno, necesitaba situarse en la suprema y abarcadora perspectiva que empinada desde cierta superior estrategia dominara de algún admirable modo hasta el más insignificante hilo del cósmico retablo, delegando por consiguiente en cualquiera de sus incontables subalternos el tedioso manejo táctico de los detalles. Mas no en *cualquiera*, oportunamente se corregía; pues sí que era seria y hasta demasiado canija la misión que esta vez entre manos se traían. En manos de un prodigio insuperable de pericia tenía por consiguiente que entregarse cada engorroso asunto. Pero, ¿en manos de quién? ¿Quién sería el mejor llamado a idónea altura de afrontar requerimiento tan macanudo y exigente? Barajó su mente innumerables posibilidades y las más diversas combinaciones y candidatos. ¿Qué tal una insólita conjunción de Númenes y de Manes? Aunque sonaba bien, al final la descartó por antojársele de súbito de lo más grotesca e inepta; trabajados con harta frecuencia por la pasión, no procedían los Númenes en la ocasión por atinados ni confiables, en tanto que solían los Manes adoptar las posiciones más extravagantes y erráticas. ¿Y si todo lo confiaba al abrasante arbitrio de las Erinias y las Furias? Bien que helenas unas, bien que otras latinas, ni el menor prejuicio abonaría el aguardar todavía de ellas, díscolas deidades de la venganza como eran, algo menos que el fracaso más apabullante y rotundo de la totalidad de sus trabajos y empeños, ya que a no dañarlo Alecto de entrada lo echarían todo a perder Megera o Tisífone de salida, y ni siquiera el empleo a fondo del Fingido Azar o de la Suerte podrían ya reparar los estragos apañados a tan mayúsculo yerro. ¿Estaría bien apoyarse en alguna fusión cual mejor avenida de la Contingencia y el Estro? En todo caso, resultaba muchas veces aquélla demasiado inestable y equívoca, mientras éste, por su parte, tanto así como un eructo caprichoso e informal, para de buenas a primeras depositar cualquiera en ellos responsabilidad tan tremenda...

Por este tenor se mantuvo discurriendo durante largo rato, recalando invariablemente en los mismos feos e incurables blastomas de las fallidas soluciones y el fiasco. A distinta suerte sin embargo de aquel erróneo conducirse tan habitual del humano, a él ni le exasperaban ni impacientaban las más acres y frustratorias cavilaciones, por lo que aquí persistía y persistía en las mismas discursivas trece en que entonces parecía penosamente consumírsenos. De pronto, se le iluminó el sobrenatural semblante: ¡Las Moiras!, ¡las Parcas!, ¡sus muy eficientes servidoras antiquísimas! ¿Qué le había ofuscado al extremo de apartar hasta entonces de ellas su consideración vertiginosa? Ninguno como ellas para sin el menor defecto interpretar sus mayores anhelos y designios, y dotar todavía de cuerpo hasta sus menores abstracciones y deseos. Eran ellas las dueñas del aplomo frío y de la ejecución atrevida, las que nunca habían

                                    Miguel Antonio Montero

regresado a él sin el resultado impecable y el acabado perfecto. ¿O no habían sido ora Moiras, ora Parcas, las que siempre urdiendo y maquinando, erigiendo aquí, derruyendo allá, cimentaron y sembraron la inmortal fama del Hado a toda la grave longitud y anchura del magno tráfago histórico? ¿A quiénes de otra forma se debía la suma ingeniosa industria de aquellas voraces fiebres que hundieron en el sepulcro a nuestro precoz Alejandro? ¿Habíasele a otro ocurrido la sutilísima inducción en la devota católica cabeza de Felipe II del tan desastroso *boato* consignado (lo propio que curioso tic de algún más burlesco sainete irónico) por Armada Invencible, pronto reducida a un puro *boomerang* punitivo acaso demasiado confiadamente despachado contra la "impía, insolente Inglaterra"? ¿A otras reclamaría Sócrates dársenos al vertido en su penado tracto de la perjudicial cicuta, blandir no sin justificación Lutero la noble espada cismática, tan ávida como incauta hincar en lo prohibido Eva los todavía inocentes dientes y junto a Adán concomitantes arrastrar en su funesta caída a la caterva humana infinita? No sin justicia ganado su acrisolado renombre, ellas se habían erigido en sus titánicas heroínas, en sus ornadas y consentidas pupilas y favoritas. Y aun del caso que para muchos relegadas y anticuadas, enfadosas y hasta grotescas, jamás había cejado él en reconocerlas y ponderarlas en todo lo que valían e innegablemente redituábanle.

¿Qué decir entonces de la vieja manida objeción por sus detractores corrientemente levantada al escaso dominio emocional y notoria falta de ecuanimidad de Átropos, la mera terrible Moira relicta portadora de la muerte, con ya estar encargada de detener en su momento el pujante trajinar alegre y presuroso de la vida? Avalado por un interminable rosario de invaluables experiencias desde Adán, esto jamás le había perturbado el sueño ni mortificado, ya que tanto Cloto como Láquesis sus hermanas, perennemente equilibradas, concienzudas y centradas, sabían siempre manejarla y conducirla al feliz logro de lo encomendado y propuesto. Lo propio concernía a las Parcas por lo que hacía al experto oficio de las razonables Nona y Décima en sobrellevar y asumir los tan cambiantes humores de Morta, la afín y directa contraparte de la Moira problemática. De manera que así cubierta de tan apto modo la espalda, bien podía él confiada y desembarazadamente entregarse a la aquilina y embriagadora visión integradora y global que siempre le había posibilitado en la optimación máxima de sus harto ancestrales y seculares desempeños... el salirse en todo caso con la suya. Mientras que primero las Moiras, y un siglo más o menos después las Parcas (así tenía su plan trazado en la presente ocasión el orden y rigor y calendario de sus servicios), actuaban en las cercanías e intimidad del elegido poniendo igual que siempre eficazmente a contribución aquel grato despliegue y coronado derroche de sus tan familiares talentos, obraría él calladamente como el relente imperceptible o la alevosa incubación de un mal incurable en aquella trama y maraña infinita de los diversos destinos. ¡Tremenda, abrumadora tarea! Artífice inigualado empero en el manejo de las piezas de este ajedrez silencioso, decretaría él el día lluvioso o la apacible tarde, el casual encuentro, la cita franca o secreta, el inesperado contratiempo que nos trastorna o salva el día, el hecho providencial que sobrecoge: todo lo que al arduo y perentorio cometido de sus dilectas pupilas entendiera él por saludable y conveniente. ¿Por qué pues extrañaría el que habiendo alguno a tal designio tosido a los intemperantes compases de alguna escalofriante pestilencia en cualquier perdido andurrial de los antípodas, nos abrasasen a nosotros también las fiebres y el pernicioso virus en nuestro mejor resguardado retiro?

Miguel Antonio Montero

Acogieron con su acostumbrado celo Parcas y Moiras la nueva empresa. Curiosamente, les había también a ellas llamado la atención el signo demasiado aciago de estos tan nobles sinos que en lo adelante las ocuparían. A ellas, que nunca cuestionaban nada ni se quejaban, les resaltaba la obvia y prominente "desproporción" girando en cada caso en torno al protagonista central. Se permitió alguna de las Moiras recordar que durante la decapitación de san Pedro, en el primer punto en que diera al caer del tajo y rodar entonces su cabeza en la tierra, al menos se les había instruido convocar allí al Milagro para que hiciera brotar a maravilla una fuente. "¿Por qué lo mismo que urdiera hacérseles en sus respectivas épocas a Sade y a Nietzsche, a los acaso demasiado vilipendiados y execrados Sade y Nietzsche, no dispensarles también a ellos el beneficio disimulado y como más equitativo de la locura, de alguna ignota, misericordiosa locura, y no esta suerte cual irredenta y atroz del desolado interfecto?", habíanse preguntado las Parcas, presas de algún impensable arrechucho de conmiserada benevolencia. Argumentaban las latinas deidades la neta reciedumbre en sí misma incendiaria y hasta francamente contestataria de los primeros, reconocible sólo en esa naturaleza e índole apasionada tan vehemente de los tigres, bien que atendiendo esto en Sade al disoluto inveterado que no le acierta a otra cosa que a destruir toda moral al porque sí libertario de sus sentidos e instintos, bien que infundiendo esto en Nietzsche no sino la necesaria destrucción de la moral como medio de abrir paso al vital y precisado *creador* de nuevos cánones; mas a la verdad que a despecho de maneras y razones, a uno y a otro había signado en cualquier caso la demencia no sin algún cierto indulgente gesto. ¿Por qué no asimismo con los otros, antojándose todavía por mayor razón hallarse su continente inclinado a los plácidos modos del cordero más que a los de la descontenta bestia, por contraposición insigne a los dos antedichos? No mucho duró la doble tríada embarcada en tales disquisiciones dudosas: insondables, inescrutables como la suma de las ilustres profundidades del océano fueron siempre los senderos y vericuetos del Señor. ¿Y quiénes eran ellas para venir ahora de pronto a cuestionarle? Si ni siquiera a su mismísimo señor el Hado habían ellas contradicho ni mucho menos opuesto la menor objeción jamás. Así que a la tarea, pues: Corriendo en todo caso por cuenta de las Moiras lo primero, *id est*, la mera suerte y destino del individuo Abraham Lincoln, y llamado éste en lo inmediato a nacer en las inmediaciones del rumoroso Kentucky, descendiendo una vez más perentorias a la tierra, no pusieron aquéllas todo ahínco más que en apresurar hacia esta parte la marcha.

IV
EL DÍA QUE FUIMOS A NEW ORLEANS

Bien entendido, así solamente fuera al perceptivo vuelo de pájaro de la más esclarecedora solución en retrospectiva, ¿no cabría habernos sido a buen seguro pasible de tales metafísicas atenciones aquel menudo extrasensorio y espiritualista Lincoln de las dos insólitas efigies (una vigorosa y lozana, la otra avejentada y demacrada) devolviéndole desde la luna asombrada del espejo la impasible mirada, luego de enterársenos a la mañana siguiente de su primera elección como flamante presidente constitucional de la Unión? ¿Y aun aquel mismo pasmoso o atónito acierto de la *loca sin remedio* de Mary Todd Lincoln, interpretando para su esposo, a partir de su triunfo

    Miguel Antonio Montero

ya presidente electo, la inquietante visión en función de un incierto segundo mandato en el que de modo fatídico tendría por fuerza que acabar perdiendo la vida en el cargo? ¿O hemos de continuar estólidamente ciñéndonos a los cerrados dictados del "buen sentido común" de simplemente achacar a asunto de "desvaída leyenda y extravagante insania de una histérica y compulsiva fanática obsesa con las oscurantistas supersticiones de lo oculto", el "inempírico evento" y la "profecía" ominosa a él indisolublemente aparejada? Porque lo mismo para historiadores que para el pontificador ejército de los aplicados y los estudiosos habrá llegado la hora de mejor ajustar la pobre fenoménica graduación de sus historicistas telescopios. Puesto que acaso la mera oscura motivación de inadaptados y *anormales* oculte ciertamente algo que nuestro tan cuerdo y correcto mundo haría muy bien en saber.

Lo cierto es que en determinado punto de los aledaños entonces todavía como bucólicos de Hodgenville descendieron siempre a amparo de su invisibilidad prudente las tres deidades helenas. El tenue manto refrescante de la noche que se acercaba parecía refrendarlas en el impune modelado del inocente destino a que se habían ya entregado en su resolución implacable. Cloto, por ser la Moira señalada a efectos e intención de presidir y orquestar señorialmente los nacimientos, tenía decididamente establecidos la exacta hora y el lugar a los que había de ceñirse el relevante acontecimiento y, atendiendo más que nada a propósito y previsión que les instruyera no descuidar por ningún motivo su señor, aquel signo y figuración crucial que aun aunados en rigor al ringorrango rector inadvertido de su estrella, decretaran instante y pauta a los resaltantes actos de triunfo y de tragedia que a lo largo de la vida de nuestro ahora neonato lo marcarían para siempre. Pero pueriles no fueron ni la elección de Kentucky ni de los boscosos alrededores de Hodgenville: en ellos idealmente abierto de niño ya el joven Lincoln al indispensable conocimiento de las rústicas y exigentes labores de estos agrestes ambientes, nos lo moldearían de forma estrecha la frugalidad y la entereza, la sencillez y la humildad, todas prendas inexcusables y favorables al trazado cometido que se impusieran las Moiras. Precisamente tenían éstas fraguado desde un principio perderle merced al cultivo y estímulo insidioso de sus propias cualidades y virtudes, adivinadas e insinuadas en su persona de niño, e inclusive ya desde el mismo día del parto. Esto no era nada nuevo ni para Parcas ni para Moiras, pero sí estaba desde luego eternalmente asentado por esencial llave maestra de su reputación y eficacia, a juzgar por sus perennes exitosos resultados.

Dedicó desde el instante mismo del nacimiento Cloto a tal inclinación el consumado don o arte mágico infalible que invariablemente permitía al extraño y sombrío trío acceder al cabal conocimiento y acertada interpretación del carácter e intrincados agüeros que a lo largo de su vida cuajarían por sino de su inadvertida víctima. Era a partir de esta esencial elucidación primaria que procedían entonces ellas al manejo y manipulación maestros del indicado títere humano hasta por supuesto *programárselo* y traerle al término impecable de su plan de lo más concienzudamente propuesto, y del cual tendrían que responder o dar cumplida cuenta delante de su señor el Hado, y éste a su vez sin más preámbulos delante del Omnipotente. Así, presto ya a nacer el bebé Lincoln, y aplicándose al mismo metódico conjuro de su ancestral abracadabra a las tres tan familiar y provechoso, hizo subir oportuna la Moira de la apremiada convexidad del tumefacto vientre de la madre ciertas como fosforescentes e iridisadas emanaciones, tan invisibles

                                   Miguel Antonio Montero

como ellas mismas a los ofuscados ojos humanos. Figurados extrañamente en el efluvio maravilloso no solamente al instante aparecieron cada símbolo y oracular momento de lo que habría de ser al dictado fuliginoso de la premiosa necesidad la vida entera del recién nacido, sino aquellos atributos del continente y el carácter por los cuales profético con el andar del tiempo cristalizaba o el hombre de bien o el fementido canalla. Todo venía con verdad dado no sin cierta conjunción y proporción armoniosa con aquello escrito ya de edades impensables en su estrella, e incluso con cada enigmático rasgo trabajado al calor de su sutil e imponente influencia genetlíaca, de suerte que en el nuevo ser traído ahora a duros ámbitos de esta exigente vida y el mundo, o sea, en aquel dulce y ternísimo lactante predestinado a descollar en resonante nombradía de gran hombre y prócer espíritu por Lincoln, por el gran Abraham Lincoln al trasluz inexplicable de aquella cierta curiosa disposición sidérea que regía los magnos signos de su nacimiento, otros no revelaron ser estos dichosos atributos que una arraigada decencia y la ferviente fidelidad de convicciones, el coraje personal y civil y la reciedumbre moral, cierto empático altruismo y la más intransigente rectitud, una instintiva piedad y esa cierta vertical integridad de carácter. A ellos, pues, se aplicarían y apelarían primordialmente las Moiras para dar radiante cima a su difícil empresa.

Por el viejo paremiológico rasero del "Dime con quién andas..." midieron todavía la corrección y exactitud de sus trascendentales conclusiones, de forma fehaciente inferidas del infalible oráculo a que allí se les prestaban con fría y escrupulosa diafanidad las asombrosas imágenes. En efecto, por amigos determinantes del Lincoln adulto ahora en éstas se ofrecían dos espíritus sensibles y delicados de su época; uno, cierta escritora y activista abolicionista vivaz, menuda, a quien aún infundirían con el concurso inestimable del Estro las propias Moiras escribir una famosa novela antiesclavista, la que tendría innegablemente su parte en la preparación y precipitación del más álgido y terrible suceso de su vida; el otro, el cantor por antonomasia de la fraternidad universal y la democracia, y sin reserva ninguna el más grande poeta que haya parido su nación en cualquier tiempo, y el cual, con el mayor de los afectos, lo propio le admiraría que le veneraría profundamente... De esta manera tuvieron perfectamente verificados las preferidas del Hado como seguros y acertados los bosquejados *supuestos* que afrontarían sin la menor hesitación para perderle.

Mas ¿por qué en esta ocasión se habían apresurado a catalogar de difícil una empresa a la que estaban de lo más avezadamente acostumbradas? Sencillamente porque en ésta, a diferencia de cualquier otra premeditada y planteada a todo lo extenso y ancho de la historia, se habían tanto ellas como sus compañeras Parcas encontrado el hilado enrevesado y complejo de sendos inextricables destinos que, siendo evidentemente dos, y trabajando cada tríada naturalmente por su cuenta el asignado a cada una por adecuado y pertinente (bastante, de sobra conocía el Hado la malogrante inconveniencia y lo contraproducente de traer al alimón a manos de Parcas y Moiras por tarea al mismo tiempo un mismo explícito destino), debían con su más inspirado virtuosismo reducir a una unívoca esmerada filigrana de arcano indesligable e irreductible y, siempre en atención a su doble elemento, inaudita e inéditamente simétrico. Por lo que siempre en provecho oportuno y consistente de tan abstruso enigma, se les erguía por esmero y requisito imprescindibles el encarar de muy otra manera los habituales manejos de la imposible Causalidad y del Fingido Azar (aquel viejo metafísico par más especioso y taimado), cuidándonos

Miguel Antonio Montero

dejar en consecuencia las Moiras con su habitual pericia y agudeza de inmejorable guisa preparado el terreno a las ya para entonces como ansiosas Parcas, las que por consiguiente se obligaban a responder a la altura de la tan magistral orfebrería que sus muy respetadas predecesoras, no exentas de optimismo y de confianza, a su hora por fin oportunamente les pasarían.

Intrigaba a pesar de lo nada novedoso el recurso ideado alicurcamente por las Moiras para llevar a efecto escalofriantemente sus propósitos; hablo del viejo expediente de coger a la víctima en el sutilísimo lazo de sus propios inveterados atributos. Esto lo traían ellas pulido como medio irrecusable y probado a todo el lóbrego transcurso hosco y atareado de la historia: a Servet lo habían perdido por aquella rara mezcla de librepensamiento e hidalgo pundonor que admirablemente él sostuvo hasta la mismísima hoguera; a Bruno, por su librepensamiento asociado a alguna forma de valiente y temeraria ingenuidad; Moro había sido conducido a la decapitación por su ciega lealtad e irrestricta devoción a los rígidos estipulados del dogma católico, es cierto: mas por haber arteras ellas desde las sombras presentado al obcecado corazón de Enrique VIII por traición y desafecto tan abnegado fervor. A muchos les hicieron sucumbir por su soberbia, a otros por su impoluta y arrasada santidad: Los santos Esteban y Pedro, por ejemplo, lapidado uno, decapitado el otro, no conocieron el martirio más que a instancias como cebo de su propia mansedumbre y caridad. En lo que incumbe a la soberbia, la expresa y deliberada explotación del asqueante cuño vanidoso de Jerjes, no sin cierto satánico deleite intencionadamente exacerbado por el trío, fue el distintivo sello de la monstruosa petulancia que le llevó a morir a manos de una sórdida intriga palaciega. En el medo Astiages, adoptó tal petulancia el carácter no menos execrable de alguna plusmarquista e inusitada crueldad, sirviéndose ellas de la cual incitaron y condujeron a Hárpago, a quien había dado aquél a comer por carne de cordero la de su propio hijo (es decir, del de Hárpago), a traicionarle entregándole junto con su vasto imperio al dominio del persa Ciro su nieto, respecto de cuyos adversos vaticinios, reiterados en sus recurrentes sueños, meramente en vano se había cuidado el rey medo. Análoga hierática, ridícula soberbia, les había permitido tender también sigilosas a Robespierre el invisible falso piso del 9 de termidor, ingeniado en la base del mismo orgullo sanguinario con que prestara todavía el Incorruptible (encrestado sobre aquella excesiva y tan burda estimación de sí mismo), feroz y ostentoso pábulo a los crudos y feos paroxismos del Terror. Y así con otros, con muchos otros, a todo el ralo y tan largo decurso histórico. Mas con Lincoln y aquel otro sobresaliente destino con el que en monolito compacto indisoluble unidad inescrutable formaba, tendrían que andarse en cualquier caso con algún tiento las Moiras.

Pues sí que tendrían Parcas y Moiras en la ocasión que abocársenos a una labor sobremanera concienzuda, pero de manera más determinante estas últimas. Lincoln estaba llamado a ser (lo sabían) el decimosexto presidente norteamericano de la historia, mientras que aquel sino afín con cuyas delicadas líneas genetlíacas y esotéricas el suyo en algún sideral punto de cabalístico modo hermanaba o empalmaba, otra cosa no traía inscrito en su estrella que ocupar el puesto trigésimoquinto en la misma untuosa y celebrada estela que la tradición reservaba a la mera acicalada presidencial sucesión. Por lo que mediando entre uno y otro aproximadamente una centuria, en la cual al menos tendrían por fuerza que verificar dieciocho distintas administraciones (a tal cómputo eran indiferentes los tan usuales períodos repetitivos o reeleccionarios), las Moiras, además de su misión principal en torno a Lincoln, debían cubrir con la misma inencarecible maestría aquel incidentado y harto crucial *interregno* hasta por fin arribar a terreno o jurisdicción en el que sólo entonces habrían de delegar forzosamente en las Parcas, según aquella esfera de las abrumadoras atribuciones meridianamente expuestas en el plan operativo general, que el Hado les había encarecido como "no potestativo e inviolable". Éste les había además recomendado, sobre todo a las primeras, y consciente de la ardua y tan grave envergadura de este nuevo compromiso que al presente confrontaban, distribuir siempre aquí y allá, en el pujante transcurso de sus brillantes ejecuciones, el mismo oscuro y postizo trasunto de casualidad y de azar a que ya por lo demás estaban en fuerza de su uso acostumbradas: aquella vieja cortina indispensable de humo de que siempre se habían ellas de lo más competentes servido, a fin de ahora *necesariamente* despistar, más que en ningún otro momento, decididamente al hombre.

Se les había la recomendación antojado una pura exhortativa formalidad. Expertas ellas en el trastoque, dislocamiento y tratamiento adulterados y espurios de la envarada realidad, nada podía distraerlas de aquella cual batológica parénesis de su señor. ¿O es que acaso no había sido en toda circunstancia y situación éste su arte? Más que cada vez aquí y allá desplegar el simple prudente manto de la "casualidad" y el "azar" al curso y pulso enervados de cada desempeño o desmán, ellas se hallaban enorgullecidas de ser las maestras sin rival de la verosimilitud, del propicio espejismo y del maquillado perfecto —por lo demás inimaginable— de lo *razonable* y lo cotidiano. El asiduo barniz más infalible de lo corriente, la infaltable e inapelable objetividad que avasalla, unas veces algún tanto de prosaico pragmatismo, otras veces de sentido atrabiliario de lo útil, hacia esta parte la argucia y reseco despotismo de la lógica, aquí y allá y por todas partes alguna que otra poca de literalidad asfixiante, y he aquí ya completados y reunidos todos los inequívocos ingredientes: en todo el penado trayecto que partiendo de Adán consolidaba atroz y remordiente en nuestros días, otra no había sido la ponderada receta que nos las validaba y demandaba por buenas. No existía con ellas, por lo tanto, ni el menor motivo de alarma o desconfianza: A salvo estaban el incógnito, el nebuloso velo, la crucial incertidumbre, gravitando en torno de aquella inconcebible controversia eternal sobre la existencia o no de un Ser Supremo. A salvo, aquellos torrenciales y trascendentales secretos que concernían en suma a todo el orden superior. Mantener al hombre perversamente asido al mismo inquietante juego de angustiosa oscilación entre la desesperación y la esperanza, y al cabo poco menos que en aquel andar a tientas por las inciertas muletas de su vacuo cinismo o de su fe, habíaseles constituido en el sello y el prestigio de su ancestral eficacia.

¿Cómo así y todo harían ellas para disimular o amortiguar a partir del trecho u ondeante decurso histórico que las separaba, aquellos temibles e imprevisibles efectos generados de las terribles y más horrendas occisiones prefiguradas con verdad en las señeras estrellas de Lincoln y de Kennedy (que otro no era en realidad el presidente trigésimoquinto), sentadas necesariamente por evidentes las misteriosas equivalencias y similitudes entre ambas? Asestado ya el brutal golpe al primero, se les imponía por acertado y pertinente labrar con serena sensibilidad de artífice toda la consciencia colectiva histórica a fin de ir entonces de lo más hábilmente preparándola para *aquello* con que habría de retribuirse al segundo. Fundamentalmente, lo harían astutamente presentando por cosa de lo más corriente a la *civilizada* visión general contemporánea las execrables muertes de los dos presidentes como el congruente resultado, por lo demás tan común, de un mundo a todo efecto diabólicamente entregado a los violentos arrebatos de la degradación y la locura. Así, cubriendo el decisivo período histórico que eventualmente mediaba entre uno y otro magnicidios, la perpleja y atribulada enumeración de sus realizaciones funestas acaso introdujera a la medida del derroche de aquellas celebradísimas habilidades de las Moiras: en 1881, fraguaban y ponían la trágica zancadilla al presidente Garfield, no sin antes arreglarla como oscura prefiguración de otro cierto atentado presidencial aunque frustrado, y cuyo infalible devenir no señalaron sino para 1981; unos veinte años después, en 1901, hacen en Buffalo insospechado instrumento de un anarquista polaco para el calculado asesinato del presidente McKinley; intensificando cada vez el macabro matiz de la nota, proceden a sumir al orbe en el tenebroso Crack de aquel abrupto Black Thursday de 1929, en que las bolsas del mundo y el tan ufano Wall Street de inesperada suerte se desploman; ya antes en 1914, exacerbando adrede hacia esta parte las diferencias, prendiendo fuego hacia esta otra a las combustibles discordias, introducían a la humanidad en cierta espantosa dimensión del horror y la destrucción nunca vistos, aunque pronto sin embargo palidecida o eclipsada por toda la horrenda escalada que, a partir de 1939, trajo aún como corona aquella inaudita capacidad humana para el horripilante acabose. ¿Podrían acaso haber dejado mejor dispuestas y preparadas para su posterior manejo las cosas?

Ésta, empero, es la historia de Kennedy y de Lincoln, y de aquellas sombrías conspiraciones *totales* urdidas contra Kennedy y contra Lincoln. Éste, venido de una familia baptista pobre, y militando ya entonces en el serio y confraterno compromiso contraído en la firme y cual virtual adherencia a aquella fe o confesión más ferviente de sus padres, había de niño recorrido el Mississippi contactando a cada paso con el muy conmovedor e intolerable calvario de los esclavos negros en su cuenca. Era el cruel y detestable drama de la escabrosa indignidad, del infrahumano trato y del rebenque. Por muy melodramático o exagerado que parezca, abundar en lo de que las transidas lágrimas de sangre goteadas cada vez de su tierno corazón adolescente a los horripilantes compases de esta grotesca sinfonía infernal fijarían ya volviendo una y otra vez sobre el irracional pentagrama el irrevocable *programa* del sensibilizado adulto en ciernes, no fuera a la verdad argumento descabellado. Moira no obstante consagrada al transcurso y desarrollo de la vida, y a los diversos avatares y secretos de cada día, había Láquesis con sus hermanas convenido en la todavía insuficiente preparación del individuo al interés en este aspecto de sus aspiraciones y designios, por lo que determinaron incitar en ánimos del joven Lincoln cierto insidioso viaje al sureño New Orleans... el cual jamás mientras viviera nuestro sensible mozalbete de Kentucky olvidaría. Pergeñaron o indujeron asimismo las Moiras que le acompañara en la excursión cierto afable primo Hanks, quien dejaría alguna leal certificación de la odisea. Demás no estará añadir que extremó en todo caso el rigor, matiz e intensidad de sus tortuosos oficios la tenebrosa trinca, considerado aquel cariz acidulado y turbulento de la nota.

Si bien ninguno ha dejado constancia como Hanks del impacto y estado indescriptible de ánimo que suscitara en Lincoln la experiencia, muchos de sus detalles se han diluido o perdido (no sin cierta irónica y sospechosa unanimidad) en los dédalos inciertos del histórico registro y del tiempo. Directa o indirecta-

   Miguel Antonio Montero

mente, no obstante, a las Moiras de cualquier forma deberemos el testimonio acabado de su registro verídico. Acordaron ahora aflojar riendas Láquesis y Cloto a la tan vigilada Átropos, a despecho aun de que esto estaba llamado sólo a producirse en los momentos decisivos o de dramática tensión, por el estilo digamos de la terrorífica guerra civil de segura verificación ulterior, o del asimismo también irrevocable colofón tan sanguinolento como atroz que a su singular misión sin mediación ya de escrúpulos por distintivo sello competía. Lo cierto es que apenas adentrados los primos en el febril New Orleans, empezó a llegarles de las interminables plantaciones el enérgico reniego de los severos capataces blancos que, intercalando aquí y allá alguna que otra obscenidad, rebenque en mano y todo el tiempo por lo demás impacientes conminaban y apremiaban al hormiguero de esclavos, que no se daba respiro en los algodonales. Más adelante, al pasar frente al lujoso porche de una de las emperifolladas mansiones solariegas de la estirada aristocracia sureña, había entonces resentido el joven Lincoln bajo el mismo angustioso crescendo de pesar la humillación y cachetadas infligidas por su ama a cierta esclava algo anciana, no sin la tácita aprobación de sus amigas o comadres, que indiferentes tomaban el té y departían llevándose satisfechas de vez en cuando a la boca sus pulcros pozuelos de porcelana blanca, en torno a una pequeña mesa circular orgullo otrora de un anticuario. Un poco más allá, toparon atado al tronco de un roble a un robusto mocetón sufriendo en su espalda sin apenas quejarse los furiosos latigazos de su contrariado dueño blanco, ante la vista impasible de circunstantes y curiosos que allí daban pábulo a algún morbo. Se estuvo bajo la horrible sensación el mozo Abe de padecer en propia carne la flagelación atroz. Nada, empero, se le antojó más insufrible que las ilustres iniquidades del cruel mercado negrero, a que entonces su hosco trayecto les condujo: cómo sin atender a reclamos eran los niños apartados de sus familias y padres; cómo en simple función grosera de su mera utilidad se descartaba a débiles y viejos puestos ya sólo los ojos en el formidable espécimen, tan adecuado al servicio como la bestia de carga; cómo denigrantemente se los reducía al burdo e impersonal trato de carne muerta o de "cosas", con el hiriente desparpajo de todos... Acaso fuera ya suficiente para Lincoln. Sin duda aquel día en New Orleans se persuadió su corazón de que las cosas no podían continuar de esta manera.

V

UNA NADA EQUITATIVA RIVALIDAD

Sabido es que la historia prodiga tanto las contradicciones como las inesperadas reparaciones. Fray Bartolomé de las Casas, hacia 1517, "tuvo (al espléndido decir sutil y delicioso e irónico de Borges en *Historia universal de la infamia*) mucha lástima de los indios que se extenuaban en los laboriosos infiernos de las minas de oro antillanas, y propuso al emperador Carlos V la importación de negros, que se extenuaran en los laboriosos infiernos de las minas de oro antillanas". El venidero emancipador Abraham Lincoln, el ciclópeo sancionador y esclarecido instaurador en 1865 de esa Decimotercera Enmienda tan endemoniadamente controvertida, y el dedicado autodidacta que aún alcanzara inclusive a licenciarse en derecho en 1836, a los veintitrés años abandonó su labor en la granja de Kentucky para enrolarse como soldado en la lucha contra los indios... Y así no sin beneplácito de las predilectas del Hado todo marchaba apegado a lo tácticamente trazado y concienzudamente urdido por ellas... sin que de esta manera contravinieran o trastornaran

Miguel Antonio Montero

ni la menor prescripción que les encargara su señor. No había sin embargo que dormirse en los laureles. En modo alguno podían engañársenos las Moiras —las tan incisivas, perspicaces Moiras— respecto de la grave seriedad del compromiso que se traían a la sazón entre manos. Así, sin aflojar ni darse el menor resuello, habían resuelto como siguiente paso espolear a estas alturas con precisión de cirujano el amor propio y proverbial tenacidad de su víctima. De modo que ¿por qué no levantarle al frugal abogado de Kentucky un rival, un fulgurante rival cuyo crucial y feroz e irracional antagonismo, en fuerza precisa del particular instante histórico de su vida, nos lo catapultara de una vez abruptamente de golpe a aquel terreno como más familiar y sustancial de lo que ellas tenían elucubrado para él, por enjundia y preparado indispensable de sus fines? Independientemente de que ello viniera también inscrito con nombre y apellido en las auras indecibles de su estrella —Stephen Arnold Douglas no era sino este nombre—, significaba un necesario empujón a los esfuerzos que Láquesis, Átropos y Cloto con encomiable diligencia desplegaban.

De acuerdo con esto, Stephen Arnold Douglas no ha de encerrar otra socorrida decepción como tampoco un puro *bluff* ni ninguna que otra vana nadería históricos; él meramente fue aquello que en buen orden le cupo y debía ser resultándole imposible el situarse ya a la altura o nivel estratosféricos de aquella egregia figura proyectada hacia la historia solemnemente por Lincoln, su *rival*, un hombre cuyo equivalente o igual surge indudablemente al cómputo más conservador cada cien o mil años. En toda representación épica o dramática se yergue imprescindible el fulgurante antagonista por vibrante contraparte del aureolado protagonista, en provecho siempre de aquella necesaria tensión que alimenta o aviva en el ansioso espectador el brillante crescendo inemulable de la intriga; Douglas no se arrogaba siquiera la altura de colorido antagonista, sino la de algún otro efímero, circunstancial, desvaído aunque requerido comparsa, que la historia de congruente suerte concitaba al calor momentáneo de lo que exigía el libreto. Y esto nadie mejor que las Moiras lo sabían. Douglas era abogado como Lincoln, pero también político, un avezado político en toda la siniestra implicación que pocos quieren ver y mucho menos reconocer por indisociablemente inherente al tan traído término. ¿Confiable de alguna plausible suerte el político? No cuando su inherente doblez y aviesa naturaleza estriban precisamente por su sola y desvergonzada persecución del éxito en no serlo. La cínica lógica absurda de lo *pragmático* nos lo nutre y abotarga de despreciable guisa hasta los tuétanos.

Concuerdan quizás algo extrañamente intuición y tradición en que gracias al pecado original en el mundo se introdujo por primera vez la mentira. En las lides políticas, en el asiduo comercio del trato y las palabras de nuestros formales roces sociales, e inclusive en el diario y cual adictivo alternar por el que en su torpe y reprensible disimulo consolidan las frontales relaciones familiares, la flagrante forma más trillada de la mentira recibe por lo común el craso nombre de demagogia. De suerte que al fraudulento albur de tal sistema o cultura universales del engaño, demagogia es lo que respiramos, demagogia es lo que vivimos, demagogia es lo que comemos, demagogia es lo que sentimos. De ahí de pronto irremediablemente articulada la primera gran disimilitud o incongruencia de estos más inapropiados rivales: El político Lincoln es siempre y ante todo *Lincoln*: la franca y personal calidez del individuo humano siempre adherido sin cortapisas a aquella sólida formación de su incontrovertible reciedumbre moral; el político Douglas,

                                        Miguel Antonio Montero

deshumanizada de algún modo su persona y absorbida sin ya menor redención en la pura falsa imagen de su pretendida infalibilidad y valía, es y aun seguirá siendo esencialmente el *Político*, es decir, el supuesto *servidor y defensor a ultranza del pueblo* a costa incluso, en su falsía más descarada y mendaz, de sus propias convicciones y principios. Acaso asimismo sin otro escrúpulo resultara uno de aquellos que al divino parafrasear de Nietzsche "tiran siempre, como burros, del carro del *pueblo*". Mas todo esto no era ni se erigía en nada nuevo bajo el sol desde los faraones a Hitler, desde los sofistas a Reagan o a De Gaulle. Las Moiras sin embargo estaban prestas a jugar las engañosas cartas de esta como inepta o ilusoria rivalidad a partir de su inicial pasional y soterrado desafío fundamental: la conquista y la disputa de la mano y el amor de la ardorosa Mary Todd.

En 1839, a sus escasos veinte años, que Mary Ann Todd tal vez no fuera la jovial y esplendorosa jovenzuela cuya picardía y coquetería y seductor atractivo nos rindieran, redondeando en su agraciado ser de primorosa hembra alguna poco frecuentada variedad de beldad que los historiadores le niegan, no desvirtuaba el que *algo* hiciera divinalmente de ella una confiada y verdadera mujer de armas tomar, capaz ya incluso de portentosa detenernos para el hebreo Josué el sol en Gabaón, o de rendir o conjurar los magistrales y enérgicos derroches de estrategia del propio Napoleón en Austerlitz o en Jena. Muchos se contaban entre la legión solícita de sus embobados pretendientes y, eventualmente, Stephen Arnold Douglas por lo que ya sabemos no sólo también lo era: estaba llamado de modo irrevocable a serlo. ¿O puede alguno levantar la más insignificante piedra de su destino sibilino? Por más que con el andar del tiempo el unánime dictamen de los estudiosos haya de algún inconsiderado modo reducido el posterior daguerrotipo de Mary Ann al trasunto inapelable de un espécimen bajo y rechoncho, a todas luces como hipocondríaco o neurótico y hoy para pocos o ninguno atractivo, y acogedor en su naturaleza más íntima de un profundo sentimiento protector y maternal —cualidad en particular por la que arguyen que Lincoln, quien perdiera a los tempranos nueve años a su madre, se nos sintiera atraído en toda mujer que pretendía siempre a la incansable caza de aquella como esquiva figura materna—, obró sin duda en quien un día sería el decimosexto presidente de la Unión alguna cierta magia o como atracción misteriosa aquel fuego y celestial gracejo de la gentil y coqueta y apasionada damisela (antes que cualquier bobada psicoanalítica o pseudodocta), desde su primer contacto incluso con Mary Ann. Ésta se había al instante sin remedio enamorado del espigado y barbado galán de Kentucky, por encima de cualquier otro aspirante codicioso o ganoso a todo trance de sus afectos. En ello, según veremos, las Moiras tenían motivos una vez más de congratularse, y de manera particular esta Láquesis.

Mary, que había nacido también en Kentucky (aunque hacia la parte de Lexington), que había crecido al calor de una confortable atmósfera y del muy proverbial refinamiento sureño, a más de sus naturales atributos femeniles, estaba dotada de una chispeante inteligencia, no desprovista además de cierta sagacidad clarividente. Sus pretendientes le merecían las más variadas opiniones, pero con Lincoln claramente era otra cosa. Su hermana Elizabeth se lo había presentado tres días después de su cumpleaños veintiuno, o sea el 16 de diciembre de aquel mismo año, y desde entonces jamás pudieron sobreponerse una y otro a aquel trascendental encuentro: las mutuas redes habían quedado perfectamente dispuestas desde el comienzo mismo. Los seres señalados al llamado del destino por la tragedia reconocen en el acto aquel hilo misterioso que los aparea y aúna. Así, manejando ahora el omnímodo e imperceptible batán a su gusto y conveniencia Láquesis, aquella fascinación recíproca insignemente levantada entre Mary y Abe, trágicas almas al designio de sus tan inusuales estrellas, de sus tan peculiares caracteres, a tal punto fue moldeando aquel idílico calor de sus salpimentadas relaciones que ni toda la mezquina maledicencia contra él, a sus espaldas perversa e intencionadamente vertida por sus indignos rivales y enemigos, lograba en ella hacer la menor mella. El 4 de noviembre de 1842, después incluso de los perennes altibajos de un turbulento noviazgo, finalmente se casaban. En concepto de muchos de sus malos perdedores rivales, Douglas incluido, no pasaba de ser Lincoln un grotesco patán y hasta un palurdo, con sus "toscos modales y maneras" y su "repulsiva efigie", con su "tan fea y ridícula fisonomía alicrejal del troglodita". Particularmente, la vena aguda y visionaria de la Moira había puesto especial esmero en trabajar, siempre a previsión afortunada de sus ulteriores maniobras, cierto encono y resentimiento homicidas en el corazón ya entonces como obtuso de Douglas, quien jamás pudo perdonar al "burdo provinciano y pueblerino" de Kentucky la conquista y el amor de Mary Todd. Más adelante no dejaría de saborear con cierto incivil regusto sus victorias sobre Lincoln en las elecciones al Senado de 1849 y 1858.

Estaban pues perfectamente figuradas la efervescencia y la fiereza de las encarnizadas contiendas políticas que en lo adelante escenificarían. ¿Cabía a las diosas consentidas del destino arrogarse mayor crédito? El uno irracionalmente empujando intransigente hacia adelante aquella máquina sorda, quisquillosa, sórdida y rencorosa, de su arrogancia y puntillo heridos; el otro majestuosamente erguido y a la espera desafiante en toda esa admirable tozudez caballeresca de la sabida justa causa: ¿hacia qué lado finalmente se inclinaría la balanza? Lincoln, armado y formidablemente pertrechado con el dialéctico arsenal de su oratoria y pensamiento inimitables, apremiado por aquella sencilla y piadosa filantropía de sus propósitos altruistas y casi santos, se hallaba presto a presentar y por nada rehuir en ningún caso batalla sin medir las consecuencias. Habiéndole por fuerza conducido su vehemencia antiesclavista a los tan crudos y aleves zarzales de la política, su temprano triunfo a la diputación de Illinois, en 1834, no preludiaba otra cosa que el despuntar meteórico de una muy promisoria carrera. La elocuencia bruja y exquisita de su espontánea oratoria, la defensa a ultranza de los negros y la decisiva redención de sus inhumanas condiciones de vida, la prédica e interpretación por lo demás lógica de la verdadera doctrina democrática, en la que aquéllos también entraban con igualdad de derechos en los diarios avatares y en la insinuante grandeza futura de la nación, no únicamente estaban hechas a granjearle y reportarle una enorme popularidad en toda la entusiasta geografía del estado, permitiéndole prolongar el presente período congresual hasta 1842: respondían sustancial y taimadamente al mismo plan sobrehumano y premeditado del Hado, actuando incluso sobre todos al modo silencioso de los virus. En 1846, a alturas de la misma perentoria necesidad, y munido merced a su fulgurante ascendiente de la jefatura del Partido Whig, secundó desde su firme diputación del Congreso federal cada ferviente iniciativa de los abolicionistas de Washington.

Mas justamente en esta fase sinuosa de sus insidias acusaron inusualmente las Moiras cierta lóbrega nota de impaciencia. ¿Por cuánto tiempo iban a permitir que aquel noble sentimiento antiesclavista de Lincoln se les diluyera en inútiles e

                                    Miguel Antonio Montero

improductivas querellas, las que sólo conducían al trastorno malsano de sus planes en aras de alguna indeterminista suficiencia? Algo debía hacerse, algo que al punto acelerara bien de su grado el programa. ¿Acaso no habían sido ellas las que desde su acostumbrado refugio de las sombras insospechadamente motivaran servidas de la amargura y el dolor de aquel puro inducido destierro de Dante, las más profundas e inefables melodías salidas jamás del gran poeta? ¿O se habrían obtenido sin la intrigante entrega por su parte en manos de los hoscos corsarios argelinos de Cervantes las áureas bienandanzas que nos depara en su ventura maravillosa el *Quijote*? ¿O podía haber Cortés conquistado México sin oportunas extenderles sus anfibológicas mercedes aquellos aleccionadores horrores a la célebre Noche Triste aparejados? ¿Qué las movería a no tratar ahora con idéntico rigor a Lincoln? Aunque mayormente como discontinuo o fragmentario su conocimiento indispensable de los fríos y fluyentes eventos del porvenir, cayeron bruscamente en discernir con meridiana certeza en la pronta promoción de cierta guerra inaplazable contra México, la que todavía en el horizonte de lo más inspiradas columbraban, el elemento y coartada providencial que procuraban su ardor y diligencia incansables. En efecto, dos años tendría que durar esta guerra, de 1846 al 1848, e igual tendría que sentar en el alma generosa de Lincoln (que desde el comienzo mismo a ella se opusiera y coherentemente hasta el final desaprobara), la ideal disposición de espíritu que ahora en su víctima buscaban.

Validas convenientemente a provocarla de cualquier fútil y acomodada alilaya, los aplastantes triunfos de la dudosa causa norteamericana, erigidos sobre la burda y abrumadora abundancia de sus materiales recursos, la imponente calidad del armamento y una mejor preparación militar indiscutible, se fueron por lo sucesivo produciendo casi sin novedad seria alguna... no más que a gusto y trámites de lo que se fraguara la trinca. Al conjuro del sortilegio incontrastable y secreto, la anexión y suma definitiva a Estados Unidos de los tan codiciados Nuevo México, norte de Sonora, Coahuila y Tamaulipas, de la Alta California y de Texas, redundaron en la más impune e inicua desmembración de territorio nacional de que se tuviera noticia. Bien que terminara forzosamente reconciliada aquella vena política de Lincoln con los ilegítimos frutos de tal *fait accompli* desmesurado, en su honrado y acendrado ser sin ahorro de aflicción él recibía este como golpe atroz. ¿Se reducía a tales groseramente desfogadas ínfulas imperialistas la inmarcesible grandeza por lo sublime soñada para su joven nación? Tantos hombres concienzudos y dignos, tantos hombres meritorios y honorables, ¿se habían en verdad a la larga equivocado? Viendo a sus nobles y campechanos compatriotas y al hombre sencillo de la calle, el pueblo en que tanto creía, entregados a la ciega y embrutecida exaltación de la ley de la selva y la conquista oprobiosa, ¿cómo no iría a enseñorearse y prender de su ánimo el desaliento? Douglas, en cambio, creyó por fin llegada, no sin alguna innoble y despreciable fruición, la oportunidad que había toda su vida deseado: la evolución feliz de aquella guerra que sin jamás titubear y sin la menor reticencia desde el primer momento él apoyara, le permitió concomitante con el notorio desmedro de votos de su rival por una vez derrotarle en los escrutinios senatoriales de 1849.

Desencantado Lincoln, tomó determinación de abandonar para siempre los inconstantes vaivenes y contingencias de la política. Absorbido en lo adelante en el brillante desempeño de la procuraduría de Springfield, la que serenamente al poco tiempo él asumiera, se preocupó en guardar distancia y en

                                                        Miguel Antonio Montero

mantenérsenos al margen... durante alrededor de unos seis años. Porque es entonces realmente cuando se hace de notar aquel intrincado juego de las astutas servidoras del Hado. ¿Cómo Lincoln, que no había pasado hacia el final de este retiro de ser el mismo abogado y político de provincia de antaño, sin duda alguna destacado y hasta archiconocido en la más alejada circunscripción de su estado, pero poco menos que otro pobre diablo y sin el menor renombre en el resto de la corográfica comunidad nacional y política de Norteamérica, apenas otros siete años más tarde es *de repente* elegido presidente de los Estados Unidos? Y, más aún, ¿cómo su sola elección, a modo de automática liberación de un resorte, decreta la irreflexiva secesión de aquellos estados sureños esclavistas desencadenando de paso la más terrible guerra civil que crónica alguna recuerde? El común lugar de los historiadores de seguro cargará sobre los magros hombros de Douglas y su *Kansas-Nebraska Act* del año 1854, esgrimida para poner algún coto a la pérdida cada vez más pronunciada de terreno por parte de los *temporales* intereses esclavistas, esta calculada, inextricable iniciativa, en sí misma tan tremenda como exorbitantemente temeraria: el imprudente despertar más imponente y decisivo del viejo monstruo dormido que subyaciera en Lincoln, incompatible desde cualquier punto de vista con algún simple y creído designio mortal. Ninguno sin embargo se ha tomado la molestia de diligente indagar el sobrenatural meollo de sus abrasadoras urdimbres secretas. Pues es indiscutible que Átropos, Láquesis y Cloto, eran quienes de manera sagaz se nos traían allí bajo la manga las respuestas.

A Douglas empero, hallándose desde su maleado escaño del Senado rendido al servicio servil y solícito de los poderosos intereses sureños, le traía seriamente preocupado la sostenida amenaza cerniéndose por esos días alrededor de dichos intereses. No era gratuita su alarma. En 1820 la Línea Mason-Dixon, establecida a partir del paralelo 36 gracias al *Compromiso de Missouri*, había terminado por dividir increíblemente el país en estados esclavistas del sur y estados abolicionistas del norte. No obstante, la continua fuga de esclavos al norte, y el agregado de nuevos territorios a la nación, vinieron con el tiempo a desestabilizar el precario equilibrio de aquella artificiosa balanza. Específicamente, en 1846 el *Wilmot Proviso*, tal vez desde ya por anticipado saboreando el favorable final de la guerra llevada por entonces contra México, se oponía rotunda y resueltamente a que se extendiera la esclavitud a los recientes territorios conquistados. A esto replicaba la *Fugitive Slave Act* de 1850 con la ruda restricción de salida de los esclavos negros de los estados del sur. También de 1850, el *Compromiso Clay*, concebido al parecer a intención de añadirle leña y combustible al fuego, remachaba a seguidas con la antipática proposición de admisión de California en la Unión como estado abolicionista, y que el derecho de proscripción o no de la esclavitud fuera reconocido lo mismo a Utah que a Nuevo México. Esto equivalía a una derogación flagrante del *Compromiso de Missouri*, ya que en gran medida estos estados se hallaban situados al sur del paralelo 36. Las cosas se pusieron todavía peor para los sureños cuando Oregón y Minnesota posteriormente concertaron su resonante ingreso en la Federación... De modo que en este marco es que introduce Stephen Arnold Douglas la contenciosa *Kansas-Nebraska Act*, la cual ni más ni menos extendía permiso de implantar la esclavitud a los estados del noroeste.

Era una franca declaración de guerra. Era el álgido desplazamiento del acuciante problema social de la esclavitud al ámbito como más escuetamente desafiante del sórdido entrevero político.

                                              Miguel Antonio Montero

"¡Cómo!", se había dicho Lincoln hacia la umbría silenciosa de su bien observado retiro. "Bien querríamos erradicar este mal de cada estado donde lo hubiera, ¿y todavía se lo pretende groseramente extender al círculo pulcro e inmaculado de los otros?". Siempre en arreglo a la ecuménica función de títeres instigada hacia las sombras por las Moiras, determinó ello su vuelta al borrascoso palenque de la vida pública aquel 1854. Articuló desde el principio tal aureolado regreso sobre el espléndido gozne de sus brillantes argumentaciones tribunicias. La esclavitud como mal en sí, y los aviesos promotores de esta esclavitud, fueron una y otra vez sin menores contemplaciones denunciados. El calor y escrupulosa pureza de sus tan sentenciosas alegaciones fueron cundiendo y contagiando en su auditorio como la peste. Particularmente por esos días, el tan lúcido y vibrante discurso de Peoria, en el estado de Illinois, quedó grabado en las mentes como imborrables surcos por la profundidad de sus razones y la efusividad de su verbo. Hasta que de pronto la entera comunidad de los Estados Unidos se enteraba de que cierto relevante Abraham Lincoln pujaba a la sazón de lo más brava y noblemente para que se hiciera de perpetua forma a un lado el pesado eterno lastre de la oprobiosa esclavitud. Cloto, Átropos y Láquesis se contoneaban complacidas. A ello sin embargo no se limitó su callada e inadvertida labor de zapa.

Antes incluso de lo más avisadas convenían en la ventaja de golpear en las sensibles fibras de la consciencia nacional para facilitar o preparar el necesario desarrollo de cada evento al exclusivo dictado de lo transcrito en sus designios. Mas ¿de quién o de quiénes se servirían esta vez en función de sus disfrazados propósitos? Enseguida descubrieron, al dominio de su amaño, los ideales sujetos. Así, casualidad no había sido que precisamente esos días acusara Harriet Beecher Stowe cierta sensación extraña pulsándole secreta hacia lo más recóndito el desborde insospechado y prodigioso de la creatividad y el sentimiento, de la inspiración y el instinto, volcando sutilmente en sus latentes capacidades de novelista excepcional hasta entonces como dormidas. Hoy nos ha llegado el bienhadado producto de tal "sensación extraña" bajo el bien definido y muy difundido epígrafe de *La cabaña del tío Tom*, y su indiscutible realidad de acontecimiento editorial en 1852 (año en que viera la luz) en modo alguno opacaba la profundísima impresión de su mensaje humano conmovedor ni su antiesclavista impacto. No en balde a tal efecto se había entregado a invocar Cloto el concurso inexcusable e inestimable del Estro, lo propio que el de los Númenes por lo demás auspiciosos de las letras y la poesía, en tanto Láquesis trabajaba la colectiva consciencia de la ufana Norteamérica a más taimada concreción de los oscuros deseos y aspiraciones del trío. Mas todavía devenía *Hojas de hierba* en 1855 no solamente en la pasmosa y providencial revelación del hombre de genio en Walt Whitman: superando a sus maestros Emerson y Thoreau, el autor daba en la prolífera incursión hacia esos ocultos o desconocidos sustratos de la sensibilidad y la emoción por la que sin objeciones se sitúan el asombroso bardo y su obra por jalón crucial señalador de un Antes y un Después en el amor y sentir espiritual de sus compatriotas. La conmoción y sacudida del alma de la nación traída con el mensaje universal y fraternal de esta "creación extraña", resultaba a todo efecto innegable. Todo ser sensible que de frente se las viera con este texto bizarro y único, con este orbe novedoso y monumental de lo fecundo, tenía por fuerza que caer transfigurado y rendido. Y Lincoln, por supuesto, no podía ser la excepción. Incondicional toda su vida de Shakespeare y la Biblia, experimentaba entonces

                                     Miguel Antonio Montero

una sacudida galvánica. Aquello no era un libro; aquello era el grandioso e incontrovertible vertido del alma de un hombre en sus páginas. Como muestra, el fragmento final inolvidable de la décima sección del *Canto a mí mismo*, acaso lo "contenga todo y no falte nada":

El esclavo vino a mi casa y se detuvo afuera,
Oí cómo sus movimientos hacían crujir las ramas de la leña hacinada,
Por la puerta entreabierta de la cocina, le vi andar cojeando débilmente,
Se sentó en un tronco, me acerqué a él, le introduje en la casa y le
    mostré confianza,
Y traje agua para que refrescara su cuerpo sudoroso y sus pies magullados,
Y le di una alcoba que comunicaba con la mía, y ropa basta y limpia,

Y me acuerdo muy bien de sus ojillos inquietos y de su embarazo,
Y me acuerdo que le apliqué emplastos en las desolladuras del cuello y
    de los tobillos;
Permaneció conmigo una semana hasta que estuvo bueno, y luego se
puso en camino hacia el norte,
Yo hacía que se sentara junto a mí en la mesa, mi fusil descansaba en
    un rincón.

Supuso a Lincoln una impecable inteligencia e ideal comunidad misteriosa de intereses la bendición o nacimiento en 1856 del Partido Republicano, con esta natural y simbiótica avenencia que ya entonces de inmediato se estableciera entre ambos. Nada más pintiparado al donaire y al ser perpetuamente comprometidos de su liberal temperamento que la vena y cometido de aquel cuerpo de individuos compelidos y obdurados por la misma recia causa abolicionista suya, y cuyos doctrinarios principios orgullosamente proclamaban remontarse a los propios ideales de Jefferson. Colegiado al menos en sus inicios en una sólida herramienta de liberalismo idealista y antiesclavismo furibundo, habría de ser la precisada plataforma por él hasta entonces buscada y el indispensable trampolín que le propulsase a la conquista democrática del poder, y a las necesarias transformaciones que por todas partes le gritaban su urgencia. Pero la furia de la lucha política arreciaba, y ningún otro que Stephen Arnold Douglas se le levantaba furioso y gesticulante por rival negándose a franquearle por las buenas el camino de aquellos testarudos y prioritarios fines que, en su iluminación extraña, le señalaba por lo congruente su sesgo augusto y airoso. Douglas contra Lincoln, Lincoln contra Douglas, ¿constituían los dos a un oscuro nivel innominable y secreto el emblemático dragón y el mesiánico paladín en su más incesante evolución secular convergiendo y desaguando, entre horrores y milagros estremecidos de epopeya, en aquel extraño siglo que todavía los atareaba en las mismas soterradas conflagraciones del ayer? Hacia sus seres recónditos, en sus clandestinas almas, en los íntimos barruntares inexplicables de sus espíritus, hacia esos lóbregos sótanos del fidedigno inconsciente a que nos vienen de pronto estrechamente amarradas las inconcusas conclusiones de nuestras intuiciones misteriosas, se sabían haberse incesantemente perseguido y recíprocamente hostigado a todo lo largo y ancho de los oscuros corredores del tiempo.

¿No sentís merodeando sigilosos en torno los torvos pasos aleves? Así que ya no indaguéis más sobre aquel matiz equívoco y tan ruinoso de los días. Viviendo de costumbre la conspiración, hoy el sol ha salido bajo la misma tenue tonalidad macabra... En la campaña electoral al Senado de 1858, Douglas arremetió sin pérdida de tiempo contra su adversario a partir de cierta mezcla viciada y peregrina de los más pueriles y especiosos argumentos, gran parte de los cuales parecían sacados de esa antigua *Kansas-Nebraska Act* de tan infausta memoria. En el mismo espíritu de hipócrita y artificioso equilibrio del

Miguel Antonio Montero

desfallecido *Compromiso de Missouri*, defendió con ardor la indefendible esclavitud bajo el grosero estandarte asimismo artificioso de esta curiosa idea de la "soberanía popular" merced a la que cada población o territorio estaría perfectamente en derecho de adjudicarse a sí mismo su estatus particular en la Unión como estado esclavista o estado abolicionista. Era en todo caso una peculiar interpretación de la soberanía que no tardó en ser tildada de inconstitucional o ilegal. Por ella se acordaba sin tapujos que cada estado podía establecer incluso la esclavitud a través de leyes abiertamente "inamistosas" y hasta servido de la fuerza policial de ser preciso, contra el parecer atinado y perspicuo de una reciente decisión emanada en esos días de la Corte Suprema. No era sino ora sin máscara nada menos que la agriada y enervada y petulante *Freeport Doctrine*, oreada de la cabeza a los pies y en su sentido más deshumanizado y descarnado; la histriónica y machacona presentación de la misma vieja idea de soberanía de los estados a aquel desgastado y malicioso trasluz cuya reserva y perspectiva no eran otras que arrastrar o sonsacar en favor del esclavismo, la pretendida libre voluntad del hombre común incauto. Y todo esto por "legítimo" trasfondo de la discriminación más descarada y brutal, de la más inconsiderada y salvaje vejación y descalificación de una raza, en el alma misma del país cuyo mayor orgullo cimentaba sobre la fe democrática y el estricto respeto del derecho. Esto en Douglas no provocaba empacho ni levantaba menor roncha.

En lo que concernía a su contrario, se apreciaba ahora algo así como cambios espirituales notables. Algo había ciertamente en este Lincoln que nos lo distanciaba un mundo de aquel Lincoln de 1849. Resaltaba en primer lugar la elasticidad de un alma cuyo mejor reelaborado recurso dialéctico, ya antes de suyo inoponible y brillante, desbordaba en la estremecida sinceridad de aquel eterno antiesclavismo fiel e indeclinable que arrebataba sin tibiezas en favor incondicional de su causa. Y eso a más de que estos febriles encuentros con Douglas le reforzaban la confianza y le trajeron de vuelta aquella antigua popularidad. En directa y concomitante proporción con tan estimulante fenómeno, cada átomo de su cuerpo predicaba cierta forma desconocida de la intensidad, de la pasión, de la fe en sí mismo y en su cometido sagrado, en muy contadas épocas sólo a la verdad en muy pocas personas evidenciada. Su elevado pensamiento, su sentido valedero de misión, su profunda preparación y aplicada madurez de su juicio, pirueteaban en una curva ascendente incontrastable frente a la que francamente nada podía hacer o todavía emprender ni siquiera un más advertido Douglas, que no sabía en los debates qué contestar o qué determinación tomar o a qué para su bien atenerse, ante tales derroches asombrosos de raciocinio y de extraordinaria oratoria. Pero sobre todo se le habían de inconcebible modo decuplicado, por aquel refuerzo incalculable de su fe, la pura perseverancia y el aguante de esta prócer personalidad suya tan imperturbable como ecuánime. Una prueba inmediata de ello fueron la actitud y disposición de ánimo al encarar pese a todo esa segunda derrota de su tan intensa carrera política, en las rudas y reñidas elecciones de aquel dos de noviembre.

Puesto que cuido en esta ocasión la mortuoria sombra de Átropos, nociva retribuidora de las adversas cualidades que nos procuran la destrucción, no atraer maligna sobre su espíritu los efluvios execrables de la decepción y el desengaño (tal cual en provecho obvio de las muy intencionadas premeditaciones del trío hiciera ya en 1849), sino que dejando incluso hacer a las más enaltecientes funciones vitales le fomentaba e

Miguel Antonio Montero

insuflaba inteligente en el ánimo alguna insondable e invencible exultación junto al más radiante y edificante optimismo. Y a la verdad que asombraba la surta filosofía y calma sabiduría con que Lincoln, que había arrasado con la votación popular pero que no pudo agenciarse la de la legislatura estatal, había asumido con su sabida gallardía y elevación perennes la derrota. No hablamos de la simple y vacua resignación del que nada puede hacer frente al consumado hecho, no; estaban allí sacadas y perfectamente deducidas las tan valiosas lecciones del caso. *Bien, he perdido* (se había dicho); *pero esto sólo constituye la decisiva preparación para otro género acaso más elevado de desafío adivinándose crucial en el curvilíneo porvenir.* Muchos no dejaron de advertir el como extraño rasgo o intangible levedad sublimemente posados en el célebre rostro barbado y surcado por las prematuras arrugas, ahora no exento de cierto curioso aire que lo forjaba en algo inexpresable y metafísico, inquebrantable e inmaterial. Tal vez incluso al mismo nivel y eviterna categoría de los ángeles, algo a la verdad inefable, indefinible y etéreo se había de santificada forma adueñado de su persona cristalina y afable. Si positivamente (acorde ya con la vieja, sentida promesa bíblica) habrán de heredar los mansos la tierra, tendría con justicia este Lincoln que contarse a plenitud de derecho entre ellos. Hasta que entonces se abate aquel decisivo año de 1860... signado por la sonada y valiente, cifrada y rugiente carrera por la presidencia.

Se intensifica el frenesí y deslumbrante eficacia de las Moiras. Es como si de pronto asistiéramos a cierta acelerada transmutación de sus métodos, reconocible en el acto por el inconfundible sello que las caracteriza y entroniza. Y así van conduciendo y precipitando a su hombre por los senderos flagrantes del insidioso éxito... el cual en última instancia nos lo engatusa y le pierde. Porque no de otra forma es cómo el *provinciano* Lincoln toma como por asalto aquel 27 de febrero a la ya para entonces populosa Nueva York con uno de esos discursos de antología tan suyos, y al que de nuevo no pudo resistirse el cautivado auditorio. Una detrás de otra fueron entonces las ciudades cayendo rendidas y avasalladas ante el seductivo toque a que introducían su magia y sus virtudes tribunicias. Eso que solemos designar sin jamás del todo explicárnoslo "carisma", y que rindiendo incluso a cuantos va encontrando arrollador a su paso se hace dueño por derecho de aquel último resquicio como inexplorado del ser, en aquella personalidad alta y esbelta, atrayente y segura de sí misma que irradiaba para entonces nuestro "noble y sincero varón de Kentucky", multiplicaba todavía en francos términos absolutos su virginal misterio e inefabilidad sustancial. De suerte y tenor que cuando el 17 de mayo se reunía la convención republicana en Chicago, el candidato rival Seward no tuvo frente a él la menor oportunidad. Allanada por consiguiente con la ahora obtenida candidatura presidencial para Lincoln la primera esencial fase de su difícil camino, se entregó a cavilar la fatídica tríada cómo habrían de empeñar siempre bienandantes e inspiradas la granada mixtura de su inescrupuloso repertorio —en el cual igual campeaban las buenas y malas artes— para la culminación triunfal de su proyecto supremo. Lo siguiente y primordial era sacar triunfante a su hombre de estos ya abocados comicios presidenciales inminentes. Después cada pieza encajaría por sí misma en el *puzzle* maldito.

Se había hecho el mismo Hado precavidamente cargo de fraguar en cierta férula antiesclavista radical la oportuna aparición y pronta consolidación del Partido Republicano como más indicado *handicap* imprescindible a sus fines. E igual que siempre obsecuentes a la menor sugestión de su señor, a

    Miguel Antonio Montero

dicho arreglo se plegaron inteligentes las Moiras sin perder un segundo. Tal *fenómeno* no solamente les había de lo más idealmente propiciado el atraer o procurarle por lo especial a Lincoln todo el apoyo y el calor —en aquella particular etapa tan necesarios— de una estructura organizada de los más capaces y entusiastas sujetos aquí como cofrades conjuntados por los mismos fervorosos e irrenunciables principios, sino que además les permitía maliciosamente escarbar en la vieja espinosa cuestión del perpetuo prurigo moral alimentado en el neurálgico problema fundamental desde el principio suscitado entre abolicionistas y antiabolicionistas. ¿Sobre qué noble y lícito supuesto sustentar el sometimiento de una persona o de toda una raza a la esclavitud como no fuera a partir de la legitimación irrazonable y vergonzosa de aquella inicua explotación del hombre por el hombre que nos insulta e indigna la consciencia? Ahora por ellas en boga y astutamente manipulada en su hórrida crudeza la general controversia, maquinaron urticantes y malévolas a alturas de los reprobables usos de Átropos la cizaña y la discordia, la conveniente escisión del Partido Demócrata en dos bandos que a la postre le valiera o significara a su hombre el relumbre y el lustre, el orondo y codiciado presidencial certificado en aquellos más cruciales e implicatorios escrutinios. Porque no todo partidario demócrata era árida, resuelta y acerbamente esclavista. Ello redundó en que a resultas de tal sórdida, ladina e inesperada industria, cuatro partidos se disputaran casi al modo que se pelean las piltrafas los perros el favor y el calor de la aceptación popular: el Whig, el Republicano, el Demócrata del norte y el Demócrata del sur.

Digamos que el siempre agradecido portento de toparnos ahora en ella a un hombre en verdad honesto salve quizás a la más ordinaria representación democrática de eso que a un Carlyle o a un Nietzsche no contendría en estigmatizar de farsa. Mezquino fuera de cualquier forma negar refulgir un milagroso rayo de luz entre las sombras de aquel particular tramo histórico a partir de la prístina y estremecida espontaneidad con que se abría camino Lincoln hacia la esclarecida grandeza, en notoria oposición a esa abominable jerga tan traída del político a que ya demasiado inclinados parecían entonces sus rivales, Douglas principalmente. Diríase allí disputarse a vida o muerte el momento entre las atroces voces *populismo* y *demagogia* y aquel sentido efusivo de la creatividad y el compromiso que distanciaba a nuestro recto varón de Kentucky de los otros. De suerte que más que otra cualquiera campaña atada sin redención al ramplón lugar común de las sucias politiqueras rebatiñas y componendas, aquello pronto tradujo en algún subliminal pero sobreentendido jugársenos la suerte y destino del hombre (y ya no sólo los de una simple nación) en cada argumentativa disquisición, en cada anímica encrucijada, en cada incandescente discurso, en cada urgente rebusca y cuidada elaboración de la mejor estrategia y raciocinio, arriesgados aguerrida y compulsivamente por los cual trastocados contendientes. Pero si bien tal soterrada universalidad perturbaba, nada había capaz de doblegar y reducirnos al cruzado para entonces ya invencible de Kentucky. Era como si cierta unidad suprema e invulnerable de propósitos lo resguardara y condujera. Con la condigna excepción de este más universal y sublime drama del Redentor, acaso no revista hecho alguno mayor significación en la historia que aquella delirante Revolución Francesa hundiéndonos en todos los enhiestos paroxismos con sus votados Derechos del Hombre y del Ciudadano, con su cruenta guillotina y su regicidio, con

    Miguel Antonio Montero

su sanguinario Robespierre que pese a todo la preserva, con su inspirado Napoleón que la encamina y encauza; ella sin embargo no equipara ese telúrico sesgo en sí sobrecogedor de alguna más militante, más específica, casi más *personal* compenetración e identificación con el compromiso mismo de la equidad, a alturas ya de la causa del *mitológico* Lincoln.

En la mera galopante y rarefacta escalada de esta carrera cada vez más ardorosa y apremiante en procura a como diera lugar de los votos, la perpetrada socaliña del eslogan ideoso de pegada, el disparatado trucaje del histrionismo tribunicio, el cursi y frívolo fingimiento del efusivo compromiso social, la simplificación ridícula del ordinario expediente de lo pragmático, la desleal promesa que para salir del paso se echa inclusive a cuestas la solución irrealizable de todo, ni en toda la fatua determinación del abyecto *político de oficio* bastaron a desviar al vertical hombre recto del seguimiento fiel y devocional de su estrella. Y fue así que en la etapa y calor culminantes de la campaña Lincoln anunció que si obtenía la presidencia emprendería enseguida aquella tramitación legal de la Emancipación... ya de largo tiempo en la colectiva consciencia esperada. Una especie de suspensivo mutis se abatió de súbito sobre la nación completa, que parecía haberse quedado irreparablemente sin aliento; fue como si los diversos megatones de una inesperada explosión nuclear impactaran en el corazón de cada uno de los individuos que de lo más despreocupados la poblaban. Casi enseguida, los estados sureños reaccionaron pregonando que tal triunfo abonaría tan sólo su automático abandono de la Unión. Estaban allí planteados la tensión y el desafío, en término de las cosas que de veras entendemos comprometedoras y peligrosas. Porque todos sabían que si Lincoln lo prometía, era porque Lincoln sin menor duda lo haría. Porque Lincoln no era al rancio modo de los otros *sustancialmente* un político, sino un hombre excepcional hablando desde las sentidas regiones del corazón al corazón honrado y fraterno de los hombres.

Al final, se demostró la estrategia de redomada división de los demócratas en los mismos ineludibles diseños de maestría y eficiencia que acostumbraban las Moiras: en tanto Lincoln se alzaba con el 40% de los sufragios suficientes a en la premiosa coyuntura procurarle la perseguida presidencial presea, el restante 60% se prorrateaba sin la menor trascendencia casi de forma proporcional entre Douglas, por los Demócratas del norte, Breckinridge, en representación de los del sur, y Bell por el Partido Whig. El que con resultar Douglas su más cercano competidor sólo pudiera obtener doce votos electorales de un total que sobrepasaba los doscientos, nos da una más acabada idea de esta victoria incontrovertible de Lincoln. Y aquí viene ahora lo sorprendente; algo casi como Saulo poco antes de convertírsenos en san Pablo derrumbándose enceguecido ante la aparición luminosa de Cristo, que le requiere e inquiere la razón de perseguirle: Stephen Arnold Douglas es quien ahora arenga y exhorta al sur a asumir los contundentes resultados de las elecciones condenando de antemano como criminal cualquier tentativa de secesión, y hasta revelándose como el mayor defensor sin importar ya el costo de la Unión. Atendiendo inclusive a una petición de Lincoln, acudió en misión a los estados fronterizos y al noroeste a estimular entonces los sentimientos unionistas. Incansable, no parecía darse abasto en sus inencarecibles trámites y desinteresadas diligencias. Producto en parte de estos esfuerzos fue su muerte inesperada y prematura. Los estados sureños, no obstante, mantuvieron cerrados los oídos y el corazón a todo llamado conciliatorio.

Miguel Antonio Montero

El primero en proclamar la secesión fue Carolina del Sur, a la cual no tardaron en adherirse o sumarse resueltamente los otros. Restaba solamente ver si el asumiente presidente se tomaría por lo pasivo la declarada desmembración de la entrañable unidad territorial y política que mandaría. Sobrados motivos, pues, tenían las predilectas del Hado para frotarse tras bastidores las manos.

VI
EL DISFRAZADO VIACRUCIS DE FORT SUMTER A APPOMATTOX COURT HOUSE

Pese a lo insoslayable y lo explícito y a esto que abarca a buen seguro su título, lo que se sigue no es tanto un detallado relato de las diversas situaciones y entresijos de la más espantosa guerra civil como de las más ignoradas y enrevesadas acciones de las aviesas favoritas del Destino, que la causaron y condujeron maniobrando hacia las sombras desde el principio a su término. La catastrófica iniciativa no parte con todo de ellas y ni siquiera en un ápice de su enigmático señor el Hado, sino que inexplicablemente predestinada en los mismos sagrados inescrutables en que modesta procede en el mayor de los herméticos misterios la Omnipotencia, va trascendiendo a través de una oscura superposición de agentes hasta desembocar abrupta en sus visibles destinatarios mortales. Sí juzgó depararse con su acostumbrada sabiduría en el Hado, y éste a su vez parcialmente en sus Moiras, la minuciosa ejecución posible de esas ocultas leyes a que atiende siempre críptica la causalidad histórica en la práctica. Pero tanto Átropos como sus más sensatas hermanas comprendían la importancia de la fase en que ahora cavernosas se adentraban al feliz resultado de la empresa que otra vez colegiadas se traían. No se trataba en términos sencillos del simple dejarse arrastrar en la corriente de los precipitados acontecimientos cuya determinista prefiguración en muchos casos perfectamente abarcaban sus sobrenaturales percepciones, comoquiera liadas al mismo irreprochable fatalismo divino que incontrastable y soberano los encauzaba, mucho antes ya incluso de que estos hechos tuvieran lugar o sucedieran, sino que en esta ocasión, andándose aun con mayor tiento, debían dedicar su más esmerada vigilancia a aquel pretendido libre albedrío u obcecado indeterminismo humanos. Arribadas de tal manera a este punto y ya en la inquieta cresta de lo apremiante y culminante, se les imponía a esos modos por ellas antaño tan diestramente servidos de los brutales claroscuros de la épica napoleónica la idéntica repartición de aquella inminente Guerra de Secesión en las mismas delimitadas esferas de influencia que, en atención a la lúcida y connotada especialidad tenida a orgullo por cada una, se les tradujera en fuerza de su predestinación infranqueable el inaudito desorden lo mismo en "la mayor guerra civil de la historia" que en el irisado logro (y esto aun por lo primero en su tajante ordenamiento escrupuloso de prioridades) de esos generales fines del implacable Destino su amo.

Sincronizada así a las exacerbadas circunstancias alguna como consistente redistribución de roles, la delimitación particular de cada área de influencia no podía ser más reveladora. De ahí el que siempre en esta línea señora de los signos del nacimiento y la vida, se asignara ahora compulsiva Cloto el abrasivo dominio y artera administración de aquellos crudos elementos de la tediosa causalidad por los que medrando oscura y rigurosamente concatenados las causas y los efectos inapelables nos sobrevienen el terror y el desconcierto, la desazón y la angustia... en lucha abierta y decisiva con la crucial realización a vida o muerte del individuo. Si ya en tiempos de paz suele ser esto de por sí sencillamente desastroso, en época de guerra resultaba alucinante y fatal. Pero de Láquesis serían la acción y la reacción repercutiendo en esa sorda y glacial pugna inmemorial de la desesperación y el heroísmo, la degradación humana, el arrasado patriotismo, el calculado celo surcando indiferente los abrasados campos de la humillación o la victoria, y ello sin apartarse un parpadeo de su papel principal de centinela a cargo del decidido desarrollo a como diera lugar de la existencia. A su sabor instalada de lo más lomienhiesta en su tanatológico feudo, bastaba con sólo ampliarle a la mortífera Átropos aquellas feas y disociadoras prerrogativas de sus inclinaciones malsanas en una guerra que insinuada y figurada sobre todo por su horror, se apropiaría como pocas esos usos a la vez intensivos y extensivos del paroxismo destructor, la inusitada violencia, los bajos instintos, y cierta más cruenta y ruda e injustificada crueldad. La materia prima a explotar no sería otra que el cultivo perverso y malintencionado del odio, la mentira, el engaño, la ansiedad, el miedo, la maldad, las inseguridades y miserias. El resto quedaba animosamente por cuenta de la visión de conjunto y toda esta famosa previsión y perspicacia que le venían ya asociadas, sin la menor fe de erratas, a su agudísimo mentor el Hado.

Éste tenía a estas alturas de impecable modo atados aquellos principios y conocimientos *esenciales* (puesto que sólo Dios es omnisciente) sobre los que fundaba como veremos tal prodigiosa visión de conjunto. Antes sin embargo nos detendremos en una o dos indispensables precisiones. Hemos dicho que contaba entre los asombrosos atributos de las Moiras alguna noción fragmentaria de los eventos del porvenir que les facilitaba cada faena a la manera del sencillo llenado de espacios de algún deductivo test de completado, que su intelecto de deidad captaba muchas veces sin la menor dificultad o incluso al vuelo. Y aunque aquí acaso irreflexivamente lo haya denominado "intelecto", el nombre en cualquier caso más apropiado para tal don o facultad sería con plena seguridad *intuición*. Y hasta las Parcas por supuesto también se extendían las envidiables implicaciones de tal esclarecida habilidad superior. Empero, a menudo dicha descabalada penetración de lo futuro, por lo mismo que precaria y fragmentaria, y atañendo en sí en rigor al asunto u objeto que en algún extraño estado próximo ya al delirio de irreversible forma la motivaba o provocaba, se limitaba a alguna área o aspecto específico más allá del cual jamás podía aventurarse la desenfadada trinca arribada de esta suerte a una precisa prognosis circunscrita al mismo tiempo a una cierta cronología caprichosa, nunca por lo demás demasiado abarcadora o extensa. Dicha virtud no obstante iba a cada paso en el proceso extendiendo su portentoso radio de acción conforme avanzaban alígeras las Moiras en la ejecución ardorosa de su coyuntural cometido, en términos de aun permitírnosles la ampliación increíble de sus infalibles premoniciones y de sus oteos cada vez menos vagos hacia el porvenir.

Por contraposición en el Hado la facultad de fisgar y taladrar el futuro lejos de entrañarle la menor complicación se le ofrecía a modo del curso inherente y espontáneo de una prodigante corriente de aguas incesante y perpetua. Nada con él de vitrificadas fragmentaciones ni de sibilinos intervalos, de inciertas o de indecisas separaciones o intermitencias. Bien que comprensiblemente restringido al aspecto preciso en que se le enmarcaba ya cada misión encomendada, el conocimiento entonces del fluyente porvenir no había sido nunca su problema. Su problema siempre a grandes rasgos estribaba en uncir y armonizar cada porción de destino a ese densísimo enigma del grandioso e insondable propósito divino, sin ya salirse de los estrictos congostos y señalados límites en que trascendental transcurre su predestinación augusta. Únase pues a esto la multiforme filigrana del esbozado y trabajado de la imposible infinidad de los destinos colectivos e individuales, y sólo acaso nos haremos una somera idea de la de veras extenuante y enloquecedora esfera de sus como sobrecargadas atribuciones. Acaso a ello no baste con ser sobrenatural, inmortal y sobrehumano. Aunque, por suerte, podía siempre contar con sus inestimables Moiras y con sus Parcas, a más de aquella insospechada infinidad de servidores y subalternos secretos. Mas pese a habérsele como a pocos flamantemente otorgado las codiciadas vislumbres del rumoroso futuro y sus orgiásticas posteridades (incluso así referidas a una segmentación de labor cual segregada y específica, como estos trágicos sinos de Kennedy y de Lincoln que al presente nos ocupan), éstas tan sólo verificaban en el interminable e indefinido logogrifo a que esta insulsa monotonía de la causalidad histórica se nos abría en abanico y al cual era por lo excesivo tan dada, quedándole de suyo soberanamente vedadas (incluso a él, el omnímodo Señor de los Avatares y el Destino) la vista y sensitiva figuración de sus muy claras y decisivas causales metafísicas. De esta manera, verbigracia, había anticipado él a Moisés en el Mar Rojo partiendo al milagro de la expedita senda la barrera infranqueable de las aguas, o a Blücher trayendo en el clímax mismo de la reñida contienda la crucial ayuda de sus prusianos en Waterloo; no así la gama de invisibles agentes que en su momento serían por él mismo despachados al plenipotenciario atado de cabos que aquí le obraría el compulsivo prodigio, y allá le ganaría la decisiva batalla.

Mas si bien no todopoderoso o absoluto, sí era aquel don precognitivo y visionario suyo de una potencia y virtuosismo extraordinarios, capaces de dar con muy escasas erronas en el mejor de los escrupulosos aciertos, y distanciados de aquel viejo proceder algo más asiduamente condicionado de sus pupilas, cuyas lecturas acuciantes y forzosas del porvenir —si bien más que inmejorables comparadas con las de muchos otros— sólo podían verificar a través de sostenidos, tortuguescos y aplicados pasos graduales, que únicamente su férrea voluntad y dedicación más admirables podían hacer fondear en feliz puerto. Consideremos a modo de ejemplo de tales rebozados desempeños esto que a la luz de los hechos históricos infinitos bien designaríamos Caso Rembrandt. Sin dejar de esgrimir y capciosamente proyectar premeditadoras y alevosas aquella falsa ilusión del albedrío humano, y modelando al compás de las lecturas esotóricas reviviscentes en su estrella aquellas prendas apropiadas del individuo y el carácter en quien estaba llamado a devenir un buen día en "genial pintor holandés, artífice y maestro universal del claroscuro", las Moiras habían ido poco a poco discerniendo no sin alguna bruñida o decente nitidez meticulosamente irradiada a partir de ciertas débiles antelaciones parciales y abarcadoras cada vez de unos pocos años o bien de apenas meses de su vida, las seguramente afortunadas fichas existenciales del fascinante sujeto Rembrandt Harmenszoon Van Rijn, y ese su envidiable sino de virtuoso y taumaturgo de la paleta y el pincel. A partir de lo que le permitían con el rayar de cada nacimiento las mágicas artes precognitivas de Cloto, había anticipado la trinca en un primer movimiento el del pintor hasta algo entrada buenamente la niñez; luego ya por fin concretizada y algo afincada ahora en el sujeto ésta, hasta sus primeros pinitos consolidados entonces con el infantil dibujo y la acuarela; después, rebasada en consecuencia en el artista la mera incipiente etapa de la inmadurez y los pinitos, hasta aquella como primeriza ejecución siempre magistral en la concepción y en la tela de *La madre de Rembrandt*, con la que ya extasiaría a su debido tiempo a los entendidos; y ahora esto en fin también posteriormente cumplido en nuestro individuo de carne y hueso, hasta *La ronda de la noche* y *La negación de san Pedro*... y siempre así por este estilo hasta la hora de la muerte del excepcional pintor, del insuperado artista.

La fluidísima visión del Hado que por oposición hace al caso remonta a partir de la increíble conformación originaria de su estrella y aquellas íntimas satisfacciones y desarreglos del genio, pasando aun por el acabadísimo número de sus preocupaciones metafísicas y sus ocasionales angustias existenciales y psíquicas, hasta aquel remate inencarecible y glorioso devenido al fascinador deliquio de sus deslumbrantes últimas obras: *Autorretrato, Los síndicos del gremio de los pañeros* y *La novia judía*, y todo pues sobrevenido de un golpe. Claro que este *antevisto* futuro asimismo no descarta en su furor exhaustivo y su insaciable hambre de realización y absoluto aquella sonriente magia de sus famosos aguafuertes como tampoco por supuesto la inexcusable postrimería asociada todavía de ineludible manera a la muerte, como tampoco (incluso yéndonos más allá) la renombrada consolidación más insigne de su asentada celebridad por los siglos... Se entiende el que tales exorbitantes y desmedidos atisbos en modo alguno pudieran de una sentada abarcar los pobres y reducidos dominios por parangón de las Moiras, que jamás dejaban sin reticencia de reconocer sus enormes limitaciones frente a aquel derroche inagotable de facultades depositadas al mayor de los enigmas en su señor. Podían dichas limitaciones de vez en cuando inducir a algún peligroso error a la atolondrada Átropos, el cual siempre sus tan apercibidas hermanas, a todas horas vigilantes y atentas, conseguían con algún tiempo conjurar mediante la consulta prudente y apresurada de aquella suma aventajada mentoría de su señor, ahorrándose muchas veces o por lo regular de esta suerte algún terrible desastre cósmico de consecuencias incalculables. No fue en cualquier caso diferente según veremos con esta mal encarada guerra civil a la que ahora complacidas y ominosas se abocaban, presentándose entonces por suerte el rauco malentendido desde sus previos ensayos oraculares, y aún antes ya incluso de que se disparara el primer tiro.

Había Átropos de primer impulso prejuzgado por los engañosos resultados asociados a su trunca o difusa precognición el triunfo del bando erróneo, en una guerra que entretanto sólo parcialmente entreveían y que ya acertadas se leían venírseles en el horizonte por pronta. No el pabellón nordista, inflamado en la piadosa y nobilísima causa que aquí santa e hidalgamente le encumbraba, sino que era *ahora* la muy petulante enseña de los Estados Confederados de América la que al pegajoso compás de las tonadas marciales de *Dixie* levantaba engreída los lauros y, con recochineo absurdo, odiosamente se reafirmaba en la pretendida superioridad racial que vindicaba. Se visualiza ya sin menor dificultad la anomalía; el error y desentonación menuda plantados en las mismas inamovibles líneas del irrecusable plan cósmico. ¿A quién entonces tocaría entre la lógica secuela interminable de erratas y desencadenados contrasentidos que inevitable se seguiría, rumiar y perpetrar el asesinato predeterminado de Lincoln? Ya no a Booth, desde luego. En la concepción rudimentaria y primitiva a que tan

    Miguel Antonio Montero

retorcidamente se entregaban el alma y mente estrechas de Átropos, el entreverado y caótico nudo inconsecuente de las causas fraguábase aun como algo perfectamente razonable y a alturas ya incluso de la legitimidad y el buen gusto las soluciones más descabelladas e insólitas. Nociva, truculenta, se figuraba la Moira a las condignas alturas de su tan peculiar desenfado épico puesto ya al *natural* desarrollo de los turbulentos sucesos el entonces humillado bando federal ante los malestares y desmoralización más tristes, apabullantes y deplorables de la derrota, y luego así de lo más fácil conllevado en su desoladora tragedia al ruin y falso *paliativo* (sin duda más antihistórico) de una inaudita militar asonada en el propio corazón por lo demás convulsionado, sangrante y desfalleciente de la Unión... así siquiera fuera para *guardar las apariencias* delante del ya victorioso sur. El asesinato sin más de su último presidente redundaría por resultado tácito de aquel mismo guardado tan conveniente de apariencias.

A ello se prestaría de perlas (seguían las adventicias inferencias de Átropos) cualquier tozudo partidario nordista, ahora de súbito nada entusiasta, o algún alto jefe militar arribado al colmo (al cabo de unos cuantos años de una larga guerra por lo demás inútil) de todos los cansancios y descontentos, y aun ya acaso rayano en esa línea indefinible que separa nuestros más razonables actos de la locura. Poco importaba que la tan pulcra aunque joven tradición política de Norteamérica no estuviera nunca abierta, en su más o menos armoniosa historia al *coup d'État*, al asesinato de sus presidentes, a la aventura irresponsable de sus jefes, y al torpe desconocimiento del poder civil por parte de sus mandos militares. Ciñéndose ahora la desesperación grado y galón de general... bien podía cualquiera condescender hasta los bajos fondos del magnicidio. Puesto que ¿qué costaba imaginarnos por tal manipulado general al sombrío designio de las más oscuras fuerzas al impulsivo Custer (a quien ya no aguardaría inexorable el destino de la mano con los sioux del belicoso Crazy Horse en Little Bighorn), o al impetuoso Sheridan, al valeroso Meade o al contundente Sherman, ora trabajados en la arcilla y reblandecida figulina de nuestras proverbiales debilidades humanas, al extremo aún de uno cualquiera arrogársenos madera y deshonor de cobarde magnicida y asesino? Al margen de su evidente desconexión y ofuscada asintonía con los perfiles inviolables del misterioso plan divino, no podían venirnos más a cuento tales criogénicos y grotescos presupuestos con la idiosincrasia errática e ideática manera de pensar de una inestable y tortuosa entidad sobrenatural significada sobre todo por su cultivo deliberado de la obsesión y el delirio, y la impasible perpetración por más atroz de la muerte. A Láquesis y a Cloto, no obstante, les era a menudo suficiente interpretar las mórbidas intenciones de su caótica hermana a partir de cierta familiar coloración violácea con exactitud de barómetro gradualmente asomada al cual deformado rostro, para penetrar ya entonces sin el menor defecto la aberrada marcha de sus pensamientos y sentimientos; era cuando buenamente se decidían por la consulta más inteligente y exhaustiva (y aun siempre para ellas afablemente abierta) de su señor. Esta vez tampoco había sido diferente.

No, no lo había sido... excepto por las cuidadosas puntualizaciones y más maniáticas y quirúrgicas precisiones que se permitiera en la ocasión (más que en cualquier otra que recordaran) su amo. Solemos al primer impulso reparar en el gigantesco ideal filantrópico y moral de esta horrorosa Guerra de Secesión olvidándonos entonces del turbulento maremágnum de las revueltas causas sociales, políticas y económicas que

                                    Miguel Antonio Montero

concomitantes y como equivalentes con tan grandioso ideal también la precipitaron: el Hado se dio mañas en proyectar allí una vez más portentoso para instrucción y edificación definitiva de sus pupilas aquella progresión sin menor duda predestinada, vertiginosa y maravillosa, de unos ciertos venideros Estados Unidos de América algo muy adentrados hacia un industrializado porvenir casi ahora de suyo autosuficiente y próspero, y hasta configurados incluso a aquellos patentes visos de la pujante nación más rica y poderosa de la tierra que, con el andar aún del tiempo, definitivamente serían. Difícilmente pudieran presentárseles más diáfanas y más claras las deducibles conclusiones: no el sur con su acomodado librecambismo y su lomienhiesta aristocracia de rancios terratenientes entregados sin escrúpulos al torrencial monocultivo y al tratamiento comercial más pingüe y ambicioso del algodón, que la brutal explotación de la mano de obra esclava les hacía aún más redituables, estaba ya a la postre predestinado a ganar —por lo que ahora acá a las tres se les ofrecía incuestionable a la vista— esta a lo sumo tremenda, definitoria y harto redefinidora contienda, sino el norte perentoriamente proteccionista de las industrias manufactureras y textiles algo incipientes, y prestas aún a defenderse con su poco abierta política aduanera de la más antigua y más competente y mejor equipada industria europea. De esto ya no les cabía la menor duda.

Pero si es que todavía quedara alguna, aquella fantástica sucesión de imágenes se retrajo sorpresiva a los brutales entreveros de dos bandos de hombres blancos en que unionistas de azul se divisaban claramente sacando allí la mejor parte contra confederados de gris, acomodándole por supuesto tétricamente al dedillo a una complacida Átropos el saldo horrendo de los muertos... sin distingos de soldados y civiles. Mas pronto se hizo cargo el

Hado de esta satisfacción innoble, por lo que las previno contra el fácil error de cualquier incontemplada degollina racial en una guerra que ante todo tendría que quedarnos justamente reseñada —y esto por nada debían olvidarlo— por la acendrada pureza de aquel principio tan elevado que nos la habría inspirado. Porque no se trataba de otro terrible baño de sangre a la manera digamos de la como baldía y repulsiva escabechina llevada entre blancos franceses y negros esclavos en Haití, e infernalmente dirimida entre dos razas dominadas por un recíproco odio, sino del álgido conflicto social entre dos bandos o facciones sustancialmente monogenísticos y racialmente afines, ahora a vida o muerte enfrentados por el derecho a la libertad de un muy distinto grupo racial perennemente oprimido. Las consecuencias o derivaciones políticas saltaban a la vista. ¿O preservaría en verdad su esencia, traído ahora a efectos por ganancioso el sur, el tan cacareado liberal carácter de las instituciones norteamericanas, sobrepuesto a cabeza por airoso aquel torpe ordenamiento esclavista de las cosas, cuyo repugnante extremo lógico en realidad no sería otro que algún perverso y olímpico desconocimiento del derecho, en fuerza del funesto despotismo de un régimen reprensible y necesariamente dictatorial? He aquí por consiguiente en todo su esplendor la grandeza visionaria de Lincoln. Su asesinato más traumático continuaba pese a todo siendo el móvil principal...

Fue entonces que barajaron, discutieron, resolvieron a tal propósito las Moiras erigir en lo adelante en torno a él una insalvable muralla de odio. Como por cosa de alguna sórdida nigromancia, la venática animadversión tendría que venirnos directa aunque sutilmente fomentada en las mismas cabalísticas y viscerales fuentes de aquello siempre inexplicable, prestando con ello pie al croquis y arquitectura astutos de una planificación concienzuda y fría, siniestra y sobre todo calculadamente sombría. El fastidio de su infernal y dosificada secuenciación debía hacernos todavía de idéntica forma recuajar la versátil y excelente argamasa de su labor en un cierto resonante triunfo final que en modo alguno desdijera de sus etapas intermedias. Los manejos solapados de la angustia, de la ansiedad, del egoísmo, de la falsa ilusión, de la alternancia cruel y desaforada de los eternos lapsos de desesperación y de esperanza, no pasarían en cualquier caso de ser una simple probadita de su plétora siempre competente en artimañas, considerable en recursos. ¿Se han encontrado jamás psicólogos e historiadores las verdaderas causas de este aborrecimiento irracional, monumental contra Lincoln, enclavado a tan salvaje e inconcebible modo en el corazón sureño que destierra y obnubila toda capacidad objetiva e imparcial de entendimiento y de pensar, arrastrándoles ora a la sedición imperdonable de la fatal y tumultuosa secesión, ora a la impenitencia vil de estimular por cualquier medio aquellos bajos instintos y deseos del magnicidio, a pesar de la piadosa vena decididamente conciliadora de un presidente paciente, magnánimo y benevolente, que no había sido el primero en arrojar la piedra de villana forma en Fort Sumter, y que ni siquiera representaba en su propio partido aquel espíritu abolicionista rabiosamente radical a la manera del furibundo Seward? Más brillantez no podían derrochar ni mucho menos exigirse las consentidas del Destino.

Entrañó sin embargo tal maliciosa escalada de antipatía y aversión el trabajado consistente de aspectos y de factores entremezclados y diversos. Pues premeditar la cizaña, prestar incendiario pábulo a cualquier tipo de malestar y sentimiento mezquinos, solivantar traidoras y perniciosas aquí o allá el descontento, incrementar a cuantía de lo que les fuera permitido la escandalosa magnitud de la destrucción y las víctimas... todo entraba en estos fríos y cerebrales protocolos de las Moiras, cebadas inicuamente en una vez más orientar subliminales e invisibles —por sólo echar leña al fuego de las homicidas inquinas— aquel fárrago agobiante y nervioso de las culpas hacia el infeliz mortal que le cupiera ahora en turno. Merced al ardid y proyección sagaz del querulante punto de vista que anclaba en la colectiva consciencia sureña humillada y atascada, resentida y obcecada en la aberración consumada de aquellos huecos privilegios de raza y de clase a su lisiado acuerdo *superiores*, con sus extravagancias insultantes y sus absurdos prejuicios, con sus gamberras actitudes y su mazorral barbarie, sobre Lincoln, y solamente sobre Lincoln, definitivamente recaían las responsabilidades tan tremendas de esta espantosa guerra civil a cuenta aun del más o menos millón de víctimas que sus grotescas sinrazones produjeran; del hambre y la devastación innumerable de los arrasados campos y plantaciones sudistas; de aquel desplome horrible de la economía agrícola en los asolados estados sureños, y del puro novador furor de la belicista inventiva afirmada aún en las crudas fulguraciones poco menos que satánicas de esta entonces desbordada aptitud creativa humana, de especial modo incentivada en cada época de guerra en atención a cuanto implica la ruina y eversión de nuestros incautos semejantes. El uso del ferrocarril para el transporte de tropas, de aquellos grandes buques en alta mar para los bloqueos, de la perpleja magia de la clave Morse y del telégrafo, a más de aquel desarrollo en cualquier caso inusitado de una asombrosa ingeniería de carreteras y puentes (el puente de Chattanooga, de 240 metros de largo y unos 20 de altura, fue edificado en menos de cinco días para los trenes militares

   Miguel Antonio Montero

de mayor peso), y la fluida producción de armas pasmosa e inconcebiblemente aterradoras, como los extraordinarios cañones de alcance hasta entonces impensable y el torpedero, el acorazado, las armas de repetición y los trenes como armones prodigiosamente móviles de una pesada y horrorosa artillería... proveyeron a la Guerra de Secesión de un trágico y nada envidiable primado cuyas causales últimas entroncaban, a más rencorosa e irracional asunción de psicorrígida forma rumiada por los sudistas, nada menos que en el infame Presidente y diabólico estratega del norte unionista y emancipador.

Tocado empero así fuese tangencialmente este aspecto, ¿qué clase de comandante en jefe fue Lincoln? Pocos historiadores habrán abundado en ello, dejando quizás una sensación de minusvaloración desdeñosa. Acaso una breve comparación en apariencia inepta e incongruente con Hitler, arroje una insospechada luz sobre tal crucial y providencial liderazgo. A instancias y arreglo de esta misma universal conspiración a que sirve, Hitler dirige las operaciones de ejércitos a vida o muerte enfrascados en batallas decisivas a menudo a miles de kilómetros de distancia, haciendo bronca tabla rasa de tan mayúsculo detalle sin el menor escrúpulo, pisoteando y denostando la estima bien ganada de los disciplinados mandos, desoyendo brutalmente el desesperado llamado y las necesidades más premiosas del abnegado soldado, al cual meramente ordena clavarse sin otras miras en el precario terreno. Inapelable corolario de estas cerrazones inicuas, la *blitzkrieg* soltada con ímpetu de estampida es de pronto tirada de las riendas al caprichoso dictamen de un cuartel general obtuso contra el parecer más incrédulo de los comprometidos en el terreno, viniéndose a dar de lleno en aquel yerro tan insidioso como determinante de Dunkerque; las ilusas motivaciones y acciones más ambiciosas de vehemente persecución de un *lebensraum* en el Este, son incontrariablemente refrenadas por las continuas intromisiones de un diletante comandante en jefe ora engreído y persuadido de sus habilidades estratégicas superiores, por sobre un cuerpo profesional de generales puestos ya con frecuencia de esta suerte al borde del síncope o de la crisis nerviosa. De antemano *autopedestalizado* en la huidiza y ridícula imagen histórica que de sí mismo a su medida se ha forjado —el *Fuehrer* impecable y omnipotente, el cual nunca por lo demás se equivoca—, sus ojos y oídos están cerrados al consejo idóneo y bien intencionado de los perspicaces y entendidos.

Lincoln en cambio no únicamente aguza sus atentas percepciones al menor opinar de sus subordinados: lo requiere y lo precisa casi al perentorio imperativo con que el famélico escarba en su desesperación por alimento. Consciente de que se improvisa como flamante general en jefe a los profundos apremios crípticos de la historia, la afectuosa inteligencia establecida de inmediato entre él y Grant nos viene ya desde el principio amablemente prohijada por ese acervo vigoroso de la mutua admiración que se profesan; el uno escucha con humildad y granítica confianza al gran hombre y general incisivo al que no se le regatea en los campos la victoria, el otro acata casi a ras de una fascinada reverencia al gran hombre y prudencial Presidente y clarividente comandante en jefe cuyos hombros oprimen responsabilidades tan tremendas. Pero también debió observar Lincoln cierta ecuanimidad ante los desastres militares y con ejemplar entereza atender pacientemente a remediarlos. Mas el mismo Lincoln que sin pérdida de tiempo después de lo de Fort Sumter decretó el reclutamiento de unos setenta y cinco mil hombres para enfrentar la insurrección, de igual manera repelía en el plano interno la subversión y la corrupción,

                                  Miguel Antonio Montero

y ponía saludable coto al menor acto de intrusión extranjera. Hitler dispone de su Gestapo y la bestialidad insigne del estado policíaco en todo caso coronado con las brutales exacciones y encopetadas lindezas de sus despiadadas *Schutzstaffeln*, prontas a sofocar y extirpar cualquier mínimo conato de insubordinación o desafecto accionando en amenaza de su orden interno alucinante y, posteriormente en los países ocupados, a fungir inclusive de plenipotenciario preboste con ostensible rango de feroz protodemonio en los campos increíbles de concentración y de muerte; Lincoln, haciendo diestros malabarismos dentro del constreñido marco liberal del derecho democrático (al cual se debe orgulloso), se acoge en época de guerra a la urgente aprobación de drásticas leyes marciales y a una cierta rigurosa censura de la prensa que él menos que ningún otro podría en tiempos de paz permitírsenos.

Hacia marzo de 1863, poco antes de que cuajara en el cuadrante indicado de la historia la dichosa enhorabuena de las grandes victorias de la Unión, su Presidente gestiona la decisiva aprobación de esa bendita *Enrollment Act* por la que introduciendo al casi obligatorio servicio militar se redunda en un incremento crucial de los efectivos, y con ello en una necesaria redosificación de la moral para entonces algo deprimida del Norte. ¿Es que podría haberse leído el apacible Lincoln al prusiano Clausewitz? A tanta evidencia resaltaban en estas medidas suyas la idea de la guerra como connatural prolongación de la política y la mera conveniencia del entendido en estrategia de situar cada vez en el campo de batalla el mayor número de efectivos posible, al más seguro logro del objetivo trazado. Lo cierto sin embargo es que no; siempre en aquella resolución más infame de lindamente perderle merced a insidia aleve de sus propias excepcionales aptitudes, no se habían retraído las idóneas paredras del Hado de acicatear protervas y subrepticias en los del Sur (justamente servidas de estas enérgicas medidas suyas) la antipatía y el odio más abominables y monstruosos, ya para entonces azuzados irrestrictamente contra él con perfidia y felonía jamás vistas. Lincoln había decretado la ley marcial y los bloqueos: Lincoln era un bellaco dictadorzuelo desconsiderado y ruin; Lincoln les había vetado afrentosamente la secesión: Lincoln no dejaba de erigirse en un odioso tirano con todas las de la ley. Poco importaba que esa fundamental ley de leyes que era la Constitución a buen seguro estableciera por sagrado y solemne principio de la Unión su preservación y sostén más inviolables: Lincoln era sin duda alguna un tirano, y no más que a esta *evidencia* a troche y moche y contra todos los vientos como el asno resabioso se atenían.

Mas sea como fuere ¿a qué oscuro esquema y patrón in-descifrable se ciñó el prescrito velado discurrir de esta abra-siva guerra civil, y cómo después de todo se las ingeniaron en atención a su torcida finalidad tan macabra sus más directas organilleras y titiriteras secretas? Baste decir que mejor que en cualquier otra ocasión jugaron las Moiras avisadamente y alicurcamente sus cartas. Tres bien orquestados y reflexionados jalones, sin embargo, sin objeción sintetizan aquel inmejorable diagrama mental a que se supeditaran sus desempeños lúcidos.

1º) Los sucios intrigantes escarceos previos a la irrefragable hora H y al preciso lugar en que se diera, y merced a los que hoscos y sin ambages se introdujera a la incivil, atolondrada conflagración.

2º) La imperceptible manipulación y acomodo cáustico de las batallas siempre en aquel supremo e indisociable propósito (y esto ninguna claro lo discutía) de la Providencia y el Hado, aunque no sin arreglo al elaborado plan (el cual no faltará quien etiquete de escalofriante) de atraer a la vez ellas, a semejanza de algún poderoso magneto, toda la malevolencia y la incordia sobre su cándida víctima.

3º) El falso auspicioso final de las acciones halagüeño aun para quien en lo inminente aguarda el inexorable sucumbir ante las ceñudas fuerzas del *Fatum* inconmovible y despiadado, aunado al malvado y congruente preparado de aquellas circunstancias y la atmósfera imprescindibles al descargo del siseante y enervante hachazo mortal.

Nos plasma el primer apartado por procelosa iniciativa de la patibularia Átropos, fea e ínclita patrona de la discordancia díscola. La incendiaria tea traída con los primeros cañones que poco antes del amanecer del 12 de abril de 1861 tronaran gárrulos y horrorosos contra la guarnición unionista de Fort Sumter, significó la apertura tétrica y desgraciada a ese cúmulo ominoso de todas las demás tragedias insinuadas en los apartados segundo y tercero. Había sido suficiente a Átropos el hundir leve la espuela en los inflamados orgullos de las élites militaristas sureñas, envanecidas con lo de su supuesta preeminencia y mejor preparación o disposición militar sobre sus desmañados rivales. Esto condujo a la trinca, siéndole ya por lo demás habas contadas la prefiguración verídica del conflictivo devenir desde el primer disparo hasta el último, a la adopción astuta de cierto extraño *procedimiento por inducción profética*, el cual sobremanera facilitaba sus repensadas ejecuciones. Puesto que ahora las cosas les resultaban demasiado claras: las cuatro o cinco grandes batallas iniciales, es decir, la Primera y Segunda de Bull Run, Richmond, Fredericksburg, y Chancellorsville, estaban infaliblemente predestinadas en manos de Lee y sus refractarios sudistas a modo de alevosa y engañosa añagaza que los engriera aún más en la falsa confianza y percepción de su superioridad creída. El resto a la larga de la sangrienta confrontación (o sea, hasta la victoria final o definitiva) no pertenecía a partir del mismo inapelable determinismo rector a otro que no fuera "el Norte campechano y plebeyo". Solía valorar Napoleón la suerte sobre cualquier pura consideración del talento. A la *suerte*, guardando en todo caso las formas, habían de confiar las Moiras (pues no se reducía la suerte más que a su propio accionar sobrenatural e insospechado) el desarrollo y la marcha de esta guerra comoquiera abismalmente desigual, y en la que escasas resultaron las situaciones en las que el fiero y levantisco bando confederado, emperrado siempre en la presunta marcial sobrepujanza de sus élites, pudo enfrentar siquiera con alguna mínima numérica ventaja, fuera de la Primera Batalla de Bull Run, a las rudas y confiadas y mejor proporcionadas tropas nordistas.

El hecho y perentorio nacimiento de una leyenda, por ellas entonces de eventual forma precisados a los sutiles fines de los prescritos triunfos confederados ulteriores, fijó con todo de inicio la alucinante fantasmidad de las ya rotas hostilidades, siempre a modo de postizo suceso casual. Por cuanto albur, fortuna, suerte, azar, no eran sino sólo algunos de los disfraces habituales debajo de los cuales taimadas disimulaban el enigma primordial que se acurruca en sus actos. A unos cuarenta kilómetros de Washington, en cierto pago hasta entonces indiferente de Manassas, se vieron broncos las caras el general federal Irvin McDowell y los confederados Beauregard y Johnston, desconocedores tal vez afortunados los tres de las arcanas leyes del devenir y la suerte. Se cernían insospechadas sobre aquel agreste campo las oscuras deidades de la sevicia y el crimen. Cuando dos divisiones de la Unión martillaron con seis mil hombres la endeble brigada confederada de apenas novecientos efectivos del coronel Nathan Evans, encargada al efecto del mantenimiento y defensa del enclenque flanco izquierdo de los sudistas en Mathews Hill, el coronel seguramente agradeció con toda la devoción y el fervor ofrendados a las altas mercedes divinas la oportunísima inyección de aquellas dos brigadas del general Barnard Bee y el coronel Francis Bartow. Poco no obstante importó la providente adición. Al cabo de cierto tiempo la línea confederada colapsaba bajo el recio y serio empuje de la ofensiva unionista, ya para entonces incontenible. Se acogía en su apresurada retirada el resto sureño asediado a su línea de refuerzos situada y convenida en Henry House Hill, y la cual corría por cuenta de la brigada de Virginia del experimentado coronel Thomas Jonathan Jackson.

Cuando un alarmado Bee le espeta a Jackson: "¡El enemigo se viene sobre nosotros, y le tenemos ya a nuestras espaldas!", la flema impasible del virginiano le replicaba, sin un adarme de agitación siquiera: "Tendremos entonces, señor, que cargar contra ellos a filo de bayoneta". Este dominio estoico y frío inspiraba e impregnaba al destemplado Bee, el cual volviéndose a sus hombres los animó de esta manera: "¡Preparaos para el asalto y el coraje, pues allí está Jackson como una muralla de piedra! ¡Apostaos pues detrás de los virginianos!" Se asistía a otra especie inexpresable de milagro. Había nacido como sin proponérselo la leyenda del coronel "Stonewall" Jackson, el invencible, el imperturbable, el indoblegable conductor semidivino de hombres, surgido de pronto de las sombras y borrando a su resuelto paso, con asombrosa y usurpadora diligencia, al mero mortal de carne y hueso Thomas Jonathan Jackson. En todo esto habían obrado con interesada intención las manos imperceptibles de las Moiras, entreviendo siempre su inexcusable conveniencia en el prescriptivo curso de las acciones y batallas que avizoradas en el futuro tumultuosamente se seguirían. Pero necesitaban todavía consolidar la leyenda, aquí sólo balbuceada o insinuada. Así que cuando la federal masa repechó hasta la porfiada cima de aquel bien resguardado alcor, se las arreglaba Láquesis al rauco y doble conjuro de la descarga mortífera de los rifleros de Jackson y toda la insólita devastación y más adversa confusión ahora cundiendo despavoridas entre los aturdidos nordistas, los que rompiendo cual babel enloquecida sus líneas se desprendían en tropel colina abajo en procura del amparo de sus rezagados compañeros. Conscientes no obstante de las ventajas de más firmemente cimentar la incipiente leyenda de Stonewall, determinaban las Moiras las *contingenciales* muertes en el campo de batalla del coronel Francis Bartow y del general Barnard Bee (principales responsables de la creación o surgimiento como fuere del mito), por paradójico refuerzo y asidero misterioso de su crédito y su lustre.

Lo demás se antoja trivial. La ofensiva de McDowell fue detenida y su ejército derrotado. Consecuencia lógica del desastre, un considerable número de soldados resultó prisionero. No se redujeron a lo denotado, sin embargo, las curiosas vicisitudes del día. Se había volcado en el puente de Bull Run un vagón de la Unión, lo cual provocó pánico y desorganización en los confiados efectivos del general nordista. Además, puesto entonces el ejército federal en desbandada, su huida fue entorpecida debido al bloqueo de los caminos por una ingente cantidad de acaudalados civiles de la sociedad capitalina, quienes a su vez escapaban de manera ridícula y compulsiva a bordo de sus lujosas berlinas y tílburis. Se habían desplazado increíblemente desde Washington para de primera mano deleitarse con cada mórbido pormenor de aquel diríase *match* de sensacional y publicitado impacto de la batalla, cual si de algún otro ordinario

     Miguel Antonio Montero

y vocinglero pasatiempo lícitamente emparentado con sus tan comunes urgencias y derecho harto vulgar de pan y circo se tratara. De suerte que allí se calzaban el mal gusto y lo grotesco el desmerecido atavío de alguna comicidad desternillante. Por irónico y fastidioso añadido, la principal vía que daba al norte se había visto de repente obstruida, aumentando entonces la confusión y el desconcierto, por un proyectil de artillería que vino a dar de carambola contra uno de los tantos inoportunos carromatos. Mas a pesar de todo esto ni Beauregard ni Johnston se mostraron codiciosos de acrecentar más allá de los términos logrados su victoria, pues contagiado también en gran medida su ejército de semejante epidemia de desorganización y confusión, no se hallaban ahora ellos en condiciones de afrontar paso tan contraindicado y complejo. Finalmente, se le confería poco después a Stonewall Jackson galón y promoción de general.

Como por cosa de encantamiento o de magia (que era lo que en verdad ocurría) se fueron luego sucediendo los éxitos confederados. La avalancha parecía no tener fin. Mas, ¿debido a la pericia del generalato inmaculado de Robert Edward Lee? ¿A causa del carisma e inestimable activo que les representaba a sus ejércitos el prestigio intempestivo de Stonewall Jackson? ¿Por contribución inapreciable —en razón digamos de los profesionales celos poco resaltada— de James "Pete" Longstreet, el célebre, enérgico, reputadísimo encargado del ala derecha de este ahora engreído y al parecer ya imbatible ejército confederado? Sin embargo, Longstreet se había demostrado en más de una determinante coyuntura indócil y displicente, y hasta inclinado gradualmente por las cada vez más frecuentes inobediencias groseras a las órdenes sin duda crucialísimas de Lee, por cosa propia de un espíritu (alguno tal vez de sus defensores argüiría) a menudo netamente emprendedor y algo autónomo, lo que al relajamiento imperdonable de la marcial disciplina comportaría comoquiera, en más de una batalla, algún fatal desliz y descalabro. Pero incluso el propio Jackson, con toda aquella pulcra y brillante ejemplaridad a que singularmente se eleva por orgulloso modelo táctico a encandilados ojos del historiador militar, conoció alguna vez la falla y el desacierto, con resultados a veces verdaderamente desastrosos; acaso resulte Oak Swamp, durante las Batallas de los Siete Días el ejemplo más elocuente de todos, cuando entonces no pudieron debido al cansancio sus tropas acudir a auxiliar a tiempo a un sumo atosigado y apremiado Robert Lee. Tal vez no estribe por su parte el mayor error de éste como comandante tanto en las sabias o desacertadas medidas de su mañosa estrategia cuanto en la excesiva lenidad mostrada hacia los continuos desmandes de Longstreet, difícilmente pasables para cualquier jefe de hombres o comandante de ejércitos, y mucho menos para uno que lidia con una flagrante diferencia de efectivos y el cúmulo de todas las posibilidades en su contra. Parecería así y todo tolerable aquello de la Segunda Batalla de Bull Run, pese a que a la larga terminaría aquel inicial desacato del subordinado, funestamente combinado con la pasividad inveterada en tal sentido del jefe, por sentarnos el deplorable precedente que algún tiempo después se cobraría el más horroroso de los tributos en Gettysburg.

¿Por qué no obstante se mantenía la engañosa marea alta de los ininterrumpidos triunfos sudistas? Disimulada en la confusa balumba de los suscitados acontecimientos, terciaba aquí la impronta febril y voluntariosa de las sagaces pupilas del Destino, a alturas de la clave y el enigma que, por mediación de su amo, a todas les transmitía la Providencia augustísima. Esto quedaba curiosamente evidenciado en la misma oleada extraña de las como flaqueantes victorias sureñas, con mucha frecuencia venidas a contrapelo inclusive de algún notorio gazapo estratégico o táctico. En Chancellorsville, por ejemplo, la última y quizá más importante de estas victorias de Lee, incurría éste contra la más elemental norma de la estrategia (preconizada inclusive por todos los entendidos, y muy especialmente por Clausewitz) en dividir temerariamente por enésima vez sus ya de por sí reducidísimas fuerzas, a pesar en todo caso de lo cual se había salido una vez más la Confederación con la suya. Más ilustrativo resulta el hecho de que en la misma batalla Joseph Hooker, el comandante contrario, hallándose en posición ofensivamente favorable, se decidiera de incomprensible suerte por ceder a su perplejo adversario la iniciativa, bajo meliflua argucia de así arrastrar al pequeño ejército de Lee (con mero caer éste en la trampa de atacarle en sus bien resguardadas posiciones) a una inútil guerra de desgaste frente a un ejército no sólo mejor proporcionado sino además considerablemente mayor (133 mil hombres, contra los apenas 60 mil de Lee), cuando resultaba claro prestársele de perlas al dominio de fuerzas tan superiores el empuje o carga arrollador sobre su descabalado adversario, añadido aun a lo cual el que perfectamente sabía Hooker que no podría su rival sobreponerse a una derrota de esta índole. Pesó sin embargo en la errada decisión del general unionista el fantasma de la reciente Batalla de Fredericksburg, a principios del invierno de 1862, cuando a causa de ponérsenos a una no bien ponderada ofensiva el aún como bisoño ejército de la Unión, había tenido que afrontar la derrota más sangrienta. Tales ardides y sutilezas, tales ingrávidos entrampamientos psicológicos, tipificaban los taimados y coactivos usos de las Moiras.

    ¿Qué pasaba, mientras tanto, en su reducto del norte con el comandante en jefe? ¿Estaban tanto el Lincoln mortal como el Lincoln de la estatura mitológica a la condigna altura de los interminables reveses sufridos? ¿Se mantenía igual que siempre su ecuanimidad proverbial por encima de los golpes del destino y la amargura? Acaso el apoyo de su incondicional Mary Ann lo sostuviera. Acaso aquella extraordinaria reciedumbre, de admirable suerte inherente al gran hombre, nos lo hiciera con cada golpe más fuerte. Acaso el mismo sainete irónico amalgamado extrañamente a su sino excepcional nos lo preservara en esa vena y templanza estoicas predestinadas de idéntica manera en su estrella. En nada con todo ayudaría ni a su grandeza ni a su memoria desconocer en el humano Abraham Lincoln asomar la desazón y el desaliento, tocar alguna vez su espíritu el fondo legamoso y siniestro. Sin embargo, se atenía también su templada entereza a aprender de los errores, a la pura asimilación filosófica de aquel fárrago enojoso venido con las recurrentes adversidades. Casi a semejanza del táctico error de Hooker en Chancellorsville, se adivina en los comienzos de la Guerra de Secesión cierta subestimación peligrosa de los recursos y grado de resolución del sur por parte de sus rivales del norte, lo propio que alguna suerte de colectivo error de juicio respecto de la seriedad de esta guerra. El descrito desplazamiento temerario y despreocupado de civiles al teatro de una acción del más estricto corte militar durante esa Primera Batalla de Bull Run, acredita de seguro suficientemente el argumento. Aunque justo es decir que Lincoln, por su parte, atendió cada vez a los pertinentes correctivos: la sustitución frecuente y algo nerviosa de generales con cada nuevo intolerable fiasco: McDowell, McClellan, Pope, Hooker... hasta de buenas a primeras dar por fin, gracias al Cielo, con el indicado en Grant; la cuidadosa provisión en lo sucesivo de hombres que asegurara en cualquier caso la también inapreciable numérica ventaja en

                                    Miguel Antonio Montero

cada renovado enfrentamiento (y como su más deducible consecuencia, naturalmente, las levas o reclutamientos masivos); la crucial imposición de la ley marcial, el bloqueo naval y la más severa restricción de cualquier intromisión extranjera... Y ni siquiera con esto dejaban de verificar los resonantes y endiablados golpes de efecto de las ahora como irónicas victorias sureñas. ¿Es que eran simplemente sobrehumanos y, por consiguiente, invencibles?

Podía incluso abundarse todo lo que se quisiera en lo del curioso rasgo contraproducente o pírrico de muchas de estas victorias, por lo general proporcionalmente adversas al bando tenido sobre el papel por ganador. Nadie podría, ni aun con ello, refutarle a dicho bando haberse en buena lid impuesto. Así, durante aquellas Batallas de los Siete Días por las que se jugaba el destino del importante enclave confederado de Richmond en su natal Virginia, Lee lograba a más ebrio derroche de coraje y saciedad de gloria contener y vencer la invasión de McClellan y su avasallador Ejército del Potomac, no sin un saldo en bajas de unos 20 mil hombres de los 92 mil integrados en su famoso Ejército del Norte de Virginia: las bajas unionistas, entretanto, sólo habían sumado algo más 15 mil efectivos entre un total razonable de 104 mil. En Chancellorsville la proporción había sido todavía más desalentadora: la nueva victoria confederada se erigió como hiriente befa sobre un conteo inconcebible de bajas de alrededor de poco más de unos 13 mil hombres, lo que representaba en verdad una insufrible pérdida para un ejército apenas de unos 60 mil. Y aunque los nordistas por su parte habían perdido 17 mil, éstos se antojaban por supuesto baja más asimilable a un ejército formado por algo más de 133 mil combatientes. Además, mientras el norte escasamente registraba 1,606 muertos, las víctimas mortales sureñas alcanzaban las 1,665... Bien; pero éstas eran sólo estadísticas. Lincoln, que aunque no era en sí un político en el sentido que exige el pestilente y degradante cenagal de la política (Lincoln era, incondicionalmente, innegociablemente, un hombre *sensitivamente* honesto, rasgo opuesto por definición al tipo mismo del político), tenía y ejercía por profesión —fuese que le agradase o no— la política, y en política —bien lo sabía él— la percepción lo era todo. Acaso además, por cosa propia de su racial o nacional idiosincrasia, el pragmatismo ahora se le impusiera. ¿Que el sur había perdido hombres? ¿Que el sur había perdido equipo? ¿Que el sur había perdido bagaje? Sí, pero el sur había *ganado* cada una de sus batallas. Eso y no otra cosa a ojos de todo el mundo era lo que en verdad importaba.

De suerte que tales insufribles agonías se prestaban a tenor de esto que tanto lo atormentaba. Hasta que finalmente llegaba la noche del 2 de mayo de 1863. Puesto que no en esas fechas a menudo resaltadas por empingorotados hitos míticos de la historia, sino que es en aquellas por lo regular casi desapercibidas cuando tienen lugar las mayores trascendencias y simbologías de lo oculto. Predeterminados en el Cielo los especiosos avatares de los preliminares éxitos sudistas, se habían ingeniado las Moiras para conseguirlos la conveniente leyenda de Stonewall Jackson. Arribada la hora del metafísico reflujo de la confederada estrella, tal leyenda no era ya necesaria, tal leyenda debía ser suprimida. Por una parte, se encargaron de urdir Láquesis y Cloto la alevosa estratagema; por la otra, Átropos, en estos quehaceres siempre la más apasionada y laboriosa, se atribuiría ganosa el rebencazo letal. Así les surge a manera de escalofriantes trazos de pesadilla lúcida la fecha arriba mencionada, la carretera de Orange Plank, un poco juicioso Jackson (obcecado, alucinado ya entonces a buen seguro por ellas) a

Miguel Antonio Montero

la sazón tiroteado, disparado de repente por sus propios hombres al éstos confundir en la reinante oscuridad la imprudente labor de reconocimiento de su jefe (llevada torpemente por delante de sus líneas) con alguna hostil acción enemiga. Los subsiguientes actos del drama presentan a un compungido Lee resintiéndose como a mayor herida de la quirúrgica ablación del inutilizado brazo, practicada ya sin más remedio a su insustituible subalterno: "Él ha perdido su brazo izquierdo; yo he perdido mi brazo derecho", se lamenta. Todavía luchó el hombre, duro como era, alrededor de unos largos ocho días por su vida. Átropos, empero, se manejó fiel a las claras y precisas instrucciones de sus hermanas. Al final, atribuía el parte médico oficial su defunción a "complicaciones funestas de sus heridas, asociadas a la maligna casualidad (¡y cómo divertía a la Moira esta palabra!) de una inesperada neumonía".

Rasgaron pues de nuevo las pupilas del Hado el velo del devenir arcano. Pero fue la hemorragia indetenible y espléndida de las enhorabuenas sucesivas del norte lo que ahora asomó y se les impuso por entre las discretas celosías del tiempo. La toma de la casi inexpugnable Vicksburg; Gettysburg y su estela espeluznante de veinte mil confederados muertos en solamente tres días; Chattanooga, propincua con tan definida victoria del norte a dividir casi el sur a través de Georgia hasta el mar; el acucioso general Phil Sheridan, acaso digno de ponerse a la profética brida del yeguarizo rojo del Apocalipsis, dirigiendo los enérgicos y potentes *uppercuts* para entonces propinados sucesivamente en Cedar Creek, Five Forks y Sayler's Creek, redefiniendo así las increíbles líneas de esta guerra encarnizada en provecho indiscutible del bando federal, y no sin la consiguiente postración cada vez más pronunciada y ruinosa de su adversario. Porque bien vistas las cosas, y despojados al frío análisis de cualquier indicio de pasión, ha de constituir Gettysburg —así y todo ser ésta la primera apenas de sus derrotas en regla— el principio del fin para la suma engorrosa causa de los sureños, y el instante justo en que quizá debiera, acogida en todo caso a razones la tozuda y testaruda dirigencia confederada, haber ya entonces presentado los salubres términos de la rendición. Concuerdan de unánime forma los expertos en que al ponderado enjuiciamiento de la situación militar y política, estaba ya en 1942 derrotada Alemania; mueve a dictamen análogo la desesperada condición del ejército sureño después del zarpazo horrible del 1º al 3 de julio de 1863. A partir de entonces, arrebatada para siempre de un tirón la iniciativa, no hicieron sólo más que recular y replegarse los acosados ejércitos de Lee. Algo perversamente, y sostenidas más que nada por aquel épico aborrecimiento de Lincoln, no claudicaban no obstante las tan enhiestas y tiesas cervices del sur. La jugada maestra de las paredras del Hado redituaba conforme a sus esperados frutos.

Se intensifica en este punto de puro estridente y superfluo aquel carácter irreal o afantasmado de la historia. Cada acontecimiento luce como sacado de un antro alucinado y absurdo: el sitio terrible aunque memorable de Atlanta, la pasmosa *Sherman's March to the Sea* por agorero signo de todas las grandes guerras de destrucción modernas que se siguieron, el mero obsidional bombardeo más infernal de Petersburg, Lincoln desde la alejada cubierta del *River Queen* presenciando el espectacular cañoneo, Lee apresurando al cruce del Appomattox el precario escape hacia sus refuerzos de las Carolinas, "el Carnicero" Grant inexplicablemente por una vez permitiendo a los sudistas la huida, luego la persecución sin tregua y el acoso, el encuentro a vida o muerte de High Bridge, las espantosas degollinas de Sayler's Creek, hasta aquel remate casi a la verdad

                                    Miguel Antonio Montero

inesperado de Appomattox Court House (por el que luego se aprecia a través de las blandas condiciones de la rendición, la mejor voluntad de Lincoln igual que siempre en provecho de la reconciliación sincera). Salvo por lo del cárdeno morbo y esa fruición especial que la gratuita destrucción a menudo despertaba en Átropos, se nos ponen sobre todo en *High Bridge* de manifiesto la influencia y sortilegio ocultos de aquellas viejas artes consumadas de las Moiras, más todavía incluso que en lo de la epopeya tan tempestuosa de Sherman cuyo sesgo y anhelosa culminación nos lo arrastran como obseso a las costas de Savannah. Pues fue antes que nada en High Bridge donde el vodevil irónico elevó al punto de las manos de Cloto y de Láquesis aquel lenguaje sibilino de lo inverosímil, y la categoría encubierta de las premoniciones y el símbolo... a alturas poco menos que insospechadas e inauditas.

Establezcamos los hechos: de un lado las acosadas, exhaustas, inanes fuerzas de Lee compelidas al cruce más crucial del High Bridge para el alcance por fin de las Carolinas, las perentorias provisiones y sus refuerzos, y aún para de esta suerte viabilizar la impopular y nada grata prolongación de la guerra; del otro los airosos, resueltos, vigorosos contingentes de Grant, empedernidos en la fría e inalterable determinación de destruir antes el puente e impedirlo. Curiosamente, y muy del gusto de las Moiras, se cae en la irreparable impresión de reducírsenos de pronto la suerte de la guerra a la premiosa carrera de quién logrará por fortuna hacerse con tan decisivo puente, si la facción perseguida o la facción perseguidora. Como los atroces e ilusorios fotogramas de una aguardentosa pesadilla... se precipita la acción. En una de sus veladas secuencias infinitas el coronel del 4º Regimiento de Caballería de Massachusetts Francis Washburn, —cual en síntesis nacido en algún apacible condado de New England sólo para este momento—, corre alígero a cabeza de poco más de ochocientos efectivos (79 apenas de su regimiento, el resto miembros de los solícitos regimientos de infantería 54º de Pennsylvania y 123º de Ohio) a la suma urgente quema del High Bridge, por comisión expresa del bando unionista. En otra, un alterado Longstreet, enterado por su parte de los siniestros preparativos nordistas, apremia e instruye al intrépido general de caballería Thomas Rosser para que con sus mil doscientos jinetes acuda raudo al vital puente a despejarlo y ponerlo a salvo. Confluirán pues así, ecuestres y a pie en "Puente Alto", la muerte y la imprecación, el heroísmo y el vértigo.

A seguidas, y a unos cinco kilómetros de High Bridge, el nordista general Theodore Read viene al encuentro de Washburn, a quien notifica que no sólo un pequeño destacamento de rebeldes se halla desde algún tiempo a cargo de la seguridad del puente, sino que considerables fuerzas confederadas vienen ya no muy distantes en pos de él y sus tropas. El joven general, que en legítima autoridad de su superior jerarquía bien puede a comprensible invocación de la prudencia desestimar la operación por demasiado peligrosa, fraguada empero su naturaleza al consubstancial nivel de temeridad y bravura que nuestro joven coronel, se apresta y consiente en proseguir con la riesgosa misión incluso a costa de su vida y la de aquellos hombres. ¿Pues quién que entonces no anhelara la conclusión de esta contienda desangradora y maldita? Porque no otra cosa significa —y todos lo saben— la quema o eliminación del puente. Ni el coronel ni el general empero se adivinan ejecutar la sugestiva melodía que a todos de antemano dicta la meticulosa Láquesis, directora para entonces de la insospechada orquesta. Con frecuencia suele presentarse a manera de algún sueño la consumación irremediable de las cosas, sin que podamos explicarnos cómo de buenas a primeras por lo demás suceden. Simplemente te *aparecen* de ineluctable suerte consumadas, para de golpe uno encontrarse con que ya nada puede hacerse. No de distinto modo surge a vista de las federales fuerzas un cual aislado foco de la caballería rebelde, a la que el aguerrido Washburn acto seguido persigue sin reparar en la maliciosa emboscada que traidoramente y por insidioso cebo aquel nefasto foco alimenta. La celada indefectiblemente los conduce hacia el remanente confederado que defiende y espera apercibido en el puente. De repente, sin saber cómo ni a qué razón su súbita aparición atiende, mil doscientos jinetes sudistas aguardan en formación perfecta a la infantería y caballería del coronel unionista, las que no suman ni siquiera novecientos efectivos a venir ora a las manos con fuerzas tan formidables. Como una frenética sucesión de relámpagos se suceden en la mente del coronel las reflexiones. ¿Mídense la decisión y valentía de un hombre en función de la consciencia de los cientos y cientos que sin mediar de condiciones le respaldan, o bien por régimen de la nobleza y acendrado motivo que encumbra a invencibles regiones su causa? ¿No redunda así el coraje por característica propia de los espíritus libres? ¿A quién resarce el retraerse de las imperecederas hazañas de tantos hombres intrépidos que a lo largo de esta guerra han forjado en la más épica leyenda del arrojo sus nombres, por sólo ceder al falso común sentido de una cierta prudencia mojigata y pacata? ¿No significa más un puro instante de gloria que toda una anónima vida languidecida en las sombras? Echados a rodar están los dados; ¡que la suerte decida en esta hora!

Washburn que reagrupa en concordancia con Read su belicosa caballería para una inminente carga, Washburn que instruye en la audacia de su plan a la curtida infantería para que marche enseguida en pos de sus jinetes al designio de producir un promisorio boquete en las líneas enemigas, Washburn no abrumado por la adversa relación de quince a uno que a la irrisoria realidad de sus sólo ochenta jinetes (él y Read por supuesto incluidos) le plantea la ingente caballería contraria, Washburn gritando la enardeciente orden de ataque por la que ahora se hunden en los ijares de los caballos las espuelas, los sables dejan bruscamente sus vainas, los hombres encomiendan al Todopoderoso sus almas, esgrimiendo unos mientras galopan la carabina o el rifle, otros la sorda pistola, otros la temida espada de caballería, sin duda alguna letal: ¿podía prestarse un mejor cuadro a esa engañosa ilusión de gloria por la victoria que ingenuamente alucinada en el ambiente se anticipa? El heroísmo, con todo, se mostró y ofrendó allí en su significado pleno. Articulado por consiguiente el ataque, y viendo ahora lo que de pronto encima se les viene, las petrificadas fuerzas confederadas no se allanan a acreditarlo o creerlo, y así termina por dividir la inesperada osadía en un primer movimiento las líneas rebeldes. Por cuanto tal fraguaron Átropos y Láquesis; tocaba a Cloto a continuación incurrir por complemento de la trama general en lo suyo. Y es del caso que aquel inicial éxito de la caballería de Washburn debía ser en lo inmediato reforzado y completado, consolidado enseguida y sin pérdida de tiempo a explotación preciosa de la elemental sorpresa por su avezada infantería. Nuestra redomada Moira de los nacimientos, sin embargo, se elucubraba a altura de su plan secreto alguna suerte de maleficio por sopor indefinible y mágico, merced todavía al cual, tumbados ahora a todo efecto aquellos hombres de bruces y algo tarumbas en la hierba, imposible se le hacía al más esforzado infante remover aquella súbita e inexplicable pesadez. Así se perdía de responder en ese instante precioso a lineamientos de aquello convenido la infantería, cuyos hombres entonces se prestaban por presa de alguna inamovible pesadilla o alguna ilusión engañosa, o bien de ambas. Poco tomaba al avisado Rosser el leer o adivinarse lo que sucedía. Y cuando pasado el pasmo preliminar el general confederado truena a su caballería la consecuente intimación del contraataque, se aprestaron a urdir al alimón las tres Moiras cierto coctel o macedonia inaudito de la acción en sí mismo incivil y trepidante, enrevesado y confuso.

Fuerza es reconnotar a más amplios y abarcadores términos la semántica harto inhábil y cojitranca de lo salvaje, pues no creo que de otro modo pueda nadie definir ni describir lo que se sigue. Todavía muchos años después conservaría Thomas Lafayette Rosser de lo más intolerablemente vívido en su tan impactada retentiva, hasta la hora misma de su muerte, el horror del encarnizamiento y la *matanza. He participado en infinidad de combates* —solía referir—, *pero nunca vi nada semejante a High Bridge*. A sus increíbles veinticuatro años, es de todos modos el precoz general confederado James Dearing quien de improviso encabeza el impetuoso pasodoble de los sureños. Nadie no obstante puede robarle protagonismo a Washburn, en quien encarnan admirables el frenesí y la tempestad. Ora tropel que se abalanza contra él, ora tropel que es derribado y deshecho. La fulmínea ira de su sable imparte a diestra y siniestra, a retaguardia y vanguardia, la aniquilación. Nadie que allí se le oponga ha de vivir. Es cuando el sudista Dearing le dispara de repente a Theodore Read, que se desploma de su montura para jamás volver a levantarse. Con la instancia de los llamamientos secretos, Dearing y Washburn se enzarzan en una rabiosa reyerta de sables, que un celoso soldado unionista bruscamente dirime con dos disparos al pecho del joven general confederado, el cual viene a dar sin ya mayores requilorios al suelo. Un sureño encolerizado desencaja a Washburn la mandíbula con descerrajarle un tiro rencoroso en plena boca, que, aunque no le mata, es suficiente a derribarle finalmente del caballo. La saña del confederado persigue todavía a nuestro maltrecho coronel en el suelo, al cual le traspasa despiadadamente el cráneo con un sable filoso... Al final, solamente unos cien confederados engrosan aquel censo tenebroso de las bajas; los ochocientos cuarenta y siete soldados de la Unión han sido capturados o muertos. ¿Qué enigma empero esconde la inverosímil, asombrosa supervivencia del coronel Francis Washburn, encontrado al otro día todavía con vida por una desconcertada cuadrilla funeraria? ¿Qué metafísica trama se incubaría asimismo en el caso del propio Dearing, recogido aún respirando del campo el mismo día de la batalla, no sin la complacencia inexpresable de sus atribulados compañeros? En resumen, había un orondo y exultante Rosser salvado de momento a la Confederación. Pero entonces advienen casi al unísono una cierta negligencia táctica y la derrota terrible de Sayler's Creek, y de nuevo se enrarecen los desesperados caminos de Lee, cuyas disminuidas huestes cruzan por fin el High Bridge pero no pueden sin embargo quemar a sus espaldas el puente.

Quizá para decepción del teórico militar se reduzca sólo Appomattox Court House a las infructuosas tentativas del general John Gordon por abrir algún camino a los ocho mil sudistas de Lee, estrechados finalmente en el endiablado cerco de unos sesenta mil nordistas de Grant. Copadas por todos lados sin más remedio sus fuerzas, el agobiado comandante confederado había encargado al recio georgiano en un último estertor de sus esperanzas la tarea, apostando a la bien ganada y vertical reputación de más duro entre sus generales que a sus ojos ya ostentaba a tales alturas Gordon. Algo así en todo caso como imponerse revivir a Lázaro alguien que no fuera Cristo, ni así se comisionara al mismísimo Napoleón, ni así se le asignara al propio Alejandro la faena podría ninguno romper con el obstinado maleficio de aquel cerco infranqueable, ya que a este respecto se habían indefectiblemente asegurado a elaborada conveniencia de sus indescifrables aspiraciones las Moiras. Una y otra vez se lo propuso el aguerrido general sudista; una y otra vez hubo por fuerza de desistir del intento. Las cerradas columnas de azul se les levantaban siempre inderrotables e irrompibles. *Reventados están mis hombres*, informaba finalmente a Lee en el escueto espíritu de alguna tácita y sabia aceptación de los hechos. Éste comprendió, con inefable tristeza, que no quedaba ya sino una sola cosa por hacer... Al otro día, en Washington, a duras penas podía contener su júbilo un transformado Lincoln por las albricias y noticias de la rendición del sur. Sin duda, le habían dejado estos cuatro largos años de la guerra más atroz en el corazón sus huellas, signadas por los estigmas del más horrendo viacrucis deparado en cualquier tiempo a persona mortal ninguna. Como fuere, los rasgos de un avejentamiento prematuro, el feliz robusteci-miento o crecimiento espiritual propios del que íntegro asume los menos gratos desafíos de la compleja experiencia humana, la renovación eterna llevada hacia lo secreto e insospechado del alma, la perfección y renacimiento del ser en la consciencia esplendorosa del propio personal destino que iluminado nos reclama, se le impusieron a lo largo de todos aquellos años sobre el feroz desasosiego y la inquietud de cada día. Mas, venida ahora sin anunciarse cual algún refrescante chaparrón de verano la paz, bien podría dedicar en lo adelante a Mary con toda seguridad un poco más de su tiempo. ¡Quién sabe!

Quizás incluso hasta pudieran permitirse asistir cualquiera de
estas noches al teatro.

VII
EL SUEÑO DE LINCOLN

El 30 de enero de 1835, Andrew Jackson, séptimo presidente apenas de los Estados Unidos de América, escapaba por
finta de algún milagro secreto al atentado que en su contra
bonitamente perpetrara el exiliado y orate Richard Lawrence,
flamante "rey de Inglaterra" al más lunático sinsentido de sus
estrafalarias fantasías. Podemos confiar que en el colmo de
su demencia ciertamente manejara Lawrence (que era por
cierto un tirador experimentado) aquellas sendas pistolas que
en sus manos, llegada la hora crucial, a la salida de Jackson
de un funeral en el Capitolio, con mil demonios de su ánimo
inauspiciosamente se encasquillaran, no dejando por ello de
ser ésta la primera tentativa de asesinato de un presidente en
la historia de Norteamérica. Se agradece a la célere y oportuna
intervención del congresista Davy Crockett la lúcida reducción
y providente desarme del trastornado rey sin regalías inglés,
el que casi al instante de ser derribado no dejaba de recibir
en el suelo los indeseados oficios del bastón encolerizado de
Jackson... Hasta aquí a grandes rasgos, no empañado por la
memoria y el tiempo, el *tragicómico* suceso. Alegra considerar que ni la usual perspectiva demasiado pragmática de la
existencia y la historia pudiera eludir cierto sutil o velado
desabrimiento como flotando a gusto en la propia raigambre
nebulosa del hecho, el que inclusive a su pesar por lo bajo nos
balbuce haber salvado alguna especie de decisiva (y hasta de

                                   Miguel Antonio Montero

catastrófica e indefinible) anomalía o, en todo caso, de alguna cierta intrincada errona cósmica. ¿Qué aconteció en realidad allí, al trasfondo último y enigmático de los sucesos, aquel 30 de enero de 1835? Intentemos, ensayemos a la luz de algún honrado y visionario esoterismo, el radiográfico análisis de su metafísica oculta.

Es certeza haber las Moiras cierta vez del Hado recibido la como anfibológica comisión de un oscuro magnicidio, a efectuar desde luego en el orden inferior y en un cercano porvenir que para entonces traslucíase sin los acostumbrados preámbulos. Debía tal magnicidio en todo caso verificar por el primero de la nación en cuestión, la cual no era otra que la joven Norteamérica. Se desconoce la terminología oracular exacta que en la ocasión empleara el gran mentor del destino al dirigirse a sus pupilas, pero es fama que lo mismo la muy eficiente Cloto que sus dos diligentes hermanas se nos pusieron con su ahínco habitual a la tarea, sin detenerse en lo de la sutil ambigüedad de que ahora extrañamente sin la menor elucidación las recomendaciones emanaban. Sus conclusiones, el rejuego y preparación más encomiables de la víctima, el victimario, las condiciones y el azaroso trasunto, enseguida llovieron a la manera de una rielante y despampanante fulminación: a altura de su conspicuo sobrenatural cacumen, ninguno a su *instinto* se erigía más a propósito que Jackson por el fatídico interfecto presidencial inaugural; Lawrence, megalómano, marginal, sin un amigo, retraído y para colmo atrabiliario y expatriado, cómodamente y de lo más a gusto instalado en su banal y edulcorado delirio monárquico: ¿cabía postular alguien mejor a la candidatura abominable de repudiado y magnicida?; luego, la primorosa ataujía de su leal y celoso trabajado (brillante, malévolo) del "azar", de cada evento y sus inducidas circunstancias, no debía resultarles más fácil: la insidia de algún *casual* funeral en el Capitolio, la programada y esperada sensibilidad del líder que se presenta en efecto a las exequias, su despreocupada salida más inerme del edificio, la premeditación e impaciencia del asesino que aguarda. Pero, ¿verdaderamente se daría el Hado, en cuanto el ser perfecto que era y se lo concibe, a farfullar una incongruente y poco digna ambigüedad? ¿O bien habían por el contrario sus favoritas en la ocasión desatendido, descuidado por la razón que fuere sus reconocidas dotes de discernimiento o auditivas? A la luz de lo que a continuación se expone, se redobla o revalora la importancia de estas cuestiones.

Insospechadas, infinitas, suelen ser las formas y atribuciones secretas por las que articula la rueda trascendental del prodigio. Jackson que sale finalmente del Capitolio, Lawrence que esgrime de forma automática sus dos pistolas, las mismas Moiras anticipando no sin algún inapropiado deleite el necesario triunfo de la tragedia que azuzan... de pronto se reducen a simples desechables piezas de un ajedrez alucinante, universal, inescrutable y misterioso. Apenas en la fracción de segundo que tomaría halar desembarazadamente del gatillo, y a punto de cristalizar irreparable el sórdido y ominoso monipodio, subliminaliza e interniza abruptamente la trinca la más alarmada notificación de su señor a última hora denunciándoles, en el todavía potencial hecho que otra vez furtivas entre manos se nos traen, cierta suerte de impensable aberración o de sacrilegio inaudito contra la marcha más armoniosa del cosmos, imperdonable de suyo en cuanto violación explícita de leyes divinas supremas. La propia arcana índole de estas leyes sentaba pie al inexcusable agravante de cualquier falta cometida villana o irreflexivamente contra ellas. Ello sin embargo nada comportaba ante la puesta peligrosamente en entredicho de

    Miguel Antonio Montero

aquel misterio innumerable de la predestinación y la gracia, dada la seria y verídica implicación de no corresponderse justamente con el séptimo, sino más bien con el decimosexto presidente el primer acerbo magnicidio a registrarse con el andar del tiempo en Norteamérica, principio que, de eventualmente contravenirse, no haría más que precipitar sin remedio cierta serie de funestos y pavorosos *desequilibrios* llamados a trastornar el orden cósmico. Así que no sin evidente agitación ahora las prevenía el Hado sin dejar de hacerles cargo que, en todo lo clarificadora de la advertencia, un mero eufemismo se encerraba comoquiera en sus palabras considerado lo en verdad terrible (incluso tanto para ellas como para él mismo) de las menudas consecuencias del incalculable yerro. Fue entonces bajo tal inaplazable sentido de urgencia que procedió a trabar a toda prisa Cloto el mecanismo asesino de las pistolas de Lawrence. No dejaba de todos modos de entrañar la salvadora acción algún que otro curioso elemento anómalo, el cual creo que convendría dilucidar de inmediato.

La rareza concernía por inevitable mal menor de tan abrupto acto —el súbito encasquillamiento más extraño de ambas pistolas— al sórdido y repelente carácter de descarado simulacro con el cual trilladamente se maquilla o suele aún por lo corriente presentársenos la realidad, puesto entonces de improviso demasiado escandalosamente en evidencia. Las herramientas arquitecturales perfectas a través de las cuales se introduce y vulgariza más socorridamente nuestra noción tan estéril como despótica de *Realidad* no son contrariamente a lo que se piensa los sentidos lógico y común, sino estos nunca bien entendidos recursos intelectualistas cifrados en el viejo *Cálculo de Probabilidades* y aquel desgastado *Principio de Causalidad* que por igual nos abruman. Es la visión mecanicista en todo su depresivo horror; la gutural y viciada solución pragmática que aprisiona y tiraniza la menor muestra de creatividad; la pura reválida perversa e intransigente del dogma aullando atroz a la luna y con total descaro su intolerancia. Así, sobre tal aferramiento maníaco a lo áridamente convencional, se impone el mismo punto de vista de embrutecida interpretación de la historia a cuya autocomplaciente lógica del mejor grado nos sometemos con la perentoria urgencia de no perder entonces aquel tan frágil soporte *racional* de nuestras vidas. A tan estrecha concepción de las cosas, cualquier asomo de inconformismo ha de rayar prontamente en la anarquía y la barbarie. Las viejas absurdas y sonsacadas cantilenas alimentan entonces la anticuada fraseología de aquellas fabulaciones ya algo cansonas y desvaídas, por el estilo de "Si no conoces la historia, estás condenado a repetirla", etcétera. Y es así cómo se nos mantiene y vivimos bajo el constante espectro del miedo, el cual ya por todas partes nos cierra el paso y circunda.

Pero nada ni nadie, ni así se lo propusieran, podrían reeditar la historia. Tal facultad ha de convenir a lo sumo a secreta y grandiosa atribución del Supremo. Incluso en el caso de que fueran cíclicos sus eventos, cualquier sutil variación o diferencia, por ínfima que ésta fuera, invalidaría toda servil reiteración en sí misma. ¿Por qué entonces debemos, por qué se nos impone a como dé lugar estudiar y repasar la historia? No verdaderamente por el pavor estúpido al fantasma gazmoño y acusica de repetirla, sino por la procura cierta a cada instante de indagación ferviente de nuestro destino personal y colectivo. Porque César no es ni podría ser copia al carbón de Alejandro, como Hitler tampoco reproduce a Napoleón aunque quisiera. En ambos casos, unos y otros no incurren más que en la pura determinación apocalíptica que en lo particular los rige como

  Miguel Antonio Montero

entes históricos predestinados. Basta sólo la más insignificante diferencia... y la pretendida identidad histórica se diluye o viene a pique de inmediato. De alguna forma el monismo existe, no lo dudemos; pero en cierta concepción que de tan grandiosa y maravillosa supera incluso y se superpone a los oscuros vericuetos de la historia misma. Imaginémonos de no ser éste el caso a un pueblo vengativo e impenitente, acomodado ex profeso en la paciente y maligna espera de la ignorancia histórica por sólo tomar desquite de sus odiados enemigos a vuelta de la esquina cíclica. El Principio de Causalidad, el Cálculo de Probabilidades, ¿le probarían por panacea milagrosa a este pueblo? ¿Es que cabría uno ingeniarse una mejor definición de lo absurdo? Tampoco fuera razonable pontificar y desbarrar contra el portento y *déjà-vu* del tiempo circular; ¿o acaso meramente de balde resultan inescrutables los caminos del Señor?

Que de improviso se nos inutilice una pistola precisamente al dispararle al prominente personaje Fulano de Tal mueve a alguna suspicacia o aprensión *supersticiosa*; aunque sea a regañadientes aceptémoslo. Que se nos encasquillen a la vez las dos comporta ya de por sí alguna suerte de incongruencia o de profanación irreparable, cuyo insufrible y terrible sentido de la ironía impone de chocante manera como normal algún extraño principio de excepción sobre la regla que, por más que el mísero, deleznable, grosero Cálculo de Probabilidades multiplique hasta el infinito el plausible porcentaje de vivaces posibilidades de que el anómalo suceso verifique, infringe de cualquier modo el mero incógnito proceder que de habitual intuimos en el orden superior sigiloso, puesto así por mediar de la imprevista indiscreción contra su propio interés abrumadoramente en evidencia. El nada grato ni envidiable sentimiento de culpa del *infractor* equivaldría a la angustia de derrumbársele encima inapelablemente el universo. No ocurría así, sin embargo, con las Moiras, que se consolaban con el bendito alivio del mal menor por insignificante gaje de la conjurada catástrofe. Mayor cuidado empero se obligarían a tener con el tratamiento dispensado al psicorrígido aunque utilísimo Principio de Causalidad tan indispensable a guardar las envaradas formas de la realidad fraudulenta, también en la ocasión demasiado peligrosamente delatado o expuesto: Así que, por lo que al riguroso cientificista parecer todavía se establecía para cada hecho una causa, las mismas causas (pre-determinación implacable del Hado) en las mismas condiciones (circunstancias inducidas por las Moiras) producían siempre, inevitablemente, los mismos desalentadores efectos (víctima por lo incontrastable elegida). Tal esquema, mientras tanto, no debía ser estorbado ni violentado por ineptitud ni razón alguna... al menos hasta el prescrito advenimiento del viejo Día y Hora Señalados.

Algo sí quedaba al urgido corregir de la cáustica errona de manera fehaciente demostrado: Andrew Jackson no era ni tampoco podía ser el decantado centro de una alevosa y selectiva conspiración universal; el despabiladísimo concierto menudeado en fa mayor de aquellos más autónomos bastonazos —en sí tan ágiles, tan vivaces, tan avispados— sobre Lawrence, hasta la saciedad lo probaba. Luego, la característica básica, el síntoma esencial, el signo indispensable e infalible mediante el cual se ponía en marcha el mecanismo silencioso de la colusión y la conjura —la mera Fatal Determinación Sonambúlica de la víctima, en otra parte de lo más congruentemente establecida— nunca acababa de cocérsenos en el presidente número siete. Esto, en cambio, empezaba ahora a manifestar en Lincoln en cuanto extraño rasgo alarmante y premonitorio. Al entrar ya

     Miguel Antonio Montero

del año 1865, se cernían a este respecto sobre Washington una cierta atmósfera y pesadez abominables. Constituía en toda la ciudad y sus rurales aledaños palique y comidilla obligados el potencial o irrevocable asesinato del Presidente. Era como la concreción peregrina de cierta omnisciente consciencia colectiva oreada alrededor de la venidera tragedia. ¿Pura intuición de las masas? ¿Oscuro instinto del vulgo? Pero a más del hombre común también los intelectuales, artistas y periodistas sentían rondar en torno aquellos fantasmas lúgubres y como vaga prognosis de un inminente atentado. Justamente a partir de este punto la Fatal Determinación Sonambúlica, aposentada ya sin menores inconvenientes en el Presidente (que de algún inconsciente modo venia incluso columbrando, acatando las tenues e indolentes vislumbres de lo que en cualquier recodo del porvenir le esperaba), se nos adentra en su etapa de posesión y predominio. Pocos hechos históricos servirían a los fines de mejor ilustrar esos típicos procederes impecables del Hado y aquella ácida y consumada nigromancia nefastamente disfrazada de sus siniestras favoritas.

¿U olvida alguien acaso aquella célebre declaración del soldado de caballería que, no sin algún típico desparpajo marcial, en su momento exponía que "Probablemente la única persona de Washington que no creía al señor Lincoln en peligro constante e inminente, si es que alguna vez se paraba a pensarlo, era el propio señor Lincoln"? Todo en torno al marcado Presidente se orquesta y dispone para la oscura articulación fatal de lo irrevocable, para el fatídico automatismo imperceptible e insidioso del zombi. Se sabe que Ward Hill Lamon, su mejor amigo y jefe de policía del distrito de Columbia, había cierta vez prevenido al destacamento a cargo de la seguridad presidencial, e inclusive al propio Lincoln, contra cualquier nocturna salida de éste: *Y menos al teatro*, había remachado críptico. Se sabe que a su celoso guardia de seguridad William Crook, la misma noche del asesinato, le había extrañado que al despedirse con su habitual "Buenas noches, señor presidente", en lugar de responderle con el clásico "Buenas noches" de siempre, lo hiciera ahora con aquel sibilino *Adiós, Crook* que de cualquier forma lo conturbara. ¿No le había él confesado al propio Crook "Creo que quieren matarme, estoy seguro de que lo harán", además del tan revelador "No quiero ir al teatro", a manera de si el asistir le involucrara el terrible cumplimiento de una sentencia fatal que le viniera persiguiendo por los siglos? Incluso la mañana misma del día del drama final se nos entrega Lincoln al patetismo ritual de alguna extremaunción secreta: borronea algunas notas, repasa las Escrituras, aconseja a su hijo con arreglo al porvenir, planifica aquello que habrá de redundar en el último paseo con su fiel Mary por Washington. ¿Puede ninguno determinar los oscuros espectros que rondan y ordenan el devenir incierto, o aquel curioso cariz tan peculiar que adoptan de pronto ante nuestros ojos las cosas? Interrogado en Nuremberg Hans Frank acerca del origen de los campos de concentración, el nefando y fementido jerarca nazi, sin acertar ostensiblemente a qué atenerse ni mucho menos qué cosa en buena ley contestar, aseveró con ingenuidad también palpable que nada más sabría él decir como no fuera que *cierto día todos de repente nos encontramos con que los campos de concentración sencillamente existían*. Ni con toda la sucia consciencia del encartado perjuro y el evidente aprieto que para entonces confrontaba, me atrevería yo a cuestionar la inobjetable veracidad de tan razonable alegato.

En cualquier caso, el clímax de tal progresivo subordinamiento anímico lo habían Átropos y Cloto y Láquesis alcanzado

Miguel Antonio Montero

hacía ya algunas noches a bordo del *River Queen*, fondeado a la sazón en City Point. En aquella oportunidad, arribados finalmente sus empeños a la familiar fase de sugestión precognitiva y simbológica de la víctima, y astutamente afectando aquella apacible brisa que erizaba o provocaba con su invisible vuelo los más febriles escarceos a ras de la superficie marina, se había hasta la presidencial embarcación desplazado en plan resuelto de afirmar insospechado el trío aquel rasgo o entresijo definitivo y fundamental de la Fatal Determinación Sonambúlica en Lincoln. El medio ideal a tal efecto para ellas, artistas consumadas de la ilusión y la ruina, lo habían sido y aportado siempre los sueños. Por los sueños, a través de la historia, bastantes veces condicionaron la voluntad de aquellos a cuyo imprescindible modelado sus predeterminados fines respondían. La lista era acaso como la propia historia infinita: desde Jacob a Astiages, desde Astiages a Caedmon, desde Caedmon a Coleridge y Gottfried Keller... No obrarían sin embargo con el infeliz de Kentucky a modo del doble sueño tan propiciamente ejecutado en Calpurnia y Julio César; algo ya demasiado perturbada a causa de los cafres oficios de Átropos se encontraba Mary para sometérsela aún a experiencia tan atroz. Pero originariamente, y preparado todo en el silencio cómplice de una insondable noche en la saudade enigmática de este lóbrego puerto de Virginia, el sueño no debía ser ni exageradamente revelador ni demasiado reservado en sus revelaciones. La precavida exhortación había corrido, naturalmente, por escrupulosa cuenta de su señor y amo el Destino; de suerte que no podían esta vez por ningún motivo permitirse lugar a malentendidos ni errores. Pese a ello, sólo por un tris según veremos pudieron otra vez de cualquier modo evadir las aciagas comisionadas el caos.

Empecemos por consignar la incierta hora de la madrugada en que agotado se retiraba el Presidente a su camarote. Poco tardaron todo el épico cansancio, las nerviosas tensiones acumulados durante el día en arrullarle y rendirle. Entonces previo cerciorarse del como anómalo y profundo adormecimiento con intención atraído sobre su despistado sujeto, se corporeizaban espantosas alrededor del durmiente a manera de visibles entidades translúcidas y cual ectoplasmáticas las Moiras, y en todo según el mismo método que a semejantes procedimientos garantizaba sin defecto su eficacia. No habían hecho más que arribar a esta breve aunque decisiva etapa de materialización circunstancial en que por fijación perentoria del agravado misterio onírico se arriesgaba incluso el prescriptivo curso de la predestinada trama cósmica. Entrañaba sin duda éste el momento crucial y más delicado de su granada y elaborada filigrana factual, llegado incluso el cual siempre extremaban ellas por lo invariable sus precauciones, su circunspección y su tiento. Porque dicho sea en otras palabras, se requería por requisito insoslayable y esencial al completo mundo de los espíritus cierta encarnación coyuntural hacia la proximidad más auspiciosa del mortal para poder fraguar e inducir en él, sin algún perjuicio grave de las leyes divinas, la aterradora o tormentosa ensoñación visionaria. Sin embargo, reducido esto a una simple y entendible cuestión de procedimiento, nada de suyo significaba ante la endemoniada dificultad que a Láquesis y Cloto le planteaba aquel viejo compulsivo aditamento subyacente a la tan turbia y volcánica personalidad de Átropos, con frecuencia demasiado inestable y problemático.

Por brillante tratamiento metafísico del elemental enigma onírico (el *summum* o facticia quintaesencia de las muy excepcionales especialidades del trío), el proceso había marchado sin

                                    Miguel Antonio Montero

contrariedades ni contratiempos. Cuando se abocaron empero al puro instante particular de irrefragable recalco de la imagen y circunstancias soñadas en la psique consciente y subconsciente del durmiente, a fin de que indefectible se le grabara algún mortificante trasunto precognitivo cuyo influjo vago y solapado tocase de tangencial pero subliminal manera aquella fibra volitiva del yo por la que en lo adelante concretaran en una serie de inquietudes permanentes sus vigilias... rindiéndonosla aún más al ya irresistible imperio de su sobrenatural modelado, repararon alarmadas bruscamente sus hermanas en aquella fría y patológica morbidez ultraclastómana de Átropos preludiadora de todos los infortunios y debacles, y ya a las dos por lo demás tan familiar. Flagrantemente resaltaba aquel corrosivo toque satánico a sus anchas gravitando en el archiconocido apetito de destrucción del que su celosa vigilancia tanto se cuidaba y temía. Allí de nuevo estaban el cárdeno tono de las rugosas mejillas y la intangible catadura ariscamente acompasada a la mirada cruel y malvada, el viejo rictus abominable de los labios, aquel horrible y delator sortilegio emanando impudoroso de los ojos diabólicos; difícil no era por consiguiente a ninguna de las dos adivinarse en el saturado ambiente del viciado y reducido camarote alguna intempestiva muerte, cualquier inautorizado desplante o indeseable exabrupto que diera sin más al traste con sus tan esmerados planes, dislocando, deformando, trastornando de pasada las aquilatadas leyes que divinalmente apuntalaban el inviolable orden cósmico.

Puesto que contemplándole allí de lo más apacible e inocentemente dormido, saboreando el pulso rítmico de sus alternativas inhalaciones y exhalaciones, redescubriendo por abandono e indefensión del irrisorio y triste humano en el lecho la genuina confirmación del esencial nihilismo que la nutría y orientaba, asaltaba bruscamente a Átropos cierta más irresistible y enfermiza necesidad de aniquilar, de terminar de una vez con las penalidades y miserias que nos ataban caprichosas al durmiente Abraham Lincoln a sus tan vanas y estériles obligaciones terrenas. Bajo tal presión, ceguera u ofuscación *obnubiladas* del instante, otra vez se perdía de reparar nuestra díscola deidad en que la torpe perpetración de tan importuno acto desmerecía y desautorizaba de los sagrados principios de la predestinación y de la gracia, oponiéndosela incluso a la inescrutable voluntad del Omnisciente por tal género de impía y nefasta violación que ni a ella ni a sus hermanas podría serles en forma alguna perdonada. Ya que al misterio y pío registro del Cielo todavía no llegada la indicada hora de Lincoln, su torpe extemporánea ejecución equivaldría al sacrilegio cuya ruin e incandescente culpa no habría manera de que pudiera expiar jamás el sacrílego. De suerte que se abalanzaron de improvisto como fulminación Láquesis y Cloto sobre su anárquica hermana, la que lograban reducir antes de que la inconsciente abominación se produjera y terminara por abatir su teleológica maldición sobre *todos*. No obstante, la lucha, la conmoción, el telúrico sobrenatural forcejeo, despertaban en medida de su indecible brusquedad a nuestro ingenuo durmiente casi al tiempo que fugaces y entre perplejas y sorprendidas se nos desvanecían a guisa de algún célere relámpago las Moiras, viniendo como por acción refleja a difuminarse y acogerse a su bien guardado refugio enclavado libre de cuidado en las sombras.

¿Las había visto Lincoln? ¿Habría un fatuo mortal en todo el enojoso y ya por cierto tan largo interludio histórico que partiendo de Adán desembocaba en el interfluvial presente detectado su subrepticia presencia? ¿Quedaría aquí expuesta y escandalosamente en evidencia su identidad esquiva? ¿Horadaría una humana, provecta y prodigiosa perspicacia sus designios furtivos, desvelando así su incognoscible instinto la todavía imberbe, párvula inteligencia del hombre? ¿Infravalorarían, subestimarían ellas torpe y trágicamente al individuo Lincoln? Y si había sido así, ¿no les devendría por tremendamente contradictoria o cual algún conflicto peligroso de intereses esta ecuménica conspiración inmemorial, revelada ahora de manera acusadora e inadmisible en las tres cierta análoga *pecabilidad* que los hombres imperfectos, esta mera victimizable argamasa de la inconmensurable conjura cósmica? ¿Cumpliría como fuere en su crédulo, dúctil y maleable sujeto la inducción u orfebrería de aquel sueño a alturas del designio y el objeto que originariamente concordes ellas se propusieran? Trunco, descabalado, interrumpido, execrablemente y escabrosamente cortado, ¿podía guardar para con él la máxima instancia divina el menor miramiento o contemplación a su muy posible carencia de competencia y simetría mística? Por un momento, y bajo la insondable y frenética impresión que las dominaba y poseía, los demonios macilentos de la incertidumbre, aquella feroz y estertórea agonía de hesitación que tan bien ellas sabían promover en el humano, parecían cuajar e inocular en sus tres pavorosísimas deidades —vuelta en sí y arrepentida Átropos de su cual alucinado y pasajero rapto— aquel temible germen de desesperación, capaz de hundirnos sin contemplación en las ergástulas macabras y horripilantes del infierno. ¿Se las habría él a ellas advertido o no, y qué inopinada contingencia podría por tanto surgir o derivárseles de ello? Dándose un breve respiro y dejando durante un lapso a su pesar abiertas las ilusorias compuertas del despreciable indeterminismo humano, tantearían en los próximos días hasta qué punto pudo haber penetrado Lincoln (si es que en realidad lo había hecho) los temerosos arcanos de los Cielos y la tierra.

La oportunidad les llegaba o más bien la cabildeaban astutamente ellas mismas algunas noches después. Dos o tres ingrávidas pinceladas bastaron con su usual habilidad y extraordinario amaño a pergeñar al trasfondo del agüerío siniestro la repensada ocasión. Una cierta bullanga populosa de festejo por el próvido final de la guerra y la victoria, la muchedumbre sencilla que bonachona se explaya en los jardines y entornos de la presidencial residencia, el retiro algo luego del ingente gentío sin la menor preocupación a sus hogares... y ora al punto que se nos improvisa, sin más allá ni más acá, con unos pocos íntimos de los Lincoln, una velada inolvidable en la Casa Blanca. ¿Intuía esta socarrona noche de martes precipitarse a rastras a un Viernes Santo de espanto, ignominioso y terrible, agazapado alevoso en el incierto y correoso laberinto impenitente del tiempo? Harlan, el senador y, por supuesto, Lamon, connumeraban leales entre el selecto cenáculo de aquellos incondicionales. Muy precisa y seguramente a Ward Hill Lamon debamos la barruntadora transcripción más anonadada y patitiesa, pero ante todo íntegra, pero ante todo fiel, de esta increíble relación con que Lincoln atrajo entonces a los allí presentes, no sin enorme y palpable desasosiego de Mary, cuyo instinto de algún alarmado modo discernía aquel pantanoso sesgo de las implacables sombras supuestas a perseguirnos desde antes ya incluso de que el mundo fuera hecho, a cierta seria consideración del misterio central de nuestras vidas:

—Coincidiremos en lo del enigma inexplicable y, con frecuencia —sentenciaba el Presidente—, veleidoso y angustioso de los sueños. La propia Biblia, muy a menudo, nos lo trasluce o nos lo deja ver; alguna suerte de revelación divina se empecina

   Miguel Antonio Montero

abstrusamente en transmitírnoslo. En tanto nadie ha podido a tal respecto aclararnos esta intrigante especie de nebuloso sexto sentido en que por ellos proliferan nuestros miedos; o su pretendida chueca fementida y vacía, o su probada y sostenida vocación premonitoria. Y así ¿cuáles auspiciosas o retorcidas fuerzas, sirviéndose lóbregamente de su inesclarecida influencia tras bastidores inciertos del trasmundo más oculto, y en especial a los humanos categóricamente vedado, nos privan el alimento y el gozo, nos dosifican perversas nuestros escasos períodos de paz, nos fustigan sin piedad como al lerdísimo bruto, renuente ya a proseguir hasta el destino indicado con su carga? El misterio, la superstición, se nos dan en esta parte con cómplice guiño las manos.

Y, bruscamente, arribado a este punto se detuvo. De por sí mortificado, contristado y distante, le resultaba imposible eludir o escabullirse a esa pesada desazón que acaso a consecuencia de la cual mortuoria introducción había empezado a hacer presa en su desapercibido auditorio. De cualquier modo, reponiéndose a tan impactante impresión, se apresuró a retomar la cortada y constreñida línea de lo que exponía a la altura entenebrecida de cuanto bullía en sus adentros.

—Hace unos días —prosiguió—, me hallaba y alternaba yo en la cubierta nerviosa del *River Queen*. En vilo, nos manteníamos sólo a la enervada expectativa de aquel noble y crispador cañoneo que nos dispusiera todo para la liberación de Petersburg. Estábamos a alguna distancia de la acción, y ni siquiera ya entonces cuando por fin comenzaba con su estruendo y fragor devastador, con su fantasmagoría más colorida y fascinante, con su a modo de incongruente o chocante sensación de todavía no sin cierta ternura regresarnos a esos viejos fuegos artificiosos de feria cándidamente adosados a los vernales recuerdos de la inocente niñez, lograba librarme yo de las terribles ascuas sobre las que había mi alma caminado y pisado durante horas. Incluso con la victoria a la vista, pululábame no sin bronca insistencia en el espíritu y el ser aquella conocidísima inquietud de que las mismas invisibles e incontestables fuerzas que incorpóreas y en silencio urdían desde cualquier sobrenatural dimensión obviamente hasta aquí en nuestro favor, pudieran a la siguiente hora tomar de nuevo por meritoria la causa a lo sumo errónea de estas otras materiales fuerzas de huesos y carne, de nervios y sangre que, con porfía jamás constatada e inaudita, nos oponían hacia este orden visible y natural de lo terreno. Y aunque evidentemente por lo que al devenir de los eventos subsiguientes me equivocaba, el insaciable y violento estado de la descrita intranquilidad se me enseñoreó del ánimo durante todo el día. ¿Juzgaréis por otra vacua e improcedente metáfora, o por alguna poco digna superstición irresponsable, esta como absurda e inverosímil confidencia de estarme yo entonces a la sensación, a la muy grave e incómoda sensación de no sé qué bochornosa e inasible legión de endriagos y de burlones fantasmas rondándome en torno ominosos? Exhausto, o más bien apaleado de cansancio o por las tantas tensiones sufridas, me enrumbé finalmente algo entrada la madrugada al diferido camarote...

Y aquí volvía a pausar algo distraído Lincoln: ahora era su Mary la que al borde casi de alguna crisis de nervios se retorcía y estrujaba incesantemente las manos trabados o entrelazados penosamente los dedos, mientras trabada igualmente en todos los conflictos se recocía y consumía terriblemente su alma.

—¿Es que te atormenta algún sueño, al extremo incluso de robarte de tan ruda y manifiesta manera el sosiego? —dijo en tono algo tímido, congraciador a su esposo—. No sé por qué cierto subterráneo, frío y serpenteante horror me previene en esta hora que por favor no lo cuentes.

Aquello que determinaba en cualquier caso las cosas, y ahora en particular las actuaciones de Lincoln, mostrábase sin embargo una vez más implacable. De modo que éste repuso con desenfado elocuente:

—¡Oh, Mary! ¿Podría el hombre de veras siquiera remover la más insignificante brizna de aquello que le tiene reservado el destino? ¿Quién puede librarle de lo a él predestinado?, o ¿quién que atraiga sobre él lo que no le ha sido deparado?

Entonces tornó a callar, perdiéndose por un instante en el enfebrecido piélago de sus vertiginosas reflexiones. Después, aclarándose brevemente la garganta, continuaba persuadido de esta suerte:

—Lejos de igual que siempre desvelarme la nerviosa y voraz expectativa de una nueva batalla decisiva con que jugaríase a cara o cruz al alborear del siguiente día con lanzar la gran moneda del destino nuestra suerte, nada más hizo esta vez contactar mi cuerpo la cama para quedarme enseguida profundamente dormido. No tardé asimismo en empezar a soñar. Me aprisionaba una inmovilidad de muerte. Hasta mi oído llegaron sollozos contenidos, a idéntica manera de si varias personas lloraran. En mi visión me vi abandonar el lecho y descender por la escalera. Allí abajo resquebrajaban análogos sollozos el silencio, pero los dolientes eran invisibles. Fui pasando de una habitación a otra sin que viera allí a nadie, y, mientras andaba, me salían al paso los lamentos. Estaban iluminadas las salas, me eran familiares los objetos, pero ¿dónde estaban esas personas cuyos corazones parecían desgarrárseles por el dolor? Me sentí presa de la consternación y el desconcierto. ¿Qué podría significar todo esto? Obstinado en encontrar la causa de estado de cosas tan conmocionante y misterioso, seguí hasta la Sala Oriental. Me encontré una sorpresa espeluznante. Amortajado en prendas funerales reposaba allí en un catafalco un cadáver. Soldados hacían la guardia a su alrededor y el gentío miraba compungido el cuerpo, cuyo rostro estaba cubierto. Otros lloraban desconsolados. "¿Quién ha muerto en la Casa Blanca?", pregunté a uno de los soldados. "El presidente", me respondió. "Fue muerto por un asesino". Y en eso salió de la multitud un doloroso lamento que me despertó de mi sueño.

(Cualquier discípulo de Freud no dudará en asociar este "doloroso lamento" con el barullo deducido del soberbio forcejeo con el cual, precisamente entonces, Átropos resistíase a sus centradas hermanas. Sin embargo, esta misma unívoca, simbólica correspondencia misteriosa de las imágenes de un sueño con un cierto específico elemento de la vigilia, rebasaba incluso la más sofisticada expectativa de cualquier aventajado estudioso del psicoanálisis. Así te sueñas digamos que mientras te bañas en un río te urge exonerar la vejiga atiborrada de orina, que allí te apremia no sin verdaderas ganas; sabes perfectamente que, sumergido en esta parte tu cuerpo de la cintura abajo en las ondas, nadie podría a fin de cuentas reparar en que ahí te nos orinas con impunidad tremenda en las tersas aguas de la fluvial corriente, si es que ahora finalmente te decidieras a hacerlo. Sin embargo, aunque así ardiente y compelidamente tu organismo tanto lo requiere como precisa, cierta oscura inhibición invencible te lo va imposibilitando y difiriendo... hasta que al cabo despiertas a punto entonces de mojar para vergüenza la cama).

Para cuando concluyó su relato, había transitado cada sombrío semblante de la preliminar desazón a cierta crispada alarma. En vano ensayaba Lincoln paliar o mitigar esta insufrible zozobra, imponiéndose a toda costa por lo elocuente convencerles de en nada

Miguel Antonio Montero

incumbir a él a todo práctico efecto las medrosas implicaciones de la visión inquietante; no hubo allí quien picara en aquel cebo; Mary chilló escandalizada y abominó del acierto de su corazonada siniestra. En las sombras, mientras tanto, las Moiras respiraron aliviadas: si bien se habían esta vez a resultas del contratiempo que les procurara Átropos excedido acaso un poco en lo de la carga sugestiva y la original concepción brutalmente tergiversada de aquel sueño malhadado, a juzgar por lo que ahora les había su insospechado sondeo arrojado nada tenían una vez más que temer de su magra y limitada víctima *hominal*. Tan impresionables y torpes como solían presentárseles en lo absoluto los hombres, tan vanidosos, mezquinos, irracionales y crudos como salvajes primates, ¿no habría a la primera oportunidad adolecido y desbordado de irreprimible indiscreción cualquier agónica narración de esto soñado, puesta así hasta la saciedad ante lo inesperado e insólito? Confiadas por lo tanto hasta la autocomplacencia (rasgo en ellas nada habitual), se remitieron satisfechas al *dolce farniente* adormecedor de sus seguridades supremas. No obstante, lo que a nadie, y ni siquiera a su Mary nunca jamás contó Lincoln fue lo del escalofriante visaje de esas tres formas horrorosas que, sincronizadas cronométricas a su tan brusco o demasiado repentino despertar, se habían como de golpe fúlgidamente esfumado de toda vista allí mismo flagrantemente en sus barbas.

VIII
ÁTROPOS SE PERSIGNA

Correspondía a Átropos en sus tétricas funciones de legítima papisa o pontífice glacial de la muerte dar al perfil abominable de crápulas y asesinos el toque o bendición final, a la vez que fraguar en cierta irreprochable e inaudita mezcolanza de impudicia pruriginosa, escabrosidad y sordidez, aquella vil y execrable materia prima de la conjura en los mismos despreciables temporales dominios y mero crudo y helado trasunto visible de los mundanales conjurados. Sonaba esa precisa hora de su labor que lo propio ella que sus hermanas maliciaban bautizar no sin irónico cinismo la *Coartada*, y a partir incluso de la cual no solamente sagazmente sentaban algún deliberado valor agregado al recrudecido tipismo pragmático de esa falsa noción de realidad con que justificaban tanto sus encubiertos actos como la misma general, embrutecida y conveniente fijación en las consciencias de su "no probada existencia", sino que al par les permitía de consuno establecer, al arribar sin novedad al final de su faena, algún que otro disuasivo o distractor correlato que les sirviera de una vez a sutilmente obliterar cualesquier rastros o indicios de su sobrenatural actividad en la abrumada esfera de los indeclinables asuntos terrenos, al valerse entonces de aquello que igual la trinca con enfática propiedad designaba, para salvaguarda y loor de su encubrimiento definitivo, *Salutífera Cortina de Humo*. Conforme al proceder más clásico, disfrutaba siempre Átropos trabajar por separado esta parte, sobre todo en cuanto concernía a las sinuosas y aviesas ramificaciones terrenales que ella inteligente y escrutadora distinguía en la cósmica conjuración inabarcable, y muy especialmente en lo que tenía que ver con el particular carácter y tenebrosos perfiles de sus veladas personalidades infames. Se le presentaban ahora por lo demás estas últimas repartidas en dos obvias e incontrovertibles vertientes: el gamberro y descabellado monipodio al que arteramente respondían en cualquier conspicua instancia los *Tangibles*, y la fría e inconfesable colusión en que aún se epitomaban con alguna mayor duplicidad los *Intocables*.

                                        Miguel Antonio Montero

Ambos sucios conciliábulos debían sentar su denigrante y poco honroso paso por la historia a partir de la más o menos temeraria o declarada actividad de los unos, en relación a cierta más cultivada vocación al comercio y cautelosa intriga de los otros. Y esto por supuesto Átropos, finalmente a estas alturas instalada en la comprometida consciencia del exigente punto de no retorno de las cosas, lo sabía y asimilaba bastante bien. Colegiríase en todo caso de lo expuesto integrar tal Tangible Mundillo conspirativo personajes refractarios pero a lo mejor no del todo desmenuzados como Booth, Powell, Atzerodt, los Surratt y los otros, todos entonces de lo más palmariamente colocados en algún visible ángulo del engorroso retablo. Stanton, el secretario de Guerra, y Baker el inescrupuloso espía y prefiguración grotesca de los repelentes y lúgubres y maquiavélicos servicios y agencias de seguridad actuales, convergían siempre a las órdenes de este comoquiera envilecido y latente, embozado *establishment* todavía en ciernes, dentro del sigiloso Intocable Orbe oscuramente acuñado por el complot ecuménico. Aquéllos debían fungir a los crédulos ojos de todo el mundo por los únicos fríos, viles y repulsivos ideadores y ejecutores de la confabulación nefanda y, todavía sin más, en ese tan humano y retributivo plano del crimen y correspondiente castigo que asigna en los más de los casos ciegamente la culpa, *toda* la imperdonable culpa por sus únicas víctimas propiciatorias; éstos laborarían en su entramado más reprensible y secreto al silencioso modo de las caries y las incognoscibles deidades ocultas. Pero ¿quién utilizaría a quién, y en qué sutil y nunca esclarecido marco habrían de desarrollar por lo más apropiado sus intrigas? Entendió enseguida Átropos la inencarecible importancia de que tales decisivas cuestiones permanecieran a trasmano de cualquier necia posteridad y la luz. En cambio, se nos aplicaría sin reticencias en prodigar allí los peculiares continentes de la fatal y escabrosa psicología conspirativa y sus criminales mentes, tanto como aquellos *dones* menos dignos del carácter.

Se impuso arrancar por pertinente Átropos por el grupo que igual conglobaba o reunía en la villana impunidad a los bien acunados que a los indeseables arribistas por el estilo de los Baker, los Stanton y, así sólo fuese por simple deducción, o por pura acción refleja, al retrógrado, inaccesible, omnipotente y naciente *establishment*. Se centraba de inmediato el delirante humor reconcentrado de la Moira en la incentivación más paroxística de la exacerbación y los excesos. Algo más concretamente, podemos permitirnos entrever en qué básicamente consistió su convulsivo y arduo enfoque, prohijador inveterado de cenagosos engendros y de monstruos. Así, hombre carente de sentimientos e ideales, egoísta y sin principios, y encuadrado sin remedio en el puro crematístico "valor práctico" de las cosas, por lo que ya de partida su grosera idea de la lealtad jamás iba más allá de sí mismo y el dinero, con Lafayette Baker no hizo ella más que añadir combustible leña al fuego de los personales vicios y el insaciable hartazgo de la fea ambición materialista. Por condigno reverso de la moneda, la tan favorable condición de reunir en su persona Edwin Stanton al abogado boyante y al político (combinación odiosa si no diabólica, con la sola excepción tal vez de Lincoln), acaso fuera lo que a Átropos le facilitara apelotonar en un complejo y vomitivo amasijo de burda predisposición a la engañifa, al fingimiento artero, a la codiciosa intriga, al ejercicio mendaz, al cauteloso manejo más clandestino o subterráneo, al hábil rodeo por los pasillos y atajos que conducen al asalto del poder sin menor costo... aquella personalidad calculadora, incómoda y astuta del mi-

                                        Miguel Antonio Montero

nistro de Guerra de Ohio. Añádase a este bien salpimentado aderezo el nada insignificante detalle de haberse ya en 1860 opuesto Stanton por candidato de otro partido a Lincoln, y no creo que de ninguna otra cosa a ojos de todo el mundo precise entonces el descrito cuadro. Lo demás lo dejaba ella confiado a la prepotencia fáctica de ese siniestro colegiado de los privilegios y las franquicias que por entonces emergía, y cuyo funesto tinglado supo a sus impostergables fines ensamblar y acomodar la cruenta Moira tan bien. Baste establecer por incógnitos agentes de este tenebroso *establishment* a los mismos que diligentes tramitaran esa cierta conexión insospechada y malévola entre Tangibles e Intocables.

A ojos de buen postor, tal famosa y felona protervia en todo se ajustaba al tiento y recomendaciones cuidadosas en que, temiéndose de plano lo peor, se le habían embarcado excitadas sus hermanas apenas un poco antes de emprender ella por su cuenta tales peliagudas contingencias, en cuanto muy del gusto de las dos, les permitía dejar todo inmejorablemente sembrado de interrogantes insolubles y enrevesadas incógnitas. Así, ¿cuál fue el auténtico, verdadero rol jugado por Lafayette Baker al filo de la Conspiración Suprema, en todo el tan oscuro y enervado tráfago correspondiente a su epicéntrica significación terrenal? ¿Qué naturaleza entraña aquella inesclarecida ligazón suya con Booth, a que ciertos retorcidos e inacallables indicios de manera inquietante inexorablemente apuntaban? ¿A la meridiana luz de qué confiable corriente de la imparcial interpretación histórica podría por más sofisticada, alambicada o tendenciosa, constituir la canadiense J. J. Chaffey Company, hasta los tuétanos también palpablemente empeñada en la sibilante y cáustica vorágine conspirativa, en última instancia otra cosa que una sediciosa, taimada y ruin eminencia gris al más solícito servicio de los disfrazados intereses victorianos, al ya erogar o librarnos dicha empresa, bien que en varias partidas, pero sin la menor evidenciada reciprocidad de prestaciones que lícitamente lo justifique, aquí en favor de Baker alrededor de unos pingües 150 mil dólares (suma para entonces en verdad escandalosa), allá cerca de otros 15 mil en provecho todavía más enigmático de Booth? ¿Qué sórdido enigma conecta a Baker y Booth a la misma insidiosa dirección postal de la Water Street 178 y medio, donde tanto uno como otro debían acudir a retirar los pagos de la J. J. Chaffey Company? Y, ora por fin bárbaramente perpetrado el cobarde, vil y bochornoso asesinato, ¿qué oculta aquella suspicaz permisividad de paso a los asesinos a través del Navy Yard, cerrados entonces, a la luz del nocturnal toque de queda, todos los puentes de Washington? ¿Y dónde y cómo toma cuerpo el oprobioso protagonismo de Edwin Stanton, de lo más habilidosamente guarnecido y mantenido hasta el mismísimo final tras bastidores, en todo este impreciso e intermitente organigrama de la conjuración maledicente y susurrante?

Pero aquí no paraba el vehemente tropel de las preguntas sin respuestas: ¿Por qué no figuraba Stanton, en tanto prominente secretario de Guerra, en la lista de los tan premeditados objetivos de Booth, junto al Presidente, Grant, Johnson y Seward? ¿No constituía acaso él para todo fin práctico la segunda persona de importancia en el Gobierno? ¿Y qué de aquellas sospechosas y malolientes maniobras de sus relamidos tratos tan poco claros con Baker, a quien primero le da por acreditar bajo su cargo en el ministerio de Guerra al frente de la recién creada Agencia Nacional de Detectives (creación del propio Baker), y a quien algo después de despedir por haber aparentemente pillado en labor de inteligencia dirigida contra él mismo (tenía

                                   Miguel Antonio Montero

nada menos que intervenido el servicio telegráfico de Stanton) de inverosímil forma solicita al producirse el conmocionante magnicidio para ponerle sin ya menores explicaciones al frente de las detectivescas pesquisas de los asesinos, a pesar de contar él con la muy generosa y formidable profusión de la totalidad de los cuerpos investigativos del país? ¿Y cómo entonces en un santiamén hace dar Lafayette Baker con la precisa ubicación del paradero indescifrable de Booth, rompedero más infernal hasta esa hora de cabeza para la incontable cifra de sabuesos y expertos enfrascados todavía en la colosal batida? ¿Por qué se guarda (o, mejor, esconde o rehúye) Stanton el tan relevante diario de Booth, que Baker no duda en entregarle sin demora? ¿Por qué hasta dos años después lo devuelve sólo a requerimiento atronador de la presionadora opinión pública, y aun convenientemente podado de aquellas dieciocho páginas a no dudarse cruciales? ¿No se entretejerá por lo inconfesable la todavía no bien esclarecida muerte y aquel mismo terror pánico de que un día u otro le mataran de Lafayette Baker con su cifrada denuncia de los oscuros complotados hecha o aparecida en cierta publicación militar británica, y en la cual aquel desdibujado aterrador del disimulado *establishment* se nos precisa de súbito en las orondas siluetas de plutócratas y banqueros, unos cuantos oficiales del ejército, algunos pocos de la Marina, algunos que otros civiles, algún gobernador estatal, periodistas de renombre, estirados congresistas e industriales?... Nada mejor a las delicias de las Moiras que tal abstruso cuestionario agobiador y tozudo.

Mientras, no disimulaba Átropos a estas alturas su asombro. El tratamiento a seguidas del otro grupo de atroces, enraizado en su misma inclinación inédita por la fácil violencia y la brutalidad descarada, atrapado en la estólida cortedad de miras y en la estéril presunción de su truculencia suma, le deparaba todavía mayores niveles de pasmo. Podrá cualquiera afirmar que el criminológico espécimen del tenebroso granuja y del delincuente nato, formado en cualquiera de los conflictivos meandros de la personalidad incompensada que de lo más incursa oscila entre la vanidad y el cinismo, dotado de una vivaz agudeza del intelecto y un cierto erróneo convencimiento de la engreída superioridad propia, hecho al gambito maravilloso de alguna deslumbradora astucia que demasiado a menudo lo lisonjea y favorece, en ninguno de los otros acierta a plasmar de modo tan evidente ni a tan desenvuelto grado como en John Wilkes Booth, y sin duda tendrá razón. Nadie empero profesaría ni el menor respeto a la verdad si de plano incurriera en negar a Lewis Powell, a David Herold, a George Atzerodt, y aun tal vez en cierto bajo perfil a los demás, su acreditada membresía de pleno derecho dentro del gremio y galería de la conspirativa canalla. ¿O necesito lector recordarte que tanto tú como yo pendemos entrecogidos en esa misma sutil, infinita, cabalística telaraña inaudita? En cada uno, —y hasta en aquellos para muchos pretendidos inocentes John y Mary Surratt—, resaltaba en nítido y diferenciado relieve algún gratuito trazo de funesta y maquinadora maldad, de un cierto infuso encallecimiento de los sentimientos nobles, de un inquietante deje psicopático y barbárico, de la propia patibularia y antisocial macabridad del pálido homicida en ciernes, a la espera tan sólo de la catalizadora chispa que encendiendo la vieja mecha de nuestros puntuales pecados originales nos entregara a arder el mismísimo inocente y desapercibido Paraíso. Y esto se lo había leído igual que siempre brillante la tan provecta y problemática de Átropos, que de inmediato entendió que por tal "catalizadora chispa" ningún otro podía más de perlas prestársele que el actor y poltrón John Wilkes Booth.

    Miguel Antonio Montero

Y aquí no sin gesto complacido, divertido y sarcástico, se persignaba la Moira. Puesto que más a cuento no podía venirle la ironía. ¿Utilizó el *establishment* a John Wilkes Booth, o John Wilkes Booth de algún modo se sirvió del *establishment*? El individuo y la trama se intrincan, fusionan y complejizan tal vez excesivamente. Alrededor de un siglo después, al ser de lo más aparatosamente aprehendido, Lee Harvey Oswald declararía, envuelto en la desesperación propia de quien de pronto se sabe cogido en el tenebroso vórtice de fuerzas inconfesables y terribles que de cierto desconoce, *I'm a patsy*, y nunca en verdad como entonces podría en su vida haber dicho alguna cosa más cierta. Lo de Booth, en cambio, nos deja en el paladar un dejo o resabio muy distinto. En el mismo tono de mordaz descaro, la Moira se congratulaba de lo tan bien que el pretencioso actor se le amoldaba o adaptaba a aquel flujo y frenesí de su cósmica planificación secreta. Judas traiciona a Cristo por treinta monedas de plata; Judas no soporta el remordimiento y se ahorca. Bruto encabeza a los conspiradores que alevosamente apuñalan a César, pero sólo desde la poderosa y rencorosa persuasión que los demás conjurados abyectamente le transmiten. Diríase ahora imposible para un réprobo algo más *excepcional* como Booth venir a dar en esto, o mucho menos recaer débil y detestablemente en aquello. Y eso era, precisamente, lo que nos traía de plácemes y tan admirada a Átropos. Conforme de manera paulatina se internaba en la acuciosa y primorosa labor de esa psique e idiosincrasia tan poco usuales de su sujeto, había ido también detectando con creciente delectación la Moira aquellas falsas ínfulas y prosopopeya fatua del burdo y turbio virote tinto hasta las heces en sangre, a ella ya por lo demás tan familiar. El rasgo sin duda peculiar lo introducía aquel tan extraño y fraudulento tufo de canalla refinada que parecía conferir a John Wilkes Booth sobre los otros cierto invisible ascendiente irresistible e impersonal, e inexplicables aires de autonomía suprema, que ella perfectamente interpretaba y entendía por otra proyección engañosa del tan alienante y torpe indeterminismo humano. No le resultó difícil, por lo tanto, trabajarlo en arreglo intencionado a sus fines... Finalmente, terminaba. Ahora sólo restaba a sus concienzudas hermanas abonar el terreno para el golpe definitivo.

IX
LAS TAN ÚTILES DISCORDIAS DE MARY TODD

Se hallaban entretanto Láquesis y Cloto en las nublas cercanías de Mary Todd. Se Disponían a dar remate al daguerrotipo distorsionado que la miope chapuza de los historiadores plena en árida pedantería reivindicaba. Incluso niña Mary, se habían ellas ya entonces de forma previsora entregado al forjado fatídico de su personalidad compleja con arreglo fiel al acabado trágico de un cierto temperamento esencialmente apasionado, nervioso, susceptible y vehemente, atraedor inexplicable como un imán de los conflictos. Debían en suma cuidar el hacer incluso de ella un consagrado monumento a la sorda repelencia y la antipatía, debajo todavía del cual ni el más honrado y perspicaz de los cronistas supiera dar con el endeble y compadecible ser humano trágicamente incomprendido, receptivo y sensible, que verdaderamente la definía. Apegado en todo al más estricto rigor, tampoco habríase en modo alguno de echar en aquel cuadro de menos ni la fatalidad ni la mala suerte. Muy fácil por consiguiente de rastrear resulta el antiguo método que, para ferviente consecución de dicha meta, desde un principio disciplinadamente se

　　　　　　　　　　　　　　　Miguel Antonio Montero

impusieron: un deliberado nacimiento en Kentucky, su insidiosa formación entre refinamientos y comodidades (de esta forma experimentaría con mayor intensidad aquellos prescritos golpes de la adversidad y la fortuna), un padre vaquero (y el cual nada quizá por eso mismo nos cueste imaginárnoslo acre, voluntarioso y rudo), la temprana pérdida a sus seis años de la madre, el nuevo casamiento casi inmediato del padre, los continuos choques de su trato poco menos que imposible con la madrastra, aquel magnífico aunque efervescente justificativo genético del acaso levantisco determinismo consanguíneo de los silentes ancestros irlandeses paternos y sus antepasados escoceses maternos... ebulléndole en la intranquila sangre. Tal esquema, fraguado ya para entonces en sus tan ágiles mentes hasta en el mínimo detalle, iría cada vez consolidadamente adquiriendo mayores estadios de concreción y de fuerza en la medida del existencial desarrollo de su individuo.

Y aquí acaso convenga fijar en qué medida el álgido y accidentado desarrollo existencial de Mary Todd en tanto individualidad histórica, considerada en cualquier caso aquella fea y loca e intolerante destemplanza a que tan dados son en su increíble inequidad y descalificador furor sus detractores, se nos mantiene incólume ante esta fría y tendenciosa, controversial e inamistosa interrogante fundamental: ¿Fue o constituye Mary Lincoln, acomodada de momento pacientemente su figura a los contemporizadores usos de aquel tan frangollado y domesticado patrón instaurado a partir de este ya desgastado y correoso cliché a nosotros demasiado asiduamente servido por la autoproclamada *historiografía moderna*, la mera vigilante y solícita Gran Mujer parapetada siempre apercibida y horadante detrás de su correcto y lustroso, sublime y prominente Gran Hombre, con arreglo a la eficiente mitología feminista de la infalible y más indispensable compañera, que tan inmejorablemente se ajusta al conservador punto de vista y convencionales modos de esta indecible sociedad que nos aliena y agobia? Porque si realmente para tan pobre concepto no lo fuera, constituyóse al menos sobradamente ella en la muy trágica correspondencia femenina mejor idealmente en lo posible adosada al sumo trágico destino de su muy trágico gran hombre. Cloto, Láquesis, penetradoras inigualables del insondable enigma de la tortuosa psicología humana, lo asimilaron y comprendieron en el acto. Por lo que tal preciso y parcial capítulo de su labor y taracea secretas, siempre con la vista puesta en el exigente y conglobador conjunto de su más general empresa, no podía perder ni descuidar tan importante detalle. Pero en modo alguno se sustraerían de ser ellas tajantemente implacables. Debían igual que siempre crear —y esta vez todavía mejor que siempre— las propicias y requeridas condiciones para el éxito final que anticipaban.

De esta conclusión incontutable pasaron al primoroso zurcido de lo que ellas solazándose y sin inmutarse caracterizaban por *Refleja y Declarada Animadversión de Soslayo*, y que las dos procedían a apoyar en cierto habilísimo y malvado desempeño de un constante o continuado descontento general respecto de la acción por alguno en la mejor de las intenciones empeñada, resultara esta acción buena o mala, favorable o desfavorable, y la cual ellas metidas o puestas ya en intención hacían en toda situación repercutir por reprochable al tendencioso punto de vista desde el cual mezquinamente se la juzgaba o encaraba. Particularmente con Mary, el procedimiento incrementó y se cebó en su malicia. Y así la abrasiva discriminación, a contar de la amarga e injusta impopularidad que a su víctima de manera inevitable le granjeaba, se probó al paso del tiempo por eficiente

   Miguel Antonio Montero

ingrediente indispensable al desastre. Para una correcta edificación, acaso no precise en la ocasión de demasiados botones la muestra: En 1861 procede la Primera Dama a reordenar y decorar el edificio y entorno de la Casa Blanca, que el puntual antecesor de Lincoln, el soltero James Buchanan, había dejado en un estado de flagrante descuido; la curiosa coincidencia desafortunada de los gastos con las exigencias financieras desaforadas de la guerra nos le concita de inmediato la más pública repulsa. Para sus compras personales, acude de forma llamativa a Nueva York despreocupadamente Mary Lincoln; los contrarios políticos de su esposo y la opinión general de Norteamérica nos la recriminan enseguida en los términos menos cordiales. Al perder a otro de sus hijos, nos reduce comprensivamente Mary las recepciones y demás encuentros sociales, y aun aquellas veladas algo usuales llevadas en la Casa Blanca; de nuevo sin menor escatima de acerbidad y algún demencial regurgitar de la bilis, la acusan entonces sus enemigos de dejadez y abandono de sus obligaciones... Habían las Moiras una vez más hecho de cuerpo entero lo suyo.

Mas no era comoquiera suficiente. Sabido es que la *Refleja y Declarada Animadversión de Soslayo* únicamente la empleaban en exclusivas circunstancias de ruptura o decisivas, y que normalmente acompañaban de otras cruciales medidas maximalistas o extremas. ¿Planteaba en el fondo alguna diferencia a las potencias veleidosas de la fortuna o el caos el decretar sobre el mortal la desgracia o la bonanza? Tal vez sí, tal vez no; pero Mary acabó por desconfiar de esa sutil engañifa que a derroche burdo de cierta untuosa y fementida autenticidad se nos encubre artera bajo el pérfido impostor del tiempo próspero. ¿Pues no sucede con bastante frecuencia a nuestros breves instantes de ventura la tragedia, y nunca o casi nunca al revés? En 1850, con sólo tres o cuatro años de edad, muere su pequeño Eddie. Y aunque ese mismo año signa asimismo para los Lincoln el nacimiento acaso algo consolador de Willie, a éste también le contemplarán fenecer alrededor de unos once o doce años después. La muerte sobreviene a Tad Lincoln cumplidos ya los dieciocho años, o sea, en 1871. De suerte que, de sus cuatro hijos, solamente logra sobrevivir a Mary escasamente el primero, Robert Todd Lincoln. Por lo demás, aquellas dos primeras pérdidas, orquestadas al cálculo imperceptible y efectivo de las aspiraciones de las Moiras en época anterior al trastornador magnicidio (Willie fallece en 1862), les bastaban a ellas de cualquier forma a cumplir con el más peculiar clima de la mundana conspiración y la requerida condición psíquica de Mary, inmediatamente previos a la hora fatal ya cercana; la ulterior muerte de Tad, en cambio, se adscribiría como veremos a otro muy distinto fin. ¿Es que podía algún ser humano, inscrito innegablemente en el oscurecido gremio de los infaustos mortales hechos a la vieja deleznable complexión de carne y huesos, de sangre y nervios, resistir en verdad sin siquiera resquebrajarse tantos golpes? ¿Responde en sí tal flaca e insuficiente morfogénesis de la fragilidad y lo falible a estos tan acres y despiadados ímpetus del martillo ineluctable y devastador del destino? Y si es que en cualquiera sus naturales efectos no son ni resultan más que en última instancia estrago y polvo ¿qué no serían asimismo en un ser de por sí espontáneo y emotivo, visceral y tildado de irracional y descentrado como Mary? Nadie, ninguno se empeñaría en comprender y aceptar por lo que era y valía a Mary Todd. Y ni siquiera después su propio hijo Robert.

Cierto: a todos nos tocan y afectan de una u otra forma el infortunio, la desolación, las miserias. Pero ¿por qué parecen

     Miguel Antonio Montero

en unos ensañársenos más que en otros? ¿Por qué irradia aun hacia ciertos seres como un mayor alcance su radio oscuro y pernicioso? A mayor imperturbable permanencia del enigma, en la esposa del comprensivo, bondadoso Abraham Lincoln (el único que la aceptaba y amaba) la insólita radicalidad de tal radio, orientada en función de los mismos invariables y turbulentos supuestos que al mediar insospechado de estas Láquesis y Cloto alimentaban cada vez aquella cruda concreción escalofriante de los hechos, prolongaba hasta el absurdo su escandalosa influencia. Diríasela incluso no exenta de alguna merecida o retributiva justicia, si por lo estricto se la mide a tan estrecho patrón o a tan cerrado canon como el humano. Ya que la lógica redituación inexorable e infalible de esta sopesada y reflexiva transformación de nuestra antigua jovial, atractiva y picaresca damisela en la rechoncha señorona presidencial algo altiva, temperamental, contenciosa, pronta al puntillo y de trato a todas luces tan espinoso y difícil, redituación que al irritante y maquiavélico plan más concienzudo de ambas Moiras debía afirmar y rezumar por do se la viera su importancia, otra cosa no podía forzosamente arrojar que el glacial y sostenido alejamiento de todos y aquella fácil propensión a la rencilla y la discordia de Mary.

Tan trabajada ofuscación de las potencias del alma la conducía a cierta sorda animosidad inexplicable, si bien recíproca, digamos, contra el vicepresidente o el ministro de tal, o la enfrascaba en este rudo choque inamortiguable con los Grant —y especialmente con Julia, la esposa del general— soterradamente arraigado en los profesionales celos o en la envidia de la estrella y prestigio cada vez más resaltables y ascendentes del afamado soldado, conflictos todos por los que incapaces ella y la otra parte de medirse parecieran incluso inconcebiblemente rebajársenos los asuntos y siluetas de generales y estadistas a relajados cotilleos adocenados de comadres. Mas, ¿por qué pese a todo no entendérsela a ella, que había sido una niña en Lexington, que había quedado huérfana de madre a sus seis años, que había tenido que sujetarse al rigor y desamor de una madrastra, que había perdido dos hijos todavía pequeños, y que era el indiscriminado blanco de todas las calumnias y ataques?, ¿por qué no comprendérsela siquiera un poco como a alguien traumáticamente emergido de todas las infernales adversidades, de todas las execrables catástrofes? En cambio, se le había ido haciendo de modo desconsiderado en torno aquel espectral vacío todavía más lastimoso y despiadado. Y todo aun de tal suerte que ahora por fin tenían las impecables consentidas del Hado (ya para mucho antes de la víspera tras que se acurrucaba en algún rincón del tiempo el magnicidio), a Mary y a Abraham Lincoln justo donde las dos de inexpugnable modo los querían; justo en las mismas ominosas coordenadas metafísicas que se nos habían trazado determinantemente por objetivo, no sin arreglo a esa señera aspiración de su señor a que la trinca en todo caso tan religiosamente se ceñía.

Aprovechar y sacar por lo tanto partido a tan ventajoso *handicap* no les resultó difícil. Jamás cosa ninguna pudo haberles venido por más apropiada y conveniente que todo aquel pueril e incitado revoltijo de las disimuladas y acrimoniosas querellas, chismes, soterrados duelos y desavenencias de lo más indignamente por lo bajo llevado no sin descarnado e incendiario rencor alrededor de esta poco o nada simpática Mary Todd de las resentidas acritudes y las ojerizas. Hagamos el tenue y fiel ejercicio de embarcarnos en rememorar los hipócritas o apenas diplomáticos efugios de quienes por sus amigos de lo más familiarmente se movían en los cruciales entornos de Lincoln, a propósito de los desesperados y conmovedores

Miguel Antonio Montero

esfuerzos del Presidente por procurarse entre ellos uno que otro acompañante para la clamorosa y paradójica función de aquella incongruente noche en el teatro. La reiterada negativa a cada nueva invitación que ansiosamente él extendía le reforzaba en lo recóndito la extraña aprensión y hasta la misma oscura premonición insufrible de *todo* lo que esta cita fatal inmemorial, en el asiduo palco presidencial del Ford, de inexorable suerte le reservaba. Grant declina a instancias del brusco e inmejorable pretexto prefabricado por Julia de tener ambos que partir aquella misma tarde a Burlington. El general Thomas Eckert rehúsa por no eludir sus obligaciones en el Departamento de Guerra y así ahorrarse irritar a su superior Stanton. El propio Stanton se niega a partir de la montaña tan inhumana de trabajo que en su rotundo decir de indeclinable suerte le agobiaba. Y así todo un desfile de generales, gobernadores y ministros, habían ido rechazando unos detrás de otros las más cálidas solicitudes del varón de Kentucky, acomodados al flaco y tan diverso espectro de las más flojas e insinceras razones. En última instancia, el comandante Henry Reed Rathbone y su hermanastra y prometida Clara Harris, la hija del flamante senador por Nueva York, se prestarían por corteses aunque inesperados reemplazos de los Grant en el favorecido palco presidencial junto a los Lincoln. Aquella como fantástica abominación esmeradamente levantada a ras de cierta ajada y tergiversada versión de la ingenua mortal Mary Lincoln, redituaba a Cloto y a Láquesis en el justo depurado término que tanto ellas como su señor desde un principio intuitivamente se impusieran. Maléficamente y con quirúrgica precisión practicada en derredor de ella y su esposo la aciaga y terrible aura del ostracismo y oquedad más espantosos, la mayor representación del inconmensurable retablo cósmico tenía ya entonces completado el estremecido reparto para la tétrica noche de Viernes Santo de ese 14 de abril de 1865, ahora por desgracia finalmente llegada.

X
LA OCULTA, VERDADERA, REVELADA INTERPRETACIÓN DEL "SIC SEMPER TYRANNIS"

Consabidísimas son en sus pérfidas líneas maestras las túrbidas y engorrosas fases de esta representación siniestra: la confiada pareja presidencial y sus dos inadvertidos acompañantes ocupando su lugar en el exclusivo palco, el indecible guarda John Parker que sin mediar explicaciones abandona misteriosamente el suyo, la única puerta de acceso franqueada entonces de manera conveniente al asesino, la macabra entrada imperceptible de éste calladamente en el palco, la Deringer que en una infame precisión de sigilo se apunta impune a la presidencial cerviz, el amortiguado estampido demasiado familiar al comandante Rathbone para que se le pierda entre las risas de los desternillados espectadores, el cuerpo de Lincoln que se inclina y cae hacia delante en su asiento, una angustiada Mary que sin parar de llorar se precipita a asistirlo, el comandante que comprende lo que está sucediendo y la emprende de inmediato contra el ya evidenciado agresor, éste que no escatima tiempo en hundirle hasta el hueso un cuchillo en el brazo, el grito melodramático de "¡Libertad!" ya al borde mismo del palco del actor y homicida, el asesino que se arroja por la barandilla al escenario y que no sin cursi teatralidad pronuncia esas célebres palabras de Bruto que, errando desde el solemne salón tétricamente ensangrentado del Senado romano a través de las

                                    Miguel Antonio Montero

edades y los siglos, nos le alcanzan finalmente en el ruidoso y pomposo teatro Ford de este desapercibido Washington para la altiva noche de aquel 14 de abril de 1865. Otra más determinante fase, sin embargo, resalta por ineludible colofón de esta tragedia horrorosa y sentidamente universal; me refiero a la tremenda, implicatoria preterintencionalidad extraordinaria del acto, la cual trasciende incluso sus normales consecuencias aparentes o visibles. Dejaremos empero para más adelante el referirnos directa o indirectamente a ella.

Algo, no obstante, se me escapa; algo cuya críptica, esotérica y decisiva relevancia hace del todo imposible el omitírselo. Cuando al saltar nada elegantemente Booth desde el presidencial balcón, y en la caída aparatosa (se le había enredado un pie en la bandera) se rompe a la altura del peroné la pierna izquierda, y cuando al incorporarse rápidamente (aunque con dificultad) en aquel ridículo y afectado rapto de patriotera exaltación profiere entonces desde el proscenio las proverbiales voces del asesino de César, pocos saben que allá arriba en el palco, en un cierto imperceptible acto pasmosamente sincronizado y reflejo, débilmente levantaba la cabeza durante un breve lapso el moribundo, la que volvía a dejar caer de irrevocable suerte sobre el pecho apenas proferida la locución brutal. Había sin duda escuchado de manera diferenciada y perspicua cada bárbara inflexión y rencorosa dicción de aquel corrosivo *Sic semper tyrannis* que aún de inmemorial subiendo desde el profundo y oscuro tonel de los tiempos, atravesando incluso el Edén le perseguía hasta alcanzarle fatal y finalmente en el teatro. No se trataba sin embargo del mismo *Sic semper tyrannis* cuya orgullosa y destemplada heráldica rubricaba el escudo de la sureña Virginia, y cuya preclara traducción más socorrida y aceptada se amoneda en la mayor libertaria divisa de "Así siempre a los tiranos", acá ciegamente conjurada o invocada; se encerraba más bien en su inquietante consigna un reproche inmemorial, caliginoso e inconcebible, milenario y anterior a la creación del mundo, y por ende al nacimiento o formación del propio Adán, y el cual ahora el moribundo Lincoln, a pocas horas incluso del estertor final, pudo entender claramente en estos términos:

"¿Quién eres tú?, ¿quién de veras te crees tú, fuera de otro pobre mortal cualquiera, para que en tal forma te arrogues el abrir allí donde el Omnisciente cierra, o el derruir aun donde el Todopoderoso erige, en la muy torpe e insensata pretensión de vanamente restaurar, juntando piedra sobre piedra, la sanadora efigie de aquel perdido Paraíso presto de nuevo a repartir en la doliente tierra los divinos y benditos aciertos del Cielo, en toda su leal y cornucópica abundancia? Sin detenerte a pensar, sin detenerte a mirar ni arriba ni abajo, sin columbrar al norte o avizorar al sur, de nuevo se ha forjado el pontificador criterio a espaldas de la sabiduría y la consulta de lo que las entendidas potencias ocultas admiten por honda sabiduría y criterio. Por consiguiente, ruina, y no otra cosa que la ruina, es lo que te ha sido por galardón reservado. Justo es decir que de inmemorial predestinados sobre el falso albedrío estaban escritos hace ya mucho en tu estrella el destino aciago y la desdicha. Porque ¿qué puede significar dentro del triste y trágico indeterminismo humano esto del *gobierno del pueblo, por el pueblo, y para el pueblo*, como no sea el subversivo fundamento del arduo y primordial entendimiento cuyo florido extremo lógico no ha de redundar más que en la prohibida epifanía de aquel abrazo fraterno universal entre los hombres? ¿Se adivinaría alguien en tu pujante y justa Emancipación del esclavo (la mera moral Igualdad de Todos los Hombres Ante Dios), distinta cosa que el benefactor fermento del tan buscado sueño de confraterna unión de todos los seres de la tierra, al que el mismísimo Altísimo ha interpuesto mientras tanto impedimento y agrura? No a causa sino de ello es que te ha sido traída como nocturno salteador en esta hora la debacle.

La gloria, el elogio y la adoración, sean solamente de Aquel ante cuyo designio inescrutable avergonzadas se esconden toda pontificación y vanagloria".

Se superpuso no obstante a la íntima revelación terminal la prometeica lucha del agonizante por la tenaz sobrevivencia a todo trance. Abocados a coyuntura tan apremiante, a más de un facultativo conmovieron la asombrosa voluntad y vitales capacidades del moribundo por imponerse en tan feo y grave lance a la muerte, enfrentados todos a la lóbrega y deplorable situación de aquella inexorable realidad tan concluyente amarrada a su unánime e irreversible diagnosis. Así y todo, y a pesar de lo terrible y mortal por necesidad de la herida, nuestro recto y bondadoso varón de Kentucky se resistía a dejar en su hora postrera este mundo. Átropos, no obstante, manejaba en este punto directrices e instrucciones precisas. En balde se afanaron especialistas y cirujanos en dar lo mejor de sí. En balde comprometió y puso a contribución su ilustre paciente potencialidad tan voluntariosa por vivir. A no muy tardía altura de la mañana del siguiente día, habían *ad majorem Dei gloriam* finalmente alcanzado las Moiras su propósito: la irreparable muerte del decimosexto presidente de la Unión por la predestinada bala conspirativa y criminal de un asesino, evolucionando al cuidado de su más mínimo detalle desde la muy remota ocasión en que por virtud inescrutable de la gracia se la concibiera en la mente absoluta del Increado. Y ello bajo acopio del mérito excepcional de no perjudicar en beneficio de tal logro ni el transcurso normal de los planes divinos, ni los honrosos dictados de su señor el Destino.

Justificadamente ebria de exultación y apoteosis, sólo quedaba a la trinca finalmente cubrir cualquier plausible vestigio de su accionar insospechado mediante apropiada Cortina Salutífera de Humo, por preventiva prolongación e irrecusable remate todavía más cuidadoso de su Coartada. De nuevo les permitiría dicho recurso astutamente disimular cualquier potencial rastro de su mano sobrenatural en los hechos puestas entonces convenientemente detrás de tal o cual añagaza o distractor eufemístico acaso igual de escandaloso o de curioso, mas según lo que tuvieran ellas por indicado o adecuado al escrupuloso filo de la predestinación divina. *Versionando* pues cada vez en su acomodaticio beneficio otra falsa noción de lo contingencial o lo fortuito, todo sencillamente se les reducía a proveer de alguna ilusoria base a la pueril casualidad injustificada y apócrifa. Así poco después del magnicidio, se nos precipitan fulminantes los acontecimientos *distractores*. Citaremos a modo de ejemplo por más aleccionadores sólo unos pocos:

a) La muerte de Tad Lincoln por una inexplicable afección cardíaca inesperada o repentina en 1871, forzoso tiro de gracia para que Mary, que nunca pudo recuperarse de la tragedia de su marido, se hundiera por algún tiempo en el delirio y la locura. Robert, el único hijo que le quedaba, y que conocía el sórdido y concatenado laberinto de los oscuros espectros que la perseguían, la recluyó acaso insensiblemente en los tenebrosos ámbitos de un manicomio.

b) Favorecieron a continuación las Moiras la aguda ironía y arreglo de las extrañas *coincidencias* de que Robert Todd Lincoln, ausente del teatro Ford en el momento que fuera asesinado su padre, presenciara en 1881 el asesinato del presidente James

Garfield, y estuviera asimismo, en 1901, en los cruciales alrededores donde fuera asesinado el también presidente McKinley.

c) Reforzando pese a todo o como por carambola el pavoroso misterio de esta conspiración cósmica ubicua, increíblemente, escandalosamente, luego de ni siquiera haber sido debidamente procesado por dejadez criminal de sus obligaciones en el teatro, muere John Parker tranquilamente en su cama el 28 de junio de 1890.

d) Convenido por la gracia y lealmente observado por las tan rigurosas predilectas del Hado, el coronel Francis Washburn y el general confederado James Dearing, aquellos los más fieros y aguerridos contendientes encontrados todavía con vida en High Bridge, no solamente fenecen durante el mismo día una semana después de la muerte de Lincoln, sino al idéntico marcar más asombroso y exacto de las agujas del reloj a instancias del mismo mandato secreto.

e) Tocados para siempre sin saberlo por el dedo nigromántico de la desgracia, Clara Harris y Henry Reed Rathbone, los solícitos acompañantes de los Lincoln aquella noche fatídica del más estremecedor Viernes Santo, se casaron sin siquiera en lo remoto presentir su porción particular de esta presuntamente arbitraria repartición inconsulta de lo trágico. Urdidos de esta suerte sus destinos al calor involuntario de los saturnianos arrebatos, nos caía cierto día Rathbone presa de los negros determinismos de la demencia, apuñalaba de muerte a Clara, y terminaba tristemente sus días en una sórdida institución mental.

Al final, y tersamente aureoladas por tan inemulable y aderezado rosario, el rendimiento ritual y protocolario de cuentas de su concluida misión no transcurrió sin una nota de embriagador orgullo; sin duda tenían motivos para congratularse las Moiras. Antes que nada, a diferencia o contraste con cualquier otra empresa o asignación que recordaran, se hallaban a placer sobrecogidas por aquella sensación desconocida o extraña de venturosa realización iluminada, que les parecía inclusive ir más allá o trascender la familiar ataraxia y hasta la misma beatitud insondable. Atributo exclusivo del Ser Supremo era la felicidad; nadie mejor que el Hado y ellas mismas para saberlo. Pero si es que había o existía alguna jerarquía o gradación específica en niveles secretos de la perfección, en orden de la inexperimentada sensación que al presente de inefable forma las recorría, y aun con lo tan alejada de la pluscuamperfecta, imperfectible felicidad divina, ¿osaría alguno negarles haber ellas al menos inusitadamente accedido algún escaño insospechado, inexpresable de la gracia? En fin, el Omnipotente aprobaba sin reticencias su labor como al dedillo encuadrada en la precisa oquedad que le servía el rompecabezas del predestinado plan divino. El Hado no paraba de celebrar como en ninguna otra ocasión la bienaventurada excelsitud de su acierto. El orden superior completo, cifrando igual su admiración en la brillantez del logro que en el enjundioso elogio de las supremas instancias divinas, no escatimaba halago para justipreciar honrosamente su hazaña. A resultas que al final, puestas a la confortable umbría de este quitasol amable, Cloto, Átropos y Láquesis, glorificadas otra vez en su laudable y pericial excelencia, pasaron como jamás satisfechas al relevo ansioso de las Parcas que allí esperaban la antorcha. Y éstas, que habían desde un principio seguido lo que su lúcida contraparte griega había hecho, que la tenían por su maestra y que habían siempre soñado con emulársela por dignas de su palmarés espléndido, se dispusieron para remate de la mancomunada tarea que con la idolatrada trinca por criterio de la gracia de indescifrable suerte en la presente coyuntura se traían, no sin cierta aprensión recóndita de que

                                          Miguel Antonio Montero

pudieran ahora de cualquier modo fallarle por no hallarse ellas
a altura de aquella fresca y primorosa ataujía de las Moiras, de
cuya incuestionable labor e imponderable maestría siempre
habían sido las tres sus más incondicionales fanáticas.

XI
WHO SLEW KENNEDY?

Me permitiré establecer la imperceptible línea apostólica
de la incontrastable conspiración cósmica en que arcanamente
anudan en una facunda combinación de oscuras y como anó-
malas similitudes los destinos trágicos de Kennedy y Lincoln,
ya enervadamente cristalizado al momento de transferir obligaciones las Moiras el trasunto macabro de este último. Dicha
línea apostólica, cifrada ahora a partir del horroroso complot
antikennedyano tan complejo, fundamentalmente introduce como sigue: el designio inescrutable del Omnisciente, la
centrada planificación del Hado, la ejecución laboriosa de sus
paredras las Parcas... retomando éstas con pulcra y voluntariosa
disposición las cosas, justo en el punto que las recibieran de
la tan venerada tríada helena. Lo demás se circunscribe al tan
alicurco como malicioso empleo que a su vez hiciera el latino
trío de las creadas circunstancias y los personajes y de los in-
dudables culpables *materiales* del magnicidio, en leal adhesión
al divinal edicto de cuanto habría puntual de maquinarse al
tan estricto y drástico calor de aquello clara e ineludiblemente
predeterminado: del funesto patriarcado de Joe Kennedy y sus
negocios escabrosos con la mafia, de las nefandas componendas
y sucios entendimientos y desentendimientos de la CIA, de la
mafia, del FBI, de los cubanos, del Servicio Secreto, de Hoffa

y los Teamsters, de la férrea resolución anticriminal del fiscal general Robert Kennedy, y de la visión acaso demasiado simplificada que se forjara de las cosas el propio John Fitzgerald Kennedy. ¿Sabrían al modo maestro de las Moiras ajustársenos las Parcas a tal perplejo e intrincado guión divino sin que aún perjudicara su ejecución trabajosa la relamida honra de su señor el Hado, ni mucho menos desentonara, ni en una pizca de asincronía siquiera, con aquel sagrado plan tan ineluctable como abstruso a que la misma predestinación impoluta de lo más inmaculada y perfectamente respondía?

Se dijera necesario comenzar por dilucidar los diferenciados rasgos entre griegas y latinas deidades del destino. Las Moiras, según se lo haya establecido o no, resumían aquel frío y colosal paradigma de consumadas destrezas por cuya sempiterna serie de ininterrumpidos aciertos traducía incluso la historia en los precisos resultados invariablemente esperados, y que solían rendir a sus pies hasta a su propio mentor. Sin dejar en ocasiones de parecernos toscas o tan brutales como las Parcas, definía por lo general su deífico temperamento el matizado extraño de un cierto refinamiento depositado exquisitamente en sus actos, sin prescindencia amable de algún cual sorpresivo toque estético. Eran indudablemente las artistas y virtuosas del disfrazado acto anómalo o sobrenatural, a las que incluso el cascarrabias del *Fatum* incontrariable escuchaba y consentía sobre los otros. Para ellas la labor en extremo canija; para ellas los trabajos peliagudos y complejos. Con no ser a mayor ni menor grado que las otras más que unas meras paredras, no se adscribían sus reconocidas habilidades dentro del empobrecedor recuadro de una especialidad determinada o definida, sino que en todo destilaba su inusitada agudeza aquel sello distintivo de la grandeza. Bastaba con asomarse brevemente a la historia, o

   Miguel Antonio Montero

con contemplársela siquiera de reojo: mientras que a Átropos, a Láquesis y a Cloto, se deparaba el imprimir en cada arduo y universal vericueto de la Revolución Francesa su distinguida impronta, a Nona, a Décima y a Morta no les tocaba otra cosa que aquella más manuable y asequible Revolución Rusa como localizada e incrustada en un cierto constreñido ámbito. Éstas tenían ahora a cargo el algo *fácil* o aligerado capítulo de la envolvente conspiración cósmica llamado a desarrollar alrededor del cándido Jack Kennedy; aquéllas debieron ingeniárselas para prestar al par a sus fervientes y entusiastas sucesoras, a partir del magistral magnicidio de Abe Lincoln, cierto como enigmático borrador en función del cual se les generaran las más curiosas e inauditas coincidencias o similitudes, y esto sin contar que habían tenido además que derrochar algún caletre en prepararnos y cubrir, validas de su pericia y genialidad insuperables, todo el crucial y endiablado período histórico que lo propio que un insalvable abismo se les extendía entre un magnicidio y otro.

Aunque de forma recurrente solía el talento grandilocuente de las Parcas circunferirse a la muy específica especialidad del paroxismo dogmático o religioso, pobre de quien cayera en el infantilismo craso de subestimárselas. Abrirse no sin verdad a la excesiva tonga de elementos probatorios por el estilo de las inenarrables crueldades inquisitoriales y los descarnados y absurdos autos de fe tan odiosos, o el inicuo tratamiento de la cuestión de los hugonotes con su imborrable Noche de San Bartolomé a cuestas, o aquella célebre atrocidad y diabólico exterminio inauditamente perpetrados contra los cátaros en el Languedoc, sucesos en que ora a cargo Décima y Nona relajaban en una cruda e inusitada orgía de sangrienta permisividad a la tremebunda Morta cualquier leal y decente observación de la eutrapelia, en nada por lo general contravenía la prudencial advertencia. Puesto que a más de las cruentas purgas estalinianas y el propio desalmado y abominable asesinato de la familia imperial rusa, abotargaba el historial de resonantes méritos de las Parcas un cierto cúmulo de avatares comprometedores de la historia, reconocidos de muy ostensible modo por su palmaria dificultad y trascendencia. Lutero y la Reforma, Calígula y Nerón, Pitt el Viejo y Garibaldi, eran sólo unos pocos. Lo de la pretendida sencillez atribuida de manera coyuntural a lo de Kennedy, no derivaba más que del relativo parangón respecto de la muy considerable envergadura que evidentemente entrañaba aquella mayor empresa asignada fuera de toda duda a las Moiras, a ilustrar todavía lo cual me parece suficiente la sola mención de ambas guerras mundiales y la francoprusiana, aquí también necesariamente arrastradas en su delirante nudo causal. Pero aunque la cualidad primordial de las Parcas residía en aquellos golpes truculentos y brutales, coronados por la efusión harto barbárica de sangre, solían también en ocasiones desplegarnos, según soplar arcano o cabalístico de las circunstancias, cierto tacto y sutileza asombrosos. ¿De qué manera no obstante habrían de arrostrar el desafío nunca enfrentado de esta nueva misión a sus talentos delegada, y la cual debía en cada simbología misteriosa empalmar y emparejarse, en cierto sinuoso juego de más irónicas simetrías, con el atroz magnicidio *recién* perpetrado contra Lincoln?

Algo perogrullesco a estas alturas se antoja el decisivo punto de partida: la provecta aplicación al oculto logogrifo de las lecturas astrales y genetlíacas de su víctima, antes incluso de producirse su previsto nacimiento. De esta suerte entre otras muchas cosas se permitían el tan hilarante falseamiento de los inocuos determinismos genéticos en que los mortales tanto creían. Al lado ellas ahora de Joseph y Rose Kennedy, los asignados padres a quien ya sabían habría de ser el presidente número treinta y cinco de los Estados Unidos, la particular nota de impiedad con olímpica indiferencia imprimida a este falseamiento, desbordando incluso los acostumbrados cánones, adquiría entonces un tono lúgubre y feroz. De esta ominosidad esencial pasaron casi enseguida a una cierta exponencial prodigalidad del vértigo, a modo de si una secreta aceleración del tiempo promoviera algún prodigio alucinado y fulminante. De pronto, habían nacido todos los hijos de los Kennedy. De pronto, se encontraron formados a la intransigente divisa paterna de que no se llora en el hogar de los Kennedy. De pronto, Joe Kennedy el patriarca, que había servido algún tiempo de embajador en Inglaterra, asigna pingüe aspiración y derecho presidenciales a su radiante y rozagante primogénito Joe (mas no era otro que el endeble y enfermizo segundón el predestinado). De pronto, el mujeriego y calavera del viejo Joe Kennedy reincide una vez más en sus ya famosas indiscreciones. De pronto sobrecoge a los Kennedy la dramática muerte del joven Joe, al precipitarse y explotar en el Canal de la Mancha el bombardero que pilotaba. De pronto, el segundón John Kennedy atrae de febril modo sobre sí la inveterada, obsesiva propensión presidencialista del patriarca. Cualquiera se dijera haber abusado o exagerado un poco la taimada dosificación de su ilusorio juego de *casualidades* las Parcas; pero no: las cosas marchaban en punto y sazón de aquel frío y cavernoso patrón que la gran conjura cósmica en la presente fase se exigía.

De ordinario se hace terebrante rigor el preguntarnos "¿Por qué a mí?", al momento de tocar a nuestra puerta la desgracia. ¿Por qué, asimismo, a John Kennedy? ¿Por qué estaba John Fitzgerald Kennedy, y no su hermano mayor Joseph Kennedy hijo, llamado a acudir como trigésimoquinto presidente de la

Unión a sentar en la antipática Dallas aquel terrible y maldecido paréntesis a ser oscuramente garrapateado en la historia? En algún lugar de *Así hablaba Zarathustra* ha dejado Nietzsche escrita esta frase, cuyo profundo, incognoscible sentido oculto —los motivos inescrutables de la gracia— quizás su propio autor ignoraba, y que bien podría aportarnos la inimaginada respuesta a la cuestión inquietante: "Porque así me habla la justicia: los hombres no son iguales". Y esto al menos en lo tocante a tan decisiva desigualdad por supuesto que también las Parcas lo sabían, por lo que procedieron a seguir con lo que fiel al exitoso modelo de sus idolatradas Moiras tenían de cabalístico modo encomendado. Principalmente, todo partía del preestablecido magnicidio ulterior en sí mismo inevitable, y en atención sin duda al cual su ponerse manos a la obra debía orientarse a cualquier precio al cumplimiento de esta lógica condición fundamental: el irlandés y católico John Fitzgerald Kennedy tendría que ser presidente. A ello, pues, se consagraron enseguida. El arduo y tortuoso método que se impusieron en modo alguno desdecía de su severa disciplina, de su inescrupuloso ingenio:

Forjar a medida del acaudalado y rencoroso y egoísta Joe Kennedy un patriarcado familiar inconsciente, hacer concomitantemente de Rose Kennedy el condigno tipo de la esposa abnegada, inducir en Joe el proyectar de forma incisiva en sus hijos (y especialmente en el primogénito) sus posesivas ambiciones políticas, atraer sobre el escogido segundón al mando de su torpedera PT-109 la calculada buena fama de la proeza heroica, destruir a bordo de un bombardero experimental la ilusoria esperanza del mayorazgo no ungido, cuidar que la imprevista tragedia de su hermano marcara sólo hasta cierto punto la ascendente estrella de Jack Kennedy, preparar el encuentro determinante de éste con las influyentes Damas de la Estrella Dorada, allanarle su camino

   Miguel Antonio Montero

al Congreso, procurarle por pareja en la muy atractiva Jacqueline Bouvier la compañera más tolerante y discreta, exacerbar su apetito por el *glamour* y los placeres y la frívola vida del donjuán mundanos (alguno le llamaría *el senador playboy*), conducirle a las tentadoras redes y adicción conflictuosa de Marilyn Monroe, incitarle a partir de los pulcros borradores de Ted Sorensen a la insidiosa escritura de su *Perfiles de coraje*, introducirle en el frenesí de su ambición presidencial al sórdido protagonismo senatorial de sus tratativas inconfesables con la mafia y los sindicatos, radicalizar cada vez la impecable verticalidad de la intransigente cruzada antidelincuencial de su hermano Bobby, dirigir desde las sombras el aplastante triunfo sobre sus distintos rivales (Humphrey, Morse y Johnson) en las sin duda fáciles pero acaloradas primarias presidenciales, encaminar finalmente su cerradísima victoria frente al republicano Nixon en las elecciones nacionales: de tal elaborada urdimbre dependía el obligado condicionamiento espiritual y psicológico indispensable a la Fatal Determinación Sonambúlica de su víctima, también a ellas comoquiera operativamente esencial... Y así de súbito, cual algún raudo volver de página, estaba todo consumado y hecho. No obstante, tampoco descuidaron o dieron de lado las Parcas el consabidísimo desdén con que el joven Jack Kennedy asumía aquellas medidas "siempre tan conservadoras" del anciano presidente Eisenhower.

XII
NUNCA A LOS MODOS
DEL ANTICUADO EISENHOWER

Reconoció el fino olfato de las latinas paredras de inmediato el garrafal gazapo sin duda clave de percepción del ahora candidato presidencial triunfante. ¿Cómo podía ser posible en nuestro avispado y brillante y, muy demasiado a menudo, tan perceptivo Kennedy? ¿Qué le había conducido a la funesta obcecación —a la larga desastrosa— de ni siquiera conceder menor crédito a quien, llevado en fuerza de los acontecimientos y de su sabiduría y prudencia a encabezar el mando de las fuerzas aliadas en la última Gran Guerra, había airosamente despachado el período tal vez más nebuloso y crítico de nuestra tenebrosa historia humana, extrayendo innegablemente de la horrorosa experiencia las más dolorosas pero jugosas enseñanzas en los terrenos militar y político, diplomático y, particularmente, de gobierno? ¿Así nomás minusvalorar quienquiera de lo más despectiva e insensiblemente al viejo Ike, haciendo tabla rasa del concienzudo líder cuyo acostumbrado tratamiento de los diversos tipos de hombres bastara acaso a situárnoslo en la muy exigente línea de los perfectos conocedores de la compleja psicología humana? Porque no se trataba de la cuestión del relevo de una generación desfallecida y enteca por otra orgullosa y pujante, deseosa de arrancar de mano de lo viejo la paranínfica antorcha. Porque no se trataba del puro espectacular vapuleo por parte de quien en la distensa posición del vitoreado candidato ora *de fuera* la emprende contra las comoquiera honradas iniciativas de un anciano presidente que humanamente se extiende hasta donde las hoscas circunstancias lícitamente se lo permiten, frente a esas verdaderas realidades del poder que sólo el que está *dentro* por excepción las conoce. La vieja odiosa tarea, el tan arduo ejercicio de aún medrosos colgar aquel manido y fragoroso cascabel al gato, pende del mismo discrimen irresoluble y tortuoso.

Puesto que apenas llegar e instalarse uno en la presidencia se constata con azorado desengaño la vigencia apabullante de

Miguel Antonio Montero

aquel acallado y perpetuamente postergado o diferido reclamo que condensa en la ya fea, poco simpática y, definitivamente, mal connotada palabra *Revolución*, con su más errónea, aceptada y solícita significación de sedición, insurrección y revuelta. Nada menos que el monstruoso cúmulo de todos los inimaginables problemas propone del modo más exasperante venírsenos de repente encima. Entonces bruscamente nos encontramos con que no basta con uno, y ni siquiera con dos o tres períodos de gobierno para a cualquier efecto satisfactoriamente resolverlos. ¿No hubiese Dwight David Eisenhower querido, por ejemplo, solucionar de mil amores, acabar de una buena vez con aquellas eternas trabas de la salubridad y la educación, de la explosiva cuestión de los derechos civiles, del peligroso estancamiento de la vital economía, de habérsele ahora deparado sin trauma o trastorno en sus manos los tan dificultosos medios *verdaderamente* plausibles para hacerlo? ¿No lo hubiese así con todas las de la ley asumido entonces seguramente él, que había visto y enfrentado las incontables caras de la maldad humana con el inaudito genocidio terriblemente padecido por los judíos, que había vivido de cerca toda el hambre y la miseria y el desplazamiento horrorosos de las despavoridas muchedumbres que formaban los millones de los desposeídos y desfavorecidos de la guerra, que había *en carne viva* presenciado el horror y la matanza y aquel inconcebible descenso de la dignidad humana a niveles aun de tan absurdos y paroxísticos nunca jamás registrados? Tal vez debió haber hecho como Sherman, y mantenerse después de su visita horripilante a los círculos gemebundos del infierno apartado de toda lid o actividad política; pero no, él no era Sherman; él era Dwight David Eisenhower, asido aún a esta horrible realidad por otros distintos medios y otro distinto punto de vista.

¿Podía entretanto otra cosa complacer más a Décima y sus hermanas, que se tenían ya leído lo que el no muy lejano o inminente porvenir provechosamente les deparaba, como que el joven candidato John Fitzgerald Kennedy hubiese hecho girar su campaña por la presidencia en torno a una acción más decidida y enérgica contra Castro y el comunismo, campaña en que las pullas, acaso injustas e inmaduras, lanzadas una y otra vez contra el Gobierno, reprochaban de algún modo al *blandengue* Eisenhower el no haberse decantado por una especie de *acción directa* o invasión sin otros circunloquios de Cuba? Sorprendía dicho arrechucho de irreflexión en el asiduo aplomo de nuestro tan vivaz como brillante pero siempre comedido y bien centrado candidato. ¿Era de veras Jack Kennedy tan torpe? ¿Cabía en él alternar de tan chocante forma el tipo del perspicaz y acucioso con el del zote menos afortunado y donoso? Caló de todos modos la desaforada postura en los círculos conservadores y del anticomunismo radical, entre las capas militaristas y en el Pentágono, en gran parte de la sociedad y en aquellos centros privilegiados del poder, entre los magnates de la armamentista industria y la creciente oleada de refugiados cubanos, la mafia y el bajo mundo, lo que no dejaba de ser significativo. Las Parcas, mientras tanto, continuaban pacientes tejiendo su telaraña... Entre todos los millones de dedicados ciudadanos que integraban la nación, únicamente el viejo Ike parecía ahora darse cuenta o de algún modo comprender, circunscrito y sumergido en la proverbial soledad del poder en que se hallaba, el azaroso riesgo en que sin cortapisas se incurría con brindar cualquier irresponsable pábulo a las populistas flamas de aquel fuego tenebroso, impredecible. De alguna forma reflejó este todavía potencial peligro aquel discurso suyo de despedida a la nación tan aleccionador como instructivo, poco antes de

   Miguel Antonio Montero

pasar a su glamoroso sucesor las abrumadoras obligaciones del Gobierno. Así que no en balde empeñó la latina trinca ahínco en desterrar de la memoria personal y colectiva este discurso, al que bien debió prestarle más atención la gente y, entre todos, naturalmente, nuestro sumo carismático John Fitzgerald Kennedy, ganador de las reñidas elecciones presidenciales.

Manifiesto en esta última alocución de Eisenhower se hallaba su miedo de que la vida democrática de la nación llegara a verse amenazada por el creciente desarrollo de la industria armamentista, y la cada vez más peligrosa influencia militar. Bien sopesado su espíritu, mejor sondeado su carácter, la reflexión debía tomarse desde esa triple perspectiva tan transparente de temor, de advertencia y de denuncia, que sus aires de franca y perentoria preocupación en una pieza curiosamente resumían. Esto viniendo de alguien cuyo quizás impensado advenimiento a la presidencia se había en gran medida debido a la imponente aureola de sus resonantes éxitos militares, aun sin nunca haber sido ni un probelicista ni un fanático, aun sin nunca nutrir el tan fácil y enfermizo censo del pretorianismo rígido, aun pese a haber priorizado sobre todo el aparato de su instrucción en West Point el debido respeto a la autoridad cívica electa, ¿no se erigía en lo suficiente grave y llamativo como para que enseguida se nos acogiera cualquiera a su admonición urgente? Pero también ahí estaba de alguna velada forma la abusiva, creciente, soterrada imposición y detestable sorrostrada injuriosa y agresiva del "sistema", del inicuo *establishment*, de los maleados grupos sempiternos del poder prontos incluso a los extremos en la inmisericorde defensa de sus egoístas privilegios e intereses, a cualquiera de los precios que a capricho les viniera y respecto de lo cual (y esto sí sobrepasaba los ordinarios patrones de alarma y de peligro), convertido de pronto sin el menor respeto de su figura y dignidad en un mero garante monigote de estos susodichos privilegios e intereses, el propio presidente de los Estados Unidos de América, ahora sólo puramente en el papel el más poderoso ser humano de la tierra, no quedaba reducido más que a otro aislado e insignificante elemento del tapete indiferente o del decorado, o, en caso de que aún se resistiera, a una suerte disimulada y lastimera de desvalido prisionero. Tal terrible, desarmadora impotencia quedaba a indelebles visos con integridad granítica en el valiente discurso retratada, y esto ante todo a partir de que no había dejado el propio Ike en su oportunidad de conocer, por experiencia personal directa, el meollo alarmante de lo que tan conscientemente les hablaba y prevenía a sus conciudadanos ingenuos.

El crucial conocimiento había a él básicamente llegado a través de cierto asunto suspicaz y nebuloso pérfidamente llevado por las agencias secretas y de seguridad del estado a sus espaldas incluso, asunto que de tan retorcido y siniestro nunca se ha podido al mejor interés de la verdad esclarecer a ciencia cierta, y que ha pasado a formar parte del sumo ingente legajo de torpes y oscurecidas medias tintas que aún se atribuye el cerrado gobierno estadounidense, no sin previamente cual de rigor dispensársele aquella tendenciosa y peyorativa depreciación de pura leyenda urbana... bajo la difusa y críptica nomenclatura de Área 51. ¿Se ocultaba realmente detrás de todo esto aquella anonadación y subrepción inexpresable por la que se confirmaba el aleatorio hallazgo y la nada verosímil captura de vida y avanzada tecnología extraterrestres, venidos por halagüeño anillo al dedo a la demencial ambición de hegemonía y dominación en los decisivos campos del desarrollo militar y científico? ¿Se le había hasta al mismo Presidente escondido, no sin evidentes fines inconfesables y tenebrosos,

                                        Miguel Antonio Montero

aquella información sin paralelo y como ninguna otra vital? Y si esto en verdad era así, ¿de qué habían servido la sangre y los horrores y los tantos conmovedores heroísmos y sacrificios, todavía no del todo cicatrizados, de la última Gran Guerra frente al fascismo? Fuere como fuere, la clandestina maniobra finalmente se filtraba hasta oídos desconcertados de Ike. La inmediata y tajante directriz presidencial de desmantelamiento y cierre de la misteriosa Área 51 no fue, sin embargo, por ninguno acatada. Pudo verse únicamente obedecida la directa disposición de Eisenhower cuando amenazó enérgico con el envío en el acto hacia esta parte del ejército. No obstante, del hecho tomó nota el anciano Presidente sin inhibirse de extraer las lecciones pertinentes.

Empero, las precisas, serenas, casi paternales advertencias de Eisenhower, quedaron pronto sepultadas bajo el profuso manto sin menor duda áureo de otro singular discurso por su contrapuesta tónica de lo más cándidamente esperanzador, y, volviendo incluso a sacar a flote las ilusiones desfallecidas de la nación, hasta enjundiosamente prometedor de futuro; nos referimos a aquel con que el tal vez iluso o encandilado Jack Kennedy oficialmente asumía la presidencia de Norteamérica. Y en esto una vez más las Parcas (y especialmente Décima), habían logrado obrar a su sabor y a sus anchas. Es frecuente el deslumbrarnos la imperativa magia, la aplastante y general vigencia de esta locución espléndida, *Ask not what your country will do for you; ask what you can do for your country.* Y ciertamente, cuando la concupiscencia y la corrupción son los execrables signos que lacran y estragan las pobres e inermes bases de los distintos gobiernos de hoy, la tremenda actualidad de esas magníficas palabras nos maravilla y sobrecoge. Sin embargo, y contrario a lo que se pueda pensar, no fueron éstas las cuestiones detonantes del discurso extraordinario de Kennedy. Sobre lo que Galbraith y Sorensen pudieran haberse ingeniado, sobre lo que aquella inteligencia ágil e iluminada de John Fitzgerald Kennedy pudiera haber brillantemente corregido o perfeccionado, elucubró el designio implacable de las Parcas labrar ya a partir de este primer discurso su oscuramente predestinada perdición. Ninguna de sus imágenes, ninguna de sus metáforas, ninguna de sus palabras fueron casuales. La íntima hipóstasis que en su maquinación deliberada aviesamente lo potenciaba, no era meramente literaria, ni mucho menos se inscribía en la gastada jerga acerbamente familiar a la mezquina facundia del político; más bien indescifrable, misterioso, un insidioso y alevoso paraninfo se escudaba en cada una de sus soberbias elocuciones con ilusorios relumbres de prosperidad oropelesca, detrás incluso de la égida fementida y escabrosa de esa ruina y trastorno bochornosos que siguen de cerca a la catástrofe.

Acaso a alturas de la definición más aceptada, se pavonea gallardo en cada fragmento de esta alocución de Kennedy cierto exorcizado concepto de Revolución que sienta ya de inicio su perdición futura. "Dejemos aquí y ahora que corra la voz, a amigos y enemigos por igual, de que ha recogido la antorcha una nueva generación de estadounidenses nacidos en este siglo, templados por la guerra, instruidos por una paz dura y amarga, orgullosos de su antigua herencia..." No hay quien sin dificultad no perciba la grandiosa bocanada de aire fresco que se apresta a barrer, incontenible e impetuosa, las antiguas carcomidas estructuras. Y estas mismas *antiguas carcomidas estructuras*, que conocían al dedillo la integridad de los Kennedy, no dejaron al punto de reconocer el peligro.

                                    Miguel Antonio Montero

"No asistimos hoy a la victoria de un partido sino a la celebración de la libertad... Que sepa toda nación, quiéranos bien o quiéranos mal, que por la supervivencia y el triunfo de la libertad, hemos de pagar cualquier precio, sobrellevar cualquier carga, sufrir cualquier penalidad, acudir en apoyo de cualquier amigo y oponernos a cualquier enemigo". Más evidentes no podían aparecer, no sin enorme satisfacción de los sórdidos y poderosos estamentos probelicistas y la industria del armamento, las inminentes medidas a adoptarse contra Cuba y el comunismo mundial. Pero cuando el entrante presidente instó a los diversos países del mundo a enarbolar incluso desde un plano igualitario una unívoca cruzada para enfrentar "el enemigo común del hombre: la tiranía, la pobreza, las enfermedades y la guerra misma", los seculares grupos conservadores del poder entendieron definitivamente amenazados sus privilegios y estatus tradicional dominante. ¿Pues cómo extenderles a *todos* los tan cruciales beneficios de la educación, mejorar y ampliar la importunada cobertura de los servicios sanitarios, consolidar como un hecho los derechos civiles y reactivar vitalmente la decaída economía (la consecuencia lógica en el orden interno de esta odiosa lucha contra *el enemigo común del hombre*), sin que frontalmente se chocara con aquel irritante orden político y social merced al cual entronizaban sus corrompidas franquicias y privilegios? Algo sí sabían, algo por lo cual se aprestaron a precipitar acciones tras bastidores: Kennedy no era de los que jugaban, y mucho menos de aquellos que solamente se deslíen en aparatosas alharacas y vanas palabras.

XIII
JAMÁS EL HOMBRE EQUIVOCADO
EN EL LUGAR EQUIVOCADO

¿Fueron Kennedy y Oswald hombres equivocados en el lugar equivocado? El postulado no sólo es capcioso; apapacha y estimula aquella falsa idea de azar y casualidad con la presente relación diametralmente incompatible. Regularmente sólo asumimos la tragedia del gran hombre haciendo sencillamente a un lado la funesta suerte del mediocre, pero tanto uno como otro giraron en la frenética ruleta del destino y al ritmo que les trazaron sus enigmáticas deidades ocultas. El uno *se atrevió* (y he aquí el mayor mérito para cualquier hombre) rehusándose a ser usado y hasta al manejo perverso y vicioso, estantío y anquilosador de la convención castradora y de aquel aquiescente e intoxicante conformismo por lo demás tan habitual, por lo cual burdamente lo mataron y lo mismo yugularon antes incluso de que naciera su obra; el otro se prestó confusamente, unas veces quizás conscientemente, otras a su pesar o ignorándolo, al manejo de oscuras fuerzas cuyo aterrador alcance ni el más listo y ducho adivinaría. Pero ¿hasta qué punto podrían Morta, Nona y Décima evadir todo lo demasiado obvio de la oculta influencia e intervención de su artera mano en los sucesos, al presentárnoslos como otra vil mixtificación de la burlesca contingencia y la casualidad falsaria? Bastaba a la latina trinca con mirarse en el espejo excelente de las Moiras, su inequívoco patrón o modelo fascinador a emular. Así perder a su víctima a los modos tan socorridos de sus helenas mentoras echando mano de sus propias cualidades y virtudes, o bien malignamente redarguyendo las razones emitidas ligeramente por ella, debía de modo determinante partir en el caso específico de Kennedy

Miguel Antonio Montero

de aquel rico hervidero de entrampamientos y discrímenes en que pronto se le erigieran sus tan untuosas promesas de campaña. Lo que nos conduce al tan decisivo, funesto y sucio asunto de lo de Cuba y, más que nada, a lo del espinoso berenjenal y cuestión prontamente suscitados con lo de Bahía de Cochinos.

Comportan lo de Cuba y Bahía de Cochinos otra inquietante e impenitente *Crudeza*. Una Crudeza, redefinido acaso estrafalariamente el concepto a partir sólo (me temo) de nuestra muy personal consideración de la historia, introduce en fuerza a un hecho cuya inapelable configuración grotesca y hasta infernal se la reconoce en el acto por su cerrado carácter prosaico. Nerviosamente angustioso, nefastamente absoluto, dicho prosaísmo es o en todo caso se erige en un odioso laberinto aterrador y sin salida, elucubrado con arreglo a cierta inhóspita absurdidad que impregna de principio a fin y sin redentor posible, como en las pesadillas, el ctónico y caliginoso universo de alguna eternizada trama kafkiana, para el que toda liberadora alegría de la celestial poesía ni en lo más remoto existe. Así no podría, en sentido poético hablando, ni balbucir siquiera. Digamos que el despiadado asesinato en 1918 de la familia imperial rusa fácilmente en sí mismo se preste para la inspirada composición de una elegía; pues bien, por cuanto en tanto acontecimiento histórico se enmarca el horripilante suceso dentro del hecho más abarcador de la denominada Revolución Bolchevique, la que a tenor de estos juicios con propiedad constituye una trillada Crudeza, sucede cual si de pronto se perdiera, arrastrada o llevada en el rugoso y enojoso conjunto, toda la espontánea fisionomía poética de asunto tan lamentable y triste. De aquí que otras vulgares Crudezas históricas entrañarían asimismo Hitler o Stalin. Paradójicamente, no lo sería la Revolución Francesa ni con todo lo repelente y prosaico de las demoníacas, escandalizantes efusiones burdas y sanguinolentas lúgubremente acompasadas a la guillotina y el Terror, puesto que los mismos ímpetus románticos iniciales de levantamiento apoteósico del pueblo zarrapastroso y depauperado contra la tiranía que de tan ciego modo lo somete y oprime, y que en algún momento capta e idealiza de inmejorable suerte (con la Revolución de 1830) Delacroix en el lienzo, pronto hasta cierto punto los recupera el espléndido épico advenimiento que indispensable cristaliza en Napoleón. ¿Pero por qué perpetran lo de Bahía de Cochinos y lo de Cuba una Crudeza? ¿Vejan, violan flagrantemente y de modo tan atroz como los pertinentes ejemplos expuestos las normas más elementales de la verdad y la justicia y la correcta coexistencia humana, a extremo incluso de herir y profanar con ello aquel ledo y muy sagrado sentimiento de lo bello?

Significativo es el hecho de que plantea ya de inicio la controvertida operación un innoble, anómalo y enorme desaguisado. Obligado por la sinrazón tenaz de su poco reflexivo eslogan de campaña de que no toleraría una Cuba comunista a noventa kilómetros de Key West, el consecuente Kennedy decreta la invasión de Bahía de Cochinos desde el tormentoso estado anímico de quien entre persuadido e indeciso incurre en la despreciable comisión de alguna fechoría criminal imperdonable, imponiéndose a ras del ridículo socapar la evidente responsabilidad del Gobierno bajo una nada verosímil espontánea iniciativa de los exiliados cubanos. Mas aquí apenas se encubre la incidencia ominosamente resuelta del elemento metafísico imperceptible: las viejas artes estrambóticas del espejismo, valida incluso de las cuales Nona seduce astutamente en provecho de sus fines la flaca naturaleza de los incautos sentidos humanos, ponen de pronto a contribución su

                                    Miguel Antonio Montero

apabullante e irresistible eficiencia. Las fatales consecuencias de la alucinación generalizada entonces obnubilan, obcecan y estragan las egoístas posiciones de los distintos núcleos inconcebibles de poder comprometidos declarada o clandestinamente en la aventura, bajo el ávido relativismo moral (o falta absoluta de ella) que casi todos profesan: el ejecutivo Kennedy ordena la operación Zapata ofuscado por el cebo de las falsas seguridades y antojadizas quimeras que les sirven tendenciosos los altos cuadros de la CIA y el propio Estado Mayor Conjunto, a consecuencia de lo cual se rebaja penosa y descaradamente la dignidad presidencial hasta los bajos fondos de la sostenida mentira y la cobarde evasión de responsabilidades, en su afán inútil de ocultar a la incisiva opinión pública, lejos ya de todo escrúpulo, por las más sórdidas vías su participación en los hechos; la CIA, a la sazón enredada en abstrusos y siniestros conciliábulos con la mafia, se deja a su vez inconcebiblemente engatusar por el iluso cuadro que ésta de forma meliflua le pinta y sus pueriles fanfarronadas de poder eliminar sin ya menores contrariedades a Castro, previa condición al parecer imprescindible para el éxito efectivo de la dudosa operación; el Estado Mayor Conjunto, cogido también en este artero festival de embaucamiento indecible de la razón y los sentidos, sucumbe a la evidencia de su incompetencia obvia y las segundas intenciones de su pretorianismo álgido; la mafia sube finalmente a bordo aferrada a la nostalgia de sus pingües intereses criminales de La Habana con la llegada de Castro sin más remedio perdidos, aspirando increíblemente tras el fiasco a que su dudosa *colaboración* (obviamente no pudieron matar al líder cubano) le fuera todavía compensada por el Gobierno.

El sendero transitado a continuación por las Parcas no cabría ser más rastreable ni más conspicuo. A Kennedy de repente asusta la constatación terrible de las incomprensibles fuerzas que su desproporcionada inexperiencia presidencial ha echado de forma imprudente a rodar. Y así el adecuado apoyo aéreo, en estas vitales horas tan decisivo, es de insensible modo diferido... y hasta el final retenido. Las desafortunadas, demoledoras consecuencias, no se hacen por consiguiente esperar: la aviación cubana se enseñorea de los cielos, el entrenado ejército de exiliados es contenido y reducido sin siquiera avanzar más allá de la playa (el propio Fidel se presta a cabeza de esta célere reducción a bordo de un tanque ruso), Castro denuncia enseguida la invasión como otra recalcitrante tentativa del gobierno estadounidense por derrocar el suyo. De alguna forma y por alguna parte aflora la palmaria felonía e ineptitud del Estado Mayor Conjunto. De más explícito modo, la intrínseca naturaleza de la CIA queda a ojos escrutadores del Presidente vergonzosamente expuesta y, aun de modo irreparable, revelada a su aguda percepción lo propio que un ámbito o degradada continua nauseante e impenitente de mentiras, maquinaciones, rastreras manipulaciones y perversidad. De ahí las inapelables destituciones, unos seis meses después, de su acaudalado director Allen Dulles y de sus vanagloriosos subdirectores Richard Bissell y el general Charles Cabell; de ahí la irrevocable resolución del Presidente de inclusive suprimírsela en un futuro no muy lejano. Lo otro, lo más importante y más serio tocaba naturalmente a la caída estrepitosa del prestigio de los Estados Unidos y del propio presidente Kennedy, en lo adelante tenido por un pusilánime y un blandengue al tan obtuso juicio del Estado Mayor Conjunto, la CIA y todos los demás. Ni siquiera importaba que su sorprendente índice de popularidad fuera ahora del más inesperado ochenta y tres por ciento, todavía incluso después del soberano desastre: en todo

Miguel Antonio Montero

caso, era el ochenta y tres por ciento de quien a vista de *todos* no había dejado de ser el mismo blandengue y pusilánime. Pero, ¿era en realidad el irlandés, el comulgante católico John Fitzgerald Kennedy un cobarde?

Los viejos trillados políticos estereotipos del desfalleciente liberal y el desmedido hombre fuerte, hasta nosotros socorridamente venidos cada vez más separados por los perennes e insolubles problemas de consciencia que atribuimos ya entonces sin mayores contemplaciones a uno, y aquella férrea robustez de convicciones que juzgamos sin más inherentes en el otro, errando de improviso la perspectiva, pierden no sin la conocida sensación angustiosa y nerviosa de lo irremediable la verdadera dimensión de nuestro eterno dilema humano, a saber, aquel mismísimo rudimentario Ser o No Ser tan shakesperiano como primario, que determina los diferentes predicamentos a que de uno u otro modo se atienen ya nuestras vidas. Para tal suerte de idiocia rezagadísima, la duda no ha de constituir otra cosa que un vicio, una infamante tara, una repugnante lepra atávica por lo demás exclusiva de la mentalidad anticuada del esperpento descabalado del liberal; no así de la vigorosa *praxis* de unánime forma y sin menor empacho reconocida en el glorificado hombre fuerte. Aquél se deshace estérilmente en las mismas contemplativas paparruchas que le aprisionan sin redención en la eterna tensión del tigre de las promesas y expectativas perpetuamente incumplidas, con jamás atreverse a dar el felino salto ni así inclusive le fueran oportunamente insufladas todas las dosis de estimuladora voluntad. Éste, en cambio, es el hombre de cuidado, aquel de armas tomar, el que no teme jugarse en la temeraria y riesgosa ruleta de la acción, rotas ya las ataduras que le presentan todo escrúpulo y *moralina* nimios, su propio destino y el de todos. Pero tales engañosas, exaltadas concepciones, pierden de improvisto su atractivo tan pronto se las contrasta con las inexorables realidades cotidianas. Kennedy no esconde y ni siquiera disimula su desembarazada y hasta despreciativa antipatía hacia el *conservador* Eisenhower por no haberles enmendado de una vez la plana a Castro y a los descomedidos cubanos; ahora él mismo finalmente a las riendas del Gobierno, le toca bien o mal de su grado no sin impotente desaliento certificar (al decidirse entonces a la ligera y de atolondrada suerte por la acción) aquellas tremendas trabas que norman el serio ejercicio del poder, y todo lo en verdad injusto de sus criterios y juicios para con Ike. Pero a esto no se reducía todo.

Era Kennedy tanto por irlandesa procedencia de su familiar arraigo como por personal convicción católico. Acaso no fuera su religiosa entrega la del celoso y devoto practicante, mas así y todo comulgaba ardiente y estrechamente con los ritos y tortuosos dédalos de su tan propalada profesión de fe. Se podrá argüir que en nada condecían su conducta y práctica privadas, matizadas por sus frecuentes lubricidades y deslices escandalosos de alcoba, promiscuidades y sexuales aventuras, con una religión cuyos muy cerrados dogmas condenaban severamente la infidelidad y la lujuria. Sin embargo, ¿puede haber confesión alguna más creyente y convencida de la fragilidad humana que el tan mundanal catolicismo? De suerte que en el fondo todo se reduciría a festinada licencia de continuar a Dios rogando mientras se sigue con el mazo dando... y al confesionario luego. El problema, con todo, afrontado por supuesto desde las cruciales perspectivas del Kennedy presidente se torna ahora aterradoramente complejo. Embarcado en la peligrosa, preterintencional presidencial *aventura*, no solamente descubre *ex abrupto* con horror la ceguera y pueril asidero de sus propias cantinelas tan fáciles de campaña que le han inducido y comprometido a ella, sino la absurda trama y maraña harto villana de la CIA y el Estado Mayor Conjunto —y esto era lo que más lo contrariaba e irritaba— en que se había dejado como el más idiota de los peleles envolver, y que se dijera preexistente como política estructural estatal no sólo a él sino a todos los demás inquilinos de la Casa Blanca desde antes incluso de la llegada de Lincoln, y sobre todo después. Nos sobrevienen entonces bruscamente las profundas agonías y conflictos introspectivos desgarradores del Presidente. Pues ¿quién que se entregara a entender el endiablado drama interior, las terribles contrariedades e infernales tiranteces dialécticas y morales de Kennedy, absorbido él de intempestiva suerte en el cáustico dilema de su serio deber cristiano con sus semejantes y las *pragmáticas* mezquindades del sucio ejercicio mundano de la política? ¿Habrá consciencia alguna necesitado entonces más que la suya de los solícitos auxilios desinteresados del casuista?

Precisamente en el tiempo particularmente más álgido de la funesta Guerra Fría ¿había él de veras forzado aquello? Sin duda estremeció su imaginación durante aquellos instantes decisivos el aterrador extremo lógico del despropósito mayúsculo, con toda su secuela horripilante. ¿Qué quedaría del mundo de repente sacudido por la nuclear hecatombe que el subsiguiente declarado enfrentamiento irracional de las potencias, ahora como embrutecidas y tozudas, atraería no sin ostensible indiferencia contra la ancestral civilización y el destino humanos? ¿Qué sería de su pequeña Caroline, qué sería de su pequeño John?, ¿qué sería de todas las pequeñas Carolines y todos los pequeños Johns del mundo? ¿Estaban él o cualquier otro político, simples mezquinos mortales como eran, en posición de arrogarse suplantar al Creador y por cualquier capricho precipitar la escatológica suerte del planeta? ¿Qué los acreditaba en mérito suficiente a uno u otro de pulsar el teleológico botón de la aniquilación nuclear, como consecuencia a la larga de cualquier guerra fundada sobre las ruines y estériles disensiones ideológicas de dos bandos o sistemas estólidamente cerrados? Y si Estados Unidos insistía en transitar con desparpajo simpar aquel camino de atribuirse feo rol de fautor internacional de guerras, ¿qué diferencia haría después de todo con Hitler y sus actuales enemigos? Por ello debía erigírsele en imperiosa prioridad el mantener a su país al margen de todo conflicto; por ello incluso lo sacaría del muy peligroso berenjenal en ciernes en que ya para entonces se le venía trasluciendo Vietnam. Si bien ahora había incurrido en un error imperdonable, nunca (ponderada la seria envergadura del problema) era tarde para echarse atrás. No enviaría los aviones, no; no las asumiría en Bahía de Cochinos con todas las de la ley ni así se le derrumbara encima el universo; preferible ahora pasar por irresponsable y hasta por cobarde a la miopía resentida de unos pocos, que fallar su responsable deber moral para con la completa humanidad que le seguía en suspenso. Que se dijera incluso que había terminado por imponerse el beato sobre el pragmático, bien; pero nadie nunca le llevaría a pulsar el ominoso botón de la aniquilación suprema...

Claramente, distaban de ser éstas, vistas desde tan noble prisma, las zotes e infundadas conclusiones de un mequetrefe o de un cobarde. Invertido, trastocado todo con marcada malicia por las Parcas... necesitaba Kennedy reparar con urgencia su imagen. Difícilmente pudieran preparar más apropiadamente a su víctima para el logro sin trastornos de aquello que su amo férvidamente les instruyera. La venenosa y soterrada animosidad de la CIA acidulada por ribetes cada vez más personales de un cierto resentimiento satánico, y por lo que ahora mutuamente se repudiaban y aborrecían la entera organización y el Presidente, era un hecho agravado por las frías deposiciones de sus hipersensibles altos cuadros, tomadas como preludio obvio de la anunciada desaparición de la siniestra Agencia. Las relaciones con el Estado Mayor Conjunto y el Pentágono habían quedado igual de deshechas a partir de la efigie irremisible de miedica que de él entonces se formaran irremediablemente los militares. La amenaza de acciones cada vez más serias frente a la mafia y el hampa por parte de su hermano el fiscal general, le iba a su vez correspondiendo con una sucia y sutil escalada de las más tenebrosas y rastreras medidas gestadas en su contra por el bajo mundo. Los grandes magnates de la industria del armamento, y con ellos la completa plana mayor de los estamentos dominantes, comenzaban como nunca a considerar el mayor peligro a sus intereses aquella muestra insolente de insumisión e independencia de parte de un Presidente que, desechando acatar allí donde todos o mayor parte de sus más juiciosos predecesores se les habían de buen grado rendido siempre obedientes, optaba incluso por proejar sin medir imprudente los riesgos. ¿Podían Nona, Décima y Morta, haberse ingeniado en atención a sus designios ulteriores mejor cuadro?

Convenía, de todos modos, equilibrar un tanto la balanza: sus aplicadas lecturas del inminente, inconmutable devenir, así se lo aconsejaban. Puesto que este inconmutable devenir de nuevo respiraba crisis y Cuba, adobado esta vez con el más peligroso y explosivo ingrediente de ojivas y de misiles, de maligna y descarada intrusión rusa, de cierta amenaza más directa y más temible de arrasadora y abrasadora conflagración nuclear inmediata. Empero ¿se las habrían en la ocasión Jruschov y los demás calculadores dirigentes rusos con el mismo Kennedy tan débil como perplejo e incidentalmente acorralado por la menuda crisis del tortuoso año anterior de recuerdo nada grato, el tonto y pobre diablo del Kennedy inveterado en la metedura de pata monumental al burdo y tan reprensible estilo de Bahía de Cochinos, y el por siempre susceptible de ser una vez más en su buena fe sorprendido por la taimadez desenfadada del capcioso y malicioso de turno, al grado en que sus rudimentarias mentalidades de tarugo todavía le suponían? En todo caso, significó tal miope interpretación una equivocación gravísima, por cuanto ahora coincidía con los imperiosos fines circunstanciales de las Parcas el levantar de algún compensatorio modo el desfallecido prestigio de nuestro antiguo caballero de la Ivy League. Además, y como entendible deducción de aquella misma *coincidencia* inconfutable e impertérrita, el apenas año y medio que mediaba entre una crisis y otra nos había entregado a cierto individuo Kennedy de extraña forma forjado en los más profundos cambios psíquicos y espirituales, acaso meramente de inverosímil suerte explicables por una cierta maduración algo menos que prodigiosa y solamente comprensible a partir de alguna empírica vivencia de milenios. Y aun cierto que tampoco había dejado de correr desde luego parejas con esta singular transformación interior algún visible rasgo de un cierto avejentamiento prematuro, ¿toleraría ahora la presencia a menos de ciento cincuenta kilómetros de Norteamérica, allí en el mismo conflictivo territorio cubano, de los misiles nucleares soviéticos? ¿Se impondría resuelto sobre aquel árido discrimen escarnecedor de las circunstancias, o claudicaría dejando en esta hora crucial el mundo a merced de tan macabras asechanzas?

Trece fueron los días de más inferna duración de la crisis, en los que al final Jruschov vocingleramente proclamándose salvador procero de la civilización y del mundo, y hasta sensato heraldo de la razón y la justicia, no hacía sin una nota ridícula distinta cosa que recoger las escasas piltrafas de dignidad de la retirada humillante a que la ruda parada en firme de su irreconocible contrincante sin ya atender a miramientos lo forzara. Los cáusticos episodios de tan abrasivo drama son de una repercusión y perplejidad alucinantes: la íntima comunicación al Presidente de la devastadora nueva por el asesor de seguridad nacional, la urgente convocatoria de los principales elementos del Departamento de Seguridad Nacional para una sesión ultrasecreta, el expeditivo envío de ciento ochenta buques navales al Caribe, el estratégico estacionamiento desde Texas de la 1ª División Blindada del ejército en Georgia, el traslado a Florida de un gran número de cazas y aviones cisterna por parte del Mando Aéreo Táctico, la enervante disposición para la ruptura inminente de hostilidades de los bombarderos B-47 y B-52 del Mando Aéreo Estratégico, el Presidente que revela por fin en un discurso a la nación la crisis sin dejar margen a dudas de su determinación inquebrantable, Cuba de improviso aislada en la más resuelta "cuarentena" de su absoluto bloqueo naval, las fuerzas estadounidenses que alrededor de todo el mundo se ponen en pie de guerra, el feroz bloqueo que cierra el menor acceso a Cuba de los buques y cargueros soviéticos, Jruschov que de inesperado envía una insincera misiva al Presidente norteamericano, un avión espía U-2 que es derribado de repente sobre Cuba, el Estado Mayor Conjunto que exige en represalia el inmediato bombardeo masivo de la isla, Robert Kennedy que por instrucciones del Presidente se reúne confidencialmente con las principales autoridades soviéticas en Washington, el decisivo compromiso del acuciante conciliábulo de ora dejar sin efecto si se retiran los misiles la consabida invasión de Cuba, una emisión de Radio Moscú que afirma finalmente del desmantelamiento por parte de la Unión Soviética de su base de misiles en la isla.

Brillantemente de nuevo trabajados por las latinas pupilas del Hado, la estima y el prestigio de Kennedy ahora se afirmaban sobre la base granítica de un éxito trascendental como aquél... sin que con ello se consiguiera subsanar las criminales inquinas y antipatías puntillosas de sus poderosos enemigos encubiertos. Mientras todos celebraban aliviados —el mundo entero y sus compatriotas por igual— el sensato triunfo de la vida sobre la destrucción termonuclear irracional, aquellos inconformes y descontentadizos dentro y fuera del Gobierno se entregaban a rumiar malevolentes su rencor, alimentado y exacerbado por los "imperdonables yerros propios de un presidente blando, timorato, incapaz e indigno de llevar la representación enalteciente de la Unión". Apertrechados en sus feas e insatisfechas querulencias, los groseros guerreristas y avinagrados burócratas del Pentágono y la CIA y el Estado Mayor Conjunto, los plutócratas y los industriales, los empresarios y los banqueros y aquellos rancios estratos tradicionales del poder, a duras penas sí reprimían su desprecio. Puesto que no nada más los sulfuraba: les provocaban por todos los demonios los gazmoños escrúpulos de aquel pacifismo mojigato e irritante, y a lo sumo intolerable, del maldito pusilánime. ¿Cómo ni con la pérdida bochornosa de uno de los suyos, el piloto de la aeronave de más oprobiosa suerte villanamente derribada durante la crisis, demostraba el muy gallina las agallas de pronunciar la orden de la invasión y el ataque? Pero no; mejor que eso había obtenido él *su* paz: una paz al costo de la zaherida dignidad de la gallarda nación estadounidense, que había tenido además que consentir en el retiro de su base de misiles en Turquía. Pero claro que esto en realidad no importaba. A fin de cuentas, ¿no se encontraba él entre aquellos que desde

   Miguel Antonio Montero

hacía algún tiempo venían abogando por la medrosa e imbécil supresión de las tan necesarias pruebas nucleares? ¡Y ahora su popularidad y su *rating* electoral, con miras a los siguientes comicios presidenciales, se disparaban a alturas francamente estratosféricas! El mismo triunfo avasallador del menor de sus hermanos en las congresuales recientes se les erigía por barómetro incuestionable y fehaciente. De suerte que nada alentadora se les ofrecía la enojosa perspectiva de tener que soportárselo otro período más, al miedica y santurrón inveterado que escabullera vil el bulto en Bahía de Cochinos. Algo tendría que hacerse, y, sin importar el precio, por descontado que lo harían...

Mientras ¿podían con Lee Harvey Oswald tornarse más paladinas y precisas las engañosas formas de la conspiración ecuménica? Lee no es ya solamente desde el principio el *patsy*, el maleable y dúctil borrego propiciatorio idealmente requerido por los perversos centros oscurantistas del poder aclimatados por igual en los ya sórdidos o distinguidos salones del alto y bajo mundos, sino la amañada coartada inconfesable de todos (de la mafia, de la CIA, de los fanáticos pretorianistas del Pentágono, del corrompido mundillo social y político, de las sucias agencias y morbosas componendas gubernamentales más secretas), a la que a todo trance deben sin embargo silenciar en tanto todavía se está a tiempo los ganapanes y macarras por el estilo de Jack Ruby. Al rejuego asombroso de sus tan habilidosos dedos, las taimadas virtudes de guasón y titiritero de Nona y sus hermanas debieron encarar el arduo desafío de creación de un pelele con profundas pretensiones autonómicas y de albedrío que sobrepasaran lo habitual, pero que en realidad jamás trascendieran del más versátil amasijo de plastilina o de masilla en las desalmadas manos de todo el mundo. Ignoran o pasan con frecuencia por alto nuestras nociones ordinarias sobre la mediocridad este detalle fundamental: el ardiente imperativo por ser *alguien* o por labrársenos un nombre hendiendo en la vida de todos, y que en el mediocre siempre adquiere proporciones ridículas y hasta megalómanas. Justamente a partir de tal detalle fundaron proyectar las Parcas el sino de Lee Harvey Oswald a cosa de informe arcilla no sin ínfulas risibles de superioridad, cuya evidente carencia de sustancia posibilitara aquella íntima prescindibilidad de que por decisión inalterable de la gracia apropiarían todavía a su ser, hasta prestársenos incluso por el más utilizable. Modelan las Moiras para sus fines a Booth en atención a aquel cierto atractivo o carisma que, auténtico o no, nos les concede acceder sin el menor contratiempo a la final ejecución más magistral de su plan. Figuran las Parcas a Oswald en orden a un carácter voluble y despreciable, e indudablemente a tono con el muy palpable signo de estos tiempos que declinan.

Ante todo, debieron proponerse hacer de su ruinoso sujeto una sórdida entelequia viviente, capaz aun de ensamblar de insuperable forma en los premeditados esquemas fraguados para él por la malicia. Así no faltaban mientras Oswald vivía en Rusia quienes decían haberlo visto en México, o bien habérselo topado en algún establecimiento de Michigan o de Texas requiriendo digamos de un *dealer* la casual venta de un auto. Otros declaraban haberles chocado aquel peregrino elemento que no se retenía la exagerada ostentación de sus opiniones prosoviéticas y marxistas, sin importarle que ello viniera o no a cuento con los centrados argumentos de su asombrado interlocutor, o sin la menor justificación que a la verdad lo ameritara. Las demás piezas del truculento rompecabezas van cayendo en su lugar por sí mismas. ¿O al absurdo dictamen del punto de vista tendencioso de quién se nos podría inducir de verdad a creer que un tirador comoquiera profesional (no en balde había sido él marine), por el motivo que fuere de compelida forma embarcado en la comoquiera riesgosa y sofisticada empresa de asesinar al presidente de la nación más poderosa de la tierra, apelará ni en el colmo de su inusitada estupidez a la peor contraindicación indudablemente más impráctica de un rifle Mannlicher-Carcano de factura italiana procedente de la Segunda Guerra Mundial y anticuado ya incluso para 1963, hallándosenos él sobre todo en Texas, mera tierra proverbial de promisión —si no el más flamante paraíso terrenal— por lo que tocaba al porte, adquisición y licencia de todo tipo de armas? Se nos abren a seguidas las censuradas compuertas de todas las preguntas y aprensiones urticantes.

¿Es que no atestiguó cierto teniente coronel haber recibido muy inusualmente Oswald lecciones de ruso a lo largo de su entrenamiento como infante de marina, unos meses antes apenas de producirse su partida para la Unión Soviética, dato llamativo y de todo punto incompatible con el currículo ordinario de preparación del marine, cuya rigurosa normativa en modo alguno registra en su manual de instrucción como normales o procedentes tales lecciones? ¿Cómo de pronto y tan fácilmente tramita Oswald en plena Guerra Fría su salida sin inconvenientes hacia Rusia de unos Estados Unidos todavía en cierta forma llevados y traídos en los espectros aberrantes y frías resacas del maccarthismo, y cómo luego logra del propio quisquilloso consulado norteamericano, con menos dificultad aún, el visado ahora de regreso no solamente para él sino además para Marina, su callada y anodina esposa rusa? ¿Hasta qué punto cabría barruntarse una clandestina conexión de Oswald con ciertas instancias de la Oficina de Espionaje Naval, tenidos algunos inquietantes indicios que apuntan resueltamente a tan comprometedor conventículo? ¿Cuál fue el real trasfondo de aquella sospechosa amistad, acaso demasiado *espontáneamente* entablada al arribo de los Oswald en 1962, con el ruso George de Mohrenschildt, del Club Petrolero de Dallas, y con los esposos Bill y Janet Williams, él sinuoso ingeniero de la entonces deprimida Helicópteros Bell, ella de pronto comprometida *protectora* más incondicional de Marina, a cuyo marido diligencia enseguida un empleo nada menos que en aquel depósito de libros ya para siempre célebre de la Elm Street? ¿Existe un argumento lo suficiente convincente a desmentirnos el oscuro nexo que Oswald tenía con Jack Ruby, David Ferrie y Guy Banister, ex agente del FBI y presidente en su momento de la Alianza Anticomunista del Caribe? Luego, ¿por qué asimismo no tendría él tratos con Clay Shaw, la falsamente respetable y muy tenebrosa eminencia gris relacionada con ellos, y que muchos no dudaban en asociar a la CIA bajo el alias insidioso de Clay Bertrand?

Pero esta especie de atentado temerario contra la cínica, estudiada bancarrota del sentido común, que igualmente nos insulta la inteligencia y el pudor, continúa: ¿Por qué el agente especial del FBI John Quigley, después de entrevistarse con Oswald a causa de su raro incidente o embrollo con los anticomunistas de New Orleans, destruye cada nota de la conversación limitándose tan sólo a dejarle libre? ¿Por qué, materializado finalmente algún tiempo después por desgracia el magnicidio, Oswald es sometido contra el más elemental principio legal, contra el más legítimo derecho de cualquier criminoso en una democracia (fuera, claro, del de preservación inalienable de su vida, hasta fallo en contrario del debido tribunal que legalmente le procese), a doce horas de arduo e inclemente interrogatorio sin un abogado allí que le asistiera, y por qué (lo que es más sospechoso, escandaloso todavía) no se toma o guarda menor registro del interrogatorio maratónico? Y ya que nos adentramos en esto, ¿qué de lo de Rose Cheramie, la *desacreditada* prostituta, la *insignificante* cualquiera, la muchacha desfavorecida como tantas otras de la fortuna a cuya

                                   Miguel Antonio Montero

suerte cupo el infausto albur de enterarse de la inicua trama del complot en marcha, la que narcotraficaba para Jack Ruby y que afirmaba de lo más persuasiva y categórica que éste conocía a Oswald, atropellada fatalmente al poco tiempo por un coche cuyos conductores huyeron?... Mas sólo aluden tales ambulacrales cuestiones a las puras mundanales implicaciones de la conjura; una mayor sobrecogedora interrogante se abre estremecedor camino en los pavorosos planos astrales o metafísicos: ¿En qué oscuro reducto de la gracia se predestinan y enmarañan irrevocablemente los mortales destinos de Oswald y de Kennedy, éste como el gran hombre víctima insólita de la increíble conspiración universal que determina cada uno de nuestros pasos por la vida, aquél como el mediocre y al mismo tiempo insospechada víctima de la misma conspiración inconcebible que aún le asigna falso rol de victimario en el tan acerbo y helado teatro inexpresable del mundo? Puesto que más vale el que tengamos siempre en cuenta este detalle fundamental e irreversible: en modo alguno aquí se trata de otra inocua *teoría de la conspiración* en un principio intrigante y al final vacua e insípida; es la cósmica consciencia de sigilosa ubicuidad de la conjura que, de igual forma trascendiendo el orden superior y el inferior, se apropia cada vez el día a día de manos crípticas del Hado y los consagrados epígonos de sus frías y aprovechadas favoritas.

XIV
IMPLICACIONES Y DISCRIMEN
DE UNA REPOSTULACIÓN ANTIPÁTICA

Básicamente, partamos de la adecuación inteligente del frenético cronograma de actividades de las Parcas al predeterminado calendario divino, y al cual aquel año de 1963 nos le venía en algo así como vital pie de amigo. Era aquella etapa de sus operaciones especialmente crucial para Nona y para Décima, ya que sin margen de error debían preparárnoslo todo para otra entrada en escena descalabrante de Morta, como incumbente directa de la guadaña mortífera y del descenso amoral hacia los más bajos fondos. De obvia suerte, la atmósfera, las circunstancias, los requeridos rasgos de personalidad por ellas previstos para Kennedy entonces, habían empezado para su agrado a cursar aquel ansiado punto tan familiar de inflexión que favorecía notablemente un cierto augurio y desenlace afortunados para su empresa, a la que la misma Fatal Determinación Sonambúlica de su víctima (en un principio tímidamente, pero al cabo de un tiempo incuestionablemente) se le venía ya erigiendo en la medida confiable de su éxito. Sin embargo, existían cosas que debían ajustar, y las cuales no podían permitirse descuidar si es que querían arribar a la consecución lograda de sus metas; cosas de la mayor importancia en atención a cierto drástico ordenamiento de prioridades que su sobrehumana disciplina les había para entonces como de costumbre impuesto. Giraban la mayor parte de estas cuestiones alrededor de una impostergable intensificación de los odios y aquel pútrido malestar antikennedyanos progresivamente acumulados, llamada ahora la trinca a explotárselos del todo en razones y función de habérsenos abocado a las como ineludibles coyunturales perentoriedades de cuyo concluyente resultado su misión trascendental dependía.

Una de tales coyunturales perentoriedades lo eran con plena seguridad las elecciones del venidero 1964, en las que un bien posicionado Kennedy (su popularidad y aceptación rebasaban ya para la precampaña el 70%) se proponía acreditar

Miguel Antonio Montero

su reelección. No podían en todos los órdenes más claramente favorecerlo las audaces iniciativas de su gobierno. Lo de Bahía de Cochinos había quedado definitivamente sepultado bajo el idóneo manejo dado a la crisis de los misiles. Su valerosa postura frente a la álgida cuestión de los derechos civiles, en los que ya había tenido alguna inteligencia con el doctor King y no le había intimidado el enmendarle la plana a la riada virulenta de refractarios, y en especial a los recalcitrantes Barnett y Wallace, gobernadores de los estados de Mississippi y Alabama, le auguraba el éxito y consolidación más resueltos con otro probable período presidencial. Los logros en el campo de la salud no podían estar más a la vista con el incremento y mejora sin precedentes de la cobertura y prestaciones sanitarias. Los cambios y extensión de la educación hacían nacer por fin para los marginados el sol tantas veces negado de la esperanza. La reactivación económica indudable, no cargando y apuntando conforme al uso tradicional sus gravosos cañones contra los desvalidos y menos favorecidos, buscaba hacer hincapié como nunca antes en el razonable aporte al progreso del país de las clases pudientes y acaudaladas, abriendo de hecho las obturadas puertas a una más justa y ponderada distribución nunca más oportuna de sus riquezas. Su tan humana política inmigratoria, la creación del Cuerpo de Paz, el Tratado de Prohibición Parcial de Ensayos Nucleares, sugerían otras tantas vigorosas fintas orientadas a apuntalar la cándida analogía con el Camelot legendario a su gobierno a cada paso no sin alguna justicia endilgada. ¿A quién no se trasluciría en todo esto como a través de la gasa la insidiosa orfebrería consumada de las Parcas? A alturas del creado clima de fe y de confianza más eufóricas y tozudas en el porvenir, y según la vieja ladina práctica acuñada por las Moiras y por ellas mismas, lo siguiente pues sería llevar hasta el paroxismo toda aquella enconada y patológica aversión de los enemigos soterrados del Presidente, a fin de prontamente propulsar el cruento e infamante puntapié final que su misión les reclamaba ahora a gritos.

Digamos que de forma indiscriminada tomemos por el primero de aquellos irreductibles rencorosos a la mafia. Los Teamsters, el poderoso y corrupto sindicato de camioneros, que lideraba el cerril y corpachudo de Jimmy Hoffa, venían con ella emparentados a partir del vínculo demasiado conocido con sus pecaminosas estructuras y aquellas ciertas subyacencias del crimen organizado. Esto resulta determinante a partir del uso dado por las latinas paredras a aquella personal característica de Hoffa como individuo avispado pero sin instrucción, y el cual no ocultaba su visceral resentimiento desdeñoso y homicida hacia los "pulcros señoritos de la Ivy League", clase a la cual pertenecían muchos de los que integraban el Gobierno, como el propio Kennedy, su hermano Robert y otros, y que además le dificultaba adaptarse a esos norma y usos tradicionales del mafioso con su viejo código no escrito de descarada *Cosa Nostra* por el que todo este sórdido submundo criminal, dotando de alguna suerte de retorcida regulación la ordinaria actividad del delincuente, se desenvolvía a su peculiar manera dentro de ciertos sobrentendidos márgenes de *honor y respetabilidad* que a cualquiera bien pudieran antojársele chocantes, pero cuyo insultante desconocimiento o violación no podían ser ni eran en ningún caso permitidos, lo que terminó a la larga por granjearle el disgusto y acumulado malestar (en cualquier caso recíprocos) de la nada tolerante generalidad de los capos y, muy especialmente, la enconada antipatía de Sam Giancana, el temidísimo jefe de la familia de Chicago. Huelga por consiguiente abundar en lo tan apropiado que entonces se presentó a

                                    Miguel Antonio Montero

la facultad clarividencial de las Parcas la importancia de agravar hasta cierto intolerable límite la sostenida cruzada anticriminal de Bobby Kennedy, el inquieto, resabioso, intransigente fiscal general. Comenzaron de improviso a arreciar sobre las cabezas de la mafia y los Teamsters las presiones, y algunos fueron incluso convocados por ante el Senado. ¿Por cuánto tiempo aguantarían tan enojosa situación? Bastante ya habían tenido con la pérdida irreparable de sus franquicias tan sustanciosas de La Habana. ¿Ahora iba el ingrato de Robert Francis Kennedy a empeñarse en hacerles la vida imposible, a pesar de haber ellos en su momento contribuido a la subida al caballo de su hermano?

Luego vienen las importunas revelaciones de las sucias intervenciones telefónicas pagadas por Hoffa, y el panorama para 1964 les pinta aún peor en un segundo mandato de los Kennedy con un fiscal general poco menos que insobornable y programado a lanzar el asalto final a la precaria y asediada fortaleza, su ya demasiado debilitado bastión. ¿Iban a prestarse pasivamente a permitirlo? Por donde se lo mirase, la maquiavélica lógica más pragmática de sólo descabezando la serpiente matársela, tan asociada a los viejos modos del socorrido comportamiento mafioso desde sus orígenes, no lucía ser otra que la solución. Así que no a Kennedy el fiscal, sino al Kennedy otra vez glamorosamente presidenciable debían cargarse al primero en su tenebrosa lista. Mas, ¿matar al Presidente? Era sin duda un negocio de la mayor cautela, y de un disimulo y envergadura ni siquiera por ellos en ningún tiempo acometidos. Se necesitaba de una *programación* especial, y por supuesto que ahí estaba Carlos Marcello, el planificador por antonomasia entre su pérfido hatajo de mugrientos estrategas. ¿O seguiremos simplemente rechazando como cosa de fábula y aguda fantasiosidad de mentes calenturientas y ociosas haber Marcello ciertamente esbozado a instancia y solicitud de sus pares y hermanos y compinches en la infamia, Santo Trafficante y Johnny Roselli, aquel inverosímil plan maestro en que al uso mejor no podría haberles encuadrado (y ni siquiera él mismo proponiéndoselo), *un incauto Lee Harvey Oswald cualquiera*? ¿Aquel plan que fríamente preconizaba desechar emplear "a ninguno de los nuestros" sino que debían procurarse a toda costa "un fanático", alguien quizá con algún entrenamiento militar, e inclinado por propia motivación a asesinar al Presidente, y al cual ellos ni le pagarían ni en lo remoto "sabría que trabaja para nosotros", y que obcecado torpemente con la idea de pensarse hacerlo por él mismo o al servicio de los rusos o la CIA todavía "creyera lo que le dijéramos", y al que suficiente sería solamente "darle un arma (e incluso él mismo la compraría) e indicarle hacia dónde tiene que apuntar"? ¿No disponían acaso de amigos en el Servicio Secreto y la propia oficina de Miami del fiscal general en cuyos archivos bien pudieran procurarse los adecuados candidatos que cabalmente respondieran a dicho perfil, y los cuales por decenas pululaban en Dallas y en Houston, y hasta en el propio New Orleans? Pero incluso encontrándoselos no podría ir sola en esto la mafia; demasiado grave y peligroso era el asunto; necesitaba otra vez de sus subterráneos vasos comunicantes con el Gobierno.

Así que hénosla aquí una vez más concertada en nefando monipodio clandestino con la CIA, articulado al designio de dar de un porrazo al traste con el castillo de naipes pretencioso de los Kennedy, el ya insufrible enemigo común. Porque tampoco se estaría de brazos cruzados la Agencia ante aquella repostulación odiosa. Puesto que ¿cómo renovarle serios votos de lealtad a un engolado y arrogante, al cobarde miserable que

Miguel Antonio Montero

traicionando la confianza de sus iguales de clase no le afecta ni en un pelo el rechazar a los suyos cual si con él se tratara de algún *deus ex machina* mesiánico e intocable, o de alguien que a sí mismo se juzgara colocado en un plano superior y exclusivo? Las todavía sangrantes heridas de los maltrechos orgullos de Allen Dulles, Charles Cabell y Richard Bissell, a causa de sus sendas destituciones "humillantes" como jefes de larga data de la Agencia, gritaban, chillaban y resentíanse en aquellos trastornados reclamos por lo bajo. Y esto tampoco era casual. En el mismo escueto discurso de despedida en que alertaba contra los riesgos de una creciente industria del armamento y el consiguiente incremento del influjo militar, daba también Eisenhower en la clara incoherencia de la eminente necesidad de una estable industria armamentista y de que Estados Unidos dispusiera de un ejército considerable y poderoso. Dicho razonamiento, emitido en pleno emperramiento de un crítico período histórico de áridos antagonismos ideológicos conocido como Guerra Fría, se pudiera aquilatar por comprensible y hasta lógico, pese al evidente contrasentido que respecto del resto de la alocución encerraba. Embarcada ahora en la *prima ratio* de su ardimiento patriotero y fanático, la CIA marchó a compás y altura del argumento como una especie de punta implacable de lanza (unas veces sutil, y otras veces no tanto) del esfuerzo de guerra y la inteligencia del Gobierno, derivando por fuerza en una lóbrega y temida organización criminal cuya aberrante especialidad ha sido la inveterada formación de sofisticados asesinos, y la desestabilización y eliminación descarada de gobiernos extranjeros desafectos. No hay quien desconozca la cosecha desgañitada y atroz de semejante política. Escalofriantes gremios del terror y del legitimado delito, crueles, salvajes, inhumanas, han sido en síntesis las SS, la Gestapo y la KGB, dignas todas de algún ínclito Museo de los Horrores; *in extremis*, no les habrá de ir muy a la zaga la CIA en los alcances supremos de tan funesta celebridad. Acaso se adivinara Kennedy con visionaria antelación tales abominables derroteros.

¿O acaso no estaba ahí lo del negro porvenir de su anunciada supresión que la mantuviera desde entonces caminando sobre ascuas, y la que de extendérsele al Presidente un segundo mandato muy seguramente cumpliría? ¿A quién cupiera por lo tanto encaprichársele que, lo propio que un insípido concierto de olímpicos y descerebrados idiotas, se entregaría ella a robustecer desmañadamente el brazo del insensato verdugo que aún se aprestaba en su necia obstinación a derribarla? El FBI, el Servicio Secreto, compartían sin cortapisas semejantes sentimientos, algo así como la clásica y efusiva lealtad admirablemente solidaria con el camarada caído, al cual por nada se abandona ni siquiera en lo más álgido o exigente de la lucha. ¿O constituían para alguno algún secreto las tirantes relaciones de J. Edgar Hoover y los Kennedy?, ¿aquella mutua y a duras penas reprimida animadversión venenosa que nos los distanciaba e inconciliaba por siempre? Debía en tal línea de acibarada desafección con la mayor seriedad ponderarse el "desviado sesgo de una política pretensiosa, mezquina, timorata, claramente evadida del mejor interés de una pujante nación llamada enaltecidamente a transitar nunca antes emprendidos caminos de grandeza, con un pazguato presidente decidido ahora a retirar de Vietnam y de todos los demás frentes sus fuerzas, dejando así cancha abierta al dominio mundial del pestilente comunismo, y descartando de plano sus propias tácitas y vitales ensoñaciones geopolíticas". La última duda les había quedado definitivamente despejada con el famoso discurso pronunciado por el *blandengue mayúsculo* ante la

    Miguel Antonio Montero

Universidad Americana de Washington: "¿Qué clase de paz buscamos? —se había preguntado Kennedy—. Yo hablo de la paz verdadera, la clase de paz que vuelve a la vida en la tierra digna de ser vivida, la clase que permite a los hombres y a las naciones crecer, esperar y construir una vida mejor para sus hijos". Y luego seguía el puntillazo final, el cual cerraba margen a cualquier torpe vacilación: "La humanidad tendrá que poner término a la guerra o la guerra pondrá término a la humanidad". Desde la retorcida perspectiva guerrerista de la CIA, subrepticiamente desde siempre enfrascada en su manía delirante y compulsiva de dominio, había quedado todo esclarecido y resuelto: nada podría interponer óbice a otro de sus asiduos conciliábulos con la mafia. Ahora sólo restaba, y ello no entrañaba la menor dificultad a sus ojos, el atar los escasos cabos sueltos de aquella casi total convergencia de puntos de vista con sus conniventes pares del *establishment* y el Pentágono.

Había tenido que tragársenos precisamente por esos días la inconformidad ignícola del Estado Mayor Conjunto otro incongruente ingrediente adicional. Tan en vilo como sus cuates y secuaces de la CIA a partir de Bahía de Cochinos, los burócratas del Pentágono recibieron como un terrible agravio personal los drásticos recortes presupuestarios a la cartera militar practicados aquel 1963. Nada tomó a su estólida y cavernosa estrechez de miras persuadírsenos de la deliberada inquina de un malévolo comandante supremo con el que no se llevaban y al que les resultaban poco afines, expresada entonces menuda incompatibilidad y malestar, según ellos lo veían, a través de la impactante friolera que en hechos les traducían las estadísticas frías de cincuenta y dos instalaciones militares cerradas en veinticinco estados, y unas veintiuna bases norteamericanas desmanteladas en el extranjero. Para colmo, la inminente salida de Vietnam era ya prácticamente una constancia factual. ¿Podría otra cosa transmitirnos una mejor idea del ebullente ánimo de la castrense jerarquía que la propia descarnada destemplanza del histórico termómetro estadístico? En 1949, cuando no se estaba ya en guerra, el presupuesto militar había rondado alrededor de los diez mil millones de dólares; con la guerra de Vietnam, a partir del gobierno de Johnson, dicho presupuesto rebasa los cien mil millones, y más adelante incluso los doscientos mil millones. Y así una y otra vez maltratándolos y reiteradamente rebajándoselos sin ningún decente aliciente que ofrecerles, ¿pretendía todavía el execrable esperpento prorrogarse e imponérseles por segunda ocasión en el cargo? ¿Y por qué tendrían ellos que refrendar el oprobioso predicamento de permitirlo? ¡Nunca! Preferían de mil amores no únicamente cerrar filas con la mafia y sus amigotes de francachelas y desdoros escabrosos de la CIA, sino de serles necesario hasta con el propio Belcebú que ahora sarcástico emparentado con los oscuros recovecos inconfesables de la trama... les propusiera a firma de un ominoso pacto malignamente deshacerse sin ya menores complicaciones del incordio.

Fieles a la larga e inicua tradición de su rancio conservadurismo ciego, envarado, egocéntrico y rapaz, coetáneo furtivo (según se vanagloriaban) de aquel pulcro apostolado en su tiempo esgrimido por los Padres Fundadores, se revolvían en comparación las quejas y calenturientas desavenencias de lo que ahora restaba del *establishment* en pueriles sinrazones algo más generales y vulgares, pero también más simples. En la agenda apretada y desaprensiva de banqueros, magnates de la industria y de los grandes negocios, amos de la bolsa, señores de la tierra y de la propiedad, no entraba aquella atrevidísima apertura hacia

          Miguel Antonio Montero

los derechos efectivos del hombre o del ciudadano común. ¿O es que irían a consentir se diera pie allí mismo, en la mera armoniosa, más estable Norteamérica, a aquella disfrazada revolución de hecho? Pues extravagante y mañosamente, a una sigilosa y disimulada revolución les estaba en efecto introduciendo el gobierno pernicioso de los Kennedy. La cuestión se reducía a si se los dejaría impunemente concluir su detestable frangollo. Bien estaba y hasta aceptable era aquello de los derechos e igualdad de todos en una democracia, pero sólo en el papel, o bien hasta cierto punto, como cualquiera sabía. Y ello incluso sin importar se tratara de la más representativa democracia del mundo. Porque por más vueltas que les diera en sus primitivas cabezas, jamás había podido acomodarse ninguno a la idea de tener que tragar aquello. ¿El bienestar, los sagrados derechos del hombre de la calle y los indigentes? ¡Quia! ¿Por qué mejor no reparar en la estruendosa y lastimosa bancarrota por la que atravesaban sus compinches de Helicópteros Bell, y que tan preocupados traía a los buenos y mejor intencionados amigos del Banco de Boston? Por cuanto la primordial preocupación de esta caricatura de gobierno (que en nada a ellos podía representarlos) era la cobarde evasión de su patriótica responsabilidad en Vietnam, y la salida a cualquier precio de ésta y cualesquier otras guerras sin detenerse a examinar, con la prudencia y frialdad de sus ilustres predecesores, la mortífera herida que tal medida infligía en el vital desarrollo de la importante industria bélica.

Y a la verdad que no era esto lo que en realidad esperaban. En cambio, sus socorridas canonjías, sus acostumbradas prebendas, sus privilegiadas exenciones y sus escandalosas franquicias, se veían de manera sensible coartadas y oprobiosamente recortadas por aquella política liberal excesiva para todos redundante en mejorados y solícitos servicios sanitarios, en una economía saludable y floreciente, en un ágil y cuidado sistema educativo desembarazado ya de las sociales y mezquinas trabas del pasado. ¿Qué podía por consiguiente procurarles de gratificante y agradable un gobierno que al pie de la letra los ajustaba a la observación más puntual y más estricta de sus impuestos y gravámenes conforme a un régimen contributivo estipulado ciertamente por la ley, para luego volcarlos en provecho efectivo de los eleccionarios compromisos que con la masa de votantes de lo más solemnemente contrajera? ¿En qué podía resultarles graciosa toda aquella ostentosa e inquebrantable rectitud, todo aquel cual blanqueado en cuerpo y alma de los sepulcros como en ninguna otra ocasión actualmente implementado de a de veras? Puesto que aquello iba en realidad muy en serio. ¿Es que se creían esos dos inmaculados?, ¿es que se suponían intocables? Pero hasta los propios intocables e inmaculados se mueren. Luego, como si no fuera suficiente con la ordinaria cargazón de problemas que de por sí les reportaban sus cotidianas vivencias, venían una vez más a tropezarse con el mismo antiguo incendiario fastidio de los derechos civiles, insensatamente atizado por unos imbéciles engreídos en la vana ilusión de hacer allí donde los otros (más cuerdos, más centrados) o no habían podido, o se nos habían sabiamente evadido de aquel tan incierto berenjenal de hacer. ¿Es que no estaban ahí las lecciones y enseñanzas contundentes de la historia? ¿Había alguien escamoteado deliberadamente esas páginas para que no se las leyera este par de estúpidos y creídos hermanos? La Guerra de Secesión, bien; Lincoln y los nordistas ganaron. ¿Pero no había sobre Abraham Lincoln precisamente atraído la nefasta sombra del magnicidio aquella defensa a ultranza del negro y sus cacareados derechos, cuando,

Miguel Antonio Montero

contrario a lo que pueda pensarse, contábanse por comprometidos en su causa menos intereses en juego que los que en la actualidad lo estaban? Y después ¿no había seguido todo en cierta manera igual? Nada mal les hubiera venido al Presidente y su molesto hermano el detenerse a meditar siquiera un rato sobre eso. Ahora la suerte estaba echada, la decisión tomada, y ya nada podía hacerse. Indudablemente, el cortarse aquí por lo sano postulaba una opción cruenta a la condigna altura del giro que entonces habían tomado las cosas...

Respondía en síntesis lo expuesto a paciente faena de encauzamiento inteligente de tales fomentados descontentos que por lo bajo Décima, la Parca a que generalmente se asignaban las fortunas y altibajos por la gracia prefijados entre el nacimiento y la muerte, llevaba de insospechada suerte al concienzudo propósito de magistralmente construir aquella indispensable componenda diabólica que a ella y sus dos hermanas entonces les exigía el particular momento de su común empresa. Supuso su labor cierta astuta coordinación de sentimientos y afectos a la vez mixtificadora y pérfida entre individuos y grupos (por la misma naturaleza de su sucio accionar) desconfiados y poco afines, especialmente por las gangsteriles y fraudulentas tácticas de igual forma compartidas por la CIA y por la mafia. Increíblemente, no le presentó el menor adarme de dificultad el hacer sentar en la ocasión las bases de una auténtica colaboración y entendimiento entre el sórdido universo de aquellos díscolos, al momento de cerrar una real comunidad de consciencia y objetivos respecto al reconocimiento perfecto de la gravedad y la amenaza frente al peligro común que contra ellos se levantaba. Constituye en cierta forma la empatía una cálida afinidad de afectos y de emociones entre sujetos capaces de algún rasgo siquiera de humanidad; cabe preguntarnos si consigna al par la lengua culta un vocablo por el cual esta insólita confluencia de malhechores portadores de inveterados embaucamientos y mentiras, de desalmada rapiña y maleada hipocresía como la cosa más común y natural del día a día, le anexa entonces a su cotidiano prontuario del impublicable delito algo parecido a una afectiva identificación y concordancia a la verdad sólo dables entre horrendos comparsas de una idéntica actividad criminal y el desenfadado homicidio. Sobrados, copiosos eran por lo tanto los motivos a tenor de los cuales pudiera a la sazón sentírsenos satisfecha y enorgullecida Décima. Confiado en el ínterin a Nona el trabajado a propósito del condicionamiento final de su víctima, quedaba sólo esperar cómo se emplearía en configurar decentemente la Parca, cercana ya la hora de finalmente conducírselo entre alucinaciones y engañifas hasta la piedra sacrificial, aquella Fatal Determinación Sonambúlica merced a la cual John Fitzgerald Kennedy se aprestara a su pesar y sin menores contratiempos para la fase terminal de su inimaginado calvario.

Se esmeró ciertamente Nona. Con bastante antelación al 22 de noviembre, era ya aun de forma imperceptible Kennedy una ciega masa amorfa en las experimentadas manos de estas otras consentidas pupilas del destino. A justa valoración del producto final, dijérase que mejor no lo pudiera haber hecho ni siquiera su mismísimo señor el Hado; todo listo en conclusión para el batacazo trascendental, no cabía estar el peculiar rasgo de insidia mejor disimulado. En Lincoln cuaja la Fatal Determinación Sonambúlica apoyada en aquel cierto gradual sentimiento de tranquila abnegación y resignación sin retorno en toda la oscura y subliminal reserva que nos lo empuja pese a todo a la presidencial luneta del Ford, aun

Miguel Antonio Montero

alertado él por mil y una premoniciones de lo que allí sin faroleos ni reticencia le aguarda. En Kennedy, laureado y cacareado autor de algo archiconocido como *Perfiles de coraje*, la resolución inapelable encubre dicha resignación y abnegación bajo el ropaje harto engañoso de aquella ostentadora valentía que en realidad él profesa, pero que sin duda no le hacía en la ocasión al caso. Y he aquí, precisamente, la trampa aviesa de la Parca. ¿Pues cómo alguien que escribe con tanta impetuosidad y pasión sobre la virtud inestimable del valor se ha de echar atrás al menor embeleco que amenace con cerrarle o entorpecer su camino? Así cuando preséntase a cuestión de punto primordial de agenda el cuestionado recorrido preelectoral de Dallas en el tan inamistoso sur, no la prudencia se impone, sino el confiado talante de un obnubilado Presidente que ni siquiera en el bastión más efervescente y peligroso del antikennedismo acérrimo logra ahora discernir alguna amenaza seria a su política y a su vida, ni siquiera con todas las opiniones en contra y los adversos barruntos que sus consejeros le oponían.

Porque ciertamente, sobre toda la importancia y atractivo que el determinante colectivo del estado de Texas representara desde siempre para unas elecciones, no eran infundados aquellos temores. Y aun sin importar cuán debajo se estuviera en los sondeos de preferencia y las encuestas, el odio descarnado en contra del Presidente se respiraba allí con una facilidad desconcertante. ¿No había sido Adlai Stevenson, el correcto embajador ante la ONU, literalmente escupido, insultado y hasta golpeado en el propio Dallas por aquellos días? ¿No se habían hecho circular allí mismo y por todo Texas aquellos odiosos pasquines de "*Wanted for Treason*", acomodado a la efigie ni más ni menos que de Kennedy como el lesivo traidor?

Era por demostraciones como éstas que no se encontraban sus amigos y compañeros de gabinete nada gracioso el viaje a Dallas. El senador por Arkansas, William Fullbright, le confesó sin ambages que temía por su seguridad si se adentraba en aquella ciudad; "Es un sitio peligroso. Yo no iría. No vaya", sentenció. Billy Graham, el famoso evangelista, también demócrata, le había recomendado en el acto desechar aquel "periplo tan espinoso como incierto". Dos hermanos del texano congresista Ralph Yarborough que trabajaban y residían en Dallas le habían muchas veces advertido del resentimiento homicida que se transpira en cada esquina hacia Kennedy. Byron Skelton, que en el mismo noviembre tuvo una premonición espantosa en torno al viaje, se impone con el celo de una cruzada personal, rebasando incluso sus atribuciones en el Comité Nacional Demócrata en Texas, prevenir reiteradamente al Presidente del abominable discrimen que ahora sensitivo presiente, a fin de que enseguida renuncie a su iniciativa cada vez más recrudecida y tozuda. El corresponsal del *Sunday Times* Henry Brandon, en la corazonada inquietante de un acontecimiento relevante aunado al anunciado recorrido, asume ahora cubrir él mismo las intrigantes incidencias del para entonces resazonado itinerario presidencial... Acaso una persona medianamente *lúcida* habría reconsiderado o sopesado ante tantas manifestaciones adversas siquiera un poco su posición. Pero ¿puede alguno de veras sobreponerse al avasallante imperio del influjo sobrenatural que nos dirige? Por lo demás, ya hecho el oficial anuncio, y sin importar las objeciones que le esgrimieran sus amigos, Kennedy acudiría a su cita ininfringible de Dallas así estuviera presto a derrumbársele el cielo.

¿Concebiríase una mejor oportunidad para la sentina maloliente gestadora a sus espaldas del magnicidio? Los expertos del

Miguel Antonio Montero

Pentágono, los asesinos profesionales de la CIA, los sicarios a sobresueldo de la mafia, todos concordaron en la ideal triangulación de tiro a que más a propósito no podría prestarse aquella candorosa Plaza Dealey en los inocuos alrededores de la Houston Street y de la Elm Street, donde la comitiva presidencial tendría por fuerza al doblar que aminorar el ritmo y velocidad de su marcha... quedando de esa forma flagrantemente expuesta a los inicuos devaneos de un tirador medianamente avezado. Esto implicaba apartarse un tanto de la ruta originaria que se trazara el recorrido. ¿Pero acaso de balde contaban ellos allí con los más solícitos y serviciales paniaguados por el calibre de Roy Cabell, flamante alcalde de Dallas y hermano por añadidura del general y depuesto subdirector de la CIA Charles Cabell, y a cuya probada lealtad podían incluso a ojos cerrados confiar el malicioso desvío en su momento del cortejo, aprovechándose del fervor adulador del desfile para sacarle cual cosa de una movida inocente de la concertada Main Street hasta la no contemplada Houston Street con cualquier traído pretexto? Lo otro se les resumía en toda una estratégica disposición de francotiradores que cubrieran el radio de la propicia triangulación a contar de detrás de la tan apropiada barda localizada como a pedir de boca hacia la propia Elm Street, sin olvidar por supuesto su harto ideal coartada del Texas School Book Depository, donde su zonzo de turno (Oswald) aguardaría infructuosamente por la fementida concreción de sus ilusas expectativas, fueren éstas las que fueren.

En la misma víspera del 22 de noviembre, Morta, prevenida de la movida atroz que a la jornada siguiente la debida predestinación en su sabiduría inescrutable le acordaba, solicitó de su señor el Hado la auspiciosa preparación de un tiempo y de un clima que de alguna entrañable suerte compaginaran con la sorda y monstruosa relevancia de la escena horripilante que, en cada minucioso y escabroso detalle, en su prodigiosa mente sobrenatural ya se tenía para entonces tranquilamente fraguada. A altura más fraudulenta del engaño, debía —si a preferencia individual suya se iba— arrancar entonces la requerida atmósfera de un primer estadio de pasajera decepción a otro de falso y trunco furor de algún mejor augurio o esperanzador paraninfo, a fin de preparar la resonante trascendencia del fulminante golpe tan minuciosamente elucubrado, y cuyas demoledoras repercusiones totalmente escapaban al mero cálculo humano. Así lo hizo, del todo satisfecho y complaciente el amo del destino. Por eso al despuntar de aquel viernes 22 de noviembre de 1963 una indefinible llovizna barrio parsimoniosamente las calles del turbulento Dallas durante un cierto rato, al cabo finalmente del cual se nos detuvo la lluvia y al sol entonces le dio grandiosamente por asomar brindándose a promisión de la mañana más reverberante y espléndida. El Presidente y todos los que integraban la comitiva no podían hallarse de un mejor humor. Y entonces arrancó entre vítores y aclamaciones desde su mismo inicio la marcha. Cada vez a cada paso más cerca de aquella intercepción funesta con la Houston Street ¿se olisqueaba alguno los tenebrosos fantasmas que sarcásticos se apropiaban con implacable impiedad el ambiente?

XV
DALLAS

En medio de los aplausos y los gritos del congregado gentío, cada vez más embriagada con las interminables olas del creciente y efusivo entusiasmo, la caravana se dejaba

Miguel Antonio Montero

arrastrar conforme a lo esperado hacia la Houston Street. Al comenzar poco después a cursar aquel nefasto doblado en U que alevemente enderezaba a los cruciales espacios de la Elm Street, donde la cita de inmemorial concertada con el Hado y sus paredras aguardaba por su hora inexorable y arcana, fue como si todo de repente asistiera sin que nadie se enterara... a una suerte inconcebible de maravilla o de milagro. Para cuanto interesaba a la teúrgia secreta de algún acto de abstracción suprema hacia el mismísimo umbral del sapiente Espíritu Universal generado, de súbito no se estaba ya ni en la Elm Street ni en la Houston Street; no se estaba en Dallas ni en cualquier otro lugar de Texas. Ni siquiera a la verdad se estaba en ningún lado de esa soberbia personería nacional que a invocación de su supuesta misión divina tan impresa como implícita en su desdibujado *destino manifiesto*, se nos atribuye todavía ínfulas de señor y gendarme del mundo (sin escatima de las mismas viejas tentaciones y añagazas de su tan cacareado *sueño americano*), bajo el muy altivo y pomposo nombre de Estados Unidos de América. Tampoco se estaba en ningún otro lugar de nuestra sufrida terrestre corografía. Tanto la presidencial caravana como la vitoreante caterva, de golpe arrancadas en el sutil deliquio delirantemente transfigurador de nuestras ordinarias nociones de espacio y de tiempo, de todo condicionamiento y circunstancia que norman y rigen los cotidianos desempeños de nuestro atareado universo físico, confluían con ciertas invisibles fuerzas (ahora de algún modo manifiestas) en un indefinible y ensoñador punto cósmico al infalible móvil de todos los repensados y concebidos designios, urdidos con anticipación incluso a la misma magna hechura del mundo. Al menos durante tal breve y fantástico lapso, se encontraron en la misma trascendental línea del primigenio drama de Adán y Eva en el Paraíso, de todo el subsecuente y sombrío devenir acaso inconsecuentemente promanado de tal cosmogónico quitasol desde entonces. La apostólica línea como sucesoral que nos unía este hecho con los más representativos del inabarcable drama humano, se transparentó allí incontrovertible y rotunda...

Así que cuando sonaron finalmente los disparos, muy probablemente me hallara yo en el deslucido patio de la casa número 102 de la Francisco Villaespesa, ingeniándome en la todavía acendrada y soñadora perspectiva de mis confiados nueve años recursos apropiados a como siempre encarrilar mis infantiles ocios por los despreocupados e inocentes laberintos de mi traumática niñez, en el aún arrítmico e indeciso Santo Domingo sobreviviente increíble de la muerte de Trujillo. No me diré consciente entonces de la descomunal proporción de la tragedia que en esa hora a todo ser de la tierra de una u otra forma concerniera, pero sé que en las recónditas subliminalidades del alma algo había de pronto cambiado para siempre. Algo que me decía que, por más mentiras que se nos dijera, nada podría ser lo mismo. Porque arropó entonces el mortuorio y luctuoso crespón al orbe entero. ¡Kennedy había sido asesinado! Así sin más, y sin al menos un Walt Whitman que le escribiera como a Lincoln una conmovedora endecha o alguna lastimera elegía, a la sublime altura, digamos, de "La última vez que florecieron las lilas en el huerto":

La última vez que florecieron las lilas en el huerto,
Y la gran estrella declinaba en el cielo nocturno del oeste,
Lamenté, y lamentaré aún más con el eterno retorno la primavera.

O le dedicara aún aquellos desgarradores pero veneradores versos de "¡Oh, Capitán! ¡Mi Capitán!":

Mi Capitán no responde, sus labios están pálidos e inmóviles,
Mi padre no siente mi brazo, no tiene pulso, ni voluntad,
El navío ha anclado sano y salvo; su viaje, acabado y concluido,

Del horrible viaje el navío victorioso llega con su trofeo
¡Exultad, oh, playas, y sonad, oh, campanas!
Mas yo con pasos fúnebres,
Recorro la cubierta donde mi Capitán
Yace frío y muerto.

Si matar a un hombre es siempre criminal, abominable y punible, matar con él las esperanzas que encarna ha de exceder toda humana categoría expiatoria. ¡Loado sea por lo tanto el orden superior! En atención a todo lo que al asunto importaba, habían las Parcas conseguido lo que querían.

Lo demás no es irrelevante, pero ya lo sabemos: se confió el cuidado del queso a los ratones... y por supuesto que la Warren Commission lo hizo demasiado bien. Tampoco ha habido nana más apropiada para la lectura narcótica de los infantiles cuentos a la hora de dormírsenos. Porque ¿por cuál diferente cosa que por dicha contrahecha virtud somnífera se podrían explicar las torpes y villanas conclusiones por lo demás tan cínicas de una dudosa comisión descartada y maleada groseramente de entrada por la misma naturaleza de su cuestionada composición, en la que rutilantes integrantes del calibre de Allen Dulles, el ex director de la CIA precisamente destituido por el ahora interfecto cuyo detestable asesinato debía la comisión esclarecer, o el presidente de la Suprema Corte Earl Warren, el diputado Gerald Ford o John McCloy, ex presidente del Chase Manhattan Bank, todos representantes descarados del funesto *establishment* comprometido hasta las heces con la trama, nos planteaban la más grotesca y retorcida redefinición de la espinosa locución Conflicto Inconfesable de Intereses? Sometidas incluso al prisma menos calificado y somero, las mencionadas conclusiones se nos venían abajo con estrépito. Pero eso ya por lo demás no importaba. Al menos nadie podría regatearle al voluminoso vademécum en que ampuloso plasmara el indecible Informe Warren, un primoroso lugar de excepción en la literatura de ficción de todos los tiempos.

¿O no se tenía acaso ahí la fantástica conseja del menudo fabulador de Arlen Spector, que otra cosa que abogado no podía ser ni haber sido, con su rumiada y relamida teoría de la inconcebible "bala mágica" que a todos desconcierta y confunde, aquella inconcebible única bala que, a espaldas de toda lógica y de los más elementales argumentos de las leyes de la física y la balística, es capaz de ocasionar entre Kennedy y John Connally, el afable gobernador de Texas que también le acompañaba en el auto presidencial entonces, hasta unas siete heridas en un inaudito recorrido de repetidas entradas y salidas, de sucesivas subidas y bajadas, y de los más increíbles y continuos cambios de dirección o de sentido, inverosímiles incluso para el estudioso más crédulo? De lo que naturalmente se sigue aquel ínclito dogma de su muy inapelable veredicto: uno solo, y sólo uno, había sido el frío e impenitente perpetrador del magnicidio, un loco solitario y desesperado, decididamente incompensado por toda una vida de personales frustraciones y expectativas fallidas, las que no habían encontrado por desgracia mejor canal para aflorar y expresarse que la retorcida fantasía indudablemente megalómana de asesinar al Presidente. Ello se avendría, según el mismo especioso y artificioso razonamiento, por perfectamente consistente con la retraída

Miguel Antonio Montero

personalidad de alguien que, luego de echársenos encima la muy considerable carga de un magnicidio a cuenta, y de matar poco después por añadidura a un policía, no ve ni discierne menor riesgo en írsenos increíblemente de lo más tranquilo y despreocupado a un teatro... presuntamente compelido por el móvil acuciante de pasar desapercibido u ocultársenos. ¿Es que no existía a toda la ingente extensión y generosa anchura del semicontinente norteamericano lugar mejor a un sospechoso magnicida esconderse que un llamativo teatro, en todo caso situado en la misma repudiada y conturbada ciudad erigida en epicentro estremecido de su crimen? Asesinar al presidente de la nación más poderosa de la tierra, no lo olvidemos, equivale por do se lo vea a ponerse uno en los zapatos de Pizarro y quemar por propia cuenta las naves.

Lo demás sólo contribuye a agravar la intolerable atmósfera como surrealista o alucinante en que desde un principio devienen los ya entonces inverosímiles sucesos. Bajo un vocinglero y espectacular despliegue y en cuestión sorprendente de unos escasos minutos, un pasmoso aparato policial se apersona en el teatro y arresta o más bien se lleva a empellones a Oswald, nuestro sospechoso, quien no cesa de proclamar mientras se lo empuja y arrastra que no se está resistiendo al arresto. Como lo sugiriera años después el arrojado fiscal que encaminara y cursara la única acción legal alguna vez emprendida contra el magnicidio, acaso ni en el apogeo del estado policíaco nazi recuerde la historia semejante eficiencia. En fin, a los pocos días, en medio de un gran número de representantes de la ley y otras muchas personas, irrumpe armado en pleno edificio policial el reconocido mafioso Jack Ruby y mata a Lee Harvey Oswald en imágenes captadas por la televisión nacional... Pero, ¿puede alguno verdaderamente tragársenos esta inconsistente y pueril paparrucha del estólido o descerebrado magnicida que luego de perpetrada su infame acción se entrega como si nada y de lo más campante a pasearse por los conflictivos aledaños donde haría pocos instantes verificara escandalosamente su crimen, sin siquiera un contingente plan de escape pronto a ser implementado a la menor señal de peligro? ¿Y cómo alguien que asesina al presidente, puesto comprensiblemente por ley del simple automatismo neto de nuestro muy natural instinto de conservación en la suma vigilante e inteligente urgencia de pasar en lo adelante lo más desapercibido posible, ha de prorrumpir entonces en la inenarrable torpeza de atraerse toda la indeleble atención de causarle a un policía en plena calle la muerte, a contrapelo inclusive de los muy potenciales testigos?

A alturas empero del tremendo, descarnado *fait accompli* del telúrico magnicidio, incluso tales descabelladas discordancias les resultaban para entonces intrascendentes y baladíes a sus verdaderos autores. Embarcados en el nefando fastigio y rastrero grado extremo de la corrupción y el descaro, de la moral degradación más absoluta, no existía ya freno ni retorno posible. Si habían sido capaces de podar de la requerida seguridad el propio presidencial cortejo escamoteándose aleves aquellas atribuciones que en Dallas al Servicio Secreto en honor de sus deberes concernían, nada vendría ahora a detenerles después de llevado a hechos su harto desaforado delito. Si el propio J. Edgar Hoover, aquella suerte insulsa de beato psicorrígido que entonces dirigía el FBI, había, según se decía, pasado por la trituradora de papel las notas en que algún confidente insospechado de la mafia les exponía con todo detalle la famosa trama en ciernes de Marcello y sus compinches para asesinar al Presidente, ¿les cabía a ellos luego de concretada su alta traición dejarse al cabo delatar por escrúpulos nimios o por molestos testigos? ¿De verdad que tan poca cosa o tan pobres de espíritu vendrían todavía a rebajarse ahora a ser? De ahí que nada pueda ponernos a partir de este momento en mayor evidencia toda la cruda insignificancia e indefensión más patética en que se encuentran los aislados individuos frente al Estado que aquella crédula disposición del honrado ciudadano, llevado aun de la mejor buena fe al fin tan noble como encomiable de esclarecer el hecho horrendo, a prestar ingenuamente su fidedigno testimonio. Muchos fueron, ciertamente, aquel 22 de noviembre, los presenciales testigos del asesinato de Kennedy; ninguno pudo atestar la menor cordial acogida de parte de cualquiera de los esbirros estatales que entonces le interrogaran.

Aquellos que no fueran, como Lee Bowers y Rose Cheramie, calculada y sórdidamente eliminados en pretendidos accidentes de auto o de cualquier otra índole, se encontraron brusca e infernalmente sometidos a la violenta y bestial reacción del brutal inquisidor que aún se salta en desconocimiento indiferente de las normas del civilizado comportamiento, las más elementales formas del trato y cortés protocolo capaces de garantizarnos una adecuada convivencia entre humanos. Cuando el testimonio del interpelado les chocaba o presentaba alguna insalvable incoherencia que lo desacomodara o distanciara de la conveniente versión prefabricada que su cerrado interrogador únicamente reconocía, se manifestaba de pronto la destemplanza demoníaca del salvaje y energúmeno que descompuesto y a gritos enseguida cuestionaba, desdeñaba, inhabilitaba y finalmente sin más contemplaciones desechaba tal visión (sin duda íntegra, veraz) de los acontecimientos, ahora a la manera más gamberra e insolente sin menores miramientos coaccionando, intimidando, aplastando, imponiéndose a la postre groseramente al infeliz con todo aquel artificioso y premeditado cuadro de su propia tendenciosa y fraudulenta perspectiva. En balde terminante y apodíctica identifica Julia Ann Mercer entre el mazo nutridísimo de fotos que le extiende el catálogo del departamento criminal, la imagen y antropometría específicas de nuestro mero Jack Ruby como las del desconocido sentado al volante de una sospechosa camioneta, aparcada la víspera de la tragedia en cierto sensible punto del escenario del crimen. En balde se testimonia James Teague herido por una de las tantas balas disparadas a Kennedy al momento de estarse parado bajo un puente. En balde se podría prestar a arrojar alguna luz sobre el repulsivo hecho y a esclarecernos tanto Abraham Zapruder, cuyas cruciales fílmicas del temerario magnicidio han quedado mientras tanto confiscadas. En balde se aferrarían el veterano de combate Charles Brehm, S. M. Holland, Jean Hill, Mary Moorman, Richard Dodd y James Simmons, a partir del paso peatonal donde todos entonces eventualmente se encontraban, además de J. C. Price desde cierto estratégico mirador abarcador ideal de toda la plaza, y aún el propio William Newman, lanzándose bruscamente él y sus niños al suelo al momento enervador de producirse los disparos, a su inconcusa desestimada versión de haber visto y escuchado provenir las broncas detonaciones y los fogonazos precisamente de detrás de la barda de antemano sin más explicaciones descartada por las autoridades enigmáticas, y de ningún otro lugar...

Mientras, exultaban las Parcas. Aunque ninguno conocía mejor que ellas de la proverbial capacidad de maldad de inmemorial acumulada en el hombre, la singular gradación de malicia y perversidad en la ocasión explotada las traía francamente impresionadas. Sin importar hasta qué punto fuera sólo una ilusión el celebrado albedrío humano, los ejemplos ahora

Miguel Antonio Montero

se sobraban. ¿Qué si no del simulado ataque de mal comicial en las precisas inmediaciones de la Plaza Dealey, a sólo escasos minutos antes del magnicidio, indudablemente articulado en la finalidad astuta de proveer la importante distracción que la acción burda y despreciable parecía entonces sugerir a gritos? Y, materializado a seguidas el fatídico atentado, ¿no se hace asimismo constancia histórica aparatosa la acelerada juramentación tan sospechosa e inusitada de Johnson, mientras todavía va en el avión en que se lo conduce hasta Washington? ¿No adquiere a los pocos días la clarividente suspicacia alguna confirmación tenebrosa con la firma bochornosa por parte del nuevo presidente de aquel aciago Documento de Seguridad Nacional 273, por el que en síntesis se anula la política de Kennedy de retirarse de Vietnam y se entraba ahora de lleno en la guerra? ¿A quién se antoja razonable arrostrar cual cuestión de pura casualidad la escandalosa pérdida en el conflicto de aquellos más de cinco mil helicópteros fabricados nada menos que por Helicópteros Bell, firma que como sabemos se hallaba en la más mendicante bancarrota a la hora de producirse el asesinato de Kennedy? ¿Y no termina al justo sopesar del tan desproporcionado saldo de sus respectivos recuentos de bajas (con sólo algo más de unos cincuenta y ocho mil fallecidos de parte del bando norteamericano, y aquellos más de dos millones de vietnamitas muertos) de cualquier modo encuadrándose esta horrorosa guerra del sudeste asiático dentro de la ríspida, execrable categoría de los más horripilantes genocidios de la historia? ¿No implica el establecimiento mismo de cualquier fecha específica de desclasificación de documentos en torno a los nefandos eventos del 22 de noviembre de 1963, la implícita aceptación de una conjura?

Hechas a un lado con todo estas cosas, se deciden a cerrar las latinas pupilas del Destino con la pertinente distracción de la Coartada (como a las Moiras, también a ellas procedimiento obligado) el complicado expediente de su ahora *casi* completada misión. Otra vez nos deja tan horrorizados como boquiabiertos el particular rastro sangriento que tras su nada civil Cortina de Humo confiaran al cuidado de la Casualidad Fingida:

a) Acaso contraproducentemente, determinan por señera línea fundamental de cierre precipitarnos las Parcas durante el candente año de 1968 las calculadas occisiones de Martin Luther King y Robert Francis Kennedy. Éste, llamado por remedo infortunado de su hermano a la persecución ciega de aquel burlón espejismo que le tentara con la ofuscada empresa de una nueva carrera presidencial, es también sacado con insigne violencia del damero merced al tan conveniente arrechucho demencial del desconocido Sirhan Bishara Sirhan, al instante mismo de pronunciársele ganador de las primarias de California; aquél recibe un disparo el día 4 de abril del racista James Earl Ray en plena efervescencia de su ardoroso activismo por los tan zarandeados derechos civiles, apenas dos meses antes del asesinato de Bobby. Si atemperar y distraernos de la conspirativa tensión del magnicidio les había inducido el móvil cual aislado y pseudocasual de cada acción, la peculiar combinación alucinante de ambas pareciera colaborar en su agravación y denuncia.

b) Se apresuran a subsanar las latinas paredras en su siguiente jugada aquella aparente errona decretando en octubre de aquel mismo año las melosas intríngulis de la tan divulgada boda de Jacqueline Kennedy y el magnate griego Aristóteles Onassis. Pergeñan al cabo de unos siete años la muerte natural del naviero, y Jackie queda viuda por segunda vez.

c) Congruente con el atado artero de los sueltos cabos y aquel sordo imperativo de ajuste impostergable de cuentas encubridores de las sucias tramas del magnicidio, la eliminación y

                                        Miguel Antonio Montero

desaparición del cuerpo de Jimmy Hoffa continúan nutriendo los misterios del imaginario y legendario urbanos.

d) Por una movida singularmente espeluznante, el capo Sam Giancana, convocado a declarar dentro de unos días ante un comité del Senado a cargo ahora de esclarecer la muy potencial relación de la mafia y la CIA con el asesinato de Kennedy, es a su vez encontrado, antes de que pudiera hacerlo, asesinado en su casa después de habérsele disparado primero en la nuca y luego procedido su asesino (el cual nunca fue encontrado) a descargarle el resto de proyectiles en la cara. Sin duda fiel al tan oscuro designio del sino individual de su víctima, tampoco en esta ocasión pudieron evadir las Parcas aquella excesiva saña que siempre en sus acciones fungía como sello original de fábrica. Pero, sobre todo, debía el misterio permanecer en el misterio. Era el 19 de junio de 1975.

e) Acaso huelgue suponer la existencia de cualquier tipo de vínculo entre el ruso George de Mohrenschildt y la CIA, tanto como achacarle la nerviosa posesión de importantísima información secreta en torno al asesinato de Kennedy y los siniestros sucesos de 1963. Precisamente, se le había citado a declarar por aquellos días de 1977 ante el Congreso. Ya antes, un atormentado De Mohrenschildt escribía una compulsiva misiva al entonces director de la CIA George H. W. Bush solicitándole protección de aquellos que le acosaban y perseguían. En marzo del mismo año se suicida el ruso de un tajante escopetazo, eludiendo de esta suerte su crucial comparecencia ante el comité senatorial.

f) Richard Helms, director de Operaciones Encubiertas de la CIA en 1963, declara bajo juramento en 1979 que Clay Shaw, la sórdida e insidiosa eminencia gris descargada de la acusación hecha por el fiscal de New Orleans Jim Garrison de formar parte de la Agencia durante los inconfesables acontecimientos que dieran pie al magnicidio (en aquel único proceso que se llevara contra la trama), había, en efecto, trabajado para la CIA.

g) El 16 de julio de 1999 muere el hijo homónimo de John Fitzgerald Kennedy al estrellársenos en el Atlántico la avioneta que pilotaba, tan sólo unos cinco años después de haberle sobrevenido a su madre Jackie la muerte. Ungidas igualmente con el invisible óleo familiar de la tragedia, su esposa Carolyn Bessette Kennedy y su cuñada Lauren, quienes volaban con él al momento de la infausta aventura, tampoco pudieron en esa hora signada sustraerse al llamado incontrastable del destino.

Y así dieron por fin por cerrado con este último episodio las Parcas el capítulo tocante a las coartadas distractoras de su ya concluida misión. Incluso carentes en esencia de esa gracia y sutileza cautivantes de las Moiras, también fueron las latinas paredras del Hado en los completos ámbitos del orden superior de manera deslumbradora ensalzadas.

XVI
EL VIEJO ESPEJISMO DE LAS CAUSAS

¿Continuaremos aferrados al viejo espejismo de las causas por el que estérilmente encadenados al absurdo dispositivo mecanicista y pragmático de nuestra concepción elusiva y falsaria de realidad sólo hemos hecho hasta ahora evadir en nuestro perjuicio la *verdadera*, acometidos por el engañoso culto carraspeantemente mórbido de lo pueril y lo fortuito? Pero no existen las casualidades, no en balde taxativo nos lo recalca Sábato. Acaso no duelan tanto ambos oprobiosos magnicidios como el que hubiesen sucedido en el mismo cacareado "hogar

Miguel Antonio Montero

de valientes", que siempre se nos ha querido meter por entre los ojos a fuerza de propaganda hipócrita y subliminales sutilezas. Porque hemos ya tomado la vuelta terminal de todos los apocalipsis, y ambas Américas actualmente atraviesan aquellas irremediables secuelas del *Síndrome de los Trenes Perdidos*. Y así no sin aire de llorosa nostalgia, perdimos los latinoamericanos el tren al negarnos ya entonces a enrumbar por los obvios unitarios derroteros que visionario nos señalara nuestro siempre inspirado Bolívar, el muy meritorio Padre de nuestra ardorosa raza; las deprimentes realidades sociales y políticas de nuestros pueblos no ameritan al día de hoy la menor aclaración al respecto. Perdió el tren sin prescindir de las mismas saudades lastimosas la otra América cuando marró y aberró con insondable villanía los acendrados ideales en que tanto Lincoln como Kennedy —unidos merced a alguna línea apostólica inexplicable—, apuntalaban la auténtica senda de la grandeza que uno y otro vislumbraron con la misma meridiana certeza para su país. Luego sólo pretendemos que, enarbolando los acostumbrados eslóganes patrioteros, o recitando como loros los lapidarios capítulos de los brillantes discursos de nuestros próceres muertos, lo subsanamos creyéndonos solemnemente a su altura. "Porque desacreditadas están —nos consolamos— las meras desaforadas y sangrientas revoluciones, siempre a la postre inútiles, siempre a la postre fallidas"; pero lo realmente triste es que, por más inconcebible que parezca, no nos falta razón. No obstante, hablamos de la "tierra de la democracia", de la pomposa y rozagante democracia, y por nada se arriesgará a prescindir el presidencial candidato de esa obligada promesa de retornar a Norteamérica al cual olvidado sitial de su grandeza anterior.

Pero la virtud o mérito esencial de Abraham Lincoln, de John Fitzgerald Kennedy, reside fundamentalmente en los osados espíritus que sin reparar ora en riesgos en ellos sin más *se atrevieron*, cruzando más allá del cobarde y asqueante cálculo político cada vez que éste se opuso a su proba honestidad y a su honrada buena fe, a su particular opinión de lo que debían ser las cosas frente al mezquino círculo de los perpetuadores de lo injusto. Y así actualmente recrudecido aquel mismo diabólico conservadurismo, ¿elevársenos de veras hoy sus apocados sucesores a tan impoluto e íntegro fastigio de la grandeza? ¡Ay! ¡Si después sólo han venido equilibristas y bufones, figurines y figurones en todo caso marchando con la misma aquiescente y envidiable puntualidad de una magnífica máquina, cuyo regulado mecanismo ha sido previa y convenientemente adaptado a los requerimientos soberanos del mismo inicuo "sistema" tiranizador y omnipotente! Esto se ha reflejado y consistentemente aún refleja en más de mil y un aspectos de la historia y vida norteamericanas. La ciudad que arde presa de los disturbios a causa del negro victimizado por ser *todavía* objeto de la discriminación latente, la demente enmienda constitucional que sanciona el derecho al porte y adquisición indiscriminados de armas, el espantoso censo de muertos en las escuelas cargado aún a cuenta del mismo mencionado derecho, la recurrente u ocasional brutalidad policial contra las minorías extranjeras o raciales, la exacerbada avaricia puesta al servicio del enriquecimiento a cualquier precio que ya en su tiempo inclusive nos alarmara al propio Whitman, son sólo algunos capullos del florecido rosal de este vergel imponente.

"¿Fuerza es todavía servir de odiosa caja de resonancia a la persistente denuncia de tan irritantes males?", bien pudiera decírsenos cualquiera. Empero, por voz de su Zarathustra mejor no pudiera responderle Nietzsche: "De nadie exijo la belleza tanto como de ti, que eres poderoso: sea tu bondad tu última

     Miguel Antonio Montero

victoria sobre ti mismo. Te creo capaz de todas las maldades: por eso exijo de ti el bien". La *gentry* de Inglaterra, honrada y aureolada por aquellos valerosos barones normandos que en 1066 desembarcaron con Guillermo el Conquistador y vencieron a Harold en Hastings, ha legado al orgulloso monumento cultural de la humanidad el sistema parlamentario para loor y mérito de la institucionalidad política y la distinguida alma inglesas. La moderna *gentry* norteamericana, flameando y cimentando los cínicos estandartes del poder materialista y crematístico en el orbe, ha culminado en la repulsiva plutocracia el aberrado ideal de la pretendida evolución política. Acaso baste, por mejor ilustrar este punto, el más apropiado ejemplo. En 2007 y 2008, la recesión económica mundial, definitivamente generada por la crisis catastrófica del sistema bancario estadounidense, cuyos magnates y directivos de buenas a primeras se entregaron a la concupiscencia y la corrupción aparejada al mal manejo y dilapidación desaprensiva de los ajenos caudales de la mejor buena fe puestos a su cuidado, afectó de especial modo a esos estratos medios y bajos de la unión americana que no la habían en todo caso provocado, los que impotentes asistieron a la evaporación irrefragable de sus preciosos ahorros acumulados a base de tantos esfuerzos y privaciones. Pues bien: tal vez algo de manera parecida a lo acontecido en 1963 con Helicópteros Bell, los directivos y magnates de los quebrados bancos fueron por cualquier efugio a título personal premiados y resarcidos con fabulosas sumas millonarias por el Gobierno, que no dejó de imperturbable contemplar los estragos inmobiliarios y financieros que la crisis acarreara en las clases menos favorecidas y depauperadas. Respaldada hoy día por el aplastante y deshumanizado amuleto de un poderío tecnológico y militar como no recuerda otro la historia, sorprenden los insensatos niveles a los que está comprometida a llegar esta arrogante plutocracia en la defensa a ultranza de sus adulterados intereses, en cualquier escenario del planeta que lo requiera.

Sostiene Hannah Arendt en *Los hombres y el terror* que Hitler y el nazismo no responden a ninguna tradición occidental y ni siquiera alemana, y que, por lo que hacía a esa suerte de mecanismo psicológico del alemán de postguerra que le inclinaba a evadir el feo asunto de su responsabilidad en el último Gran Conflicto, "El alemán medio no busca las causas de la última guerra en las acciones del régimen nazi sino en los sucesos que llevaron a la expulsión de Adán y Eva del Paraíso". Perfectamente fieles a la típica astucia de Moiras y Parcas y sus tan familiares bromas gastadas a partir de la ilusión del albedrío, dichas premisas no introducen a una verdad sencilla, sino a una incontrovertible dicotomía de la verdad que en ellas de modo irrecusable se encierra. Aserto incontrariable es que atribuir a Hitler o al nacionalsocialismo arraigo y apego a cualquier modo de sentir identificable con las naturales inclinaciones y las maneras propias de las sociedades europeas rayaría en la más inconsecuente falsedad, considerado sobre todo lo de la inusitada concertación de sujetos amalgamados por la falta casi absoluta de escrúpulos bajo la calculada conducción de un *Fuehrer* todavía más inescrupuloso, capaz de las más asombrosas e inexplicables intuiciones hacia los bajos fondos de la naturaleza humana, a extremo incluso de atribuir al término *nihilismo* un sentido hasta entonces desconocido y macabro. Pero si establecemos por signo trágico de la historia alemana su maldecida tradición antiliberal o antidemocrática, Hitler es consecuencia legítima de tal tradición por más inaceptable que ello se antoje. Desde la hora en que Arminio, el más noble y acaso wagneriano exponente de los luchadores germanos por

   Miguel Antonio Montero

la libertad, es asesinado por Segestes hasta el propio acerbo y desastroso sucumbir del nefasto Tercer Reich, sugiérese innegable urdidor de la tormentosa historia alemana un mismo críptico arquitecto omnisciente. Para éste, en connivencia estricta con los amos silenciosos del destino, la concepción fraguada en la *real politik* de un Bismarck con sus objetivos tan admirablemente delimitados y su mañoso tratamiento de cada pensada frase del telegrama de Ems para al final procurarse el tan decisivo conflicto con Francia, en nada difería de las torpes chapucerías implementadas por Hitler en la frontera con Polonia para obtener en conclusión su ominoso *casus belli*. La propia Arendt parece de alguna manera intuirlo cuando repara en la actitud y el perplejo autorreproche (a ella cómicos) del káiser Wilhelm II de no haberse propuesto con la primera Gran Guerra sus horrorosas consecuencias, o en el desconsolado empleado al servicio de los nazis que por no haber nunca matado ni accionado el letal dispositivo de la cámara de gas no acaba ahora de entender por qué debe él asumir alguna culpa en sus actos, terminando por persuadirse la incisiva pensadora de no andarse en ambos casos equivocados sus protagonistas.

Idéntico determinismo nos plantea la brutal y abominable transición hacia la plutocracia en Norteamérica y, por ende, en el actual orden del mundo. Se me dijera prejuiciosa y ansiosamente predispuesto contra esta suerte de Leviatán moderno. No he sido yo, no obstante, otro simple humano y para colmo mortal, quien de infame suerte se trazara tales pecaminosos derroteros. Rousseau, Voltaire, D'Alembert y los enciclopedistas nos aportan el indispensable fermento espiritual que estremecerá y hará arder llegado su tiempo a Francia y al *Ancien Régime* y, aún con ellos al universo todo; inconmensurablemente digno de resaltar, y a despecho incluso de los incendiarios escritos de

Locke, de Hume y de Thomas Paine, la revolución norteamericana nace en realidad como un burdo conflicto de materialistas
intereses entre las urgencias financieras de la corte de George III
y los agriados resabios económicos de los colonos, los que sólo
hasta después de confrontar el intolerable arribo a una cierta
inesperada situación de ruptura con las impositivas cargas a
cada paso decretadas en su perjuicio por la corte, reparan ex
abrupto en el despótico carácter de la monarquía inglesa y de
su tan ofuscado como obstinado rey, y no al revés. El milita-
rismo y un mal entendido nacionalismo cierran la historia de
Alemania en torno de reiterados comportamientos autocráticos
que determinan a la postre su ruina; la grosera acumulación
de posesiones y capital que aún privilegia la propiedad sobre
el mérito y el ser, introducen a su vez al tan peligroso cuño
con el que la nación estadounidense y el mundo caminan hoy
al borde mismo del desastre. Dicho designio no distingue la
menor diferencia en función del monetizado fin último entre
un Bugsy Siegel o un Capone y el más emprendedor Rockefe
ller. En el espíritu descarnado del más subrepticio y horroroso
de los complots, no es en última instancia más que la medida
y tendencia descaradas hacia el mundial ordenamiento pluto-
crático inherentemente deshumanizador por el que en ley de
la oferta y la demanda no existe nada que no tenga un precio,
e importa únicamente el individuo en cuanto alienado consumidor al servicio sin saberlo de este inicuo ordenamiento. La
aterradora ley del valor del dinero sobre el altruismo y la piedad,
reduce de golpe a un mero paseo por el jardín de niños todas
nuestras viejas pesadillas en torno al lúcido infierno kafkiano.

Porque, trascendiendo aun lo humano, esta deprimente realidad no es casual. Íntimamente entrelazadas, dos *mutualidades*
enigmáticas la revelan en el mero maquinar sobrenatural oculto

Miguel Antonio Montero

con que promueve el trasfondo insospechado de la historia. A más de la destrucción ineluctable del melifluo *Ancien Régime* de rancio predominio de la aristocracia con el consiguiente advenimiento a la hegemonía política de la burguesía triunfante, la Revolución Francesa en verdad introduce a la preparación y consolidación más férrea de cada fría etapa de esa cruenta evolución brutal y desvergonzada hacia el despiadado Estado de los Pudientes, enfrentados todavía al cual, sin importar lo telúrico, relevante o álgido de los acontecimientos que le opongan —y he aquí la malicia y habilidad diabólica de la plutocracia—, no se hace en cualquier caso más que contraproducentemente fortalecérselo. De suerte que dentro de tal orden de cosas, el asesinato de Lincoln meramente resultó en dotar por primera vez de protagonismo *visible* al funesto *establishment* como aspirante a regente de aquel incipiente ordenamiento mundial, que ahora por todas partes silenciosamente se gesta. Por ello la propia restauración o cualquier empecinada gestión por rehabilitar entonces al destituido régimen monárquico, e incluso las dos grandes guerras que con el andar del tiempo se siguieron, antes que perjudicarlo lo favorecieron. Y ésta constituye la primera mutualidad. La otra articula a partir del hecho de que mientras la Segunda Guerra Mundial deja todo a su término preparado para que el todavía como recatado Estado de los Pudientes pueda por fin sin ningún recelo revelarse y quitarse en su desenfado impudoroso la máscara, la cobarde eliminación de Kennedy se erige en el definitorio coletazo de la plutocracia por cuyo demoledor resultado nada le impide ya el mostrarse en todo el descarnado rostro de su consumado desparpajo depravado y criminal.

XVII
HOY COMO AYER, HOY COMO SIEMPRE

Las voces Colusión, Conventículo, Connivencia, Complot, Componenda, Conciliábulo, Conjura, Conspiración, Confabulación o Monipodio, pese a la precisa connotación de sórdido mal que sus alevosos sentidos inexorablemente evocan, acaso no agoten ni mucho menos definan toda la cautelosa e imperceptible insidia de la asechanza y la intriga gracias todavía a la cual, obrando en aquel cómplice y desolador silencio como indescriptible de la perfidia, abaten y ciernen sus deplorables efectos sobre la infausta totalidad de los mortales sujetos. Y he aquí otra muestra de la patética y proverbial incapacidad del cual inoperante lenguaje humano. Estos días continuamente reformulo las perturbadoras pero impasibles formas de las conspiraciones posibles, que no son más que la misma y única conspiración que a todos nos victimiza y envuelve: la cosmogónica perdición de Eva y Adán en el Paraíso; la pura interminable, estremecedora serie de reacciones en cadena verificadas en todas las tentaciones y perdiciones de sus inadvertidos descendientes hasta hoy; la tan siniestra, encubierta labor de políticos y sociedades secretas para extraviar y descarriar el mundo; el tácito o subterráneo acuerdo de las iglesias y sombrías concentraciones del poder fáctico sobre el avieso fin de mantener el mismo injusto y desquiciado *statu quo* en el planeta; las noticias, a cada paso más frecuentes, de los cada vez más inauditos encuentros y avistamientos extraterrestres; Hollywood manteniendo perversamente narcotizadas mediante calculadas y tendenciosas dosis de inagotable, banal y artificioso escapismo a las bobaliconas masas del orbe, en interés del orden y convenciones vigentes de la pretendida dirección política a la

     Miguel Antonio Montero

que cínica o furtivamente responde; la obvia o supuesta falsedad de *Los protocolos de los Sabios de Sion* que sirve aún a muy
concretos y muy verídicos propósitos nunca del todo obvios; la
caliginosa subyacencia del actual ordenamiento económico y
político mundial, que pervierte y trastorna cualquier clemente
fundamento desde el cual articular toda personal noción tan
indispensable como vital de la realidad. ¿Nos habremos sin
remedio aventurado en el ámbito desventurado del delirio, o
nos encontramos en verdad a las puertas de alguna *constatación*
insoslayable?

Sobrecogen y espantan el tinte y connotaciones impredecibles de lo macabro y lo insólito depositados en la mundial
subversión apocalíptica. Pero es el universo mismo el que en
todo caso amenaza al presente con arder. ¿Quién traduce la
indescifrable ley oculta de estos sumos cabalísticos símbolos
cósmicos? He seguido inadvertido el rastro de las turbias
sociedades secretas en sus sombríos y crípticos apuntalares
de la intriga: la CIA erigida a partir de la fría y destemplada
membresía de la enigmática Skull and Bones, la desaforada
Ordo Templi Orientis dejando inequívocamente sentado su
desenfadado culto por el diablo, el tortuoso designio de los
Illuminati en favor de eliminar todas las religiones del mundo,
el absoluto hermetismo de los asuntos del Grupo Bilderberg
guardados por la seguridad militar y con el apoyo inusitado de
todos los gobiernos, la perpetua confrontación tras bastidores
del Opus Dei y del Priorato de Sion capaz de desbordar nuestro perplejo imaginario..., todo eso ha de servirnos (pienso)
a otra función que alimentar el exacerbado morbo humano.
¿Puede uno acaso desconocer o permanecer de espaldas a la
extraordinaria *coincidencia* de que al habérnoslas Hitler ma-
niáticamente emprendido contra el ordenamiento mundial

entonces vigente, y sobre todo a partir de sus tan machaconas, monótonas y reiteradas denuncias de la "conspiración de los masones y el judaísmo internacional", otro precisamente no fuera que el francmasón Winston Churchill aliado como todo el mundo sabe a los originariamente francmasones Estados Unidos, el que marchara a cabeza de la aplastante y horrorosa derrota de Alemania? ¿Y qué de Nesta Webster, la conocida teórica de la conspiración que, después de escribir en 1924 su archifamoso libro *Sociedades secretas y movimientos subversivos* (centrado, principalmente, alrededor de la amenaza judeomasónica), jamás a nadie abrió la puerta como no fuera con una pistola en la mano?

No he resistido la atracción de mirarme en ese espejo, por lo que no sé si atenerme a las mismas precauciones y aprensiones. ¿Tan obvia, tan poco sutil, suele ser la paranoia? ¿Habré caído presa de la locura, o se insinúan a veces demasiado grácilmente los manidos espectros de la superstición? Sin embargo, yo sé bien de qué se trata todo esto, por lo que no me cansaré de preveniros. El individuo que ignora que al dejar todavía soñoliento cierta mañana la cama con haber metido en un desacostumbrado lapsus el pie en la pantufla equivocada acaba de decretar la muerte de su madre o suscitar un fatídico terremoto en Indochina; la ordinaria concentración más silenciosa de polvo o los menos perceptibles progresos de la corrupción que inciden en la circunstancial condena o en la intempestiva exoneración de un reo; la mujer que por entregarse a un determinado hombre ejerce sin saberlo cierto influjo secreto sobre la luna que a su vez concatena mil catástrofes marinas inexplicables; los niños que desconocen que su puro presenciar de la repentina caída de un árbol centenario abona en algún insospechado país un recóndito magnicidio o precipita una

Miguel Antonio Montero

guerra: ¿son todos puros accidentes elementalmente sujetos a la ordinaria preceptiva de nuestra burda concepción mecanicista de las cosas?, ¿o se expresa más bien realmente en todo esto el inencarecible designio incomprensible y oculto de una gracia indefectible y misteriosa? A alturas de tan perturbadora tesitura, nadie duda que cualquier día acabemos descubriendo las extrañas o sibilinas conexiones entre el célebre terremoto de San Francisco de 1912 y las controvertidas circunstancias de la muerte de la princesa Diana, o del inocuo verso trigésimo quinto de *El Paraíso perdido* con las universales y levantiscas repercusiones de la Revolución Francesa...

Yo no digo nada; yo permanezco en la oscura y anónima postergación de mi insular e indigente retiro antillano entre el espíritu contestatario del bohemio y el reposado continente del *bon vivant*, viviendo sólo como Dios manda la conspiración. Y creo que lo mismo de veras hiciera si igual me localizara en la Escandinavia o el Bósforo que en el Catay milenario o la indomable Cafrería. De cualquier forma, no me puedo de vez en cuando ahorrar el que me suba todavía al desprevenido paladar el sabor recurrente del sinsabor y la tragedia, y entonces se me vuelven puntualmente a dibujar a más firmes y seguros trazos en la imaginación y la consciencia las torturadas efigies de Jack Kennedy y Abe Lincoln, los meros infortunados presidentes y excepcionales individuos cuya acaso equivocada ocupación fue la política, o sea, la tan tortuosa y mundana actividad humana cuya materia prima consolida cual agregado grosero a partir de la simulación y la mentira, la desvergüenza y la perfidia, y cuya virtud primordial ha de estribar en saber precavidamente servirse de un tenedor bien largo aquel que quiera hacer de exitoso comensal a la mesa oropelesca del diablo. Quisiera consolarme con creer que eso es sólo otra metáfora, otro oxímoron o paradoja trasnochados y tardíos. Las despóticas formas de la realidad, no obstante, acentúan siempre el carácter de lo draconiano y drástico en sus haberes y procederes ordinarios. De suerte que viviendo desmañadamente la conspiración, me mantengo y vegeto en mi tranquilo y plácido reducto antillano sólo a la espera cualquier día de mi cita insoslayable con la muerte, elucidadora cabal de todos los insolubles misterios. Porque entonces partiré, y entonces hallarán en todo caso reposo en su lugar predestinado mis huesos.

Y cuando suene finalmente la trompeta, y concertándose en la bíblica profetizada regresión procedan por maravilla a inauditamente reconstituirse conforme al ser que fuera en vida por renovado soplo vital mis huesos, mis nervios, mis órganos, mis músculos y mi espíritu, apreciaré conmocionado el centelleante milagro y entenderé haber yo también a mi manera creído. Como todos los demás innumerables redivivos, me atendré entonces por fuerza a la cristiana esperanza tanto del bautista Lincoln como del católico Kennedy ahora por fin consolidada, y reparando todos de súbito en las alturas, cada ojo divisará la sublime gloria del Redentor descendiendo a la tierra en medio de su cortejo santificado de ángeles. Y aplaudiré con lágrimas en los ojos, por aquello de Borges de "que exista el Cielo, aunque mi lugar sea el Infierno", Su bendecida Parusía tan justiciera y sentida. Por cuanto procederá a apartar a continuación el Señor con Su impecable equidad las cabras de las ovejas. Y pondrá a éstas a la derecha, pero aquéllas a la izquierda. Y entonces yo, sin quejarme y sin chistar, con mansedumbre ejemplar y conmovedora humildad, procederé sencillamente a ocupar mi señalado lugar a la espera bien del gozo o del fuego eternos, según lo que me hubiese labrado yo por suerte al designio infalible de la gracia. Sólo entonces me

   Miguel Antonio Montero

volveré a Él para elevar la más piadosa y acendrada petición por las clamorosas almas de aquellos dos honorables presidentes, los cuales fueron hombres esencialmente buenos —le diré—, pese a lo que en su contra pudiera todavía argumentarse o decirse. Y sé que en todo lo amoroso, bondadoso y justo como es, incluso a mí me escuchará y en cualquier caso entenderá en aquella más cumplida última instancia el Señor. Después de todo no abunda en absurdas superfluidades la historia, ni mucho menos las admite para bien o para mal el destino.

Junio, 2016-abril, 2018

Revelación y gnosis de los Cuatro Ángeles del Éufrates

El sexto ángel tocó la trompeta, y oí una voz de entre los cuatro cuernos del altar de oro que estaba delante de Dios, diciendo al sexto ángel que tenía la trompeta: Desata a los cuatro ángeles que están atados junto al gran río Éufrates.

Apocalipsis 9:13-14

I
INADMISIBLES DESINENCIAS DE UN MUY IMPERDONABLE SACRILEGIO

Fuera de la ilustre mención por lo demás tan somera del Apocalipsis, poco o nada era lo que se sabía acerca de los Cuatro Ángeles del Éufrates, más allá de la pura conjetura y una que otra charlatanería pretendidamente hermética. Poco al menos hasta la perturbadora eclosión o divulgación asombrosa sentada por una cierta controvertida publicación surgida en nuestro "bárbaro" Occidente, y cuya amenaza obvia a los cimientos universales de la civilización y la fe en ninguna parte ha sido puesta en entredicho. El inesperado foco irradiador del escándalo lo ha sido esta vez increíblemente el apacible y casi anónimo Estocolmo, cuyas nórdicas sínsoras se vieron de pronto tumultuosamente sacudidas por un estrepitoso acontecimiento editorial, al cual se hizo asimismo imposible el pasar inadvertido a la acuciosa totalidad del planeta. La colectiva histeria desatada en la relativamente calmosa capital de algún modo retrotraía a las horrendas efervescencias que hacia la segunda mitad del siglo XIV también allí provocara la peste negra. A algún oscuro escrúpulo se antojará chocante conferir nombradía comercial de *best seller* a una obra de explícitas vislumbres esotéricas procedentes (conforme al generalizado consenso experto) del siglo II de nuestra era, y que para remate se presenta bajo el tremendo epígrafe de *Revelación y gnosis de los Cuatro Ángeles del Éufrates.* Lo cierto es que si bien tal razonable resquemor acaso se justifique en atención al contenido místico y filosófico que el título en todo caso a profundidad nos sugiere, por lo que se refería al como frívolo o exterior aspecto mundano de la realidad incluso la ambiciosa denominación de "superventas" nos le quedaba corta a la verdad a aquel libro, cuyo comercio engrosó en términos fabulosos las entonces deprimidas arcas de su editor, y aun las de algún otro de manera directa relacionado con el evento enigmático de su propalación enjundiosa. Acaso no esté demás el historiar brevemente el singular suceso.

Empezaremos por decir que el editor era Lubicz Frederik Erjorfd, ciudadano sueco pero de algo cosmopolitas raigambres con arreglo a los sinuosos determinismos consanguíneos arrastrados plural y continuamente en su sangre, debido a la abigarrada herencia de naciones traída pujante de sus ancestros en el concreto hecho de haber sido uno de sus bisabuelos polaco, su abuela materna lituana, noruego su abuelo paterno, y su propia madre alemana. Aquel extraño e impredecible caleidoscopio racial obraría de alguna forma en la conformación armoniosa de esa personalidad ecuánime, afable y sobre todo honesta de nuestro amigo. Lubicz, para quien los sublimes esplendores de la literatura comenzaban y terminaban con Goethe en cuanto su admirador más incondicional y comprometido, había visto de plácemes el que sus padres, a instancias más que nada de su madre, le concitaran ahora a continuar sus estudios en la germana universidad de Frankfurt del Main, ciudad de la cual ella misma y su familia procedían, y que contaba por lo especial con el honor de haber sido la cuna del más grande de los poetas alemanes. Allí conoció al fino espíritu de Joachim Archibald Ostermann, y su amistad introdujo para siempre en sus vidas

Miguel Antonio Montero

un eslabón afectuoso entrañable. Los unía el fervor de Schiller y de Goethe, su pasión por lo oculto y por los gnósticos, la ventolera edificante y próspera de todo lo que para ambos significó el *Sturm und Drang*. El librepensamiento, no obstante, constituíase en la común aureola espiritual que iluminaba sus almas. Con el paso del tiempo terminaba el académico interludio no sin la feliz graduación de ambos amigos, y entonces Lubicz retornaba a Estocolmo, y Joachim permanecía en su nativa Alemania. De vez en cuando uno visitaba al otro, y mantuvieron así una estrecha comunicación matizada por una cierta correspondencia constante. Los años fueron pasando, y cada uno terminaba por hacer como mejor había podido su vida. Lubicz fundó una modesta editora, que, guiada siempre a ultranza por los morales patrones de apego a la fidelidad y seriedad más estrictas, jamás se rebajó al sensacionalismo impostor como tampoco a la fingida espectacularidad del esnob. Joachim se dedicó mientras tanto, en el calor investigativo de sus inclinaciones, a viajar frecuentemente de un punto a otro.

Se había Joachim Archibald recibido de ingeniero, psicólogo, arqueólogo y, como aquel otro de sus ídolos Winckelmann, de historiador del arte; además de editor, por su parte, Lubicz Frederik era arquitecto, historiador del arte y hermeneuta. Cuando vio a Ostermann trasponer aquella fresca mañana de otoño el umbral de Editorial Erjorfd, algo discernió en su cara que le puso de inmediato en la senda de adivinar que algún asunto trascendental se traía su viejo amigo entre manos, aunque en honor a la verdad sin acercarse a intuir toda la sísmica relevancia de las impredecibles consecuencias que ello a la postre acarrearía en sus vidas. Cargaba el alemán dos voluminosos manuscritos, que con ostensible excitación (en él nada habitual) presentó a la intrigada consideración de su

amigo. Erjorfd examinó en silencio los dos documentos, y no
le tomó mucho establecer que uno redundaba en la minuciosa
y laboriosa transliteración tudesca del otro. Éste se erigía en
un contundente original escrito con rústicos y algo caóticos
trazos sobre un sumo sensible y delicado material cercano ya
al deterioro y con pátina, por la inclemente acción del tiempo
inmemorial; aquél resaltaba en un grueso bloc de blancas hojas relucientes sin dejar de proliferar en esa burda arrogancia
ociosa de lo moderno. Dicho original venía redactado en cierta
lengua antiquísima y ahora en desuso, que nuestro hermeneuta
editor no dejó de reconocer y de penetrar con asombro. No era
arameo, tampoco babilonio arcaico. Al compulsarlo erudita o
filológicamente con su transcripción flamante, Erjorfd concluía
que aquella traducción no era obra de un aficionado ni un lego.
Lo que lo dejó sin embargo paralizado y perplejo fue el estremecedor contenido esotérico, que fulminó en su consciencia
con el poder de mil rayos, de estos manuscritos enigmáticos.

Poblaban nada menos que los Cuatro Ángeles del Éufrates, dominados por una especie de frenético rapto cercano
a la locura, gran parte de aquellas páginas increíbles en un
contexto místico y oculto que desvirtuaba estruendosamente
aquel sagrado designio y concepto de lo divino planteados no
sólo en la socorrida tradición judeocristiana, sino que igual
englobaba de algún colateral modo en el pavoroso mentís las
demás aceptadas tradiciones de la historia, y no únicamente
las religiosas. Merodeaban o rondaban indudablemente los
insólitos escritos el espíritu inexplicable de alguna oscura sedición cósmica contra el mundial ordenamiento presente. Este
sesgo profético latente agravaba el carácter por lo particular
aterrador del texto, cuyas constantes y precisas contextualiza-
ciones y referencias permitían con verdad situar su devastadora

                                    Miguel Antonio Montero

escritura alrededor de mediados del siglo II de nuestra era. Nada empero podría haber perturbado más a ambos amigos que toparse el empleo cada vez más reiterado de vocablos de evidente envergadura anacrónica (y no digamos *neológica*, por cuanto todavía no existían ni podían existir por distanciamiento incluso de demasiados siglos de sus pertinentes disciplinas en el tiempo), como Jargonafasia, Glosolalia, Psicolingüística y otros, inconcebibles de plano en un autor comoquiera a todos visos procristiano del segundo siglo. Infirieron Ostermann y Erjorfd que no cabía tratarse más que de un portentoso visionario místico arrebatado en el deliquio inefable de una trascendental revelación esotérica orquestada por las ocultas potencias cósmicas... al justiciero designio de en nuestros días denunciar todo el torcido rumbo tan degradado e inicuo que tomarían los negocios del mundo. Acaso más peligrosa, más decisiva de la que en Patmos recibiera o de que fuera objeto el propio san Juan el Evangelista, representaba en cierta forma la mencionada revelación un rompimiento radical con los históricos morales supuestos acreditados hasta ahora por la humanidad extraviada. Tan decisiva y peligrosa como era, hubo por fuerza que ocultársela o reservársela prudentemente hasta advenir del tiempo señalado a su divulgación detonante. El hecho y circunstancias de que solamente hasta estos días hubiera entonces *aflorado* el manuscrito originario, se les erigía en concluyente indicio de que ese tiempo por fin había llegado.

El misterioso poder de síntesis de la Biblia —las conclusiones de Erjorfd y Ostermann (que en lo adelante se sintieron objeto en manos de alguna potencia mistérica inexplicable) continuaban— con bastante frecuencia nos conduce a inadvertidamente desestimar aquella especie de subliminal contenido que subyacente al exotérico relato nos la informa, y que es lo que a lo sumo posibilita y facilita la variada babel de interpretaciones y de estrambóticas exégesis a nosotros tan común de los predicadores. Entre el censo completo de los libros que integran las Escrituras únicamente en el Apocalipsis hallamos aquella breve y sobrecogedora noticia referida al cuadrinomio angélico temible, y sólo apenas comprimida en los escuetos versículos trece y catorce del capítulo nueve. Allí, después de tocar el sexto de los siete ángeles que tenían las trompetas la suya, el inspirado receptor de la revelación divina oye una voz procedente *de entre los cuatro cuernos del altar de oro que estaba delante de Dios*, ordenar aún al sexto ángel de la trompeta: *Desata a los cuatro ángeles que están atados junto al gran río Éufrates*. Algo tal vez alarmante comporte el que esta verificada concisión induzca al harto corriente error de juzgar nimia o escasa la información tenida acerca de los cuatro ángeles a partir ya del texto reseñado. Traduce sin embargo algún grosero paralogismo el desconocimiento brutal de la gran riqueza de elementos cognitivos con los cuales impregna de golpe en realidad la cita la intuición subterránea del lector. Así de pronto *sabemos* habérselos atado junto al Éufrates por el evidente carácter disociador y terrorífico (y acaso a la verdad demoníaco) de cada uno, incompatible de suyo con la sabida naturaleza armónica y amable de los ángeles. Igual se erige en brusco conocimiento su temidísima condición de agentes vengadores al incondicional servicio del Omnipotente, aguardando ansiosos en su consentido *cautiverio* por el terrible día flameante de Su cólera, el cual habrá de sumirnos implacablemente en el caos y tenebroso reino de la oscuridad lo creado. Un saber también particularmente decisivo radicaría por lo tanto en lo del feo y proceloso carácter paladinamente cuestionable del mismísimo ser divino al cual los cuatro se debían y servían, y del cual la

   Miguel Antonio Montero

propia torcida índole de cada uno no vendría a ser más que un condigno reflejo.

No importaba la óptica particular desde la que se afrontaran tales "sacrílegas" inferencias. A medida que se adentraba uno en la lectura inquietante de estos desgastados pergaminos más se iba convenciendo de que en realidad no rebasaban sus reveladoras confidencias la categoría irrisoria de descoloridas nimiedades... ora de inevitable suerte cotejadas con las inverosímiles personalidades de estos cuatro ángeles abominables, las que venían a saciedad desglosadas de más explícita forma en el cabalístico texto, y con aquel cierto rigor de elocuencia y certidumbre que cerraba menor margen al escéptico. No dejaba pese a todo de antojarse cada particular trozo leído sólo una insignificante probadita, puesto frente a la inconmensurable temática y las despampanantes revelaciones místicas de remarcado tufo gnóstico que rezumaba el trascendente manuscrito, de las que habremos en su momento de ocuparnos en detalle. Fue de todos modos al arribar a este punto de su juicioso examen cuando Erjorfd, ya entonces intolerablemente intrigado, demandó por fin de su amigo los orígenes del inestimable documento, si es que los conocía, y cómo, en todo caso, había venido a recalar en sus manos. "Pensé, Lubicz, que nunca lo preguntarías", adujo enseguida Ostermann. Y lo que contó a su amigo incrementó aún más su indescriptible desconcierto, estirando a insospechados límites su proverbial capacidad de asombro.

Narró el plurifacético Ostermann que, si bien excepto por una que otra irresponsable especulación nada podía responder sobre su origen, se había hecho con el precioso manuscrito mientras lo compelían sus asiduas inquietudes arqueológicas en Turquía, hacia mediados del verano pasado, movido por la imperiosa iniciativa de otro de sus oscuros barruntos sobre los gnósticos. No precisaba si el quince o el dieciocho de julio, pero lo que nunca podría borrarse de su memoria es el cariz tan peculiar con el cual aquel día había quedado para siempre impreso en su alma. Estaba él en la ciudad de Sinop, la antigua Sinope capital rutilante del Ponto donde alguna vez reinara el polígloto Mitrídates, y en la que en otro tiempo había nacido el execrado Marción, dirigiendo una serie de excavaciones relacionadas con el famoso heresiarca, en algún caluroso y desolado paraje próximo a las playas del Mar Negro. La víspera, habían trabajado duro él y su equipo de operarios, por lo que apenas cerrar la noche se recogía presa del cansancio en su tienda. Apenas tocar el camastro su cuerpo, se nos quedó dormido. Soñó entonces Joachim Archibald una fulgurante formación de nubes, de arreboladas nubes, que en una panorámica espléndida y grandiosa se enseñoreaban dichosamente del cielo, sin disputárnosle empero al donairoso azul aquel imperio risueño de su trasfondo magnánimo. Dichas nubes se pavoneaban gra ciosas por poderosos cúmulos pródigos y esplendorosos, los cuales le retrajeron aquellas sugestivas formaciones nubosas de su natal Stuttgart de la infancia, las que más que profetizarnos el murmurante porvenir cifraban en su proba sustancia etérea la misma idílica felicidad de la eternidad, y que el chico que había vuelto a ser ahora en su sueño Ostermann contemplaba arrobado y con arrasada ternura. No dejaba por alguna razón de comprender el conmovedor muchacho de la visión que aquello era un sueño, pero, incluso así, se resistía a despertar a los ríspidos predicamentos de nuestra realidad prosaica. De improviso, el mayor de aquellos cúmulos, el más seductor, el más esplendente, se desprendía del glorioso tapiz que le extendía el firmamento y, descendiendo, se cernía y posaba

                                        Miguel Antonio Montero

sobre cierto collado reverdecido y augusto. Entonces escuchó el pequeño Joachim una voz como ubicua, proferir sin artificio ni pompa: *Mañana, hacia la siesta, te visitará el velado mensajero del Omnisciente. Esfuérzate sólo por que se encuentre tu corazón a la altura de Su sabiduría pródiga.* Y en este punto, finalmente, el soñador despertaba.

Al amanecer reanudaron los excavadores su labor. "Yo supervisaba y dirigía —proseguía Ostermann— los trabajos, pero no creo que existan palabras en idioma alguno para la turbación y la inquietud que me dominaban. Pienso que lo entenderá quien sepa que al despertar de mi sueño sentí ganas de llorar, que deseé irreprimiblemente jamás hubiese retornado de mi onírica ventura". Ya le duraba la mañana el espiritual prurigo. Poco después del mediodía, el excesivo calor le hizo sestear a la sombra de una de las cavernas que había providencialmente en las cercanías. Un hombre increíblemente alto, tocado extravagantemente a olímpico despecho del bochorno con la capucha de la holgada chilaba que lo cubría, apareció sorpresivo a la entrada de la gruta, a sólo unos pocos pasos de nuestro arqueólogo. A éste se le hizo imposible discernir bajo la capucha su rostro. Le extrañó de todos modos, como si estuvieran ahora en el Magreb, el tan atípico atuendo de la chilaba, siendo que se hallaban en la asiática Turquía, donde solía más bien el caftán hacer de prenda casi obligada. El misterioso sujeto le tendió entonces en silencio el manuscrito, que Ostermann se apresuró a tomar de sus largas y finas manos, hasta que al fin le remarcara el extraño visitante: *Igual que la profunda exhortación de tu sueño: Esfuérzate sólo por que se encuentre tu corazón a la altura de Su sabiduría pródiga.* Después sólo partió de tan inexplicable forma como había aparecido, y sin que pudiera algún otro dar cuenta de haber topado por esos rumbos a ningún peregrino sujeto con chilaba. Todo lo cual, por supuesto, perturbó todavía más a Ostermann.

Lubicz había seguido con creciente admiración el relato. A esa precisa fecha de su existencia, nada lo había maravillado como aquello. Por más librepensadores que fueran, no podían engañarse respecto de esconderse detrás de todo esto el oculto designio de alguna entidad o divinidad desconocida, enigmática y secreta a la humanidad despistada. En esto también como siempre coincidieron. A partir de aquel manuscrito abstruso, sibilino, reformularon Erjorfd y Ostermann en el transcurso de aquella autumnal mañana la historia, explicándose transparentemente sus continuas y como cíclicas caídas y levantamientos entre tragedias y yerros. Entendieron el discrimen a que claramente se exponían con la publicación del documento, inclusive en la era del vocinglero *smartphone* y el esnobista internet. Si bien era la autoría del manuscrito una incógnita, lo cual lejos de desvirtuar su noble espíritu de denuncia incrementaba a sus ojos su legitimidad irrefutable, todo apuntaba haber sido alguna obra hasta entonces desconocida de Marción, el combatido heresiarca del siglo II, mantenida durante todo este tiempo en la más anónima reserva por el designio inescrutable de la divinidad omnisciente. "La historia procede por oleadas sucesivas o discursivas —sentenció Ostermann—; lo simultáneo es el lenguaje de la eternidad que aguarda. El Paraíso era originariamente eterno hasta que de golpe y porrazo el pecado original lo corrompiera, por lo que entonces devino en introducirse en la tierra la tiranía descarnada del tiempo o, lo que en cualquier caso es lo mismo, de la desaforada sinrazón de la historia. Perfectamente cabe, por consiguiente, colegir alguna defectuosidad e ineptitud condignas en el demiurgo creador del Paraíso y los hombres, seres, por supuesto, a su imagen y

                                    Miguel Antonio Montero

semejanza imperfectos". Convino Erjorfd en la atrevida razón sin inmutarse. Celebró luego la pulcra e impecable hermenéutica de la traducción del manuscrito, en la que "no faltaba ni sobraba nada, y todo estaba allí según debiera". Debatieron enseguida los amigos cada pro y cada contra de su publicación honesta, y más que evidentes una vez más se les hicieron los incontrovertibles peligros que la acción acaso imprudente entrañaba. Su librepensamiento valeroso, honrado, impertérrito, terminó no obstante ganando la partida. Además, ¿acaso no era ésta la incontrastable voluntad de la divinidad inescrutable y oculta, es decir, de la divinidad *verdadera*?

Así, prologado y escoliado por su minucioso editor Lubicz Frederik Erjorfd, comentado y ponderado por su agudo *descubridor* Joachim Archibald Ostermann, invadió los generosos puestos de venta de las tan frecuentadas librerías de Estocolmo el libro que fatigaría las imperiosas rotativas de las acuciosas editoriales de todo el mundo, trastornando al par la vida cultural y espiritual del planeta, *Revelación y gnosis de los Cuatro Ángeles del Éufrates*, título que más apropiadamente no podían haberse ingeniado, como nos lo hacían saber a partir de "la congruente transcripción del contenido iluminado de un antiquísimo manuscrito cuyo autor es todavía un enigma", su descubridor y editor. Las revelaciones en sí revolucionarias de la obra estaban primorosamente reforzadas por el espíritu crítico y sobre todo honrado de Joachim y de Lubicz, que en ningún momento se rebajaron con sus perspicaces puntualizaciones al tan rapaz como grosero sentido comercial, al sensacionalismo anodino, a la trivial espectacularidad, o a la menor crematística búsqueda de cualquier vulgar golpe de efecto. Los resultados no se hicieron esperar siempre a la altura del hado más congraciado y propicio. No dejaron en ello de adivinar Lubicz y

Joachim la mano secreta de la misma *indocumentada* divinidad que la propia controvertida publicación a capa y espada defendía. El espíritu de intrínseca realización que consigo arrastra la ambiciosa locución "éxito editorial" de pronto perdió todo sentido ante el masivo fenómeno a la verdad nunca visto o inusitado de venta. Todo compulsivamente se redujo a un ataque de colectiva histeria por la lectura frenética y pasmosa de aquel libro. En un santiamén se agotaron en el culto Estocolmo y en toda Suecia cinco sucesivas ediciones; a la tirada tan demandada de la sexta, se tenía ya conocimiento a ciencia cierta de la oficiosa preparación en unos treinta países de las correspondientes transcripciones en algo más de veinticinco idiomas.

No escaparon las principales capitales culturales del planeta a este inaudito furor inexplicable; ni la indiferente frialdad de las ciudades, ni la hacinada marginalidad del gueto, opusieron resistencia a su arrollador empuje. En breve tiempo, pareció incluso ceder la realidad agobiante: Londres, París, Nueva York, Roma, Berlín, Tokio, Madrid, Pekín y Moscú, multiplicaron enseguida el misterioso foco irradiador, el cual copaba en menos de una exhalación la totalidad anonadada del mundo. De nuevo se fueron agotando en cada país y en cada población una edición tras otra. Casi de golpe, el regocijado acuerdo de editores y libreros no escatimaba entonces otra nueva serie de resazonadas ediciones, que el público acogía como la masa hambreada la esperada hornada de pan caliente a las puertas mismas de la tahona. Desde la invención de la imprenta ha ostentado la Biblia por el libro más publicado y vendido los honores, primacía a que quizás en algún momento únicamente presentara alguna amenaza el *Quijote*. Estrepitosamente, escandalosamente, desplazó en realidad sin proponérselo la

    Miguel Antonio Montero

novedosa obra (al menos en el confuso e indefinible *Kali Yuga* de nuestros tiempos oscuros), tales modélicos hitos de la sabiduría y la amenidad. Un detalle en todo caso significativo o curioso, venía a resaltar aún la sorprendente estadística: ni la sórdida piratería, ni el contagioso internet, lograron introducir la menor mella en sus ventas. Algunos no dejaron de ver en esto alguna forma de nigromántico maleficio en interés del simple designio financiero de los cáusticos publicadores del manuscrito, a los que, obviamente, les había venido en pingüemente exitoso; otros apreciaron como manifiesto milagro este bonancible desenvolvimiento del fenómeno, lo cual concurría a robustecer y arreciar la innegable veracidad de las denuncias del libro. Maleficio o milagro, traían a Erjorfd y a Ostermann de lo más perplejos y asombrados las implicaciones cada vez más complejas y crecientes del paso por ellos atrevidamente empeñado con la recta publicación del manuscrito peregrino, cuyos materiales beneficios a uno y otro resultaban a la verdad irrisorios, irrelevantes o mezquinos. Valoraban por lo exclusivo sus frutos con arreglo a una sentida perspectiva espiritual, aunque muy lejos estaban en verdad de anticipar el peligrosísimo fermento que detrás de su lectura tendenciada se gestaba.

No tardó en hacerse eco cada tabloide, y con ellos la considerable totalidad del mentidero periodístico mundial, del ya entonces como fantástico acontecimiento editorial. Esta misma prensa recabó la acidulada reacción de los altivos jerarcas del religioso ámbito y del dogma. La fe judía de inmediato reconocía en tal "inmundo engendro dialéctico de entrada odiosa y nefandamente dirigido contra el santo Dios de los hebreos, otro vano conato satánico, en la presente oportunidad perpetrado por sus impenitentes agentes Erjorfd y Ostermann". La cristiandad protestante había de extraordinario modo convocado a un apresurado cónclave de las más diversas confesiones en Los Ángeles, en el que de improviso reparando en la repentina fama y materiales ganancias que a sus gestores a espuertas eventualmente deparara la obra comoquiera rechazada y execrada, luego de haberlos previa y efectivamente reprendido, y en ostentoso foro abierto condenado a "los impíos Joachim Ostermann y Lubicz Erjorfd por vulgares siervos a más obscena guisa degradados del Anticristo", terminaba apostrofándolos con la misma lúcida aunque inquietante interrogación utilizada por Jesucristo en Mateo 16:26, "Porque ¿qué aprovechará al hombre, si ganare todo el mundo, y perdiere su alma?" El especial sentido de apremio de los católicos los llevaba a hurgar en la combativa consciencia de la alta curia romana (visualizada y sopesada la evidente amenaza y crucialísima urgencia que planteaba a la fe "el mero presente lance que al instante condensaba en las impúdicas, blasfematorias páginas de aquel frangollo rastrero"), la como indicada necesidad de otro histórico concilio que, a idéntica estatura de los de Nicea, conjugara la santa autoridad y el rigor con que los mismos a su tiempo concluyeron fulminando los más severos y ejemplares anatemas sobre iconoclastas y arrianos. El concilio, en efecto, se celebraba bajo un gran aparato y el mayor de los fastos en Turín, donde al final se prevenía y llamaba a "providente discreción a los hombres y la cristiana grey frente a este perverso colector de abominaciones y blasfemias que adoptando la forma de otro inocente medio de transmisión civilizada del pensamiento y las ideas, sentaba por insidioso órgano difusor de los oscuros y asquerosos estigmas luciferianos a dos auténticos hijos de la Bestia".

Estas elaboradas y nada veladas invectivas, orientadas al designio de derribarnos de golpe los logros de un libro exitoso y dos hombres, bien lejos de indagar la genuina inspiración divina

                                    Miguel Antonio Montero

del texto, o la profunda virtud crítica de la obra y sus gestores, incurrían en desconocer torpemente afincadas en la psicorrígida base de su levadura sectaria particular, aquella irrefutable riqueza humanística y la indudable trascendencia cósmica e histórica que sus insólitas revelaciones de muy conspicua manera rezumaban. Pero no meramente la como paracrónica tradición judeocristiana, levantándose abrupta y marchando en vanguardia a defender su milenario patrimonio espiritual y temporal, se había entendido aludida por la "fustigación despiadada de la publicación terebrante". En cierta mezquita de La Meca el respetadísimo ulema Abdallah al-Karim había sorpresivamente compelido su proverbial celo a reunir en una especie de alto congreso del mundo musulmán a sus más representativas autoridades y muftíes. Un solitario e imperioso tema fijaba de principio a fin el encendido interés de su incontrovertible agenda: la patente factura satánica de cierto libro incendiario que, procedente del Occidente materialista e infiel, proyectaba su tenebrosa sombra sobre los santos dominios espirituales del Profeta. Si bien allí convenían todos en que "ni era ni nunca había sido Jehová en cualquier caso Allah", y en que reñidos venían desde sus mismos orígenes aquel doctrinario sesgo del catolicismo iconólatra y los sagrados principios del islam iconoclasta —sacro aupador de piadosas verdades irrefutables—, dicho libro sin reparar en distingos en última instancia la emprendía en una irreverente escalada jamás atestiguada de reniegos contra el Creador indiscutible de los cielos y la tierra, y el cual nadie por supuesto dudaba fuera Allah el Misericordioso, por lo que la fe musulmana enardecida en justicia en cualquier punto de la tierra se nos resentía indignada. A partir de tan sensitiva premisa introductoria, se abrieron y prosiguieron durante horas las discusiones, las cuales tornábanse por rato emotivísimos debates.

Al fin propuso un joven e impetuoso muftí proclamar para todo creyente una fetua que a semejanza de la promulgada en 1989 por el ayatolá Jomeini en castigo de las blasfemias a que en otra célebre obra en su momento se diera el británico Salman Rushdie, retribuyera con idéntica pena a los infames perpetradores del sacrilegio actual. Arrogándose de nuevo cada correligionario derviche en libérrima virtud de la exonerante fetua alguna cierta atribución divina, todo devoto musulmán deberá contraer la legítima y sagrada obligación de cumplir la voluntad de Allah y el Profeta eliminando y borrando de la faz de la tierra las infectas y repelentes personas de aquellos abominables transgresores. "Ello obraría por fin a modo de tajante y definitivo escarmiento para el Occidente idólatra y sacrílego", sentenció altivamente el muftí. No sin ostensible entusiasmo, aplaudió la enérgica moción la sala. Cierto ulema anciano declaró entonces que siendo como eran todos del linaje esclarecido de Adán y, por agarenos aun en la línea del recóndito designio del Todomisericordioso, de la pulcra y acendrada descendencia de Abraham, convenía obrar en apego a las santísimas verdades inconfutables del Corán, cuyo eminente, irrefragable espíritu sagrado lo imbuían ante todo la conmiseración y la equidad. Por aserto indudable resaltaba que aunque habían con la publicación deleznable los dos infieles incurrido en una insensatez tremenda y acaso a la verdad imperdonable, a diferencia sin embargo de Rushdie y *Los versos satánicos* ninguno podía afirmar habérsenos encontrado en esta *Revelación y gnosis de los Cuatro Ángeles del Éufrates* la menor directa referencia con la cual se adversara de cualquier forma al islam, y ni siquiera una vez se mencionaba en sus páginas el sacrosanto nombre inmaculado de

Allah. En observación justa de lo cual tomaba nuestro provecto ulema por irreflexivo exabrupto el pagar esta vez ni en todo lo despreciable de sus viles promotores con idéntica moneda que a Rushdie, cuya mortífera fetua solamente pudo verse por fortuna levantada gracias a la prudente palinodia que frente al ofendido mundo islámico enarbolara a tiempo el irremisible condenado. Abdallah al-Karim aprobó con la cabeza; en Europa nunca supieron Joachim y Lubicz que a esta aquiescencia silenciosa debieron ambos en todo caso la vida.

Se asumieron también al poco tiempo afrentadas otras doctrinarias manifestaciones del Oriente al confrontar "aquel profano catálogo de infamias repulsivamente regurgitadas de las entrañas asquerosas y excrementosas de un demonio, y del que el inicuo contenido de tal libro insensato no constituía otra cosa que su recensión servil". El taoísmo, el hinduismo, el sintoísmo e incluso "ese ateo remedo absurdo de religión (el brutal desdén provenía de cierto soberano imán), el budismo, ateo aunque no carente de conveniente figura deífica", se encresparon igual sobre el general anatema aferrados a los más diversos motivos. Cundió, pues, la universal repulsa del "texto impío" de la mezquita a la sinagoga, de la iglesia a la pagoda, en una inconcebible unanimidad de criterio nunca antes constatada del sentimiento religioso, con lo cual entonces pareció abocársenos a una auténtica realización ecumenista mundial por primera vez en la historia. En plena época de las sociales redes y de la explosión inaudita del reelaborado conocimiento, todas las confesiones del planeta llamaron ahora increíblemente a sus fieles *a desistir y renegar de este mero insurgente, confabulatorio, creído y comprometedor comercio del más sórdido devocionario diabólico.* En lo adelante, todos debían abstenerse de comprar o de vender aquel inmundo decálogo de la herejía y el pecado. La respuesta no se hizo esperar en un término que horrorizó a los propios perplejos promotores del llamado: cada día superó inexplicablemente el nivel record de ventas que alcanzara el anterior, casi en proporción directa con la inevitable defección y la deserción en masa de las de pronto flaqueantes filas de la religión, los partidos, las organizaciones, los clubes exclusivos. Parecía todo anárquicamente puesto en el camino horroroso de la lóbrega histeria y colectiva locura pronosticadas de modo irremisible a plagar a la humanidad transgresora en las mismas fervientes y condenatorias páginas del Apocalipsis tremendo. De ahí que la publicación urticante de aquellos dos *advenedizos* les escarapelara y excoriara a los hipersensibles humores de modo terrible la piel, a cosa incluso de vernos en el cuestionado texto y sus abominables gestores el vaticinio siniestro de los propios repechosos portavoces del Anticristo. Y no cabía ser para menos, como enseguida veremos.

Atendía en líneas generales el decisivo asunto de *Revelación y gnosis de los Cuatro Ángeles del Éufrates* al sesgo evidentemente extraviado por el que los falsos vicarios y demás indignos seguidores del Redentor habían de modo fementido conducido sus enseñanzas a lo largo de la historia, pervirtiendo el espíritu del cristianismo primitivo, abominación nunca lo suficientemente denunciada en la contestataria obra. No se necesitaba profundizar demasiado en la lectura para irse uno con asombro empapando (al apuntar ya de las primeras páginas) de que ello en realidad comportaba alguna suerte de subterfugio deliberado o de pretexto, merced al cual iba ampliando ineludiblemente su radio la incandescente denuncia, hasta de alguna manera abarcar la despistada totalidad del religioso espectro conocido. Arrancaba tal incisivo espíritu de denuncia de ciertos pasmosos datos al día de hoy ignorados acerca de los Cuatro Ángeles del

 Miguel Antonio Montero

Éufrates, datos mantenidos de cabalística forma ocultos por una cierta "impostora entidad divina" (a lo largo de la historia abrumadoramente cuestionada, según el trascendente texto), en obvio interés de preservar desde la conveniente aspillera de esta monumental ignorancia algún precario viso de legitimidad para su inconfesable predominio deífico inmemorial. Es sin ambages declarada a vuelta ya de unas pocas páginas como Jehová la pavorosa identidad de esta terrible y vengativa divinidad como postiza, y la tradicional connotación judeocristiana del tan reverenciado nombre de Dios trasciende de pronto las dos grandes partes de las Escrituras al intentar otra vez inescrupulosamente imponérsenos como autorizada portavoz del Único y Verdadero, dijérase sobre todo a partir de los buenos y aterradores oficios de sus incondicionales Cuatro Ángeles del Éufrates, los que en un impresionante alarde de exactitud de la obra alucinante aparecen incluso perspicuamente reseñados por los crípticos y precisos nombres que signan o significan a cada uno, y que ninguna bíblica tradición, ni rabínica ni cristiana, ha sido nunca capaz de aportarnos. Ellos son el tenebroso brazo ejecutor oculto de una cierta oscura voluntad deífica. De ahí el título sensacional del libro.

Dejaremos no obstante para más adelante el ocuparnos en rigor de tal "oscura voluntad deífica", ya que el tema se erige en trepidante meollo central del enrevesado argumento de la última de estas *Cinco historias de herejías*. Pues mejor no dejarnos apartar del horadante examen de la publicación inverosímil en que ya nos enfrascamos, y que enseguida se adentra en los desconcertantes y como proféticos anuncios de las desviadas prácticas e inverecundos yerros imperdonables de la Iglesia, y en la misma reactiva e intempestiva aparición (o justificación más bien) del prontamente combatido e implacablemente anatemizado doctrinal herético tan diverso. De increíble forma consignados en el texto enigmático de lo más visionariamente se hallaban (enunciados y denunciados en la cabal abominación que a la originaria doctrina de Jesucristo planteaban), los concilios que encabezados por papas o emperadores de oprobiosa suerte tergiversaron en provecho de rastreras aspiraciones temporales los sublimes lineamientos espirituales del Redentor, el bestial choque de la iconolatría y la iconoclastia, el conflictivo culto a la Virgen Madre de Dios —María *theotokos*— que tanto escandalizara a monofisitas y nestorianos, los aborrecibles crímenes en nombre del dogma perpetrados por la orgullosa y corrompida jerarquía eclesiástica, la desvergonzada opulencia que sus pontífices y dignatarios groseramente exhibirían en estruendoso contraste con las enseñanzas y la vida sencilla de Jesús, entre otros muchos pecaminosos desaguisados y despropósitos nunca jamás expiados por la Iglesia histórica. Asumida desde cierta perspectiva de rancias resonancias gnósticas, no perdía por supuesto de vista la frenética y antológica epopeya el desarrollo e influencia de cada uno de los tantos movimientos heréticos, aquí perfecta y genuinamente justificados en la misma razón suprema del tan villano descarrío eclesiástico. Sabiamente salpimentado y tratado el absorbente brebaje esotérico por el prodigioso donaire erudito, jovial, ágil, profundo, alígero y elegante de los exquisitos espíritus de Lubicz y Joachim, en nada se hacían de extrañar las altas menciones y logros de la publicación controvertida.

Mas prosiguieron comoquiera incrementándose los furibundos ataques, condenas, acrimoniosas execraciones y censuras del libro y los dos amigos, los que no sabían en realidad a qué atenerse entre los contrastantes pro y contra quizá demasiado

                    Miguel Antonio Montero

beligerantes y salvajes de las gratificantes regalías, los reconocimientos imparables, los tan considerables *royalties* que ambos frecuentemente recibían, y aquellos obvios inconvenientes y viscerales reconvenciones desde luego nada empáticos que la publicación temeraria de la atrevida obra a sabiendas y a mansalva les acarreara. Equidistantes entre el halago y el estigma, de súbito había empezado a insinuarse sobre sus nobles espíritus la contingente sombra de esa posible tragedia que a todo lo humano subyace. Adoptó entonces secretamente en su socorro la imprevisible Providencia la cultivada forma de un elocuente artículo que cierto día consignara el New *York Times*. Redactado como esforzado caballero de reluciente armadura nada menos que por Oliver Taylor Dartford, el brillante y prestigioso gacetillero de los asuntos esotéricos del afamado periódico, el incisivo rayo fulminante de su verbo introducía a la fúlgida y maravillosa entereza de un acto de estricta y zanjante justicia:

"Irrefutable de cierto podría ser que Lubicz Frederik Erjorfd —disertaba con emotivo fervor de predicador desde el logrado púlpito de su envidiable pluma Dartford—, haya impía o ctónicamente sacado a la luz, ninguna vez sin la exquisita y seductora vara mágica de su prodigiosa hada hermenéutica, de algún tenebroso y momificador sepulcro las proscritas letanías que el acucioso Baudelaire le robaría en algún extraño descuido a Satán. Irrefutable asimismo podría ser que Joachim Archibald Ostermann, ese espléndido paladín germano del intelecto, tan capaz como el Quijote de túrbidamente emprenderlas contra todos los hipócritas molinos de viento que disfrazan la escociente, recalcitrante tradición tan refractaria y escéptica en que se debaten y encuadran las pretensiosas medidas de nuestras sociedades actuales, haya aborreciblemente pactado en algún craso andurrial cultural de Turquía la sórdida venta de su alma con los mismos metafísicos agentes del Infierno. ¿Ha sido, empero, uno u otro el acreditado autor, críptico por demás, de esta *Revelación y gnosis de los Cuatro Ángeles del Éufrates*, efervescente y exorcizado tomo erigido a partir de un antiquísimo manuscrito lo mismo misterioso que anónimo? No. Han sido ellos sencillamente los desenvueltos e íntegros héroes intelectuales de la divulgación valiente de un muy otro polémico Ser o No Ser, el cual pone seriamente en entredicho toda la raigambre acaso fementida de nuestra civilización y nuestra cultura incluso ya desde Adán, por lo que antes que repudiarles debiéramos todos más bien rendirles nuestro afecto y gratitud imperecederos. Fríos, embrutecidos, dogmáticos, impenitentes, hemos en cambio apuntado las negras bocas de los cañones a la pulcra blancura de las mensajeras palomas al tiempo que estólida e inicuamente soslayamos, alucinados y ciegos, al responsable mayúsculo de toda esta ancestral y fatidiquísima esquela llamada a trastornar y conmocionar un tiempo ya entonces de por sí cínico y oscuro, apático y funesto. ¿Quién en todo caso es el autor y auténtico *culpable* de esta *Revelación y gnosis* tumultuosa?"

Como por recóndito arte de birlibirloque, se nos desplazó enseguida el centro gravitacional de la polémica.

II
EL MUY POTENCIAL AUTOR ENTRE
LOS INCONTABLES AUTORES POSIBLE

Repercutió la devastadora dialéctica hasta el más alejado punto del planeta. ¿A quién en efecto correspondía la autoría misteriosa del sedicioso manuscrito? La reaprovisionada controversia se recrudeció a estadios de verdadera locura. En las calles, en los cafés, en los clubes, en los cenáculos culturales y literarios, a menudo se hacía fácil inferir la asidua tónica de las discusiones mediante la sola intensidad de los debates. Publicaciones especializadas se entregaron a barajar con deleite los heterodoxos nombres de heresiarcas execrados y notables, como Valentín, Basílides, Manes, Marción, además de otros muchos anatemizados menores en la línea, digamos, de Arsinoo, Satornilo, Carpócrates, Milcíades, Cerinto, Taciano, y Cerdón. Al fin se arrogaron de lleno la universitaria cátedra, el académico foro, la enciclopédica facultad, el culminante fastigio intelectual del orbe, el protagonismo solícito de la incendiaria polémica. Había llegado la hora de poner en claro las cosas. Acto seguido, y casi a niveles de fastidio, proliferan y llueven las tertulias, los seminarios, las ponencias, las conferencias y los congresos, como lógica respiración de estos sonoros ejercicios aparatosos del intelecto. Mas, acaso por una suerte de maleficio secreto, continuaban eludiendo las discusiones la diana. ¿Había sido realmente Marción, a quien las más de las veces parecía apuntar toda evidencia, el horroroso perpetrador de estas páginas oscurecidas y malditas? ¿O debían en justicia ser cargadas a Valentín, con su clara alusión a los eones y a la Hebdómada de los Siete Cielos, que de cualquier suerte regían nuestro indecible mundo sublunar? ¿Se correspondían más bien con Basílides y su prédica inaudita del Abraxas, del inconmensurable Abraxas, y la interminable sucesión como demencial de ángeles creadores de los trescientos sesenta y cinco cielos? ¿O no había sido otro que Manes en atención a su dualismo impenitente y sempiterno el que fraguara tal sarta de inmundicias y reniegos? En el más álgido punto del universal debate, desplegó una espléndida luminaria el fecundo lustre de su majestad fulgente sobre el cavernoso reino de la ignorancia y las sombras.

La conformaban individuos de verdaderas luces, de sopesada sabiduría y reconcentrada erudición (aunque también retraídos y excéntricos), y de austera existencia apartada del fragor y del barullo mundanos. Uno lo era el sabio iraní Abdul Hakim Ahmed, reputada autoridad en religiones antiguas y respetado estudioso de la evolución herética a lo largo de la historia. En su humilde casa de Isfaján, Ahmed había declarado de manera enfática y terminante a cierto agudo periodista que, "tan cierto como Allah es el Misericordioso y no duerme, ninguna otra persona que Marción podía haber escrito este libro de palmario fulgor e inspiración subversivos". Contextuaba tal inexpugnable vehemencia con inconfutables citas de la propia obra que tenía a la sazón en sus manos, y con incuestionables argumentos de obvia e increíble resonancia filológica extraídos del concienzudo cotejo literario o estilístico con los otros dos textos desde siempre atribuidos al ilustre heresiarca, *Antítesis* y *Evangelio de Marción*. Ahmed, que profesaba de corazón el islam, resumía de cualquier suerte en su persona alguna rara especie de espíritu meditativo y libre, el cual, después de releer y examinar la rechazada obra profundamente, no compartía el borrascoso punto de vista de sus correligionarios musulmanes, los que al igual que todos veneraban al anciano erudito de relevancia mundial. Tan

                                        Miguel Antonio Montero

pronto como tuvo noticias del contencioso libro había viajado a Estocolmo para ponerse en contacto con sus joviales editores, quienes se sintieron honrados y gustosos de mostrarle, a su requerimiento respetuoso, el original manuscrito de que se habían servido para publicarlo, e inclusive de extenderle "al buen uso que sabían haría su genio de ella" una copia minuciosa del mismo. Mediante el solo análisis de esta compulsa valiosa en la propicia soledad de su casa, Abdul llegó a la irrefragable conclusión de que ciertamente la mística experiencia de una innegable visión sobrenatural, quizá equiparable al innegable dogma del viaje que en vida hiciera el Profeta al Cielo, o a la incomparable revelación que tuviera en Patmos el propio san Juan, había a buen seguro trabajado hacía ya tantos siglos al escupido autor del calumniado manuscrito, producto evidente de una cierta misteriosa inspiración divina.

Tan categóricas afirmaciones del entendido iraní habían sido recibidas con la cálida identificación y simpatía del que se sabe por fin felizmente refrendado en sus desechadas opiniones por Ralph Rutherford Edwards, otra de las irrecusables lumbreras de esta insigne luminaria inmarcescente. Catedrático y decano durante años de la facultad de historia de la filosofía y la religión en Harvard, Edwards afrontaba los inciertos caminos de la vida y el mundo desde la exuberante y fáustica visión de un genio brillante e inquieto, querido y reconocido en los académicos círculos, pero apartado y celoso de su cultivada soledad o de su autonomía personal, la cual a ultranza preservaba frente a la abrumadora tendencia gregaria y socializadora de todo aquel elemento primordial de la *Ivy League*. Inventariados llevaba en su literario haber varios tomos sobre los gnósticos, y su aclamado *Marción: historia cósmica y oculta de un perseguido* le había merecido la ostentosa valoración de un Pulitzer y su inclusión, acaso igual de honrosa, en el magno salón de insignes celebridades de la prestigiosa Sociedad Esotérica de Chicago. Ningún prestigio ni ningún lauro se le habían inscrito empero a la altura del eminente shock galvánico que las "lúcidas comprobaciones" de *Revelación y gnosis de los Cuatro Ángeles del Éufrates* produjeran de sopetón en su espíritu. Tan pronto como se leyera aquellas páginas que "ni el propio Lautréamont en su ofuscación sacrílega se atrevería en provecho de algún vano renombre a escribir", Edwards supo que eran obra de Marción, que verdaderamente una cierta incomprensible visión divina le había obsequiado la reservada inspiración de escribirlas, y que el mismo fehaciente carácter de misión insondable y predestinada en ello envuelto obligaba a reconsiderar de una muy otra perspectiva toda la "errónea historia del hombre". Nada difícil resultó a su soberbio ascendiente de autor laureado y reverenciado decano de la renombrada universidad el tramitar entonces que ésta invitara a Joachim y Lubicz a que impartieran un ciclo de edificantes conferencias sobre la obra ya ubicua, el cual además sería aprovechado para "reconocerlos cual se debía por la contribución innumerable que su acertada publicación representaba a la cultura y la historia humanas". Fue entonces cuando el flamante intelectual conoció y estableció amistad con sus héroes. Éstos le mostraron el preciado manuscrito del cual seguidamente con gentil desprendimiento le entregaban poco antes de marcharse una copia, distinción que el norteamericano no dejó con curiosa y reverencial efusión de agradecer.

Al compulsar poco después la tan traída publicación con la cimbreante copia del manuscrito críptico, había sobre todo impresionado a Edwards cierta especie de teoría peregrina del tiempo a que de inopinado introducían sus escandalosas revelaciones, y que de alguna paradójica forma enseguida le

                                          Miguel Antonio Montero

retrajeron las observadoras consideraciones con que se explaya san Agustín en el libro XI de las *Confesiones*:

"El tiempo suele transcurrir (expresa no sin untuoso fervor el manuscrito) en pequeñas dosis o administraciones como fragmentarias del porvenir, las cuales llamamos comúnmente *devenir*, y las que ya agotadas o reveladas misteriosamente a nuestra consciencia se tornan prontamente en pasado, cuyo efecto más inmediato y evidente es aquello que denominamos presente. Mas de ordinario instalados en el Ahora inamovible, marchamos pretendidamente hacia el Después imprevisible, conforme a engañosa fatamorgana incoherente del progreso, y siempre en función de las frías e inapelables ataduras del Antes inconsecuente y atávico. Esto no es casualidad. Es la pura vengativa respuesta del puro vengativo demiurgo pentateucal emanado de la imprudencia incomparable de Sophía, acarreadora de todas las desventuras del hombre, respuesta por la cual grotescamente se afirma todo el crudo carácter inmisericorde y demoníaco de este sórdido mundo físico y material que nos tiraniza y esclaviza. Y esto nadie lo sabe desde luego mejor que el deforme demonio falsamente divinal de la antigua Biblia hebrea, el que no ha hecho más a lo largo de la historia que de impostor descarado de la divinidad verdadera. De otra forma ¿qué nos vedaría, sin pecado original ni otras conspicuas sandeces y demás bobadas o ataduras por el estilo, nuestro dichoso acceso *de primera mano* a la liberadora eternidad? De otra forma ¿no se concretaría de veras por real el ser ahora cada uno, a despecho incluso de la conocidísima tentación edénica instintivamente repelida por la gazmoñería fanática, con y como Dios inmersa por fin la desfavorecida condición humana en la sagrada esencia del divino Pléroma celestial?".

Más allá del aparente ejercicio de la profana ligereza y la blasfemia, la curiosa concepción psicológica del tiempo acá formulada sobrecogía y daba al traste con ciertos principios básicos sobre los cuales se apoya nuestra aceptada noción de la realidad. ¿La pura potable y profetizable imagen del devenir que alienta al consumársenos en hecho cierto germen latente de lo porvenir rápida y sutilmente amortajado en pasado? ¿No es nuestra idea corriente del tiempo la de un río que fluye incesantemente del presente (y, por ende, también del pasado) al porvenir, y no precisamente a la inversa? ¿El futuro que se transforma en pretérito? ¿El pretérito que a su vez produce el presente y solamente merced a alguna oscura instancia perviviendo inadvertida en la consciencia laberíntica? Luego, el tiempo *es* sólo en función de lo que nosotros *hacemos* que sea. A primera vista, no pasaba de ser esto otra absurda variante tan inepta como torpe del solipsismo. Profundizando no obstante en los fundamentales lineamientos de la cultura y la historia humanas, con su idea atropellante de civilización, con su lúgubre ordenamiento cojitranco y fallido de las sociedades y el mundo, se sentaba e introducía a la legítima añoranza de una eternidad lisonjeramente redentora, lo cual sugiere que ya en pleno siglo II se requería con premura de un rector principio moral o divino. Hacíase pues angustiosa urgencia abolir la tiranía metafísica del tiempo, con lo que quedaban justificadas todas las denuncias y sacrílegas destemplanzas empleadas por nuestro anónimo autor contra el flagrante usurpador de las atribuciones divinas y presunto instaurador de aquella detestable tiranía, ya que es el orden inferior un implícito reflejo del orden superior... Era esta hondura lógica del razonamiento lo que le

                                    Miguel Antonio Montero

ganaba y concitaba cada vez más adeptos e incondicionales a la obra. Ninguno de ellos tal vez merezca la atención que despertara cierto fino y delicado espíritu cuya influencia resultó a la verdad decisiva a la hora de calibrar la aceptación definitiva y sin ambages del libro.

Alentaba dicho espíritu en Rilke Donovan, el gran poeta y erudito belga de origen inglés, y el archicélebre esteta de mundial renombre en quien la comunidad universal de los literatos y entendidos se embobaba en distinguir al "insoslayable y acreditado pontífice de una estética atlética, sobresaliente y nueva, en la que funden los modernos aleteos de Breton y de Tzara con los divinos esplendores de Shakespeare y de Cervantes". Había sido él quien alguna vez, en otra de sus inolvidables salidas, y en acerada respuesta al ácido hipocrás malicioso y destructivo de la crítica, dejara para siempre lapidariamente grabada en las áureas placas de la inmortalidad esta frase, a la cual no pocos todavía se ciñen con fascinada y reverencial unción: "Toda obra genial, precisamente por genial, entraña ser en sí su propia genuina e inexplicable explicación, ya que de ser de otra manera, ni dejándonos apocadamente embaucar por toda la sofística de veras peligrosa y la interesada argucia acibaradamente recogidas en la maligna pseudocrítica, genial no fuera". ¿Podría ninguno jamás ingeniarse más apropiado alexifármaco contra la mezquindad y la envidia? Donovan se había de plano y sin reticencias sumado a la conjunción excepcional de señeras e iluminadas autoridades para quienes Marción, y nadie más que Marción, tenía el derecho a reclamar la apasionada autoría de aquel manuscrito develador y centrífugo, además de no dejar de reconocer en *Revelación y gnosis de los Cuatro Ángeles del Éufrates* "acaso el mayor servicio prestado jamás a la humanidad, desde que hollaran plantas humanas la sufrida faz del mundo". Los intangibles vuelos de estos juicios iban de meticulosa suerte respaldados por la enciclopedia abundante y la irreverente genialidad que troquelaban la singular personalidad del poeta.

"En su impune, inexpugnable Hebdómada de los Siete Cielos, el flamígero Dios de los hebreos se nos creía intocable. Marción le ha acertado esta vez y de lleno; benditos sean por siempre Erjorfd y Ostermann", nos sentenciaba impávida su tan galardonada pluma. Para él, el origen revelado del manuscrito no admitía discusión; la cláusula inicial o introductoria lo declaraba plenamente: "Sepan ante todo aquel que lea este libro y las luminosas posteridades que reverentes y devotas le subsiguen, que estas no son las simples palabras de un hombre, ni los vanos y torpes esfuerzos de un hombre por procurarse algún estéril renombre entre los hombres. Son las piadosas e inspiradas nuevas divinas de Aquel que *verdaderamente* es la bondad y el amor, el Misericordioso y el Verídico". Pese a la clara entonación de egregio trasunto agareno con que se definía al Ser Divino, Donovan se declaraba el más resuelto partidario de una divinidad ignorada o desconocida, universal y de auténticos atributos omnímodos encuadrados o rayanos en el puro ámbito del misterio, no adscrita a los pobres antropomorfitas patrones con que solemos los humanos aproximarnos a la idea del Dios absoluto. En la plácida atmósfera de la espléndida biblioteca de su casa del sur de Bruselas, se entregó cierta tarde a la seria e intranquila sospecha de que quizá nada errados se nos andaran Basílides y algunas acuciosas sectas de los gnósticos con la idea inveterada del Abraxas y las trescientas sesenta y cinco manifestaciones consecutivas de Dios, las que "de algún modo nos ponían en el camino frente al interés malsano y pecaminoso de la Iglesia". Ésta no sólo había incurrido en tergiversar y traicionar con el falso ceremonial de su liturgia y los tendenciosos correctivos de sus periódicos concilios la verdadera

Miguel Antonio Montero

esencia del cristianismo primitivo, sino que vilmente antepuso el grosero comercio de los asuntos temporales al conocimiento valedero del misterioso Ser Supremo.

Memorables fueron la reacción y la furia de conservadores y eclesiásticos en todas partes. Inclusive muchos de los que se contaban entre la mesnada incondicional de admiradores fervientes y cultivados de Donovan, se volcaron en inadmisibles denuestos y calumniosas acusaciones contra el poeta versado e insigne. "¿Qué se ha creído Donovan? —tronaba el aguardentoso arzobispo De la Hoz, desde su asidua y empingorotada colaboración de cierto semanario católico de Barcelona—. ¿Acaso la levantisca y caótica espada del Anticristo, pretendiendo a través de la absurda y sin duda satánica palingenesia del ha ya mucho enterrado y fosilizado doctrinario gnóstico, la paracrónica instalación, reprochable e inaudita, de una estridente casta de nuevos descabellados herejes? ¡Pobre Rilke! ¿Cuándo por fin te percatarás de que ha asomado a rastras del nuevo milenio el portentoso siglo XXI?" Otros le redarguyeron y rumiaron con rastrera y rencorosa perversidad, ahora como parasitarias y soberbias, antiguas salidas y expresiones que ellos mismos en su momento celebraron. Como cuando el poeta había abominado (no sin aquel acostumbrado uso magistral tan suyo y encantador de la lengua) de los políticos y de la funesta ocupación de los políticos. "Pero yo no hago política", había declarado entonces; "yo escribo arte. Yo transmito a la posteridad el sonido y cantarín rumor de toda mi exuberante y más espléndida creatividad. Yo vierto ardiendo en harto incandescente pasión en el papel, la mera suma y síntesis que a nadie rinde cuentas de su genio". O como cuando ensalzara la sagrada y redentora trascendencia del saber, la civilización y la cultura. Solían medir los admiradores de Donovan la portentosa estatura cósmica del poeta por las salpimentadas expresiones sueltas que, con asombrosa regularidad, hacía él llover en eventos improvisados y en entrevistas. Cierta vez había en una de éstas con ingenuo desenfado comentado: "De no mediar en la trágica y difícil existencia del humano tanta desgracia, tanto desengaño, tanto dolor, hubiera yo entonces de buen grado protestado al Creador: ¡Es tan largo y deleitable oh Señor el saber, y tan corta y estrecha la vida!"

O como cuando se entregara en la peculiar visión de su código literario y poético a la feliz declaración de la seria finalidad de la actividad creadora en la literatura: "Ficción, lo que se dice ficción, en su muy rica y esbelta connotación literaria —solía decir con pompa casi wildeana—, a despecho inclusive de la *verdad*, no es ante todo más que la dichosa y lograda realización estética que se concreta a todo acuerdo en cualquier libro genial, en procura invariable por supuesto (por incursión o visita al inocente reino de la fantasía) de aquella verdad esencial, capaz aun de redimirnos de todas las miserias y el dolor humanos". Demás estará decir que esta definición no solamente había calado con su glorioso destello habitual en los acostumbrados cenáculos intelectuales y literarios, sino que su telúrica conmoción había inclusive de plácemes por lo demás alcanzado hasta los propios centros y círculos religiosos, debido más que nada a lo de que ya por antonomasia se nos había en los evangelios descrito Cristo a sí mismo como "el camino, la verdad y la vida" (Juan 14:6). O como cuando sin el menor empacho se despachaba con aquella casi intolerable seguridad de su incisiva y acertada capacidad creadora de poeta y de gran hombre superador de su siglo. Conforme a la vieja tradición o concepción cosmogónica más celebrada y acaso también más universal de la humanidad, después de crear el mundo modeló Dios del humilde polvo de la tierra a Adán y, a partir ahora de una escasa costilla del

Miguel Antonio Montero

primer hombre, la transfigurada y embriagadora belleza de Eva, la insigne madre para bien o para mal de los hombres. Donovan se proponía el como irreflexivo alcance de una maravilla análoga a partir de elementos que homologaban al menos su primigenia sencillez. Había sido, pues, bajo tal aura que cierta vez declarara: "Dadme una pluma, papel y un poco de paz, y os concederé a cambio un mundo".

Los afortunados enunciados del autor de poemarios imperecederos como *Laberintos* y *Peregrinación atrevida hasta Dios*, y de la prosa a la vez lúdica y alucinante de *Los aviesos relatos de Thomas Croce*, todos antes de unánime guisa glorificados y aplaudidos, eran en la actualidad, arribados a inimaginables colmos de la mezquindad y la bajeza, resentidamente rechazados como despreciable síntesis de la abominación y la soberbia por los disimulados enemigos del poeta, visualizada la ocasión de al fin poder emprenderlas declaradamente contra él. Contraproducente e inesperada consecuencia de esta abyección y esta inquina, se disparaban una vez más las ya prósperas ventas de las obras de Donovan, y, como por carambola, las de la propia controvertida publicación de Joachim y Lubicz. Fundado sin embargo sobre un análisis y estudio más comprometidos y más profundos del libro, el puntillazo final provino del ilustre y connotado genio y estudioso indio Rabindranath Vedalla, universalmente conocido a través de la arabesca y votiva identidad de Ibrahim Alí ibn Mohamed, herencia de su fugaz e incidental pasado islámico. Conmueven los varios y dolorosos tránsitos espirituales de Ibn Mohamed, estipulados acaso imprescindiblemente por alguna insospechada divinidad como los necesarios años de espera y aprendizaje de la extraordinaria inteligencia y el agudo pensador de la estatura cósmica que requería su época, y que él en efecto resumía. Originariamente hindú por familiar filiación, había en coincidencia con sus numerosos viajes abandonado en su juventud a Indra y a la politeísta Trimurti, fascinado entonces por el Profeta y su ardoroso y combativo monoteísmo yihadista; mas en alguna de las férvidas juderías de Europa, y de la mano laboriosa y entusiasta del yiddish, le había ganado a Allah poco después Jehová la como agónica partida de su indeciso corazón; venido con todo a este punto, nada acaso pueda medir los indecibles tormentos que algún tiempo después significara a su alma el con uñas y dientes aferrarse a la fe multiforme de Cristo, la que finalmente desechaba bajo el cual episódico influjo del descubrimiento a él como predestinado de Nietzsche, quien, conforme a su decir sopesado y reflexivo, "le había abierto por fin más que ninguno los ojos". Tan accidentada e incidentada evolución individual, determinó a la postre el acceso consumado de Ibn Mohamed a la plenitud erudita y enciclopédicamente vasta del librepensador transfigurado y sabio.

Versado como pocos en Marción, los gnósticos y la historia de las diabólicas persecuciones acometidas sin ventilar un hipo por la Iglesia, cuando él corroboró sin reservas pertenecer en efecto al íntegro y descollante heresiarca el controversial manuscrito del cual arrancaba el conflictivo libro, todo el mundo se apresuró a aceptar el tajante veredicto como infalible dictamen del más confiable oráculo *ex cathedra* del que autorizado provenía. Pero como siempre sucedía por arraigado rigor con Ibrahim Alí, cada uno de sus pronunciamientos y opiniones venía fehaciente validado por la irrefutable argumentación probatoria que cierto atlético donaire de su espíritu enseguida se embarcaba en dilucidar y aportar. Lógico, inexorable y metódico, procedió una vez más por eliminaciones sucesivas. Primeramente, y sin por ello opugnar la misteriosa procedencia que le atribuían sus competentes editores, estableció exhaustivo el muy posible

                                    Miguel Antonio Montero

origen del manuscrito a partir de la importante documentación esotérica tan oportunamente descubierta en los últimos tiempos. Demás está añadir que no le satisfizo del todo la socorrida versión de una perdida caverna en algún lugar de Sinope. Descartaba asimismo hallársele entre el resonante descubrimiento de 1947 en Qumrán de los célebres Rollos del Mar Muerto, ya que la evidente factura esenia de estos místicos escritos desdecía de los sostenidos ataques y denuncias dirigidos de forma atrevida y sin tregua contra la ancestral divinidad judeocristiana. A su tiempo rechazó también a Nag Hammadi, punto preciso de Egipto donde fueran encontrados en 1945 antiguos escritos gnósticos de relevancia innegable, como insondable epicentro del documento decisivo. Sin dejar de reconocer a través de los valiosos rollos de Qumrán y los preciosos códices de Nag Hammadi la maligna manipulación y traicionera distorsión de las originales creencias cristianas perpetradas de execrable suerte por la Iglesia, Ibrahim Alí ibn Mohamed declaraba sin rodeos provenir más bien en último término el manuscrito de aquellos famosos hallazgos maniqueos realizados a finales del siglo XIX en Turfán. Nada había, como enseguida veremos, de ocioso ni de superfluo en afirmación tan categórica.

Estableció la clave indudablemente el lenguaje. Los escritos del Mar Muerto, dada la judía filiación de los esenios, eran pulcras redacciones meramente ventiladas en lengua hebreoaramea; los de Nag Hammadi presentábanse en fluyente griego, o en alguna copta traducción del griego. Aunque algunos que otros de los textos de Turfán son reivindicados por el chino y por otros idiomas, la mayor parte venían redactados en pelvi o pehlevi, antigua lengua litúrgica de mazdeos, nestorianos y maniqueos, que curiosamente coincidía de alguna críptica suerte con la escritura empleada en el inspirado manuscrito.

¿Cómo iba detalle tan preponderante a escapar a esa vibrante perspicacia a flor de piel de nuestro dedicado erudito indio? Le bastó entonces a Ibn Mohamed, que también poseía formidables dotes de hermeneuta, evocar los últimos días del marcionismo: muerto ya Marción, el indefenso o inerme rebaño de sus discípulos, ahora a la deriva, buscó y halló refugio en el dualismo pujante y algo afín a su doctrina de Manes, antes por supuesto de que éste fuera muerto por Bahram I a instigación al parecer del envidioso séquito de sacerdotes mazdeos. Bien cabría con honrada certidumbre suponer (profundizaba Ibn Mohamed) que el primero de aquellos discípulos, a él ahora desde el cariacontecido lecho de muerte del maestro comisionado y encargado el trascendental escrito hermético, confiara antes de la ruina o disolución final al mismo celoso cuido de los escritos maniqueos para la posteridad la obra nunca publicada de Marción. Éste habría optado al momento de su redacción por el pelvi y no por su griego materno, llevado no de su decantación y acercamiento por aquellos días al maniqueísmo floreciente y emergente (el cual todavía no nacía, pues hasta el siglo III Manes no vería la luz del mundo), sino debido a la misma inescrutable revelación divina que le habría irresistiblemente con su mística fuerza compelido al uso de esa lengua consagrada. De aquí la obvia vinculación con los sonados hallazgos de Turfán.

La crucial cuestión del fondo o del contenido levantisco era otra cosa: éste no admitía para Ibrahim Alí distinto albur y explicación que la autoría predeterminada y escrupulosa del mortificado heresiarca del Ponto. Podía concluirse en este aspecto con arreglo a todo lo que se quisiera; pero más allá de cualquier pura cuestión superficial de estilo, cada carácter y cada renglón de este enervante manuscrito era Marción en la misma franca e

     Miguel Antonio Montero

inaudita transpiración de la particular denuncia gallardamente esgrimida contra el inicuo ordenamiento divino. Manes había nacido hacia la tercera centuria, para ser específicos en el año 216; luego, Manes no podía ser el autor del manuscrito, cuyas reiterativas referencias y socorrida atmósfera circunstancial se corresponden en todo, decidida y enjundiosamente, con aquellas cronológicas prosopografía y etopeya tan características del siglo II. De igual modo decisivo, el preciso halo en esta oportunidad de lo profano apunta a un aspecto acaso demasiado conocido o perogrullesco. Tanto Isis como Mitra constituían para los cristianos abominables potencias demoníacas, y mientras que Manes y sus fieles dispensaban por su parte tan tenebroso honor al propio Cristo, los marcionistas repelían de irremisible forma por tal diabólica entidad a aquel insólito Jehová de los hebreos, enfatizando ante todo la inobjetable distinción entre el Dios justo —y por ende cruel y vengativo— del Antiguo Testamento, y el Dios bueno y amoroso del Nuevo. De aquí parte en esencia aquella estricta separación que se trazara Marción de las dos grandes partes de la Biblia, y su congruente o entendible disensión respecto del canon rígido y cerrado de la Iglesia. "Ningún otro heresiarca ni mayor ni menor podía haber escrito tal manuscrito apodíctico. Si Marción hubiese vivido en época posterior al año 1233, los esbirros e inquisidores jerarcas de Ugolino dei Conti di Segni le habrían probablemente agasajado con un horroroso castillo de fuego, concebido sin duda a la medida perfecta de su monstruosa y señorial anatomía herética", proclamaba impasible el entendido sabio indio.

Aconsejaba enseguida Ibn Mohamed considerar entre los menores por una extraña síntesis pseudoaleatoria a Taciano. Cristiano apologista en un primer momento, el tibio heresiarca fundador de los encratitas compone fervoroso el *Diatessaron* perspicuamente arrasado en el espíritu de ardiente y comprometida defensa de los cuatro evangelios canónicos públicamente reconocidos por la dogmática Iglesia. Ésta, que había aplaudido hasta el exceso la mencionada obra encomiástica del sirio, sólo alcanza por fin a avizorar el estigma heterodoxo en Taciano a partir de la hora en que él empieza a exigir testarudamente de la fe un ascetismo recto y radical, incapaz a todas luces de congraciarse con la pompa y aberradas prácticas de los arrogantemente autotitulados vicarios de Jesucristo en la tierra. Fuera de esto, no lucía el posterior heresiarca la suficiente envergadura contestataria derribadora portentosa de montañas. "¿De veras cabría pertenecer a tal descrito varón el soberano espíritu con el que por deuda contrajéramos la imperecedera gratitud de aquel eximio documento antiguo del cual procede en última instancia esta magnífica *Revelación y gnosis* con que, osados y generosos, nos regalaran Ostermann y Erjorfd?", se preguntaba afectando perplejidad Ibn Mohamed. Al pasar ahora a tratar de los heresiarcas mayores, Ibrahim Alí tomaba por más adecuado paradigma de su irrecusable disentimiento de entre los principales a Valentín y Basílides. La prodigiosa rigurosidad lógica de sus asombrosas demostraciones parecería sacada de algún subrepticio catálogo divino.

Ningún otro rasgo podía describir mejor a uno u otro heresiarca, a juicio de nuestro entendido, que su proscrito sistema respectivo. Valdría así y todo no desligárselos de su influyente marco biográfico. Valentín, que había nacido en el delta del Nilo y había vivido en la cosmopolita Alejandría el abrasador choque cultural de una cristiana ortodoxia inmejorablemente cimentada y una tradición gnóstica inmarcesible y robusta, se impregna subsecuentemente en Roma de la importante filosofía griega y entra en indispensable contacto con las religiones

    Miguel Antonio Montero

pagana y judía, al tiempo de reforzar por supuesto aquellas nociones y nexos por lo demás determinantes establecidos con la fe cristiana. Inevitable producto de tan vario menjurje espiritual y doctrinario, el manido sistema valentiniano se configura a través de cierta curiosa trama que bien pudiéramos designar (sin escatimarle legitimidad ni verdad) Misterio de los Eones, pese a su aparente o relativa afinidad con la literatura fantástica. Acaso no exista, ciertamente, una diferencia notable entre ésta y la metafísica. En cualquier caso, el eón *Abismo*, el preexistente y el perfecto, resuelve en cierta ocasión prodigarse en una emanación ininterrumpida de eones que alcanza su acaso preestablecida culminación al completarse la críptica numeración de unos treinta, el último de los cuales es el eón llamado *Sophía*, es decir, la Sabiduría. Constituíasenos de esta suerte el Pléroma primordial, o prístino mundo divino, en el que únicamente al primero de los eones emanados, aquel conocido como *Nous* o Mente, es por algún don cabalístico otorgado el gozo inefable de arrobarse en la contemplación directa del Padre, o sea, del eón originario Abismo. Lo que se sigue entra de lleno en lo que muchos consideran "mitología y presupuesto fundamental del artificioso cántaro de mixturas en que se revuelve el pueril y pedestre sistema de creencias gnósticas indeglutibles", y en el que Ibrahim Alí ibn Mohamed jamás pudo resistirse sin embargo a sospechar, con su asidua penetración y perspicacia, cierto insinuante meollo esotérico esencial de tremenda trascendencia para la historia y el hombre, y el cual incluso arroja una insospechada luz sobre aquello acontecido a Eva y Adán en el favorecido huerto edénico.

Tuvo Sophía la inclinación nada pía de conocer al Padre, vale decir al Incognoscible. A causa de este deseo insensato es expulsada del Pléroma al Kénoma, la soledad horripilante y angustiosa del vacío, donde cae presa de feroces pasiones por el estilo devastador de la tristeza, el temor, la desesperación y la ignorancia, ínclito germen como se sabe de todo mal. Conmovido a causa del ruego de los demás eones por el hermano perdido, hace aún el Incognoscible emanar el eón Pneuma o Espíritu, que a la vez que limita la desvertebrante locura de Sophía restituyéndole la serenidad, instruye a los eones inferiores en el conocimiento luminoso del Padre. Cada eón contribuye entonces con lo más perfecto de sí para poder en consecuencia generar el fruto o producto perfecto, que no es otro que el Redentor, el cual es enviado con sus ángeles al rescate del eón extraviado, librándole a la postre de sus pasiones. Pero del deseo ilegítimo de Sophía (la que además quiso engendrar como el Padre) se ha desprendido mientras tanto un Demiurgo deforme y malvado que, persuadido de forma inadvertida por ella, cree crear u orquestar a partir de su propia iniciativa el mundo. (En este punto no escatima tiempo en recordarnos Ibrahim Alí que éste Demiurgo había sido desde un primer momento identificado con el Dios del Antiguo Testamento por los gnósticos). Entretanto, las pasiones se habían ido progresivamente concretando en inusitada *sustancia hílica* o materia. Esto explica el desprecio o rechazo que a los gnósticos inspiraba todo lo material o físico. Al ser salvada finalmente de sus males y contemplar al Redentor y sus ángeles, Sophía experimenta una euforia y entusiasmo tales que concibe en la imaginación y da a luz nuevos seres a imagen y semejanza de ellos, mas todavía en la forma de simientes espirituales o pneumáticas, que se transmiten al aliento del Demiurgo sin que éste pueda percatarse de ello. Cuando él crea a seguidas la parte terrena del hombre infundiéndole por tanto la vivificante parte psíquica, incluye así sin que lo sepa en algunos individuos esencia pneumática o espíritu; éstos

                                   Miguel Antonio Montero

son los elegidos, o seres propiamente pneumáticos, llamados a su venero originario por el Padre: las dispersas simientes por las cuales vino entre nosotros el Redentor, para recogerlas y llevarlas a su feliz reintegración plena y definitiva en el Pléroma.

Y he aquí en sustancia expuesta la denigrada gnosis de Valentín; lo demás puede perfectamente epitomarse en el carácter por lo peculiar extraño de su cristología inaudita. Dos elementos nada ajenos a casi todo el abanico de sectas del gnosticismo resaltaban de súbito: su docetismo y su dualismo. Fiel de seguro a ello, la delimitación precisa aunque a la vez peregrina de un Cristo pneumático que ha de regresar al Pléroma con los también pneumáticos elegidos, y un Cristo psíquico hijo del Demiurgo que asciende con éste y los sujetos psíquicos hasta el mero umbral del Pléroma, se prestaba a cualquier tipo de interpretaciones. Alrededor de dos siglos después, y sin duda influenciados por esta doctrina estrambótica, los nestorianos proclamarían contra la intocable cuestión eclesiástica de la unión hipostática tan debatida, la soberana coexistencia de estas dos personas enigmáticas en el ser misterioso del Redentor. Pero aún había más: los valentinianos afirmaban que al momento de su nacimiento o de su bautismo, el Salvador había descendido sobre el Cristo psíquico para dejarle poco antes de su presunta muerte en la cruz. A la condigna altura de tal osadía insigne, el sacrificio de Cristo carecería de todo valor intrínseco. ¿Simón de Cirene mimetizado en el Redentor? ¿El Redentor remedando a Simón de Cirene? Relevante es destacar asimismo en Valentín su recurrente Principio de las Tres Sustancias, merced al que acabó por dar pábulo al redondeado sistema gnóstico de creencias que hoy conocemos. A la teológica tríada que integraban el Dios bueno, el Demiurgo y el Príncipe de este mundo, resarcía en correspondencia directa la cosmología estrictamente biunívoca que consolidaba en el Pléroma, la Hebdómada de los Siete Cielos y nuestro atribulado Mundo Sublunar. Conforme en todo caso con lo cual las tres naturalezas conocidas como *Hylé*, *Psíquica* y *Pneuma* regían nuestra estructura antropológica en orden consistente con el cuerpo material, el alma y el espíritu, por cada uno de los cuales se avenía ineluctable con cada sujeto un destino místico definido según fuera la naturaleza que en su persona primara, lo cual para los gnósticos en última instancia determinaba el drama incontrastable de la salvación o perdición eternas del que no cabía la menor posibilidad de evadirse: los individuos *pneumáticos* alcanzarían la plena felicidad del Pléroma; los *psíquicos*, alguna relativa dicha en la Hebdómada; los *hílicos* estaban destinados, junto a los demonios y la materia, a su aniquilación definitiva por el fuego.

Análogo determinismo escatológico, y otras muchas decisivas coincidencias sustanciales, para Ibn Mohamed presentaba aquella gnosis tal vez algo confusa de Basílides. Éste había nacido y vivido en Alejandría, aunque las noticias del hombre y su herejía se las engulle una cierta enrevesada incertidumbre. La culpa a buen seguro ha de caer en los propios furibundos apologistas de la Iglesia encargados de combatirle y refutarle, y a través de cuya repelente y predispuesta apologética nos han llegado con paradójica frecuencia las escasas y tendenciosas informaciones de los antiguos heresiarcas, en atención a lo cual deberemos recogerlas con algún tiento o cautela. Abriéndose pese a todo camino por entre la cerrada opacidad de la nebulosa, Basílides predicaba que del Padre había nacido la entidad llamada *Nous*, la que a su vez engendró a *Logos*, que a su vez engendró a *Phronesis*, que a su vez engendró a *Sophía* y *Dynamis*, de las cuales finalmente procedieron en toda su gracia y potencia las virtudes, los principados y arcángeles. Correspondían a estas cinco entidades misteriosas, generadas

                                    Miguel Antonio Montero

en última instancia del Padre, las transparentes connotaciones de Mente, Razón, Prudencia, Sabiduría y Fuerza, cualidades todas tan apropiadas a la consiguiente creación de las gloriosas cohortes angélicas. Éstas procedieron a crear (conforme a la curiosa cosmología del alejandrino heresiarca) un primer cielo, luego sus descendientes un segundo y los descendientes de éstos un tercero, y de esta suerte hasta arribarnos a la abstrusa equivalencia con los días que trae el año de unos trescientos sesenta y cinco cielos. Por eso al Padre, es decir, al *Padre por nacer* (pues para Basílides Dios era o se constituía de inconcebible suerte en el No-Ser), el cual habrá de residir pese a su obvia omnimodez en la primera de estas magnas superposiciones celestiales, al Padre se le designaba por la mística y talismánica denominación de Abraxas a la cual se plegaban supersticiosos los gnósticos por ser origen de los trescientos sesenta y cinco cielos. Acaso sin proponérselo, horadaba *abominable* tal basilidiana concepción en la vieja idea del Ser Divino como misterio en sí mismo.

Al plasmar por fin el pertinente plantel de ángeles el último de estos cielos, el visible a nosotros los humanos, sus eviternos hacedores no sólo consumaron el mundo y las cosas que están en el mundo, sino que se distribuyeron entre ellos según congruente convención la tierra y las naciones que están sobre la tierra. Sin embargo, el principal de estos ángeles, aquel al que se considera el Dios de los judíos y que en el escueto sistema valentiniano correspondíase claramente con el Demiurgo, concibió el designio infame de hacer de las demás naciones súbditas o esclavas de la suya, lo que enseguida le atrajo el conflictivo desacuerdo de las restantes potencias y principados angélicos. Se explicaría en virtud de esta cósmica desavenencia el arraigado antisemitismo histórico de los pueblos. Se hizo cargo empero el Padre de la deplorable situación de los humanos y envío a su primogénito

Nous, el cual no era otro que Jesucristo, para redimir al que en él creyera de los demenciales poderes angélicos que habían edificado el mundo... Otra no es la exposición del quizá demasiado imaginativo sistema basilidiano, desde la chocante perspectiva del *Adversus Haereses* de san Ireneo de Lyon. Otros apologistas de la Iglesia como san Epifanio y Tertuliano acotan que estos ángeles que habrían construido el mundo lo forjaron a partir de la materia eterna, la cual al punto devenía en principio y fundamento groseros de todo mal, indudable base de la cristología docética y de aquel desprecio acérrimo que a los gnósticos inspiraban la materia y el mundo físico. Así que no debía ninguno llamarse más a engaño: Confesar al costo valeroso del horroroso martirio al Crucificado no era morir por Cristo; era sencillamente hacer los honores a Simón de Cirene.

Afirma san Hipólito a partir de la oscura disquisición de Basílides según la cual el Dios No-Ser concibió la voluntad de crear el mundo: "Hubo un tiempo cuando no existía nada, ni materia ni forma, ni accidente; ni lo simple ni lo compuesto, ni lo incognoscible ni lo invisible, ni el hombre ni ángel, ni dios, ni ninguna de esas cosas que son llamadas por nombres o percibidas por la mente o los sentidos". Reconocía de inmediato Ibn Mohamed en la instintiva construcción un error a toda vista elemental: la crucial radicalidad de la pretendida nadería absoluta en ella épica y melifluamente empeñada, en realidad no era tal. Si se asevera que *Hubo un tiempo*, es porque al menos el tiempo para cualquier efecto concretamente existía. Pero el tiempo no es ni mucho menos podríamos en circunstancia ninguna concebirlo anterior o preexistente a Dios, que no solamente es en razón de su mirífica aseidad el Increado, sino además por añadidura el Omnipotente, engendrador excelso de todas las cosas y, por lo tanto, también del tiempo mismo. Era ésta la clase de cuestiones

Miguel Antonio Montero

sobre las cuales le encantaba versar y profundizar a Ibn Mohamed, por encuadrar sin defecto en la muy particular visión que
el sabio indio se había hecho desde hacía mucho de Dios, al que
a semejanza acaso de Basílides (que no era un emanacionista)
concebía sin la menor escatima o limitación absurda de su omnipotencia, cosa de lo más habituada a la torpeza como inconsciente de nuestra tan generalizada concepción antropomorfita
de la divinidad. Pues "si incluso al feo frangollo de Dios que se
circunscribe en el Demiurgo le bastaba pronunciar aquel mero
Sea la luz para que indefectible se hiciera a instancias del simple
conjuro la luz, según aquello registrado de acreditado modo en
el Génesis, ¿a quién se le ocurre que el Incognoscible, el Abraxas,
el insospechado Dios que auténtico y siempre modesto alienta
detrás de la grotesca e histórica balumba de insignificantes pa-
redros que con descaro inaudito le han usurpado su inadoptable
identidad desde siempre, pudiera de veras verse contenido en los
puros insondables alcances omnímodos de sus harto prodigiosas
facultades deíficas?"

A idénticos vértigos dialécticos arrebató a Ibn Mohamed la
consideración basilidiana de las Tres Filiaciones. Generadas a
partir de la *Panspermia*, la pura milagrosa fertilidad creadora
de la toda-semilla latente de imperceptible suerte en la divina
naturaleza del No-Ser, la peculiar condición y significado de
cada una se configuran en fuerza de sus composiciones tan
disímiles. Vuela así rauda la primera filiación, merced a sus
alígeros y del todo elaborados elementos, hasta el Dios No-Ser.
No puede en cambio la segunda ni siquiera elevarse a causa de
la tosca bastedad de los elementos que la conforman, por lo
que solicita el auxilio del alado Paracleto, que sólo puede, con
todo, conducirle hasta una cierta decente cercanía de la primera
filiación. Entre tanto, se origina también de la *Panspermia* un

Gran Arconte que, erróneamente persuadido por señor de todas las cosas, se crea para sí mismo un Hijo con el que forma la inmensidad etérea cuyo límite inferior alcanza hasta donde se halla la luna; este señorío del Gran Arconte es conocido como la Ogdóada. Pero igual sobrevienen un segundo Arconte y su Hijo, y la esfera donde gobierna recibe el nombre de Hebdómada, la cual se encuentra debajo de la Ogdóada. El Paracleto mientras tanto comunica la crucial nueva de un milagroso Evangelio al Hijo del Gran Arconte, que a su vez la transmite a todos los celestiales estamentos de la Ogdóada, la Hebdómada y los trescientos sesenta y cinco cielos. Este conocimiento llega a través de la Hebdómada a Jesús, que con su vida y muerte redime de esta suerte a la tercera filiación, necesitada a todo efecto de purificación por la indecible carga grosera asentada acerbamente en sus elementos. Así lo material se regresará al caos, lo psíquico a la Hebdómada y lo espiritual a Dios, quien de forma precavida hará entonces llover una feliz ignorancia sobre todas las cosas. Mejor ni más auspiciosamente podía compaginarse el teleológico cuadro con esta idea rectora por antonomasia de Basílides: el pecado no cayó sobre los hombres a causa del abuso desafortunado de su albedrío; fue la razonable consecuencia del innato germen de maldad aposentado en su defectuosa naturaleza desde la hora misma de crearles. Puesto que incluso Cristo fue un hombre pecador, proclamaría en algún momento nuestro flamante heresiarca del Abraxas.

En conclusión, ¿había escrito Valentín a partir de su gnosis sustancialmente emanacionista de los eones el manuscrito, o deducíase más bien ser abstrusa y compulsiva iniciativa de Basílides, con su doctrina aparatosa de la *Panspermia* y el increíble Dios No-Ser como exudando al margen de nuestras infructuosas apetencias y miedos? El categórico "Ni uno ni

Miguel Antonio Montero

otro" de Ibn Mohamed no podía ser más rotundo. Aquilatada en su significación intrínseca, sólo un miope podía ver en esta *Revelación y gnosis de los Cuatro Ángeles del Éufrates* el producto del frío y riguroso *matematismo* de algún rígido sistema insensibilizado y bostezante, y no (cual en realidad era el caso) el de la consumación inexplicable de la exaltada y embelesada *acalculia* de un atormentado espíritu humano, extáticamente sobrecogido en la visión mística y tenebrosa del imponente drama cósmico del cual no había manera posible de evadirse. No importaba que el formidable adalid de este sistema se llamara Valentín, o que en gracia de alguna ley cíclica secreta se presentara cualquier día en la forma irrefutable de un Basílides: todo sistema pronto deviene en simple organismo muerto en ley de la propia articulación del craso mecanicismo y metodismo ciegos que de golpe y porrazo lo conforman y sustentan. Y el escrito que al presente nos ocupaba bien podía serlo todo, menos un cadáver ni ningún organismo muerto; de ahí la visceral alarma y el subvertidor peligro que en los conservadores círculos de automática forma concitaba. Además, tanto Basílides como Valentín habían a su pesar incurrido en alguna concesión al Demiurgo y a la insana permanencia del arcaico *statu quo* pervertido del Demiurgo, más que nada por lo del inconcebible Cristo psíquico que su cristología dual y docética (a la verdad tan bizarra) había de una u otra forma defendido, cosa desde luego incompatible con la toma demasiado radical de partido que se traía la atmósfera de *Revelación y gnosis*. "Indiscutiblemente que a ningún otro que Marción cabían toda la honra y majestad sacrílegas de este magnífico *bestiario de la blasfemia*", volvía a puntualizar por enésima vez Ibn Mohamed. "¿Acaso no cursa su vida tormentosa esa línea peligrosa entre el llamado melifluo y condescendiente de la ortodoxia, y la denuncia honrada y atrevida de las oscuras potencias cósmicas que no sin infausto catastrofismo nos rigen?"

Marción había nacido en el año 85 de nuestra era en Sinope, capital del famoso reino del Ponto, menos de un siglo y medio después del reinado floreciente de Mitrídates Eupátor. La pura imborrable estela de su trayectoria existencial tan acusada, adivina en su persona atormentada el apasionado espíritu por cuyo solo vehemente ardor se lo arrastra a las desoladas simas de una incomprensión trágica: expulsado sin miramientos del Ponto por su propio padre el proceloso obispo de aquella prominente región de Asia Menor, se va en 140 a Roma de donde también es echado cuatro años más tarde con el estigma precito de su excomulgación laboriosa. Pero ¿qué podían a él después de todo importarle semejantes ostracismos, los cuales no pasaban de vacuos desprestigios mundanos, enfrentados todos como estaban —lo que ninguno mejor que él mismo entreveía— al verdadero estremecedor Juicio del que todas aquellas ficciones terrenas no eran siquiera aproximado remedo? Pues no fueron Eva y Adán sino Sophía quien con su impropia inclinación en realidad introdujo en la mismísima estructura como a propósito del Kénoma aquella anómala divergencia trastornadora del Demiurgo, el que había de forma eficiente y perniciosa extrapolado el inenarrable malestar a su creación por lo tanto deficiente de la Hebdómada y a las formas lo mismo aviesas que imperfectas del inusitado mundo sublunar. El Demiurgo, el *justo* Dios irascible y vengativo que desde las turbulentas páginas del Antiguo Testamento se levantaba recio e intolerante con intransigente arreglo a la tradicional legislación mosaica del ojo por ojo, opuso una vez más intemperante en la cual esotérica mitología marcioniana al puro ecuánime y misericordioso Dios *bueno* acantonado plácido en el Nuevo Testamento. ¿Pero

                                             Miguel Antonio Montero

verdaderamente se trataba de una pueril *mitología*? ¿Reducíase esta gnosis indefinible de Marción a la irrisoria monta de otra mera fantasmagoría baladí, de otra insulsa conseja gnóstica sin el menor fundamento teológico?

Dentro de aquellos diríase patológicos dualismos en que cuajan de ordinario las tan divulgadas enseñanzas gnósticas, el del Dios Bueno y el Dios Justo de Marción acaso corra parejo albur que el del heresiarca abominable de un evangelio dudoso y el arteramente descalificado reformador cristiano, cuya veraz y temible prédica plantea una seria amenaza al falso dogma eclesiástico. Ante todo, Marción era griego y un muy rico y prominente naviero, dos detalles que conviene no olvidar y sí en la medida de lo razonable justipreciar al interés de evitar se nos disgregue estérilmente en la persistente nada de la incomprensión el hombre. Como griego, hemos de entenderle idiosincrásicamente en posesión de aquel precioso don de autonomía intelectiva del heleno, cuestionador poderoso por siempre de todo, en razón del prodigioso y taladrante espíritu crítico que a cada paso lo purifica y eleva; como sujeto acaudalado, resaltaba a la vista el que en lugar de entregársenos (tentado ahora por la época del depravado hedonismo romano) al disfrute relajado de su envidiable y próspero estado, prefiriera él las fatigas del penoso y vituperado ejercicio de cabeza ominosa de una oscura y detestada herejía, lo que en cualquier caso nos abría a la terrible medida de los tremendos y feroces dramas interiores en que se desgarraría por entonces el alma noble de este hombre, primordialmente acaso sobrecogida por aquellas advertencias descorazonadoras del Redentor contra los ricos, a los que menos que nadie les habría de aprovechar el ganársenos en fuerza de su burda opulencia el mundo, si es que perdían en el lance a fin de cuentas su alma. Y así, mejor pasar por el ojo de una aguja un camello que entrar un rico al Reino de los Cielos. Acaso pensara en esta hora Marción reconsiderar y rectificar las estropeadas relaciones con su padre. Acaso cual sumisa oveja de buen grado meditara regresar al espurio redil para la grey preparado por la orgullosa y retorcida curia de la Iglesia. Acaso intentara acallar de una vez las incesantes voces que sin dársenos respiro resonaban en su atormentado espíritu. Mas ¿era él, en cualquier caso, dueño en lo absoluto de sus actos?

Cristo había plasmado, con su límpido, cristalino e impoluto ministerio, el glorioso y fructificador germen de una enseñanza nueva cuya real e insospechada trascendencia habrían hecho bien en considerar mejor los autocomplacientes y cerrados representantes eclesiásticos, los que todavía pretendían hablarnos odiosamente en su nombre. Basílides, Valentín, habían distinguido dentro de la fantasiosa singularidad de sus sistemas entre un Cristo psíquico y un Cristo pneumático, a los cuales asignaban parecidos cometidos escatológicos, en los ámbitos distintos de la Hebdómada y el Pléroma; con el radical Marción no cabía término medio ninguno por el que dicha dualidad docética pudiera conllevar entendimiento cualquiera con el Demiurgo: solamente había existido un Redentor, y éste era hijo del Dios amoroso y bueno, no del Demiurgo. Y esto precisamente solía erigirse en el embarazoso obstáculo por el cual al cáustico heresiarca del Ponto se le hacía imposible avenirse a reconciliación alguna con su padre y con la Iglesia, que seguían reconociendo en el Dios del Antiguo Testamento al "Dios único y verdadero", cosa no sólo inadmisible, sino sinrazón villana a su esclarecido punto de vista. Por cuanto ¿a quién no despertaría suspicacia la fastidiosa prédica y secular impostura de un *Dios celoso*, heredada con extraña cronométrica exactitud de

Miguel Antonio Montero

una generación a otra en la consabida máxima de *no hay otro Dios que Jehová*, quien, por si con eso no bastara, se preciaba además de ser (conforme a la fórmula tan conocida empleada en Deuteronomio 4:24) "fuego consumidor"? ¿Resistía la suma elevada idea de un auténtico Ser Supremo la bochornosa asociación, tan desafortunada como mezquina, con la vanagloria y la inmodestia, con la decrepitud y autorrebaja vil al mismo mísero nivel de sus pobres y deplorables criaturas? ¿En qué plano cabía hacerse más evidente habérnoslas desde el primer instante de la creación con un burdo impostor divino, usurpando, detentando, frangollando inepto a partir de su torpe interpretación del Absoluto los inapreciables atributos de la misteriosa divinidad omnisciente? ¿No había sido rotundamente establecida la identidad del Demiurgo (en todo acorde con las curiosas y verosímiles versiones de Basílides y Valentín) como la de otro simple ángel Jehová, de la forma que fuere desprendido del Abraxas insospechado y modesto?

La cuestión no podía quedar más clara para Marción y los marcionistas: Jehová, el Dios del judaísmo y del Antiguo Testamento, no era en verdad Dios, sino una ruinosa potencia diabólica impelida por el móvil ciego y descarado de sus sórdidas y confusas pretensiones divinas. Debía desecharse cualquier tipo de trato con esta entidad maligna. Las enseñanzas de Jesucristo habían indiscutiblemente sentado el preciosísimo fermento de una religión nueva; el solo pensamiento de tener al Antiguo Testamento por su libro sagrado no solamente rayaba en la incongruencia y hería terriblemente la consciencia: era peor que una blasfemia. La nueva religión precisaba de un texto condigno. Marción fue el primero en detectar tal falencia, la que se entregó de inmediato diligentemente a remediar mediante la recopilación juiciosa de los diversos textos surgidos de las propagadas prédicas cristianas (hacia aquel tiempo por todas partes dispersos), labor quizá suficiente a justamente reconocérsele por el eminente y esforzado fundador religioso que la orgullosa y mezquina cúpula eclesiástica se ha empeñado con malvada testarudez en negarle. Pues en último término no había sido el Nuevo Testamento sino obra para bien o para mal de Marción. Puesta de esa forma en el camino la Iglesia, fácil cosa le fue entonces dar de modo grosero de lado con el cuidadoso expurgo doctrinario de los textos llevado por nuestro fiel heresiarca, e imponer a rajatabla el arbitrario canon de la romana curia priorizándonos en ello una mayor atención a sus temporales intereses que a los fines propiamente espirituales. Ni la reiterativa acusación de sectario dirigida a un Marción al servicio prolijo e incondicional del Dios Bueno para justificar tal desmán, sirvió a desviar la atención del sesgo tendencioso evidente que la jerarquía eclesiástica corrupta había ominosa y detestablemente emprendido.

En *La decadencia de Occidente* Spengler resalta acaso sin proponérselo una cierta cualidad sin menor margen a dudas decisiva de Marción. Apunta en alguna de sus páginas el incisivo filósofo de la historia: "El último paso en esa dirección quiso darlo Marción. Éste iguala a san Pablo en talento organizador y le supera con mucho en energía morfogenética del espíritu; pero le es inferior en el sentido de lo posible y real. Por eso fracasaron sus grandes propósitos". Atiéndase bien a esta parte. ¿Es que podía ser de otra manera? *Iguala a san Pablo en talento organizador y le supera con mucho en energía morfogenética del espíritu; pero le es inferior en el sentido de lo posible y real.* Claro. Marción pertenece a esa casta de los radicales para quienes las certeras e indesviables palabras del Redentor "Mi reino no es de este mundo" encierran justamente eso: el indeclinable e intransigente compromiso con el glorioso orden superior del espíritu. A duras penas incluso sí se aviene él a dar a César lo de César. Casi carece a diferencia de san Pablo de aquel manido sentido de lo posible y lo real que por todas partes florece como la hierba silvestre. Porque ¿qué otra cosa es en el fondo tal cacareado sentido de lo posible y real que pragmatismo rastrero, que otra materialista, carnal, temporal, genuflexa entrega a los sucios asuntos *políticos* del mundo? No en balde se encerraba en san Pablo aquel antiguo Saulo derruidor huracanado de lo sagrado, a quien la misma aparición glorificada y encegueciente del Redentor le requiere un día dolida el por qué de perseguirle. Con uno bien cabía cualesquier entendimientos factibles con el nefasto orden inconfesable de lo mundano; ¿o se podía haber asignado a algún otro que a san Pablo aquel título demasiado expresivo y explícito de Apóstol de los Gentiles, con que universalmente se lo ha distinguido la Iglesia? Con el otro ni el menor atisbo de gloria sino la excomulgación impenitente brindaba el infecto y enconado santo y seña indicado para con quien, valido de sus *ficciones espirituales extemporáneas,* osaba groseramente interponerse en el camino inmaculado de la Santa Madre Iglesia.

Ningún poder mundano podía empero apartarle de su convicción iluminada e inquebrantable: en ningún caso debía el recopilado texto santo complacientemente asentarse en afrentoso cuerpo común al lado de la antigua Biblia hebrea. Puesto que de tal forma de inconcebible manera instalados en el mismo doctrinal pedúnculo el Antiguo y Nuevo Testamentos, no se obtendría conforme a lo alegado de soberana sinrazón por congruente producto una genuina *Santa Biblia,* sino otra truculenta abominación y el desaguisado más sacrílego. Por cuanto Cristo no era hijo (se le hacía necesario desgañitarse hasta la saciedad en repetirlo) del Demiurgo, por lo que el Antiguo Testamento y la ley de Moisés y los Profetas habían quedado anticuados y abrogados para siempre. Y de aquí partían aquel despego y desconocimiento más absolutos que a Marción buenamente inspiraba la bíblica Versión de los Setenta, sobre todo en ese tiempo tan en boga. ¿Que era la admirable traducción más antigua de la sagrada Biblia hebrea realizada en Alejandría por devotos e inspirados judíos en primorosa lengua griega? ¿Que en apenas aquel cual milagroso lapso de extraña forma compendiado entre los años 250 y 130 antes del nacimiento del Mesías se le había compuesto y dado cima? ¿Que solamente habían tomado parte en esta obra monumental entre unos setenta y setenta y dos varones ejemplares? ¿Que un verdadero prodigio inexplicable intervenía en la suma asombrosa proeza de que haciendo por su cuenta labor cada uno de aquellos ejemplares varones presentara al final, en su íntegra consolidación el santo texto, esa cierta compaginación y unidad temática inobjetables y únicas? Sí, le constaba que de alguna manera todo eso era cierto; pero aquella *admirable traducción*, aquel *cual milagroso lapso*, aquellos *setenta ejemplares e inspirados varones judíos*, aquel *verdadero prodigio de compaginación y unidad temática inobjetables y únicas*, no habían servido y funcionado más que por obra intencionada precisamente del Demiurgo, aquel mero Jehová de la propia Biblia hebrea creador cierto de la tierra, si bien no así de los cielos.

Adentrarnos ahora en la espinosa cuestión del canon es abocarnos inermes a la develación horrenda del verdadero rostro de la Iglesia inescrupulosa y dogmática. Faltaba mucho todavía para los ríspidos *rascatripas* acrimoniosos y sangrientos del satánico censor inquisitorial y las feas y retorcidas maromas de los siniestros Autos de Fe posteriormente tan temidos, sin

                    Miguel Antonio Montero

embargo... ¡qué de textos y evangelios invaluables rechazados y perdidos! Ni siquiera todavía de formal suerte articulaba el arma eclesial por excelencia, a la que las autoridades religiosas obturadas en lo adelante apelarían sin importar las consecuencias, sólo con que apenas se olisquearan su posición y temporales prerrogativas de alguna manera amenazadas: nos referimos al concilio, al solemne y pomposo concilio, cada vez de especial modo convocado para tratar sobre todo de los difíciles y desagradables asuntos en torno a la unión hipostática, tal vez demasiado debatida y conflictiva desde el mismo surgimiento de la Iglesia. Por pura casualidad no debía entonces tomarse que del primer Concilio de Nicea, organizado por Constantino en 325, salieran condenados Arrio y el arrianismo, los que sólo acreditaban la naturaleza humana de Jesucristo al tiempo que denegaban sin reticencias la divina. En 431 el también vistoso Concilio de Éfeso descarga el anatema inapelable contra la oscura dualista abominación de Nestorio y los nestorianos, para quienes dos personas enigmáticas coexistían armoniosas en la mera personalidad divina e inescrutable del Redentor. De análogo tenor, el monofisismo recibe en 451 en el Concilio de Calcedonia el eclesiástico estigma por cuanto, al contrario de Arrio, "se regodea despreciable en la cenagosa contumacia de una irrestricta consumación en Jesús de la persona divina frente a la persona humana", la que de plano rechaza... Despojado el juicio de toda pasión, provenían las descritas herejías de la acrobática y aparatosa evolución de las diversas sectas dualistas y docéticas de los gnósticos, por lo que meramente despertarían en la cúpula eclesiástica soberbia aquel cuidado y atención a que sólo mueven las cosas subalternas o accesorias. Con el planteamiento decidido de un definido canon por parte de Marción, en cuya congruente concepción divina no primaba el docetismo en tanto que su dualismo certeramente concurría a poner justamente en evidencia al Dios Malo, a cuyo reprobable servicio los propios vicarios de Cristo vergonzosamente se entregaban, la Iglesia por primera vez se topaba un rival formidable al que se hacía necesario derribar y anular cuanto antes.

Así comenzó Marción por desechar los Profetas y con ellos el Antiguo Testamento completo, ya que por tales no eran todos sino profetas de Jehová, el Dios de las venganzas y las guerras, con el que Cristo, el dulce y amoroso enviado del Dios Bueno, no guardaba el menor vínculo. De los textos y tratados cristianos recabados, su espigar implacable destinó pronto al desaire y desestima más absolutos casi todo el material considerado, del que sólo unas pocas epístolas de san Pablo y el *Evangelio de san Lucas* pudieron a duras penas capear el agresivo temporal de su escrutinio severo. En lo atinente a los escritos de san Pablo, su canon prescindió de las epístolas denominadas *pastorales* y de aquella, para él, insolublemente "contaminada" *Epístola a los hebreos*. De igual suerte, el criterio por el que desplazaba a los demás Evangelios quedándose únicamente con el de Lucas pudo sólo cuajar previa poda inapelable de los dos primeros capítulos, y una lúcida y pulcra reingeniería practicada con indiferente desenfado en los otros. Así en Lucas 24:25 leemos: "Entonces él les dijo: ¡Oh insensatos, y tardos de corazón para creer todo lo que los profetas han dicho!" Marción corrige: *Entonces él les dijo: ¡Oh insensatos, y tardos de corazón para creer todo lo que les he dicho!* Lucas 23:2: "Y comenzaron a acusarle, diciendo: A éste hemos hallado que pervierte a la nación, y que prohíbe dar tributo a César, diciendo que él mismo es el Cristo, un rey". Marción: *Y comenzaron a acusarle, diciendo: A éste hemos hallado que pervierte a la nación, y que prohíbe dar tributo a César, diciendo que él mismo es el Cristo, un rey;*

Miguel Antonio Montero

y así porfía por destruir la ley y los Profetas. Lucas 10:21: "En aquella misma hora Jesús se regocijó en el espíritu, y dijo: Yo te alabo, oh Padre, Señor del cielo y de la tierra, porque escondiste estas cosas de los sabios y entendidos, y las has revelado a los niños. Sí, Padre, porque así te agradó". Marción: *En aquella misma hora Jesús se regocijó en el espíritu, y dijo: Yo te alabo, Padre celestial, porque escondiste estas cosas de los sabios y entendidos, y las has revelado a los niños. Sí, Padre, porque así te agradó...* Era éste el decidido Canon Marcionista, erigido a desenmascarar, desentrañar y barrer la impostura y fraudulenta conspiración del Demiurgo y su atroz ordenamiento judeocristiano de las cosas.

El esperado coletazo apologético de la Iglesia cursaba el mismo familiar desparpajo de encono y descalificación intemperantes a que nos tenía acostumbrados, y que de alguna manera en su momento sofrenaba la efervescencia peligrosa del marcionismo pero que, paradójicamente, sólo con el transcurso de los siglos se revelaría en su verdadera fuerza. Por pura inercia de su sorda oposición mecánica a las antecedentes expurgaciones del heresiarca, y sin el menor interés espiritual, estético o creativo, demasiado simple resultó el desafortunado procedimiento adoptado: retomar en término íntegro a Lucas y con él los demás postergados Evangelios desconociendo bárbaramente todo derecho al reformador, al ahora no sin algún impío recochineo instituírselos, para bien y estruendoso regocijo de la tradición, por los Cuatro Evangelios Canónicos; recobrar para esta misma inflexible tradición todas las epístolas de san Pablo con las que junto a los Evangelios y los demás textos *canónicos* por el "energúmeno" expurgados configuraron al fin el flamante Nuevo Testamento (el cual no demoraron en acomodar junto al Viejo, "por bienaventurada fusión de la que entonces nacería la verdadera Biblia"). Acometió a Marción una cierta sensación de irreparable aislamiento. Entendió la catastrófica gravedad de la situación y el insondable discrimen de las terribles fuerzas espirituales a las que había desafiado; no la Iglesia, ni los materiales ejércitos que integraban los hombres al servicio grosero de la Iglesia, los que no pasaban de meros instrumentos visibles en las taimadas manos de estas fuerzas, sino Jehová y sus miríadas incalculables de ángeles y de tenebrosos agentes ocultos que omnipresentes le acechaban. Sintió todo volverse de brusca suerte en su contra. En forma de la más enorme y aplastante montaña de intoxicante ortodoxia, era el universo mismo lo que ahora parecía venírsenosle encima. Y así todavía Taciano, al componer orgulloso el *Diatessaron* en suerte de armonía etérea elevada a partir de elementos extrapolados de los Evangelios, se gloría de haber de lo más correcto utilizado sólo aquellos cuatro garantizados por la tradición.

Sin reticencias reconoce la historiografía nacional italiana en Lodovico Antonio Muratori al cronista por excelencia de su historia medieval incidentada y turbulenta. Lodovico se embarcó a partir de 1723 en la laboriosa publicación de cierta colosal *Rerum Italicarum scriptores*, pintoresca obra cuya respetable envergadura resulta debidamente certificada en fuerza de los veinticinco volúmenes que de algún consagratorio modo la componen, y el último de los cuales pudo por fin publicarse en 1751, es decir, al año que siguiera al de la muerte de su inquieto pero disciplinado autor. Por contradictorio o injusto que parezca, no es precisamente esta ciclópea faena (en la cual Muratori empeñó los últimos veintisiete años de su vida) por lo que la historia en todo caso lo recuerda. Hacia 1740, el destino le deparó el hallazgo y subsiguiente

                                    Miguel Antonio Montero

publicación de un importante manuscrito del siglo VIII el cual venía a fungir por auspicioso catálogo de los libros del Nuevo Testamento, y del que ningún otro que la vieja Iglesia de Roma de mediados del siglo II podía pasar de seguro por su auténtico dueño. Al principio deteriorado, le faltaban los primeros renglones, matizado todo por un latín algo bárbaro y traducido rústicamente casi de cierto del griego. Huelga llamar la atención sobre el mundial revuelo que este acontecimiento produjo. Por donde se lo tomara, constituía el tiro de gracia, la frascuelina final que Marción necesitaba para que dejara de fastidiar y rechistar en su tumba. Porque no distinto auspicio requeriría en la posteridad el Canon Muratori para reasentarnos sobre firmes bases los eclesiásticos reales. A no ser desde luego porque nadie, ni Lodovico Antonio Muratori, contaba con esa zancadilla irónica del destino titulada, para jovial y sardónico deleite del sacrílego, *Revelación y gnosis de los Cuatro Ángeles del Éufrates...*

Al arribar al final de sus entreveradas reflexiones, no pudo evadir Ibrahim Alí el demorarse en uno que otro desvarío discursivo. Dante postula a partir de las célebres categorías del Purgatorio, el Infierno y el Paraíso, sin duda con mayor eficacia desde la magna solidez de su tribuna literaria que la lastrada monserga que desde el púlpito derrámase en alambicada homilía y compulsivo fastidio del tan reiterativo sermón litúrgico, cierta vislumbre escatológica de la tremenda eternidad que a todos aguarda y que, creíble o no, ningún católico ferviente se atrevería a negar en la abrumada consciencia de aquel terror sagrado que inopinadamente lo posee. Marción expone y denuncia al Demiurgo y la crasa locura y tiranía del Demiurgo fundamentado sobre todo en verosímiles elementos de juicio que, incluso con las sincretistas contradicciones de los varios sistemas gnósticos encontrados, aportan de cualquier modo una explicación acaso más razonable a la oscura estructuración de nuestra realidad metafísica que la que ningún sistema religioso, filosófico o de cualquier otra índole pudiera ofrecernos a vista evidente de las fallidas bases de la historia y la civilización humanas, pese a la patente factura netamente fantástica de las cosmologías valentiniana y basilidiana de las que, por momentos, se nos antojan partir sus leales conclusiones. Si bien era cierto que obraba en Ibrahim Alí por vocación e inclinación esencial de su espíritu un librepensamiento casi obsesivo o maníaco, en modo alguno pertenecía o se correspondía con la casta destemplada del escéptico. No existía a su juicio sistema o fórmula ninguno que pudiera atribuirse o aisladamente reivindicar el patrón imprecisable a que respondían en lo sustancial la historia, la conducta y los eventos humanos, sin importar que tal fórmula o tal sistema obedeciera a tal o cual determinado lineamiento religioso, filosófico, político o de cualquier otra clase. En tal sentido su creencia y concepción de Dios entroncaba en la del más grandioso y prodigioso Ser Todo Misterio, según convenía con la inmarcesible sublimidad, excelsitud y majestad de la divinidad inescrutable, cuyas condignas omnipotencia, presciencia, aseidad, misericordia, omnipresencia y omnisciencia, escapaban de por sí a todo vano escrutinio antropomorfita. ¿Qué podía por lo tanto restringir y distraer a este incontrastable *Dios Bueno* de dispensar piadosamente a un combatido y denigrado heresiarca el póstumo e ineluctable derecho a réplica frente a sus intolerantes e infamantes adversarios, amonedado en la forma de un curioso e inspirado manuscrito que trascendiera los siglos?

                          Miguel Antonio Montero

ESCUETA Y DESINHIBIDA MÍSTICA
DE UNA OBRA PROHIBIDA

Establezcamos ante todo que un auténtico estudio crítico y doctrinario de *Revelación y gnosis de los Cuatro Ángeles del Éufrates* ha de partir sin rodeos de su cosmología insólita. Ésta encarna y consolida en extravagante arreglo a una especie de fusión o de concertada macedonia cósmica de los más diversos cielos y mundos divinos, por lo demás llamativa, rara, obvia o implícitamente integrados en las expuestas cosmologías gnósticas de Valentín y Basílides, y de cuya abrasante certidumbre no tendría por qué dudarse considerado el denso manto esotérico de íntima inspiración mística a que pronto la lectura nos arrebata como en éxtasis. De inconsulto asistimos no al tan familiar e imaginativo fastidio de la árida y pedestre y previsible preceptiva del típico heresiarca sujeto a los vaivenes de su desesperada causa heterodoxa particular, sino a cierta alucinante e intolerablemente vívida superposición interminable de inefables cosmos divinos propiamente inconcebibles, de lo que pronto sacamos por lúcida inferencia no tratarse todo más que de una inequívoca revelación mística a su pío autor concedida en razón determinante de alguna otra inescrutable voluntad del Ser Supremo. La apabullante *literalidad* de cada trozo leído abruma hasta el punto de traslucir incluso la más abstracta metáfora la verdadera realidad que con marcada villanía tétricamente se nos oculta. El fuerte tufo a franca predestinación agustiniana que subyace en cada página, aguza o induce en el claro espíritu refractario de la obra aquel críptico sabor profético. A partir más que nada de las célebres conclusiones de Einstein, a la ciencia (y sobre todo a esa ciencia ficción infatuada) con frecuencia ha arrebatado el improbado furor de los llamados Universos Paralelos, en infinitas, inimaginadas yuxtaposiciones de extrañas unidades espaciotemporales potencialmente comprimibles o extensibles, según el carácter digamos caprichosamente aleatorio de alguna ley física que así lo determine. Sin arrogarse tantas cientificistas complicaciones, la superposición y yuxtaposición de universos no es sin embargo para nuestro autor absurdo asunto de hipótesis o del frío matematismo de cualquier ralo laboratorio insensibilizado e inocuo, sino un hecho efusiva e inequívocamente apodíctico y tan comprobable como cabal. La vibrante descripción de estos mundos, que son desde su patente óptica gnóstica particular (con excepción por supuesto de nuestro pobre y victimizado mundo sublunar) la escatológica eternidad que a cada uno aguarda según su ser moral y sus obras, nos sobrecoge y persuade.

Básicamente, hagámonos idea de cierta reluciente concatenación infinita de cielos u orbes divinos, en cuyo fondo o remate se asienta orondo el esplendoroso mundo sublunar. En progresión ascendente, sigue y trasciende a éste la Hebdómada de los Siete Cielos, a cuyo Arconte y Demiurgo debe nuestro mundo su hechura y de cuyo cielo o universo particular forma también parte en obvia razón de su dependencia y cercanía, y, más que nada, de su creador proceloso. Pese a la prolija extensión de sus medidas etéreas y a su sonoro y rimbombante nombre, un solo cielo a fin de cuentas significa la Hebdómada de los Siete Cielos al insondable conteo de los trescientos sesenta y cinco de los que igual forma parte, y entre los cuales precisamente connumera por el número trescientos sesenta y cinco. Es el ordinario firmamento que todos cada día alcanzamos a distinguir desde la tierra. Sin embargo, las inabarcables demarcaciones etéreas trescientos sesenta y cuatro, trescientos

Miguel Antonio Montero

sesenta y tres, trescientos sesenta y dos y todo aquel demás eslabonamiento celestial como imposible que se prolonga en suerte de beatificada locura hasta culminar por fin en el primero de estos cielos (conforme, en gran medida, al modelo aportado por Basílides), rematan en cierto soberano Pléroma reproducción en parte del que preconizara Valentín. El Dios no obstante de este Pléroma, de intrínseca forma conformado en fuerza de su misericordia y bondad infinitas, comporta ser en sí una divinidad incógnita, o por de algún modo decirlo, el Incognoscible, sobradamente superior al misterioso Dios No-Ser de Basílides y a la flamante concepción divina del propio Valentín o cualquier otro. A juzgar por la absoluta competencia de esta Divinidad Suprema del Pléroma, es decir, del mundo divino originario, obrando siempre modesta desde su ubicuo lugar en las sombras, y aquellas torpes y estridentes atribuciones del Demiurgo enarboladas en la Hebdómada, el último de estos eslabonados cielos divinos, dijéranse observar alguna proporcional desmejora las cualidades deíficas de cada celeste Arconte en orden a su crucial distanciamiento del Pléroma.

A pesar de eso, y de la palmaria distinción de la diversidad considerable de matices entre el negro y el blanco que tal curiosa cosmología sugería, nuestro anónimo autor —Marción, sin duda— insiste en machacarnos contra todos los vientos en lo del viejo dualismo del Dios Bueno del Pléroma y el Dios Malo de la Hebdómada. Se centra así la obra de manera especial en la estupefacta descripción y denuncia de esta última subdivisión celestial, por lo demás como monótona, hierática y sin esperanza. Así, no una Sodoma ni una Gomorra, no una Babilonia repulsivamente carcomida en su artificioso esplendor por el pecado y el vicio, no una visceral y disoluta Roma en la oscura y postrera etapa de su caída estruendosa, la Hebdómada de los Siete Cielos es todavía destino eterno de los individuos *psíquicos* y, ahora incluso en ostentoso alarde de alguna misericordia divina aparatosa, de muchos también de los *hílicos*, en contravención explícita de la teológica preceptiva gnóstica que los destinaba junto a los demonios a su expeditiva destrucción por el fuego. Piadosamente, no obstante, nos advierte enseguida *Revelación y gnosis de los Cuatro Ángeles del Éufrates* el no llamarnos a engaño: "Por más que se nos arrulle con estos torpes simulacros de conmiseración y de piedad, las mismas feas variantes de lo macabro y lo atroz, de lo escalofriante y el terror, nos acogen en la Hebdómada de los Siete Cielos con la febril e inamovible asiduidad de las reiterativas pesadillas. Sórdida y horripilantemente, avala esta criminosa recurrencia el Demiurgo, envanecido en la impostura de su impostora presunción de ocultarnos la verdad mediante la villana prédica de no ser otro que él mismo el Dios Único y Verdadero, cuyo pálido y despótico arcontado no podría cuadrar ni ceñir mejor al ciego o alucinado concurso de los *psíquicos* e *hílicos* a los que arteramente tiraniza. De manera pues que no el amor a Dios, sino el terror inveterado a las catastróficas iniciativas prometidas por Dios contra el transgresor... es lo que aquí mueve en cualquier caso la rueda".

La propia curiosa distribución en regiones o en bizarras demarcaciones de la Hebdómada acaso redunde en expreso reflejo de tal aludida vocación tiránica. Seis constituyen estas singulares regiones divinas, distribuidas en el espacio inmensurable de los Siete Cielos en atención sobre todo a su extensión e importancia; tales son: el Empíreo, el Protoparaíso, el Paraíso, el Preparaíso, el Gran Valle y Desiertos de la Segunda Muerte, y la Siniestra Ciudadela del Abismo. Asumo conveniente desglosarlas y examinarlas por separado:

a) Constituía el Empíreo la jurisdicción principal de la Hebdómada y su capital soberana, asiento o residencia sacrosantos del Demiurgo, y obligado centro de peregrinación y adoración para justos y beatos. Desde él despachaba los asuntos de los Siete Cielos y del agobiado mundo sublunar Jehová de los ejércitos, cuyo monoteísmo álgido y absoluto no admitía fuera de él otro Dios. El feral integrismo que tan cerrado culto rezumaba era no obstante de algún modo amortiguado por el esplendor deslumbrador y encegueciente en oro acrisolado de la ciudad celestial, patentemente concebida para captar y seducir toda difunta alma recién llegada a la Hebdómada. Por cuanto sin importar se tratara de un ser *psíquico* o un ser *hílico*, a su entrada en la eternidad debía pasar primero por el Empíreo antes de ir a recalar a su lugar definitivo de destino, a él entonces en los Siete Cielos asignado en arreglo a la carga más o menos meritoria depositada en sus obras. Dependería el volvérselo o no a ver por la ciudad sacrosanta, ciudad por antonomasia del Demiurgo y sus ángeles, del veredicto dado al momento de su ingreso por el juicio providente de Dios, que era el que en ello entendía y juzgaba. Podías en función de dicho veredicto caer en cualquiera de los tres Paraísos; mas lo que por nada debías permitirte era resbalar más allá del tercero. Por lo demás, se encontraba enclavado el Empíreo en aquella inmensa e incuantificable extensión a toda medida humana de dos cielos, de los siete que abarcaba la Hebdómada, y aun se envanecía de contar con la abrumadora gloria de las grandes ciudades sagradas de esta parte del Cielo, como la Reverencial Ciudad Áurea de Salomón y David, que entre sus innúmeros atractivos contaba con la enmudecedora prefigura del suntuoso Santo Templo que el primero edificara al Señor en la tierra, o como el arrasador esplendor de la Gran Jerusalén Celestial, la gloriosa y magnificente ciudad divina sobre la cual se lee en el Apocalipsis, bordeada por la fluvial prefiguración del meandroso Meguido bíblico, que con pretensiones de preciosa y pintoresca linde natural delimitaba el Empíreo del Protoparaíso.

b) Comprendido dentro del espacio del muy considerable perímetro de un cielo, en el Protoparaíso pretendía culminar por máxima realización de la dicha la absurda gradación o dosificación inocua de la ventura edénica, menos lisonjera en el vecino Paraíso, y mucho menos todavía en aquel Preparaíso con el que colindaba este último. El *psíquico* orden de los que lo pueblan es el de muchos beatos y canonizados de la Iglesia y algunas otras religiones y correlatos afines, por lo general señalados por el arbitrario espíritu del mismo siniestro y sangriento dogma al que se aferraran en la tierra. Cada cierto tiempo son convocados a la sede divina del Empíreo, y no sin ostensible contento, para "culto y adulación litúrgicos del Demiurgo, inmerecido e indeclinable privilegio al que ninguno desde luego se prestaría a renunciar".

c) Propiamente, el Paraíso es el hogar reservado a los justos. En la pródiga amplitud del majestuoso cielo en que se hallaba enclavado, generosamente se multiplican fabulosos jardines y ensoñadores vergeles cuyo inefable recogimiento y belleza dejaban a cualquiera boquiabierto, y el embelesado primor de sus fuentes acuíferas abundantes fatigaba la imaginación de los poetas. Sin embargo, cardinal es asentar que de los cuatro ríos edénicos que enumera la Biblia solamente el Gihón, el Pisón y el Hidekel, contaban con su debida representación en esta maravillosa prefigura etérea del terrenal Paraíso en que se delectaba la Hebdómada; el cuarto de estos ríos, o sea, el Éufrates, había sido como veremos por el Demiurgo destinado a otra ingrávida función y jurisdicción celestial. Mientras, habitaban los justos en esta rumorosa región del cielo en análoga devota y reverencial unción que los santos y beatos en el Protoparaíso, y prestos estaban como éstos a acudir al Empíreo a su menor requerimiento para adoración y realce de la santa nombradía sempiterna del Señor, el cual, de tiempo en tiempo, perentoriamente se los reclamaba.

d) Refulgía el Preparaíso por la más pequeña de las hebdomadarias regiones. No obstante, planteaba pronto tal *relativa* reducción alguna especie de sensación engañosa, ya que la sutil medida aparentemente escasa de medio cielo en que augusto y prominente se asentaba, seguía siendo incalculable a la torpe y ofuscada apreciación del hombre. En atención a otro aspecto, era por así decirlo la única región propiamente propedéutica habida en los Siete Cielos, y en la cual, reduplicando a ratos las arbitrarias condiciones de vida de cualquier modo familiares al tenebroso mundo sublunar (de perpetuo sujeto al criminal rejuego de la fatalidad y la esperanza), el más abigarrado universo de individuos *psíquicos* e *hílicos* compartía allí su suerte en obvia propensión a la personal mejora de su algo tibia relación guardada con el culto divino, unos y otros llamados compulsivamente al cual solían también acudirnos de vez en cuando al Empíreo. Remarcaba por consiguiente continuamente el ambiente cierta incómoda intermitencia de lo sobrenatural y lo ordinario. Además, un eterno contingente vigilante de ángeles cuidaba preventiva y permanentemente del orden de las cosas en esta parte, en cumplimiento fiel del edicto entre obseso y precavido del Demiurgo —mediada por supuesto aquella peligrosa y conflictiva vecindad con el Gran Valle y Desiertos de la Segunda Muerte, cuya sola idea o mención induciría en cualquiera evocaciones medrosas.

e) Consolidaban el Gran Valle y Desiertos de la Segunda Muerte, junto a la Siniestra Ciudadela del Abismo, por penales dimensiones de la Hebdómada. Imputarles reproducir aviesamente la realidad deplorable y anómala de la tierra, es propender al eufemismo más irritante e inepto, el cual no alcanza a describir ni en una cuarta parte siquiera el marco y contexto harto infernales en que, no por excepción sino por regla, todas las formas concebibles de la indignidad y el terror amonedan su cotidianidad paroxística. Destacada en el Gran Valle y Desiertos de la Segunda Muerte, regula de cualquier forma este caos la temida Tetrarquía de los Ángeles del Éufrates, imponiéndonos su orden y señorío caprichosos a todo lo anchuroso y largo de aquel mero cielo y medio dominado por sus guerreras legiones angélicas. Topográfico factor de magnitud innegable, unas diez o doce veces más extensa que el Mississippi, unas diez o doce veces más caudalosa que el Amazonas, la portentosa prefiguración celestial del edénico río Éufrates atraviesa todas las ciudades y lugares de este enorme valle indescriptible, e inclusive brota a modo de subterráneo manantial en sus numerosos desiertos, formando en muchas partes inesperados oasis en medio de las doradas arenas. Es en este horripilante cielo y medio donde purgan lenta y lánguidamente su condena a la espera indefectible de su segunda muerte (sin promesa de resurrección ni ninguna otra esperanza), los inicuos y *desechos espirituales de los hílicos*, sopesados y estimados a su tiempo por culpables en la balanza infalible y providencial del Demiurgo.

f) Contradecía de plano la Siniestra Ciudadela del Abismo la idea o culta definición de la ciudadela como flamante fortaleza situada o levantada en el interior de una ciudad. Por contraposición ruidosa, la más descomunal de las fortalezas, ciertamente, contenido el etéreo espacio que de modo fantástico y sobrenatural la sostiene dentro de sus cuatro soberbios muros indefinibles y gigantescos, con guarniciones tras guarniciones

      Miguel Antonio Montero

de feroces y belígeros ángeles esparcidas o repartidas por sus interminables confines, y exudando y rezumando sus opresivas miserias en el rincón más apartado y temido de la Hebdómada, regía y regulaba este cielo bajo un perpetuo predicamento de muerte. Dentro de su lúgubre amurallamiento hermético de inexpugnable fortaleza infinita, una colección escalofriante y repugnante de ergastulares ciudades de réprobos languideciendo por unos profetizados mil años bajo la severa férula de sus crueles y eviternos centinelas, vegetan a la espera de la venida terrorífica del Gran Día del Señor tan anunciado y esperado. Porque sólo entonces serán liberados para su destrucción definitiva junto a los demás enemigos del Altísimo. Muchos de estos réprobos contábanse inclusive por ignorados remanentes de aquella cósmica batalla habida en el Cielo antes de que el Dragón y sus huestes fueran arrojados a la tierra, conforme a los eventos solemnemente consignados en la conocida narración a que se entrega la Biblia. Mas esta fortaleza, y la numerosa dotación y guarniciones angélicas encargadas de esta fortaleza, debían rendir la más marcial y disciplinada obediencia a los Cuatro Ángeles del Éufrates sus capitanes, sus más directos superiores y comandantes, y bajo cuyo drástico gobierno marchaban por sagrada y soberana disposición del Demiurgo lo mismo los asuntos del Gran Valle y Desiertos de la Segunda Muerte, como los de aquella Siniestra Ciudadela del Abismo escarmiento y ejemplo de precitos y sacrílegos.

¿Se habría excedido Marción? ¿Había sido él excesivo en sus juicios, extralimitándose groseramente en los profanos alcances de sus incisivas observaciones, sólo entonces hasta cierto punto iluminadas? Tanto para Erjorfd y Ostermann, sus eminentes editores, como para Ibrahim Alí ibn Mohamed, el más ilustre y prestigioso de sus apologistas, la pasmosa verosimilitud y precisión de la topografía celestial aquí descrita (y que ni siquiera mi palpable ineptitud literaria estropean ni pierden) de inobjetable suerte abonaban el más sólido elemento probatorio de en efecto tratarse de una cáustica revelación —a su inspirado autor concedida por alguna economía inescrutable de la gracia—, el inmarcescente contenido flagrante e incendiario de *Revelación y gnosis de los Cuatro Ángeles del Éufrates*, de ninguna manera posible sin una presencial *observación iluminada* verificada en los mismos sagrados del Cielo. ¿Había como el Profeta el heresiarca Marción ascendido al Cielo, o simplemente se reducía aquel texto a una sarta blasfematoria y repudiable de ingeniosos y recalcitrantes infundios? Conociendo uno a Marción, esta última posibilidad se diluye. Mas sea cual fuere el caso, tanto o más asombrosamente auténtica que la enumeración y pormenorización topográficas de la Hebdómada de los Siete Cielos, era la elocuente y persuasiva caracterización de las corrosivas y deletéreas personalidades de los Cuatro Ángeles del Éufrates que igual se gastaba increíblemente la obra, por primera vez en algún registro determinados por sus nombres y su celo y sus motivaciones intrínsecas. ¿Hasta qué punto era dable a la portentosa intuición el por sí misma asomarse, con tan inusitado rigor verídico, a tales vetados dominios del espíritu? No podría, difícilmente pudiera haberse nadie prestado al como inconcebible desarrollo de aquel teúrgico escrito como no fuera compelido por la telúrica y avasalladora fuerza de la observación directa, que únicamente el místico deliquio de alguna potencia misteriosa le generara y concediera.

"A quienes se arroguen poner en afrentosa tela de juicio las vivientes verdades de esta escritura sagrada, solamente diré que he de declarar aún misterios que aquellos puros raptos veraces y espirituales del Dios Bueno han inducido en mi

    Miguel Antonio Montero

falible naturaleza testimoniar y averiguar", nos refrenda de algún modo en otra parte de la obra el como apercibido autor. Sus numerosos detractores no han dejado en cambio de apelar a la potencial ambigüedad de la cita como la prueba más explícita de la genuina inspiración demoníaca en que se sustenta el libro. La indisimulada insidia, alegan, lo permea y exorna de la página inicial a la última. Por cuanto ¿qué descartaría el no escudarse bajo piel de tal meloso *Dios Bueno* el propio especioso y fementido Satanás, propenso igual que siempre a sus astutos devaneos de inveterado ángel de luz al más sutil requerimiento del momento? De cualquier suerte, insidiosas o elevadas, demoníacas o no, aquellas páginas se abocaban a la alucinante relación de vértigo de cierto suceso estremecedor y macabro, incompatible con el quid excelente y mayestático de la leal e incontaminada naturaleza de lo sagrado. En cierto apartado del Apocalipsis, se refiere la decisiva batalla en que las divinas fuerzas del arcángel Miguel debelaron y rompieron las falanges renegadas y maleadas del Dragón, los que no pudiendo prevalecer en el Cielo acabaron por ser precipitados abajo para cosecha de ayes y desgracias de la tierra; omite empero el texto sacro la fiera crudeza de las espadas flamígeras, la tremenda magnitud de los despojos y los muertos, la hecatombe descomunal de los heridos, la angustia y consternación del cuantioso volumen de prisioneros tomados, pronto destinados a la Siniestra Ciudadela del Abismo cual a propósito entonces apresuradamente creada, de todo lo cual por fortuna ahora arrojaba *Revelación y gnosis* alguna insospechada aunque desconcertante luz.

Nos vamos de esta suerte de gradual modo adentrando en la parte capital o sustancial de la obra, la que remueve y hurga en el repugnante absceso de la gazmoñería y el fanatismo y la intolerancia dogmática. Concluida la batalla, Miguel recorre poco después en compañía de los otros dos arcángeles Gabriel y Rafael el horroroso campo sembrado de heridos y de muertos. A vuelta de cierta protegida umbría de sopetón se topan el deprimente y repulsivo espectáculo de un ángel de las divinas huestes sin otros cuidados echado sobre un herido enemigo al que claramente devora, y el cual, en la agonía del moribundo, ni siquiera alcanza fuerzas para quejarse o gritar. Los arcángeles reprueban el indigno comportamiento y reprenden severamente a este ángel, antes de requerir sus generales y echarle de aquel lugar y continuar su recorrido; los tres acuerdan, sin embargo, llevar a su debida hora a conocimiento del Altísimo la inusitada abominación. Terminado el reconocimiento, y al remontar los arcángeles el camino de vuelta, no sin gran sorpresa redescubren entregado a la aberración reconvenida en la misma mencionada umbría al mismísimo ángel de oprobio, a quien ahora honra el haber iniciado en su ejercicio caníbal a otros tres que en la tarea con idéntico desenfado le acompañan. Es entonces que reparan los arcángeles en el inusual ardimiento y en las mórbidas miradas de estos ángeles, cuyo pavoroso aspecto no dejaba de dar pábulo a la inquietud y al horror. Ninguno de ellos recordaba haber jamás presenciado cosa alguna semejante. Ni siquiera a la verdad se les antojaban ángeles, sino de suyo estantiguas atormentadas y precitas condenadas a arrastrar las pesadas y herrumbradas cadenas de sus ardientes padecimientos eternos. De no haberse tratado por fortuna de ellos, es decir, de Miguel y Gabriel y Rafael los arcángeles, caídos ahora en los imprevisibles lazos de la total ausencia de airosa presencia de ánimo, y devenidos los tres en vergonzosas presas de la nefasta confusión y el terror pánico, aquellos principio y jerarquía de la divina autoridad que augusta y gloriosa los revestía... los habrían abruptamente abandonado sin remedio.

Miguel Antonio Montero

¿Es que no era el Creador omnisciente? ¿No manejaba y dominaba Su deífica presciencia las imprevistas contingencias del devenir indócil? ¿Cómo había podido producirse fuera de Su omnipotencia y omnipresencia absolutas aquel episodio escabroso, pecaminoso y sórdido, cuya abyección y defectuosidad evidentes herían al nivel de ningún otro la sensibilidad del espíritu, y arrojaban el más serio y entendible cuestionamiento a las mismas infalibles iniciativas del Divino? Lo que pasaría por las mentes de Miguel y sus compañeros cuando el Demiurgo elogió y celebró por "hazaña digna de remedo de quienes en su ferviente celo propenden a la ungida adoración del Supremo la dilecta devoción de estos ángeles, que aun los lleva a conceder la cruenta aunque merecida abominación de tal trato a los comprobados enemigos del Altísimo", no resulta fácil de establecer. Lo cierto es que el texto afirma desconocerse en lo adelante la suerte de los tres *quejosos* y sí ascender por el contrario la estrella de los cuatro denunciados. Arrojando al menos alguna especulativa luz sobre esta lobreguez difusa, cierta socorrida leyenda difundida en los rincones y confines del Cielo da cuenta oscuramente de algún trastornador evento que, bajo triste y perceptiva nombradía de Desavenencia de los Arcángeles, pugna a buen seguro por develar otro impío e irreparable exabrupto de esos que suelen alimentarse en la Hebdómada. Perturbadoramente, continúan de cualquier suerte sin precisarse los hechos, salvo por cierta maldición, terrible e indudable, que se dice pronunciara un encolerizado Demiurgo contra las antiguas demarcaciones de la Siniestra Ciudadela del Abismo y del Gran Valle y Desiertos de la Segunda Muerte, antes los más gratos y benignos espacios, y de donde se dice proceden las últimas noticias que se tienen de los arcángeles. A partir de entonces, prosigue apodíctico el escrito, "el puntual encumbramiento y prominencia de los Cuatro Ángeles del Éufrates jalona en los Siete Cielos otro arbitrario modo de *confrontar* las cosas".

Enseguida se centra *Revelación y gnosis de los Cuatro Ángeles del Éufrates* en hacer particular énfasis en lo de la curiosa calificación "del Éufrates" por la que se designa a estos ángeles. ¿De dónde había surgido la fórmula? Sobrevenido el decisivo punto de ruptura de la cósmica liza celestial, perfectamente retrata Apocalipsis 12:10 el triunfal y jocundo estado de ánimo prevaleciente en las alturas al momento de haber sido el Dragón y sus ángeles arrojados a la tierra: "Entonces oí una gran voz en el cielo, que decía: Ahora ha venido la salvación, el poder, y el reino de nuestro Dios, y la autoridad de su Cristo; porque ha sido lanzado fuera el acusador de nuestros hermanos, el que los acusaba delante de nuestro Dios día y noche". Concitaría el consolidado *happy end* de tal euforia solemne la conmovida reacción de todo espíritu devoto. Retomado empero por los cuatro ángeles el vacante lugar del acusador e intrigante, debieron me temo postergarse tales precipitados optimismos. Sacó en todo caso el Demiurgo del acaecer inquietante las convenientes conclusiones: le habían los aires autosuficientes del Dragón desde un principio irritado en irreconciliables términos de rompimiento insalvable y de antipatía recíproca, que toda aquella envidia, insubordinación y atrevimiento sin precedentes del otro en el ánimo divino suscitaran y fomentaran; todo el descomedimiento y reiteradas sinrazones del desaforado cuadrinomio angélico, en cambio, repercutían por fruición y laudable producto de su celo y fervor sin tacha no más que en loor y provecho de la reblanquecida honra divina. ¿Justo era se pagara con algún desaguisado deífico aquella desmedida lealtad sólo por puro atender y favorecer los reclamos de dos

Miguel Antonio Montero

o tres descaminados mojigatos? No dejaba comoquiera de reconocer que algo debía hacerse antes que el creciente malestar pudiera contagiarse como alguna crónica afección a todos. Pero ¿qué?, ¿qué por todos los cielos debía hacerse? En medio de su momentánea turbación, prosigue el texto, el Demiurgo dio con una solución inesperada.

A la furia y maldición divinas debían su oprobiosa, absurda y repulsiva existencia el Gran Valle y Desiertos de la Segunda Muerte y la Siniestra Ciudadela del Abismo, destinos propios de "réprobos y malditos y toda la bestial canalla *hílica*" localizados en las sínsoras más apartadas de la Hebdómada. A lo mejor conveniente y estratégicamente situados, habían servido al definido propósito de incluso por el terror preservar la fe y compulsiva adoración tributadas por sus devotos al Demiurgo, quienes de continuo mantenidos calculadamente al corriente de la tétrica marcha de las cosas en estas partes, se lo pensarían dos veces antes de arriesgar cualquier tímido coqueteo con la pálida y profana apostasía. Pero tan levantiscas y peligrosas y perturbadoras como eran, la más numerosa y poderosa guarnición angélica se hallaba de forma permanente destacada en dichas colectividades ominosas, por el bien de los divinos asuntos y la marcha tolerable de las cosas en la cabal totalidad de los Siete Cielos. No podía encomendarse por consiguiente su gobierno a ningún gremio de ángeles cualquiera, ni mucho menos asignarse a ningún aislado comandante angélico por más enérgico que fuese. Puesto que incluso el más capaz de los colegiados mandos debía ceñirse y responder al sumo estricto perfil del consumado y respetado manejador del látigo que nos seduce en el circense domador de fieras. Tal era el criterio del Demiurgo. Y nadie, ningún colegiado mando por supuesto mejor que sus cuatro conflictivos ángeles para esta celestial función de primer orden, por la que al cabo harían de espléndidos tetrarcas e incontrastables prebostes de su poder divino en cada una de las comarcas siniestras. ¿O puramente de balde se habían ellos batido y conducido como buenos en la recién concluida contienda celestial? ¿A quién habían temido y rehuido más sus enemigos? ¿Había algún otro mostrado mayor furor y crueldad y tan ígnea y sanguinaria determinación en la matanza? ¿No había demostrado ser la destemplada degollina, áurea corona de su celo y prez fervorosos por el Altísimo, su amor y vocación inatajables? Ciertamente, nadie había ni podía haber decididamente más feroz. Así que ahora se los *ataría* por juicioso designio divino junto al Éufrates, es decir, se los premiaría con ponérselos plenipotenciariamente a cargo del manejo de los divinos asuntos en todas las penales colectividades de la Hebdómada, manteniéndoselos ocupados en estas apartadas regiones por lo eterno y de buena vez resolviendo con la certera medida todos los problemas de un golpe. Hasta que por fin llegara la hora de "desatárselos" a causa de la venida del Gran Día de Dios Todopoderoso.

Otro no era el origen de aquella despiadada e infranqueable Tetrarquía de los Ángeles del Éufrates, en relación a lo cual se apresura todavía a adelantarnos Marción que no acababa con el hecho por cerrársenos el ciclo de su gnosis esotérica, como tampoco agotarse el testarudo misterio de sus revelaciones inspiradas. Por cuanto ¿qué oscuro o enigmático nexo de palmaria forma guardaba su ontológica realidad sobrenatural con la del Demiurgo, el que tantas inusuales condescendencias y blanduras, excesivos consentimientos y lenidades, para con ellos de lo más reiteradamente observaba? "Porque una abominación, un misterio, una maravilla obscura e inextricable en realidad nos

                    Miguel Antonio Montero

informa la laberíntica relación de estos cuatro extraños ángeles con el Demiurgo, íntimamente consubstanciados con el cual sólo hacían rezumarnos por otros tantos espurios y brunos desprendimientos de aquella falsa y mostrenca esencia divina suya, a un modo acaso parecido al que también nos lo fuera en cierta forma Sophía por suprema emanación del Incognoscible, o el mismísimo Demiurgo por aquella imperdonable inclinación de Sophía". De ahí la profundísima impresión que produjeran inclusive en los nada impresionables arcángeles sus seres y apariencia repelentes. "Así que ninguno sea llamado engaño, ni sean en lazo cogidos por consiguiente los sagaces. Por cuanto un símbolo específico, a la vez que una expresión literal o real (continúa diciendo el heresiarca), conjuga y representa cada ángel respecto de algún rasgo igualmente específico de aquella personalidad inclemente y retorcida, aquel carácter vengativo y criminoso de su apócrifo Dios el Demiurgo". Si se precisaba algún indicio probatorio de la premisa "irreverente y atrevida", el autor nos conduce con desenfado de la mano a la reconsideración sorprendente de todo el tieso canon de la trillada historia bíblica tradicionalmente aceptado, no sin al mismo tiempo por primera vez aleccionarnos sobre los ocultos nombres de los ángeles, y sin obviar por supuesto aquellas como episódicas y tremebundas motivaciones que para siempre fijaban en la memoria estos nombres.

Así, bajo el drástico y recrudescente espíritu del insidioso mal extravagante y ubicuo, y jerarquizados en atención a lo que el leal testigo de *Revelación y gnosis* de extraordinaria suerte nos relata, maravilla no es que de los Cuatro Ángeles del Éufrates constituya el primero aquel inicialmente pillado en plena comisión de flagrante canibalismo por los honrosos arcángeles. Respetado y acatado sin objeción por los otros, era su escalofriante ascendiente reconocido por los demás sin ambages. Puesto que este ángel representaba, nos asegura Marción, al espíritu de contradicción del Demiurgo, por lo cual descollaba al esotérico consenso por el más sanguinario, por el más despótico, por el más homicida. Perdida toda consciencia y proporción de lo justo, obliterado todo escrúpulo, "es el invisible espectro que concretada ya del hombre su trágica caída incomprensible en el Edén, de funesta suerte se mueve a partir de cierto día sin ser aun detectado agazapado en las sombras, favoreciendo acá el rencoroso y monstruoso livor del uno, facilitando allá la unción apacible e inocente del otro, hasta finalmente descargar Caín aquel fatal y terrible mazazo sobre Abel. ¡Pobre y malhadado Caín! ¡Pobre y malhadado Abel!" Por eso en *rouggiano*, aquella regional lengua en que versaban y entendían los desolados pobladores del imponente Departamento del Mar Rojo (esa más grande demarcación del Gran Valle y Desiertos de la Segunda Muerte, la cual él directamente regenteaba o presidía), en *rouggiano* solía designársele (no sin algún vago misceláneo tono de alguna forma situado entre el sarcasmo y la sátira) Ubiel Ugalfagio, cuyo ambiguo o chocante significado en modo alguno difería del de *Abel el Devorador*.

El siguiente ángel era denominado Abram Ockur, nombre que en la tortuosa habla coloquial de aquella vasta zona celestial resaltada como Gran Capitanía del Jordán rotundamente traducía por *Abraham mi amigo*. La pura inconsiderada insidia de evocarnos al bíblico patriarca al cual el propio Dios había tenido según las Escrituras por su amigo, no debía empero engañarnos. Rayano acaso en el delirio, nos retrotrae más bien singularmente el heresiarca al instante culminante del sacrificio de Isaac, exigido a Abraham cierto día por el Demiurgo. Dispuestos ya en

    Miguel Antonio Montero

fin el altar, la leña, el fuego, el cuchillo, el espantoso objeto de sacrificio en su propio hijo, el ánimo imperturbable y quizá glacial del patriarca, cierta entidad invisible y desconocida merodea y se desplaza en torno. "No se trata esta vez del demoníaco espíritu por lo eterno tentador jurado de los hombres, ni del ángel que en el último momento despachaba el Demiurgo a detener el brazo del intachable patriarca, ora entonces de manera tan enfermiza y odiosa probada hasta lo inhumano su fe; ¿pues a santo de qué necesitaba una mente absoluta, dotada de visionaria presciencia y por añadidura omnisciente, probar de cualquier forma a sus imperfectas criaturas? No, no es el ángel que detiene el austero puño patriarcal en el minuto culminante en que blande ciego y determinado el cuchillo, sino el imperceptible, evanescente espíritu que encarna de pronto en el lóbrego y ancestral instinto asesino que bajo sorna y cínica nombradía de Abram Ockur, consolidaba en el segundo Ángel del Éufrates por irradiación siniestra de aquel oscuro o nigromántico carácter que reverbera inmisericorde en su Dios".

Comprendido en cabal medida su feudo por la descomunal región del Alto Éufrates, el tercer Ángel del Éufrates resollaba por espíritu de la crueldad instintiva, irracional y execrable, "como reflejo directo y enigmático del Dios del cual se nos desprende y sirve". No es más que aquel de entre los cuatro al cual con propiedad se le designa como Maná Accoam, lo que en la jerga aldeana o de cualquier otro pago situado en el Alto Éufrates exactamente equivalía a *El Portador del Maná*. La locución, no obstante, encerraba mucho más que la atildada inocencia que pretende. Moisés advierte a los israelitas que solamente deben tomar del prodigioso maná, el solícito pan divino llovido a ellos de las alturas, la razonable porción suficiente a remediar las frugales necesidades de sus familias por ese día, y que por nada del mundo debía ninguno acumular o reservar porción para el siguiente. Muchos sin embargo le desobedecen, por lo que cada ración guardada invariablemente se les agusana al tiempo que igual adquiere el más inmundo o desagradable olor. No obstante, "no a todos se les daña", nos revela increíblemente Marción, otra vez puesto contra el acuerdo del pertinente registro bíblico. Aquellos a los que no se les echa a perder, engullen pues al día siguiente el preservado manjar y entonces son de improviso escalofriantemente estrangulados mientras tienen todavía en sus bocas y gargantas bocado por "aquel invisible Maná Accoam, el tenebroso ángel portador inmisericorde del maná a quien su propio Señor el Demiurgo instruyó *levantar escarmiento y portento de su divina presencia, para gloria y honra de su santo nombre entre los hombres*".

Campeaba el cuarto de estos ángeles por aquel al cual en gran medida se debía la famosa confusión de las lenguas en Babel. A causa sin duda de lo cual su hermético nombre no era otro que el de Assael Babel, el mismísimo que en la ardua y frenética etimología del habla del Bajo Éufrates, el inmenso territorio reconocido al dominio de su tutela feroz, y que alternaba y limitaba con la Siniestra Ciudadela del Abismo, razón por la cual le quedaba también confiado el más directo cuidado de sus asuntos; en la arcaica etimológica significación del habla del Bajo Éufrates el nombre Assael Babel congruentemente consignaba como *El Confundidor de las Lenguas*. Entrañaba por lo tanto el principio de confusión y de caos, proyectado por acto ciego y reflejo del Demiurgo. Conforme al relato del Génesis, Jehová desciende para ver la ciudad y la torre que, no más que por labrársenos engreídamente un nombre, edificaban entonces los hijos de los hombres. Éstos pretenden, inconcebiblemente, sobre todo con la torre, encumbrarse hasta irrumpir

                                    Miguel Antonio Montero

en los sagrados del Cielo. Cuando a seguidas él dice: "He aquí el pueblo es uno, y todos éstos tienen un solo lenguaje; y han comenzado la obra, y nada les hará desistir ahora de lo que han pensado hacer. Ahora, pues, descendamos, y confundamos allí su lengua, para que ninguno entienda el habla de su compañero"; cuando él argumenta las expuestas razones, apunta nuevamente Marción, no apostrofa o se dirige al tan frecuente discurrir de exegetas y teólogos a *su santo hijo Jesucristo*, pues "nada tienen que ver los caminos del Redentor con el Demiurgo y los designios descabellados y descomedidos del Demiurgo", sino que a quien de cierto en la ocasión él hablaba era al "insensato *Espíritu de Confusión*, el cuarto Ángel del Éufrates por nosotros acá como Assael Babel de fehaciente modo reseñado, por más leal y malvado y proceloso protector de su mezquina y postiza identidad deífica", antes de regresársenos al Cielo y dejar en sus competentes manos la *peligrosa locura* de los hijos de los hombres.

Así que he aquí compendiadas, a modo de profanos y laberínticos hipocorísticos, las peregrinas identidades y denominaciones habituales de los Cuatro Ángeles del Éufrates: Ubiel, Ockur, Accoam, y Assael. Ellos son (bueno es reiterarlo), a alturas de las monumentales, perturbadoras y conmocionantes revelaciones del sinuoso texto críptico, puntuales encarnaciones impactantes de un perverso aspecto definido del Demiurgo, el que para bien o para mal ha hecho funesta impresión en toda la historia humana al contrito verificar de nuestros días. Ello no obra, sin embargo, por casualidad. ¿No es acaso en estricta obediencia al crepitante designio de Jehová de los ejércitos que premioso se le ordena al sexto ángel de la trompeta: "Desata a los cuatro ángeles que están atados junto al gran río Éufrates"? Al puro concierto y discurrir de nuestros actuales días, un moderno Marción no dudaría en despojarnos de su condescendiente aureola de *necesario terror sagrado* la muy conocida cita del Apocalipsis, conformándola más bien a la medida "sacrílega" de simple y taxativo *terrorismo*. Pero incluso con el hálito satánico que pueda de verdad impregnar el razonamiento atrevido, demasiado mal parada nos queda la imagen de los Cuatro Ángeles del Éufrates en su insana vocación por la protervia.

Dicha apenas velada aunque irrestricta inclinación al mal, en Assael Babel peculiarmente adoptaba cierta curiosa nota aquí y allá salpicada de algún desparpajo, sorna y regodeo cínico, al momento culminante del ángel describirnos, no exento de alguna jactancia, su hazaña de perdernos al linaje odioso de los hombres... esta vez mediante consumada confusión y horrorosa multiplicación de aquel único lenguaje hasta entonces conocido. Abunda de cualquier forma el tono pintorescamente característico del espíritu burlón, debido quizás a lo cual nunca llega a rayar su descarado relato en la esperada monserga de hacérsenos pesado, o parecernos aburrido. Se arriba justamente a esa parte en que los retrógrados censores arrecian la virulencia de sus hoscas recriminaciones a la obra, destacando malignamente (a propósito de la desconcertante lluvia de términos aún nonatos, extraños e inconciliables con el segundo siglo de nuestra era en que fuera escrita, términos sobre todo emparentados y consistentes con una cierta disciplina todavía por consiguiente desconocida: la psicolingüística), "aquel carácter definitiva y comprobadamente demoníaco que de tan obvia forma la configura y conforma, puesto que según se sabe alguna vislumbre (así sea vaga o imprecisa) acumulan los demonios por cuanto concierne al porvenir incierto, y los más incluso hasta a capricho disponen de aquel precioso don de lenguas que forma entre los sabidos atributos del Cielo". No obstante, a despecho de cuán bárbaro o salvaje, diabólico o sutil se pretenda presentar a Assael Babel hacia las páginas finales del texto cabalístico, constituye esta parte el inolvidable fresco con el cual en cierto modo nos proporciona el autor el virtuosista remate que la típica denuncia herética reclama. Sin dificultad entonces recoge cualquiera al vuelo en las retorcidas palabras del Espíritu de Confusión todo el puro malévolo deleite de su entonación impía:

"De nuevo solícito acudí a la instancia perentoria del Altísimo, con lo cual con Él de puntual forma descendí sobre la nefaria torre que levantaban los hombres. Cariacontecido estaba el rostro de Jehová, cariacontecido de ira. *Si es que conviene al muy sapiente designio de tu sagrada voluntad,* entonces le dije, *sube ahora y vuélvete por favor al Cielo, oh Señor, no sin humildad te ruego, y deja a cargo en esta ocasión a tu siervo de lo que mejor que cualquiera sabes bien que sabe hacer, de suerte que justamente confunda yo en esta hora, en orden de lo que tu augusta omnipotencia requiere, la lengua de los inicuos que como brutos sin reflexión avientan polvo sobre tu honra y denigran el santo templo de Dios.* No dudó en hacerlo de esta manera el Señor, por lo que me apresté enseguida a procurar honrosa cima al complicado intríngulis de mi ciencia o arte secretos. Antes que nada, resolví asumir con continente y aires de superior desafío el problema que, por todas partes, se prestaba incluso a acorralar mi fama. *¿Qué si ahora le fallaba yo, que jamás le había fallado, en este nuevo cometido arduo y crucial al Señor?,* me inquietó y abrumó cierta aprensión repentina. Mi temple y reciedumbre no obstante de magna hechura celestial, una vez más se impusieron.

Convenía (me dije) establecer por preludio el mejor y más inobjetable de los comienzos. Un acertado augurio debía en verdad prefigurar la culminación feliz de la empresa que me había bienaventurado impuesto. Proyecté así desde la encubridora oscuridad el sortilegio brusco de una maligna paracusia, la que derramé sobre el hatajo incauto de los necios sin que ninguno diera en sospechar siquiera lo que en el santo nombre de Dios se les venía. Empecé por barajar y trabajar así, magistralmente, el acúfeno y la acusmia; oyendo donde nada había que oír, silbando y aun zumbando embelecos fantasmales de palabras, los fui de antemano preparando para el golpe monumental que divertido premeditaba. Porque tenía en aquel día que refulgirnos por grande el terso nombre de Jehová de los ejércitos en Babel. De la auditiva alucinación me deslicé de sutil suerte a la agnosia, articulando laborioso en sus cerebros obcecados y primitivos aquella indispensable visual alucinación que me preparara bonitamente el campo para el colectivo delirio que precisaban mis fines. Hallándose todos ya en el delirante punto donde mi elaborada malicia los quería, no alcanzo forma de describir cómo me desternillaba con las ridículas farfullas, que inútilmente se esforzaban por traducir en inteligibles razones, que los unos a los otros impacientes y patéticos ora gesticulando de lo más grotescos se dirigían, de súbito arrastrados en el más incoherente agramatismo en que mis buenos oficios sin mayores esfuerzos los sumieran. Pero apenas sí empezaban a desarrollar mis artes. Poco después apelaba a alguna jargonafasia, recurría al ignaro psitacismo, hacía concurrir en la más generalizada paralalia la soberana ciencia oculta de mis taimadas intenciones francamente siniestras. Todavía

Miguel Antonio Montero

de traviesa forma me entretuve menudeando aquí y allá una dañosa y patológica palilalia, contemplando y riéndome de algún imbécil eternizado en la pobre, compulsiva y cíclica repetición del mismo infundio torpe de voces, teniéndole al borde peligroso del vacío en cualquiera de esos tantos vericuetos de la torre. Entonces arreglé y precipité de golpe arribar cada uno a una descontentadiza y descompensada parafasia, de donde no tardé por fin en conducirles a la fulminación brutal de cierta constructiva y desintegradora glosolalia, origen a la postre de todas las lenguas conocidas, e inconsolable pérdida de la ilustre única habla que en un principio conociera la creación.

Sólo entonces hicieron definitivamente a un lado y abandonaron para siempre el fratás y la argamasa, la plomada y el mortero, desentendiéndose por fuerza de su abominación impía. Cifrado en mi sumo distinguido caletre de hijo esplendente e insigne del Cielo, comisionado por bendito y avisado rajadiablos a estropear el inicuo intento de los hombres, suelen hacer todavía mis delicias las reminiscencias evocadoras y recurrentes de aquel hermoso y memorable desorden con que bajaron maldiciendo y atropellándose la torre, al punto esparciéndose todo pobres de espíritu y devastados, bola o madeja desesperada e infame, por la completa superficie indiferente de la tierra. Indignos ahora de versar en el sagrado lenguaje divino, hablaría en lo adelante cada uno el puro malvado galimatías de los pecadores. Puesto que no de distinto modo provoqué aquel surgir y evolucionar como incongruentes de las diferentes lenguas, aquí por mero estructuralismo gramatical o sintáctico, allá por simple inveterada *anagramación* de unas y otras, lo cual, aunque en cierto modo nos las asimilaba o igualaba, no hacía sino en el fondo a la verdad resaltar sus inconciliables diferencias básicas. Así también solamente por inexplicable *anagramación* se explicaría la muy obvia entreverada relación que determinados ramales lingüísticos guardaban decididamente con otros. Por lo demás, huelga añadir que hubo festejo en los cielos, y que el nombre de Assael fue una vez más aclamado en los sagrados pagos y templo del Todopoderoso. ¿Pertenece al mísero, rastrero mortal, atraerse envanecido las espléndidas esferas de la gloria? Destine pues el justo por los siglos de los siglos a la excelsa cuenta del Omnipotente la glorificación y la alabanza, por cuanto en ello únicamente para realce de Jehová anida y reside la sabiduría".

FIN DEL VOLUMEN I

Miguel Antonio Montero